Horizonte Rojo (Vol. 2)

Rocío Vega

Primera edición: Junio de 2018

Cubiertas: © Sara Pérez, 2018
Corrección y maquetación: Diana Gutiérrez

Web de la autora: http://www.rociovega.es/
Web de la ilustradora: http://prez.artstation.com/

www.editorialcafeconleche.com
www.facebook.com/edcafeleche
www.twitter.com/edcafeleche

ISBN: 978-84-947554-7-7

Depósito legal: B 15746-2018

Horizonte Rojo (Vol. 2)

Rocío Vega

café **espresso**

Para Enerio y Dikana.
Sin su ayuda, este libro no sería ni la mitad de interesante.

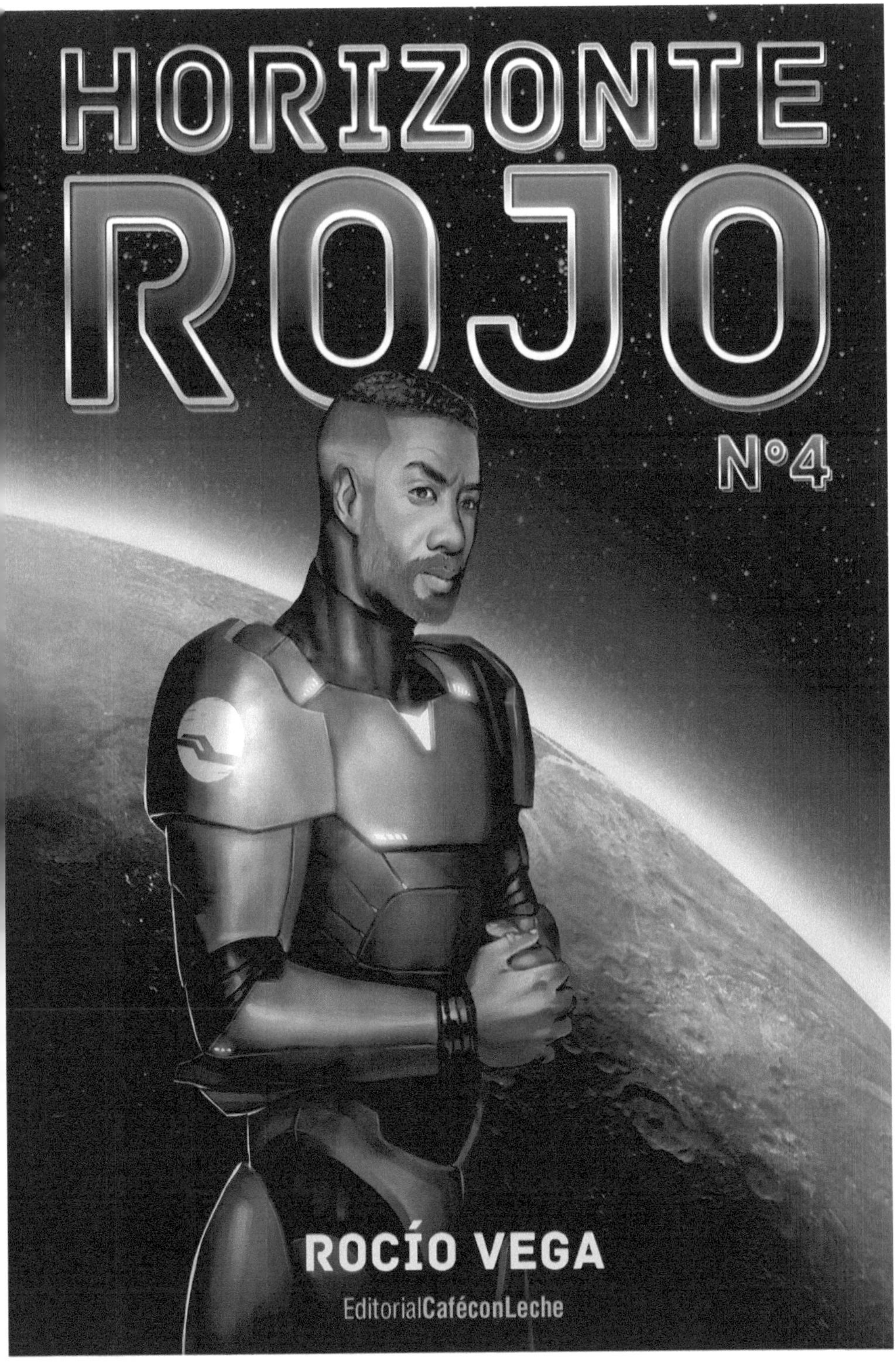
HORIZONTE
ROJO
Nº4
ROCÍO VEGA
EditorialCaféconLeche

1

Cuando despertó, creyó que Bahuer seguía allí.

Giró sobre sí misma con la sábana enredada en su pierna izquierda. Le apretaba tan fuerte que casi se la había entumecido, pero tardó un momento en reunir las fuerzas necesarias para desenroscarla. El sudor le cosquilleaba por la espalda. Estaba agitada y aturdida; apenas era capaz de reconocer su habitación. Cuando dio la orden para que las luces se encendieran, sintió un latigazo detrás de los ojos que se extendió por todo su cráneo en la dolorosa sinfonía de una resaca palpitante. Kerr giró sobre sí misma y se tendió bocarriba. Había soñado otra vez que Bahuer le pedía perdón y ella volvía a llorar, pero no había sido una pesadilla. Al contrario. Durante el sueño se había sentido aliviada al poder consolarle, tanto que le había besado en los labios. Había sido un buen sueño. El problema, como siempre, era el despertar.

Estaba en su apartamento, sola. Bahuer llevaba muerto casi dos meses. Su cerebro consciente lo sabía porque ella misma le había matado y había arrojado su cadáver al espacio, pero tenía varias veces por semana aquel mismo sueño. Alivio y perdón, y la certeza efímera de que las cosas aún podían arreglarse.

Por eso era un sueño. Rea Kerr nunca arreglaba las cosas. A todo lo que podía aspirar era a cagarla un poquito menos que de costumbre, pero su propia mierda siempre estaba involucrada y no paraba de apilarse.

Rescató su *holo* de entre las sábanas y le echó un vistazo sin cerrarlo sobre la muñeca. Eran las siete. Llevaba durmiendo todo el día y se había perdido la hora de visita.

Otra vez.

Se frotó la cabeza con las dos manos antes de cambiar el modo de exhibición de las ventanas a través del *holo*. En lugar del cielo oscuro y lleno de destellos de los aeromóviles, que desde su casa parecían luciérnagas de colores puestas de estimulantes, inició su tema favorito. La luz que entraba por la ventana tomó los tonos del crepúsculo (rojo, naranja, púrpura, como en la Tierra) y el silencio quedó roto por el repicar de la lluvia contra el cristal.

No era real, claro. Pero no importaba. En el fondo, casi nada lo era.

Desenroscó el tapón de la botella que había dejado sobre la mesita en algún momento del día anterior. De la semana anterior. Dio un trago corto que le quitó el sabor a mierda de la boca y dejó caer las piernas por el costado de la cama para hacer un intento de ir al baño. Al apoyarse en el canto del colchón, un dolor sordo pareció hundirse en su fémur. Con movimientos lentos y confusos se palpó el muslo y se topó con una enorme inflamación que emanaba el calor de la fiebre. Creyó recordar un golpe, pero su memoria se había vuelto un barro confuso y pegajoso al que se adhería todo, y en su lugar se encontró rememorando una patada aleatoria en sus primeros años de entrenamiento. Cojeó hasta el espejo de cuerpo entero y se miró. Un hematoma del tamaño de un puño le recorría la parte trasera del muslo, a pocos centímetros del culo.

Ah, ya.

Rebuscó en su cada vez más exiguo botiquín una crema antiinflamatoria, una pastilla para el dolor de cabeza y otra para la acidez de estómago. Se las tomó con un trago de agua sin preguntarse si harían efecto juntas. Luego se extendió una buena capa de pomada sobre el hematoma del muslo. Al hacerlo, descubrió que también tenía uno en el codo, y que el hueso le dolía cada vez que hacía el juego de la articulación. Se ocupó de eso, se sentó en el inodoro y orinó mientras apoyaba la mejilla en la pared fría.

La noche anterior volvió a su mente en retazos, aunque le costó distinguir qué pertenecía al pasado más cercano y cuáles eran las otras noches. Aquella noche había sido diferente porque había quedado con la gente del punto de encuentro. Sí. Eso era. Después de dar vueltas en la cama durante horas, había decidido enviar un mensaje a través del *holo* para salir con unos conocidos que la llevasen a buscar el sueño a las discotecas.

2

Quince horas antes, Kerr terminó de maquillarse las ojeras. Aunque en las discotecas había oscuridad de sobra para ocultar imperfecciones, quería evitar que creyeran que estaba medio muerta. Ni siquiera se perfiló los ojos. Aquella era una salida rápida para agotarse y morir. Dormir. Agotarse y dormir.

Tomó el tren hasta la zona de marcha. Había bares y discotecas por toda la estación, pero si querías fiesta sin importar la hora, debías acudir al sector B3. Nada más llegar a la parada, Kerr se cruzó con un grupo de humanos y alienígenas tambaleantes, todo risas y palabras arrastradas. Estuvo a punto de unirse a ellos sin pensar, pero la gente con la que había quedado la saludó desde unos metros más allá.

Entró en la Rax.

Trece horas antes, Kerr ya se había bebido dos cubatas y acababa de empezar el tercero. Aún no estaba borracha, pero el baile intenso y desaforado aumentaba el efecto del alcohol a pasos agigantados. Se había frotado con un par de personas por la costumbre, pero había preferido no ir a más por el momento. Una de las chicas cuyo nombre no se había aprendido le ofreció un tubo pequeño de metal y ella se lo metió en la nariz y aspiró sin acordarse de que le provocaría el efecto contrario a lo que había venido a buscar.

Doce horas antes, Kerr estaba oficialmente pedo. Tal vez colocada, también. La camisa se le pegaba al pecho por todas partes; el tejido sintético era una porquería. Había perdido la cuenta de la gente que le había metido mano en la pista de baile. No le procuraba placer, pero tampoco le parecía desagradable. Tenía la mente vacía, despejada, y cuando cerraba los ojos y se dejaba llevar por el ritmo casi conseguía sentirse bien.

Algo frío y viscoso le tocó la cara. Lo apartó de un manotazo. Un goriano y su amigo rae'loc la miraban con diversión. Se separó de la columna contra la que se había mecido las últimas tres canciones y les dirigió una mirada feroz.

—¿Qué cojones hacéis?

—Te estabas quedando dormida —dijo el rae'loc con una sonrisilla cruel.

—No me estaba quedando... —El goriano volvió a levantar el dedo para intentar rozarla y ella le empujó—. ¡Que no me toques, bicho! —Trató de agarrarle del mono, pero la agilidad goriana superó a sus reflejos mermados—. ¿Tú sabes quién soy? Me he quedado con tu cara. Como te vuelva a ver, te mato.

Los dos alienígenas se echaron a reír y se alejaron de ella en busca de otra persona a la que molestar. Kerr bufó y se secó el sudor con el dorso de la mano. No tenía ni idea de dónde estaba la gente con la que había quedado, pero había fragmentos de una conversación en la que le decían que iban a cambiar de local y ella se negaba. A su lado había un vaso que creía reconocer. Le pegó un trago sin que su procedencia le preocupara de veras.

Once horas y cincuenta minutos antes, Kerr vio a Kirsten al otro lado de la pista de baile.

Le pareció que la canción que retumbaba en la sala era la misma que había reconocido en la cabina de la piloto hacía muchísimo tiempo. Antes de que le volasen la cabeza. Kirsten le había revelado que solía salir por la Rax y ella había respondido con incredulidad. Le costaba imaginarse a la ingeniera en aquel sitio, sobre todo por su abstinencia, pero debía de ser verdad. Tenía que ser verdad.

Bailaba con abandono, con una gracia insoportable. Su pelo rubio se meneaba bajo los focos recogido en una trenza. Le había crecido muy rápido, ¿no? La última vez que la había visto, en el hospital, lo tenía cortado al rape.

No podía ser.

Se metió entre los bailarines y los apartó sin cuidado. Hubo hombros y codos que se le clavaban en las costillas, y un enorme arriano estuvo a punto de derribarla, pero al fin llegó hasta Kirsten. Tenía la misma figura escueta y flexible. La trenza se movía de un lado a otro, como su cabeza, y se enroscaba sobre su propio cuello. Era un poco más alta, pero no se dio cuenta hasta que la tomó de la muñeca para girarla.

—¡Kirsten!

No era Kirsten. Kirsten estaba en el hospital. Kirsten no podía ponerse de pie y mucho menos bailar así. Claro que no era Kirsten.

—¿Quién? —La Kirsten falsa sonrió—. ¿Qué?

Kerr entrecerró los ojos. Su nariz era más larga y más ancha, y la cara algo más cuadrada. Llevaba maquillaje tribal, con los ojos perfilados y sombreados de negro y una franja oscura de lado a lado. Sus orejas estaban cuajadas de pendientes. Aunque era delgada, tenía los hombros tan anchos como ella y el pecho totalmente plano. No, no era Kirsten.

—¿Quieres bailar? —preguntó entre dientes.

En algún momento, entre once y diez horas antes, habían acabado en el baño. Le había dicho que se llamaba Alex, pero a Kerr se le escapaba el nombre de Kirsten de vez en cuando. A Alex no le importaba demasiado. Cuando se besaban, la nariz de Kerr se llenaba con el olor del maquillaje. Eso no pasaba con Kirsten.

Al pasar la lengua por su cuello, la sal del sudor y la amargura de la colonia se instalaron en su paladar. Bajó las manos por su pecho y enredó los dedos en los agujeros de la camiseta de rejilla. Ella —o él, lo mismo daba— le mordisqueó la oreja.

—¿Me la chupas? —preguntó en un murmullo, y Kerr no tardó en obedecer.

Se sentó en el inodoro, cuya tapa estaba limpia de milagro, y maniobró con el botón del pantalón para abrirlo y bajárselo. La polla se le abultaba bajo el calzoncillo a media erección. Kerr no tenía tiempo para preámbulos. Tiró de la goma elástica para liberarla y metérsela en la boca.

Hacía tiempo que no se la chupaba a nadie. Solía ser divertido. Tal vez consiguiera que volviese a serlo. No tenía mucha saliva en la boca y eso era un problema, pero Alex no parecía requerir la mejor mamada de su vida. Apenas había empezado y ya tenía la cabeza apoyada en la pared del cubículo mientras miraba a las placas desiguales del techo con expresión complacida.

Kerr suspiró y siguió a lo suyo. Era un movimiento mecánico, hipnótico. Cuando movía la cabeza, el alcohol le bailaba dentro del cráneo. Le encharcaba el cerebro. No había placer, no había excitación, no había nada. Los labios se le entumecían. Quizá fuese la borrachera. Alex le acarició la cabeza, sin presionar. Kerr agradeció la cortesía, pero hubiese preferido que se abstuviera de tocarla. En el fondo, todo lo que quería era seguir chupando una polla sin dueño, sin nombre, sin sabor. Trasladarse a otro universo donde nada ni nadie importara, donde pudiera dormir de una vez y no hubiera esnifado nada.

Alex dijo algo y se revolvió. No lo escuchó. Notó una vibración y el chorretón de semen que se derramaba sobre su lengua con un sabor medio amargo y medio salado, como el de su cuello. Alex la tomó de las mejillas y la besó antes de que Kerr levantase la tapa del váter para escupir.

Cuando se puso de pie, Alex la tocó por encima del pantalón.

—¿Qué haces? —preguntó Kerr con genuina confusión.

—¿No quieres? —Alex sonrió otra vez—. A mí me gusta hacerlo.

Kerr dudó. No tenía ganas de que la falsa Kirsten la tocase. Era como si ya hubiese obtenido de ella lo que quería y no quedase más que hablar. Pero luego pensó que le daba lo mismo masturbarse en su casa, sola, que con una Kirsten que no era Kirsten. Al menos la segunda opción le ofrecía compañía.

—Déjame a mí —indicó Kerr—. Me puedes besar, si quieres.

Se metió la mano en el pantalón y Alex la rodeó con los brazos. La proximidad resultaba algo abrumadora, pero los labios en su cuello y unos hombros que agarrar eran agradables. Kerr se acarició con rapidez torpe. Apoyó una pierna sobre la tapa del inodoro y aprovechó el fácil acceso para afinar la puntería. Alex la besaba con demasiada lengua. Kerr apartó la cara y dejó que siguiera a lo suyo en el cuello. Cerró los ojos y trató de imaginarse algo bueno. Recordó aquella vez, en la nave, semanas atrás. Habían follado en el suelo y Kirsten se había subido encima de ella, abarcándola como Alex lo hacía ahora contra la pared del cubículo.

—No estoy acostumbrada a hacer esto con chicas más grandes que yo —había dicho Kirsten entre risas mientras le metía tres dedos y ella movía la cadera contra ellos. Joder, había estado tan excitada en aquel momento que le habría cabido la mano entera—. ¿Me vas a dejar encima más a menudo?

—Calla y muérdeme —murmuró Kerr.

—¿Qué? —preguntó Alex—. Vale.

Los dientes de la Kirsten falsa se clavaron en su cuello. Los dedos de la Kirsten de verdad se hundieron hasta los nudillos. Kerr gruñó con un espasmo y se retorció. Se apoyó en el pecho de Alex hasta que las oleadas pasaron. No tardó mucho.

Salió del baño tambaleándose. Un robot de limpieza frotaba una pintada sobre lo guarros que eran los humanos en uno de los espejos más alejados del cubículo. A su lado, una goriana que se rehidrataba con un grifo en modo de aspersión los miró de reojo. Kerr apenas reparó en ella. Abrió el grifo y se lavó las manos y la cara, sucia de maquillaje negro, y bebió un trago largo para quitarse la mezcla de sabores de la boca.

Alex se recompuso el atuendo como mejor pudo. Sus pendientes tintinearon.

—Hey, ¿quieres mi contacto? —preguntó con interés.

Kerr negó con la cabeza.

—No puedo volver a hacer esto. Lo siento. Contigo no.

Entre once y diez horas antes, Kerr salió de la Rax y volvió a la estación de tren. No se fijó en los otros juerguistas hasta que se chocó con el goriano y el rae'loc de la discoteca.

—¿Qué queréis, bichos?

La empujaron. Ella les devolvió el empujón. Ellos empujaron más fuerte.

Perdió el equilibrio y resbaló en uno de los escalones. Bajó varios de golpe y aterrizó de espaldas en mitad de la escalera de la estación. Oyó voces preocupadas a su alrededor. Alguien le preguntó que si estaba bien. Se había mareado y le ardía el culo. Apenas notaba el brazo.

Si podía andar, no debía de haberse roto nada.

Nueve horas antes, Kerr se quitó los pantalones y la camisa y se metió en la cama.

Nueve horas después, allí estaba, meando una borrachera con una resaca considerable.

Pero podrían haber sido nueve días, o nueve milenios.

Se sirvió un dedo de ginebra y se lo bebió mientras contemplaba el desorden de su cocina. El suelo frío le quemaba en los pies. Tendría que pensar en ponerse algo de ropa.

El *holo* vibró sobre su muñeca, hostil. Kerr frunció el ceño. Bebió otro dedo más antes de molestarse en revisar los mensajes.

Rurik: Kerr, ¿dónde te has metido?
Rurik: Llevamos esperándote en la dársena casi una hora. Hawke dice que se va a ir sin ti.
Rurik: ¿Saliste ayer otra vez?
Rurik: Joder, espero que estés durmiendo la mona.
Rurik: ¡Kerr, contesta!

Mierda. Se le había olvidado por completo.

3

Las duchas de la *Enkidu,* al menos las de la tripulación, eran mucho más incómodas que las de la *Athena.* Para empezar, eran comunales. Estaban separadas unas de otras por paneles y cortinas impermeables, pero carecían de la intimidad y la tranquilidad de las de su nave. Mientras el agua caliente tamborileaba sobre su cabeza, Kerr pensó que no podía echarla más de menos.

En aquella nave había gente por todas partes. Salvo Hawke, el capitán del equipo, todos los demás tenían que compartir habitación con un compañero. Incluso Kerr, aunque continuase ostentando el cargo de líder de Horizonte Rojo, debía dormir con Vaswani. Sus ronquidos la sacaban hasta del sueño inducido por los somníferos y el alcohol. De haberlo sabido, habría presionado a su padre para que escogiera al otro candidato... aunque era probable que la hubiese ignorado por completo.

En la semana que llevaban trabajando con los Hijos, Kerr había comprobado lo difícil que era hallar cierta intimidad en la nave. El gimnasio siempre estaba siendo utilizado por alguien, Vaswani entraba y salía de su camarote cuando se le antojaba y hasta la sala de máquinas era un lugar de encuentro entre ingenieros.

En las comidas se esperaba que todos se reunieran en la sala común para comer juntos mientras hablaban. Aunque, como en muchas otras naves, los menús estuvieran compuestos de comida precocinada o deshidratada, les gustaba fingir que Petrakis cocinaba. La encargada de armas pesadas se limitaba a mezclar polvos con agua y recalentar carne sintética, pero sus compañeros trataban cada plato como una delicia digna de un restaurante de verdad, de los que tenían camareros. Había charlas distendidas, bromas, sonrisas y discusiones acaloradas sobre política cada vez que alguien sacaba el tema de la guerra y Stefario se sentía ofendida. Y quizás Liu y Suresh follasen en sus ratos libres, como Kerr sospechaba, pero eso no parecía perturbar el buen ambiente ni la dinámica del grupo.

Vaswani y Palamo, que apenas habían vivido aún la tensión de Horizonte Rojo, se habían adaptado rápidamente a la rutina de la *Enkidu*. Incluso Rurik, por lo general reservado, aceptaba las invitaciones gregarias por ser demasiado cortés para rechazarlas. Solo Nutty y ella permanecían en el limbo de la incomodidad y la sensación de estar desubicados, aunque el pensamiento no la aliviaba para nada. Compararse con el francotirador tarado era lo peor que podía hacer.

—Si te hubieras esforzado, Horizonte Rojo podría haber sido así —se imaginó que Bahuer le decía al oído—. Cuando tu padre era el capitán, no se diferenciaba tanto de esto, ¿no?

—Mi padre no hacía nada. Se pasaba el día encerrado en su camarote y el único con el que hablaba era Rurik —se imaginó que le contestaba.

—Al menos no envenenaba al resto de la tripulación. Los que murieron lo hicieron en el campo de batalla, no porque él se los hubiera follado.

Aunque Kerr lo intentara, Bahuer siempre tenía razón. Pero antes de que pudiera abordar la discusión imaginaria desde otra perspectiva, la voz de Palamo la sacó de su burbuja de culpa.

—¿Hola? ¿Estoy solo? ¿Quién anda ahí?

Kerr apretó los dientes y cerró los ojos. Había pasado tanto tiempo amodorrada bajo el chorro de agua caliente que no había tenido tiempo de enjabonarse el cuerpo antes de que alguien viniese a molestar.

—Estoy yo.

—¡Ah! Vale, jefa.

Cerró el grifo y miró cómo el desagüe se tragaba el agua mientras el pelo le goteaba por la espalda.

—Radha quiere organizar una partida de cartas esta noche. Stefario y Liu se apuntan, y también estoy yo —dijo Palamo desde fuera—. ¿Quieres unirte?

—¿Quién es Radha?

—Vas. O sea, Vaswani. Ella no me ha dicho nada, pero supongo que es una mesa abierta, así que…

Kerr se enrolló la toalla en torno al pecho y salió del cubículo envuelta en una nube de vapor. El nuevo piloto sonrió al ver que se le acercaba, pero su gesto se tornó serio cuando ella no le imitó. Tenía los ojos rasgados y la nariz ancha, y el pelo largo y rizado le caía sobre los hombros decorados con tatuajes en un intrincado diseño que se enredaba hasta los pectorales, donde disimulaban las dos cicatrices antiguas que tenía debajo. Era varios centímetros más bajo que Kerr. Quizá había intentado compensar la falta de estatura con el desarrollo del tren superior, algo que le había dado una constitución de triángulo invertido, pero no dejaba de ser un piloto. Por muchos bíceps o tatuajes de guerrero que tuviera, ella le superaba en experiencia de combate.

—¿Por qué quieres que juegue?

—¿Qué?

Se recordó que su padre había escogido a los nuevos reclutas, no ella. Le había dejado leer las fichas antes de entrevistarlos, pero no los había conocido hasta el día en que se habían presentado en la *Athena*.

Esta vez era diferente.

—¿Por qué me invitas a vuestras chorradas? ¿Qué coño estás intentando?

Palamo frunció el ceño, sonrió con nerviosismo y sacudió la cabeza.

—¿Qué? No sé, solo intento ser amable. ¿Qué creías que...? —Hinchó los carrillos y soltó un bufido incómodo—. De verdad, no entiendo...

Kerr salió de las duchas sin contestarle. Le pareció oír un murmullo confuso antes de que la puerta se cerrase a su espalda, pero no pensó en ello hasta un rato después, ya vestida. Se había sentado en la cama para dar un trago discreto aprovechando que Vaswani estaba en el gimnasio y la conversación de las duchas volvió a su mente como un vid borroso que se hubiese limitado a ver de lejos.

Igual Palamo pensaba que estaba tarumba.

Igual lo estaba de verdad.

El timbre de la puerta zumbó. Kerr escondió la botella en un hueco entre la cama y la pared y se echó el aliento en la mano. Tampoco se le notaba tanto.

No le sorprendió encontrarse a Rurik al otro lado del umbral, pero deseó no haber abierto la puerta. El mercenario veterano la miraba de hito en hito con la frente arrugada y las comisuras de la boca torcidas hacia abajo.

—¿Podemos hablar?

No, no podían.

—Sí. Pasa.

Rurik se sentó en la cama de Vaswani y se inclinó hacia delante. Se frotaba las manos, un gesto que no le pegaba demasiado. No pudo evitar una aguda sensación de terror ante la perspectiva de una charla seria. De qué tipo fuera no importaba. Había demasiadas cosas entre ellos como para que no fuese dolorosa.

Insegura, volvió a sentarse en su cama y lamentó no poder extender la mano y recuperar la botella.

—¿Cómo estás? —preguntó Rurik.

—Estoy bien.

—¿Seguro?

No.

—Sí. Sí, claro, estoy perfectamente. —Kerr se quitó una pelusa invisible del hombro—. ¿De qué querías hablar?

Rurik la observó con desconfianza. El odio la mordió en el estómago. Conocía demasiado a aquel hombre como para no hacerse una idea de lo que pasaba por su mente. Alguien le habría ido con el cuento. Quizás Palamo. Quizás había ido a la sala común a chismorrear con Vaswani y a decirle que a la capitana se le iba la puta cabeza y Rurik lo había escuchado. Rurik siempre lo sabía todo, hasta las cosas que Kerr no quería contarle a nadie, y le detestaba por ello.

—Llevas rara varios días. Más hosca que de costumbre, supongo. ¿Estás enfadada por la misión? ¿Porque tu padre ha puesto al mando a Hawke?

Kerr se pasó la lengua por el paladar seco.

—No. Estoy bien. Un poco cansada, nada más.

Rurik entornó los ojos.

—¿Cómo está Kirsten?

Mal.

—Bien. Recuperándose.

—¿Qué dicen los médicos?

Los médicos decían muchas cosas. Decían que necesitaría varias operaciones más, que quizá no volviera a caminar bien, o hablar sin titubear, o recordar el día de la semana. Que había sido enormemente afortunada. Pero Kerr sabía que aquellas eran palabras vacías, que no significaban lo que querían significar. Kirsten habría sido enormemente afortunada si la bala se hubiese hundido en el cráneo de Kerr en vez de en el suyo.

—Que va a mejor.

Rurik inspiró profundamente por la nariz. Pareció a punto de decir algo, pero no lo hizo. Se tragó el silencio, se palmeó los muslos y se levantó. Kerr hizo lo mismo. Lo acompañó a la puerta aunque se encontraba a dos pasos y se despidió de él con una sonrisa que le agarrotó la cara.

—Si necesitas hablar conmigo, ya sabes dónde estoy —dijo Rurik antes de alejarse por el pasillo.

Kerr se tumbó en la cama, súbitamente agotada, y contempló sin ver las rejillas del circuito de ventilación que vibraban sobre la puerta. Odiaba aquella habitación. Odiaba aquella nave. Odiaba a cada una de las personas que había en ella.

A todas.

★ 4 ★

—¿Usted es Rea Kerr? Puede pasar a la habitación ahora.

El banco de plástico crujió al abandonarlo. Su espalda, castigada por la sucesión de días de espera en aquel asiento mierdoso, protestó con un latigazo. Kerr se apoyó una mano en las lumbares y se estiró hasta que sintió el crujido. Aprovechó para girar la cintura a derecha e izquierda y entró en la habitación con las manos en los bolsillos mientras acariciaba a la vez la pulsera de cuentas y la pelota de goma.

Ahora que ya no estaba en Cuidados Intensivos, a Kirsten la rodeaban menos pantallas, máquinas y tubos por todas partes. Le habían quitado el casco que protegía su ya no tan inflamado cerebro, así que Kerr podía verle el pelo escaso que le había crecido en las últimas dos semanas, de un rubio tan pálido que parecía blanco. Le dieron ganas de pasar un dedo por él para comprobar si pinchaba, pero no se atrevió a hacerlo. No sabía si le dolería.

Kirsten sonrió cuando la vio acercarse a la cama. Era una sonrisa rara. La comisura izquierda no se levantaba igual que la derecha, así que fallaba la simetría. Aun así, Kerr no pudo evitar devolverle el gesto. La había visto despierta antes, pero nunca tan despejada.

Se sentó a su derecha. Kirsten la rozó con los dedos. Ella los tomó entre las manos y los apretó con suavidad, sorprendida por la calidez que emanaban. La ingeniera entreabrió los labios y dejó escapar un sonido áspero y sin forma:

—Kkkkk…

—Eh, tómatelo con calma. —El estómago le había brincado. Los médicos le habían dicho que todavía no podía hablar y que su manera de comunicarse con ella era a través de pestañeos—. Estoy aquí.

Kirsten volvió a sonreír con torpeza y Kerr se contagió de nuevo. Se estiró para sacar la pulsera de cuentas de su bolsillo y la depositó en la mano de la joven para cerrar sus dedos sobre ella.

—Cogí esto de tu casa hace tiempo. Se me olvidó traértelo la última vez que estuve contigo, pero creo que ahora que estás mejor te servirá de algo. Es tu pulsera de oración. —Kirsten bufó y Kerr decidió entenderlo como un gesto de sarcasmo—. No, no creas que me vas a convertir. Sigo sin tragarme una palabra.

Sacó la pelota de goma y la apretó en la mano izquierda. La soltó y la volvió a apretar una y otra vez sin darse cuenta de lo que hacía, demasiado concentrada en mirar a Kirsten y calcular si de verdad estaba viva o era otro de sus sueños. Debía de ser real. La ingeniera estaba tan pálida que las pecas apenas se marcaban en su piel. El lado derecho de su cabeza había quedado ligeramente deformado. Los médicos le habían explicado que aún no le habían remendado el cráneo del todo; le habían colocado una tapa provisional que podrían abrir y cerrar cuando entrasen en quirófano. La idea le resultaba espeluznante, pero no tanto como la cicatriz redonda que le había quedado en el pómulo. Aunque le hubieran colocado una placa para reconstruir el hueso y apenas se notase la diferencia entre un lado de la cara y el otro, la piel no mentía. Más adelante, los médicos podrían hacer desaparecer la marca sin problemas, pero mientras tuvieran por delante otra serie de operaciones no dejaba de ser un detalle tonto.

Sin embargo, para Kerr no podía haber nada más turbador. En sus sueños, Kirsten la recibía en la camilla del hospital con una melena dorada y espléndida, abierta de brazos y piernas. En sus pesadillas, Kirsten sangraba. Podía recordar el tacto áspero del hueso y el agudo horror que había sentido al darse cuenta de que lo que sobresalía del agujero eran sesos.

Se inclinó sobre la camilla para mirarla más de cerca, casi buscando la manera de cerciorarse de que la Kirsten que conocía seguía ahí dentro y que nada de ella se había desparramado sobre la acera.

—Lo siento mucho, Kirsten. —Apenas pudo pronunciar su nombre. Las palabras se le atascaban en la garganta, hinchadas como garrapatas. Las lágrimas le nublaron la mirada—. Necesito que te pongas bien. Por favor.

Algo líquido le rodó por la mejilla hasta la mandíbula. Sorbió por la nariz.

—Kkkkkk...

Kerr apretó los dientes. No sabía qué prefería, si la Kirsten que no podía hablar porque estaba en coma o la Kirsten consciente que no era capaz de articular las palabras. Hundió la mano en el colchón y se inclinó aún más para besarla. Sus labios estaban secos y sabían a algo estéril e impersonal. No encontró en ella ni un ápice de aquel olor a plástico caliente y sudor que tanto le gustaba. Era solo el detergente del camisón del hospital y algo que parecía yodo.

Cuando se separó de ella, Kirsten ya no intentaba pronunciar su nombre. La ansiedad de su mirada se había calmado. Kerr se percató de que había apretado tanto la pelota de goma que le dolían los dedos. Se la puso a Kirsten en la mano izquierda e intentó que la sujetara, pero no lo consiguió.

 **5**

El viento entró como una tempestad cuando abrieron la compuerta. Kerr se sujetó a una de las barras superiores y trató de equilibrarse. Los sistemas de su armadura emitieron un pitido y una voz mecánica le advirtió sobre la toxicidad del aire. Una bocanada en aquella atmósfera sería como beber un chupito de cianuro, pero por algún motivo estaban allí, a punto de descolgarse desde un transporte a un tren en movimiento para hacer... algo.

Miró a Vaswani, también sujeta a las barras, como en busca de una explicación. Su armadura recién pintada de rojo parecía nueva a pesar de los arañazos y las marcas del pectoral. Ella no se volvió. Estaba demasiado concentrada en lo que tenían por delante. Lo que quiera que fuese.

Kerr apretó los labios. Rurik le había explicado el plan en privado antes de presentarlo ante el resto de los mercenarios. Luego lo había repetido hasta que todos habían asentido. Ella también lo había hecho. Antes de ponerse las armaduras, Rurik le había palmeado la espalda y había buscado algo en sus ojos, le había preguntado si estaba bien, si necesitaba algo, y ella le había dicho que sí, que no y que no había problemas.

—No puedo bajar más —anunció Palamo a través de la radio—. Stefario, es cosa tuya.

—Yo estoy en el límite —respondió la piloto de los Hijos de Gilgamesh, que manejaba el otro transporte a distancia—. Hawke, tienes quince minutos.

Hawke estaba al mando de aquella misión.

Cierto.

—Saltamos en cinco segundos —anunció el capitán del otro equipo—. ¿Preparada, Kerr?

—Sí.

No.

—Cinco.

Vaswani soltó la barra superior y se sujetó a la del lateral. Tiró del cable de acero que la unía a una de las poleas del transporte para asegurarse de que era firme. Rurik, que apareció a la derecha de Kerr como un fantasma, hizo lo mismo con el suyo.

—Cuatro.

Kerr se palpó la cintura en busca del mosquetón y se dio cuenta de que no se había enganchado ninguno. La compuerta del transporte se había abierto como si fuera una rampa. Más abajo, a no menos de veinte metros, el tren levitaba sobre imanes a gran velocidad a través de un desierto de roca negra bajo una gigante roja.

—Tres.

Parpadeó. Nadie se había dado cuenta de que no tenía sujeción. Tal vez ni siquiera ella. Sería un accidente tonto. Trágico, tonto, fácil. Y la caída podría ser suficiente.

—Dos.

Kerr tiró del cable y enganchó el mosquetón en la sujeción de su traje. Se aseguró de que la polea giraba, tal y como habían hecho sus compañeros.

—Uno. ¡Vamos!

Se descolgó junto a Rurik y Vaswani. El viento rugió a su alrededor. La balanceó de un lado a otro hasta que sus pies tocaron el techo del tren y entonces se convirtió en un empujón continuo que intentaba derribarla sin importar que llevase puestas las botas magnéticas. Más allá, Hawke y su compañero (había olvidado su nombre) se soltaban de las poleas y echaban a andar hacia el final del vagón con las pistolas en la mano. Kerr hizo ademán de seguirlos, pero Rurik la tomó del brazo.

—Nosotros vamos por aquí, Kerr.

Ella asintió con torpeza. Siguió a Rurik y a Vaswani hacia la otra entrada del vagón dando lentos pasos de pato. El viento parecía un centenar de manos intentando detenerla y llevarla en la otra dirección; el esfuerzo de continuar le hizo rechinar los dientes.

De uno de los laterales del vagón surgió un dron que navegaba el viento mil veces mejor que ella. El objetivo de la cámara resplandeció levemente cuando un golpe de aire lo hizo girar antes de volverse hacia Kerr.

Rurik abrió fuego y el dron saltó en pedazos.

—Prepárate. Sabrán que venimos por aquí.

—Vale.

Se descolgaron por la parte trasera del vagón y desconectaron las botas magnéticas. Rurik abrió la compuerta y entró primero, seguido de Vaswani. Kerr hizo lo mismo.

Lo más raro de todo era estar en una situación de combate sin notar la adrenalina en las venas. Las cosas ocurrían a su alrededor y ella respondía con automatismo, más por inercia que por competencia. Era raro no poder disfrutar de sus sensaciones favoritas. Habría dado cualquier cosa por teletransportarse hasta la seguridad de su habitación, donde no se esperase nada de ella, pero la tecnología no había avanzado tanto.

Seguiría a Rurik. Rurik siempre sabía lo que hacer.

—Se acercan sintéticos. A cubierto.

Kerr buscó cobertura tras un cajón de metal. Los pasos de los guardias sintéticos rechinaban entre chasquidos hidráulicos. Rurik disparó desde la cobertura y Kerr le imitó. Los sintéticos dispararon los fusiles de asalto y el ruido se volvió insoportable. Rebotaba en las paredes de metal y atronaba los receptores de sonido del casco, que se había vuelto una olla a presión. Kerr apretó los dientes y buscó a Rurik con la mirada, pero ya no estaba allí.

Él y Vaswani habían acabado con los sintéticos mientras ella se encogía bajo el retumbar de las balas y avanzaban hacia la puerta. Kerr se levantó con torpeza y los siguió hacia la siguiente sala.

Los sintéticos ya estaban preparados. Su escudo reventó con un resplandor morado que la obligó a entrecerrar los ojos y un par de balas impactaron contra el pectoral de su armadura. No sintió dolor. Disparó contra ellos, pero no dio a ninguno. Rurik la empujó detrás de otro cajón.

Esperó hasta que los disparos terminaron. Se miró la armadura y comprobó que las balas no habían pasado de las primeras capas de kevlar. Bien.

Eso estaba bien.

—¿Te han dado? —preguntó Rurik mientras le tendía una mano.

—Sí, pero no.

—Ten cuidado.

—Sí, lo siento.

El chisporroteo de la radio le recordó al tiroteo anterior.

—Ya tengo la carga —dijo Hawke de buen humor—. Cuando queráis.

—Vaswani, la bomba —indicó Rurik, y se arrodilló en el suelo—. Kerr, bloquea la puerta y cúbrenos.

Obedeció. A través del visor se percató de que los guardias sintéticos de la siguiente sección se estaban reanimando. Se preguntó si tendrían tiempo de terminar lo que estaban haciendo antes de que desconectasen el bloqueo de la puerta.

Pero, cuando giró sobre sus talones, se encontró con que Rurik y Vaswani ya estaban en pie y le hacían gestos para que los siguiera. Al otro lado del visor, los sintéticos golpeaban la puerta.

Echaron a correr a través del vagón lleno de balas y sintéticos descuajeringados. Al salir, Rurik la ayudó a trepar de nuevo al techo, donde Hawke y los suyos ya estaban subiendo de vuelta a los transportes. El de Palamo esperaba sobre ella con los cables de acero desplegados. Kerr se enganchó el suyo a la armadura.

Mientras subía, se rozó el agujero de las balas con los dedos.

6

—¿Rea? ¿Eres Rea?

Era la segunda vez que la llamaban por su nombre aquel día, y esta le resultó especialmente chocante por venir de labios de un hombre desconocido. Kerr frunció el ceño. Durante una milésima de segundo se le aceleró el corazón al pensar que podía ser su padre. Pero su padre no se había acercado al hospital desde que a ella le recompusieron los dedos, y no lo haría ahora. Menos aún por Kirsten.

El hombre que la llamaba era un poco más joven que su padre. El gris salpicaba su barba y su pelo, de un rubio oscuro que no tardaría más que unos años en quedar decolorado por completo. Estaba fofo por la mezcla de la edad y la falta de ejercicio, y bajo la barbilla aguda se abultaba un pliegue de grasa. Cuando caminó hacia ella, la camisa se le arrugó en el flotador de la cintura.

—Soy Casper, el padre de Kirsten. Jacob me ha dicho que sueles venir a verla. —Le tendió la mano. Kerr tardó un instante en comprender lo que significaba. Cuando se la estrechó, se sorprendió de lo caliente que la tenía—. Creo que no hemos coincidido nunca.

Jacob era el hermano de Kirsten. Sí, claro. Había sido el primero en llegar, varios días después del accidente. Dektor le había avisado. Eso. Estaba casi segura de que habían hablado dos veces, pero ahora no podía recordar sobre qué, ni con qué resultado.

—No...

—Mi mujer se ha ido al hotel para enviar unas cosas del trabajo. Seguro que podrás conocerla en otra ocasión.

—Ah, vale.

—¿Has venido a...? —Señaló a la puerta de la habitación con el pulgar—. Pensaba que lo sabías. Kirs está en quirófano.

—¿Está en quirófano?

—Sí, la están operando. —Casper forzó una sonrisa y la miró con ojos entornados—. Disculpa. Te he abordado sin más y no me he dado cuenta. Jacob me ha dicho que viajas mucho por trabajo. Acabas de llegar, ¿no? El desajuste temporal. A Maria y a mí también nos dio fuerte. No hemos salido de la colonia desde hace varios años, así que puedes imaginarte.

Kerr se cruzó de brazos y se envaró, incómoda. Pensaba que los acontecimientos de ese día le habrían dado la energía que necesitaba, pero volver al hospital había sido volver a los pensamientos caóticos y a los sentimientos violentos, las dos razones por las que hacía semanas que no visitaba a Kirsten.

—Aún no te he dado las gracias por pasar tanto tiempo con ella —siguió él, y se olvidó de lo que tenía en la cabeza—. Jacob me ha dicho que no te has despegado del banco hasta que ha despertado. —Sonrió, esta vez de verdad—. Me alegra mucho saber que Kirs tiene a alguien así en su vida. Quizá te lo haya dicho ya, pero hace varios años que no congeniamos muy bien con ella. Una adolescencia difícil. Luego, cuando nos dijo que estaba saliendo con alienígenas... Y claro, no digo que haya nada malo en ello, ¿eh? Pero se nos volvió un poco rebelde, vaya. —Kerr parpadeó. Quería que aquel hombre se callara, pero su boca no dejaba de moverse—. Por eso digo que me alegra muchísimo ver que se relaciona con gente normal y que la aprecia de verdad.

—¿Qué le están...? ¿Para qué la operan ahora? —balbuceó en un intento de parar aquella conversación.

—Los médicos nos han explicado que es parte del proceso. Necesita un implante en la columna para conectarlo al procesador motor del cerebro. Dicen que es la manera más efectiva de superar la parálisis del lado izquierdo. Necesitará mucha rehabilitación, claro, pero son optimistas dentro de lo que cabe. En un año, tal vez dos... —Más metal, más chips, más mierda en el cuerpo. Kerr sacudió la cabeza—. La verdad es que ha tenido mucha suerte. Este es el tipo de cosas que te hacen creer que ahí fuera hay algo, ¿no crees? Cuando se lo diga a Kirs, se va a reír de mí. Ni Maria ni yo aprobamos en su día que se volviera musulmana. Creíamos que intentaba ser rebelde. Si...

—Perdón. Me está vibrando el *holo*.

Kerr se alejó del pasillo de habitaciones y bajó por las escaleras sin mirar atrás. Pensó en sentarse un momento y esperar, y volver más tarde para reincorporarse a la conversación sin que le temblasen las manos. Pero en el fondo sabía perfectamente que el padre de Kirsten no dejaría de hablar de cosas que no quería escuchar.

—Eres una cobarde de mierda —se imaginó que le decía Bahuer cuando subió al tren que la llevaría a casa. Nunca habría dicho que tenía una gran imaginación, pero lo cierto era que su capacidad para conjurar su tono de voz, tan burlón y rasposo, resultaba casi un prodigio—. Le revientan la cabeza a Kirsten por tu culpa y ni siquiera puedes estar ahí para soportar las consecuencias.

—Eso fue más culpa tuya que mía —pensó que murmuraba, y no levantó la vista del suelo. Su mano se cerró en torno a la barra de metal para evitar que el vaivén del vagón la zarandease de un lado a otro—. Tú me echaste encima a los arrianos.

—Eso también es cosa tuya. Si no te hubieras enrollado conmigo...

—Ya te dije que lo siento.

—Me mataste para quitarme de en medio. Eso no es sentirlo demasiado.

—No podía hacer otra cosa.

—Sí podías. Y lo sabes. Por eso no dejas de justificarte.

—Vete a la mierda y déjame en paz.

Sonó el tono que anunciaba la siguiente parada. Kerr levantó la vista y comprobó que aún le quedaba un trecho por delante. Los pasajeros que querían bajar gruñeron al hacerse paso a su lado, y la empujaron con los hombros al ver que no pretendía apartarse de allí.

Cuando el tren se puso en marcha, Kerr volvió a mirar al suelo y se imaginó que discutía con Bahuer otra vez.

Esa tarde se bebió toda la ginebra que le quedaba en casa mientras jugaba en Magma, desparramada sobre el sofá y empujando las latas de cerveza vacía con las botas sin importarle si se caían al suelo. Hacía varios días que no se molestaba en recogerlas para que el robot de limpieza pudiese hacer su trabajo; había dejado de verlas.

En algún momento, tras varias rondas sin acertar un solo tiro, se quedó dormida. Despertó de madrugada todavía borracha, se metió en la boca una rebanada de pan de molde para acallar el gruñido del estómago y la masticó con dificultad mientras revisaba los mensajes viejos del *holo.*

No contestó a ninguno. Se metió en la cama sin descalzarse y se tapó con la manta hasta la coronilla.

Cuando la *Enkidu* atracó en una de las dársenas de la Sígel y la tripulación preparaba los equipajes para volver a casa, Kerr recibió un mensaje. Era un contacto desconocido y probablemente no correspondiera a una identidad real, pero las palabras flotantes no dejaban ninguna duda acerca de su procedencia.

> *Parker: Bienvenida de nuevo.*
> *Parker: Tenemos trabajo para usted.*
> *Parker: Mañana a las cuatro en El giro.*
> *Venga sola.*

El mensaje venía acompañado de las coordenadas del sitio. Un rápido vistazo en Extranet le sirvió para averiguar que se trataba de una cafetería para humanos en uno de los sectores acomodados. Sabía que la cita se le olvidaría; su cabeza estaba demasiado atestada de ruido como para que la información importante resaltara. Programó una alarma que le avisaba de ello una hora antes de las cinco. Esperaba poder levantarse de la cama con bastante antelación.

—Hoy vamos a salir a cenar por ahí, y luego de copas —dijo Vaswani mientras metía ropa en su mochila sin doblarla primero—. ¿Te apuntas?

Vaswani se apartó la melena larga de la cara y la miró inquisitivamente. Kerr no pudo evitar sentirse juzgada al instante. Le había parecido que la nueva recluta se daba aires de superioridad desde el principio, y su irritante manía de irrumpir en la habitación que compartían sin llamar primero la había hecho odiarla en silencio. Pero, aunque ocupara el puesto de Bahuer, Kerr debía admitir que no se parecía a él. Vaswani no perdía el tiempo en sonrisas idiotas ni en despliegues de chulería. Era fácil intuir que no le tenía simpatía a Kerr por el modo en que hablaba con ella. Al menos esta vez vería venir la puñalada.

—No. —La respuesta salió cortante y hostil. Kerr se obligó a decir algo más para no quedar como una borde de mierda—. Tengo que ir al hospital.

Tendría que ir al hospital en algún momento; en eso no mentía. Lo que Vaswani no sabía era que quizá no lo hiciera necesariamente esa noche.

—Ah. ¿Para ver a la antigua piloto?

La pregunta quedó en el aire. Vaswani le daba la espalda; seguía metiendo sus cosas en la mochila sin ningún aprecio por su integridad, todo de golpe. Kerr frunció el ceño y la observó de reojo. ¿Qué estaba intentando?

—Sí. —Abrió el cajón donde guardaba la ropa interior y echó un puñado de bragas en la bolsa—. ¿Qué sabes de eso?

—No mucho. Lo que nos ha mencionado Nutty.

El cabrón loco estaba cotilleando a sus espaldas. Kerr apretó la mandíbula. Si no le diera tanto miedo, habría dejado lo que estaba haciendo para salir a buscarlo y pedirle explicaciones.

—¿Qué os ha dicho?

—Nada. Que le dieron un tiro en la cabeza y que por poco se muere, ¿no? —Vaswani continuaba a lo suyo. Decía aquellas cosas sin inmutarse, sin pararse a pensar en si a Kerr le gustaría oírlas de los labios de alguien como ella—. ¿No se ha quedado paralítica o algo así?

Kerr se detuvo en seco. Vaswani seguía abriendo y cerrando cajones y cremalleras. Para ella no era más que charla insustancial; ni se imaginaba el efecto que causaba en Kerr. O quizás sí. Quizás lo hacía estremecida de placer ante la idea de machacar emocionalmente a su capitana. Quizás se parecía más a Bahuer de lo que Kerr creía.

—Algo así —contestó con un hilo de voz.

Se encontró con Nutty en el pasillo, pero también con todos los demás. Parloteaban muy animados acerca de las cosas que iban a hacer mientras estuvieran en la Sígel. Se hacían bromas, fanfarroneaban, reían. Fue como volver a tener catorce años y estar rodeada de las personas que quería ser cuando fuese adulta, intentando entender sus chistes sin atreverse a soltar uno por miedo a que se dieran cuenta de que en realidad no pertenecía al grupo. Todos la trataban bien por respeto al jefe, pero eso no quería decir que encajase entre ellos.

—Nutty, ¿quieres venirte esta noche a la cena? —oyó que le preguntaba Palamo por encima del griterío.

—Tengo planes.

—¿Planes más importantes que salir con tus colegas?

Salir a rajar gorianos por los callejones, por ejemplo. O largar sobre lo que no debía.

—Tengo una cita con una amiga.

Aquella frase casi fue capaz de sacarle una carcajada, algo que Kerr habría juzgado imposible debido a su estado de ánimo actual. Le miró de reojo a la espera de que revelase algo más, pero Nutty había dicho todo lo que quería decir. Palamo, quizá demasiado intimidado por las posibilidades más bien horribles que aquella frase albergaba, se volvió para preguntarle algo a Vaswani.

Después de que Hawke pasase revisión y todo el mundo se cerciorara de que no se olvidaba nada importante en sus camarotes, salieron en tromba de la *Enkidu,* esparciéndose por la dársena como un grupo de pacientes de psiquiátrico huidos. Hawke, que se había quedado rezagado, sonrió al verlos alejarse.

—A veces no estoy seguro de si trabajo con mercenarios o con una banda de tronados —le dijo al ponerse a su altura.

—Las dos cosas son lo mismo.

—¿Tú crees?

Kerr se encogió de hombros. Hawke y ella caminaron codo con codo, en silencio, a través del largo corredor que separaba las dársenas de los controles de seguridad de entrada a la estación. La tripulación se había marchado hacía un rato, así que solo quedaban ellos dos al otro lado de los mostradores de inspección.

—Oye, Kerr, quería decirte que no tienes nada que temer por mi parte. Horizonte Rojo y los Hijos son cosas totalmente diferentes.

Hawke sostenía su mochila con una sola mano. La chaqueta de piel sintética le hacía un bulto sobre la pistola de la sobaquera, pero por lo demás parecía un tipo normal y corriente que acabase de llegar de un viaje de negocios. Debía de ser mayor que ella, pero más joven que Rurik. El pelo corto le crecía en rizos apretados, aún castaño oscuro en su mayoría. Kerr no recordaba haberle visto sombra de barba en el tiempo que habían coincidido en la nave; debía de afeitarse con tanta pulcritud que la piel se le irritaba.

Parecía tan profesional y tan cómodo con la vida que Kerr desconfió de él al instante, como lo habría hecho de Carlo Lucani si le hubiese dicho lo mismo.

—Ya. No tengo miedo de nada.

—Lo digo porque quizá nuestra comunicación no ha sido la mejor durante esta misión y... Tu padre decidió que yo fuera el primer responsable, pero eso no quiere decir que pretenda...

—Ya. Lo entiendo. No hay problema.

Hawke tiró del asa de la mochila para pegársela aún más a la espalda.

—Bien. Solo quería que despejásemos el elefante de la habitación. No pretendo competir contigo.

Aquel tío era un comemierda de verdad.

—Vale.

Hawke y ella continuaron a través de los controles. Él se dio más prisa para perderla de vista lo antes posible. Se despidió con torpeza y desapareció más allá de los arcos magnéticos mientras ella todavía hacía cola para que revisasen su equipaje. Kerr lo agradeció.

★ 8 ★

El tejido de la mano izquierda había dejado de dolerle hacía semanas, pero eso no significaba que no pudiera clavarse las uñas para recordar cómo era. No se parecía a la sensación de que los músculos y los tendones se le separasen de los huesos, pero era dolor, al fin y al cabo, y servía para su propósito.

Su propósito era no levantarse para partirle la cabeza a su padre.

—No puedes hacer eso. Horizonte Rojo es mi equipo.

—Horizonte Rojo es *mi* equipo, Rea. Haré con él lo que crea conveniente. —Giró la silla para echar un vistazo al tráfico aéreo, que por la mañana carecía del encanto del espectáculo de luces que era durante la noche simulada—. Si me parece que es mejor que trabajéis con Hawke hasta nuevo aviso, no hay discusión.

Kerr negó con la cabeza. Ya no podía soltarle un tortazo o encerrarla en su habitación como cuando era una niña. El único poder que tenía sobre ella (al menos el único que Kerr admitiría en voz alta) era el de su nave y su tripulación. Y lo estaba utilizando para castigarla por lo ocurrido a bordo de la *Cyclon* y por haber pactado con Primus Filius a cambio de la libertad de Charlotte y las vidas de Ariadne y Kirsten.

—¿Para eso me pediste mi opinión sobre los nuevos reclutas? ¿Para ponerlos al mando de otro tío?

—No estarán al mando de Hawke. Son tuyos.

—Entonces la que va a estar al mando de Hawke soy yo.

—No te vendría mal durante un tiempo para que aprendieras algo de liderazgo, pero no. Trabajaréis juntos.

—Pero él va a ser el jefe. Me lo acabas de decir.

Su padre se cruzó de brazos y dejó escapar un hondo suspiro. Le clavó una mirada helada que decía sin palabras hasta qué punto podía llegar a decepcionarle, y ella se clavó aún más las uñas para no decirle con los puños hasta qué punto la tenía hasta el coño.

—No voy a seguir discutiendo esto contigo. Si no lo aceptas, puedes pedir una baja.

—Y una mierda. No vas a apartarme de mi equipo.

—Entonces cállate.

Kerr se levantó de la silla con tanta prisa que estuvo a punto de derribarla. Dejó de hacerse daño. El dolor, en lugar de desvanecerse, se extendió por toda la mano hasta la muñeca con tanta intensidad que se estremeció. Apretó la mandíbula e hinchó las fosas nasales mientras su padre le sostenía la mirada con aire cansado.

—No creas que me intimidas con esos berrinches de niña pequeña. Ahora vete.

Era verdad. Su padre nunca le había tenido miedo, sin importar cuánto creciera o cómo de fuerte se hubiera vuelto. Nunca había temido que le superase en éxito, pero tampoco había tenido miedo de que fracasara. Quizás por eso se la había confiado a Rurik. Sabía que, mientras su perro fiel estuviese a su lado, no la cagaría tanto como para palmarla y llevar Horizonte Rojo a la ruina.

Si ahora decidía supeditarla a Hawke, debía de ser por otra razón.

—No, a ti lo que te acojona es Primus Filius. —Vio una pequeña, pequeñísima falla en la perfecta expresión de indiferencia de su padre y supo que no se equivocaba—. Te cagas al pensar en lo que pueda hacer con ellos, ¿no? Por eso me pones una niñera, para asegurarte de que no siga aceptando trabajos suyos. Por eso me quitas Horizonte Rojo.

—No te estoy quitando nada. ¿Puedes marcharte, Rea? Tengo cosas que hacer.

—Algo tuviste que hacer para acabar a malas con ellos. Igual lo que quieren es vigilarme a mí para acercarse a ti. Eso te daba mucho miedo hace años, ¿no te acuerdas?

Su padre se levantó de la silla. Ahora estaban igualados. Había conseguido que reaccionase con algo más que desprecio e indiferencia, y eso representaba un triunfo casi mayor que cualquier cosa. Envalentonada, Kerr se atrevió a decir algo más.

—En el fondo, todo esto es culpa tuya.

—No intentes echarme tu mierda encima. La culpa es tuya, Rea. —Y con la constatación de lo que sonaba como una verdad ineludible y se sentía como un puñetazo en la boca del estómago, su padre acababa de desarmarla otra vez—. No voy a volver a repetirlo. Si quieres seguir trabajando para mí, vete. Ahora.

Le dio un manotazo al vaso de agua que reposaba sobre la mesa de su padre y lo hizo añicos contra el suelo. Salió del despacho a largas zancadas mientras en los oídos le zumbaba el quejido de cristales rotos.

★ 9 ★

El giro estaba lleno a reventar. Era la hora acordada y a Kerr le había costado levantarse un poco menos que de costumbre, sin duda gracias a su recordatorio de no mezclar para no acabar doblada por los narcóticos. Había prescindido de la pastilla azul que tomaba a veces para irse a la cama. Le había costado conciliar el sueño incluso con la cerveza extra que bebió antes de acostarse, pero cuando despertó de madrugada para mearla lo hizo tan grogui que durmió el resto de un tirón. Aun así, después de que sonase la alarma de su *holo*, necesitó casi una hora para reunir las fuerzas necesarias para levantarse y arrastrarse a la ducha.

La cafetería tenía una amplia terraza que aprovechaba la zona ajardinada del sector. A diferencia de lo que ocurría en otros barrios de la estación, allí la temperatura era un par de grados más alta, suficiente para pasear sin chaqueta y tomar algo en la calle sin congelarse el culo. Kerr pasó con los dientes apretados entre las mesas repletas de humanos forrados que charlaban y reían con aire despreocupado, pasándose las fotos que se hacían unos a otros a través del *holo*. Siempre le había dado pereza ese tipo de gente, incluso cuando su padre y ella habían tenido pasta suficiente como para vivir no muy lejos de allí. Había sabido desde cría que nunca se sentiría cómoda entre ellos. Aunque algunos mercenarios quisieran enriquecerse para tener ese tipo de vida, incluso la Kerr adolescente había comprendido que estaba hecha para vivir de noche, o en el espacio.

Al entrar en el recinto de la cafetería, su *holo* zumbó y una luz parpadeó en su muñeca. Kerr cruzó la puerta. Una música suave amenizaba la velada, una luz tenue y naranja recortaba las caras de los humanos que preferían beber sus mierdas de importación a salvo de miradas molestas.

Se sentó en uno de los laterales de la barra y desplegó su *holo*. Era el típico mensaje de bienvenida al café con el menú y las sugerencias de la casa. Pasó por alto los tés de nombres indios que costaban un huevo y escogió la cerveza más barata, que aun así seguía siendo cara. Pensaba cargárselo a Primus Filius como gasto de dietas.

Una camarera no tardó casi nada en traerle su pedido. El vaso estaba helado y el grosor de la espuma era el correcto, pero Kerr se la habría bebido aunque viniera en una jarra sucia. Por ese precio no podía hacer otra cosa.

Un hombre se sentó a su lado. Mirado de reojo, parecía un tipo como otro cualquiera, sin nada en su apariencia que le desvelara como miembro de un grupo supremacista con muy pocos escrúpulos. A Kerr le bastó el gesto que hizo al volver la cabeza, desprovisto de cualquier interés sexual hacia ella pero aun así atento, para comprender que ese era el contacto con el que se había citado.

La camarera le trajo un café espumoso con una espiral de vainilla que olía como el que Rurik bebía en su casa. Cuando los dejó solos de nuevo, el hombre habló en voz baja:

—El nombre es Abdul Benkiran. En la práctica es un operativo de la organización, pero creemos que ha decidido traicionarnos y vender un caché de información clasificada a nuestros enemigos. —Desplegó el *holo* y arrastró un fichero y un par de fotos hacia el suyo, que vibró al recibirlas—. Saldrá de aquí en cincuenta y ocho horas en una nave con destino a la estación Suveya. Sígalo, vigílelo y, cuando se encuentre con su contacto, mátelo. Queremos saber para quién trabaja su contacto, así que captúrelo y sáquele la información como sea. Comuníquese con nosotros por los canales habituales. El pago será el de siempre.

Kerr apretó los dientes y sacudió la cabeza.

—No va a ser tan fácil. Ya no tengo a mi disposición a mi equipo y no puedo aceptar ese tipo de misiones sin llamar la atención. Mi p... Mi jefe no quiere saber nada de vosotros.

—Podemos firmar el contrato bajo un nombre falso. No tiene por qué enterarse.

—Se enteraría. Sabe que he estado trabajando para vosotros en los últimos meses y no le gusta. Ya no puedo escoger mis misiones.

Le ardían las mejillas. Se sentía sumamente estúpida teniendo que explicarle al contacto de Primus Filius que su padre no le dejaba salir a jugar a sus treinta y tres años. Tampoco es que se muriera de ganas de trabajar para ellos después de lo del cerdo de Bahuer, pero era preferible a soportar que su padre la mangoneara a placer. Se trataba de misiones corrientes, sin mucha complicación ni diferencia con otros trabajos. Además, pagaban bien. Casi habrían sido los clientes perfectos si no se hubiera sentido coaccionada y vigilada cada vez.

El contacto frunció el ceño.

—Podemos enviar a otra persona a cumplir con la misión, pero después de haberle desvelado a usted información comprometida no esperará que no tenga consecuencias. Tendríamos que cambiar las condiciones del trato.

—Dijimos que serían dos más y fuera —protestó ella con un tono de voz más alto del que le habría gustado.

Él se encogió de hombros.

—Son órdenes. Sabrá más en el futuro.

Dio un largo trago al café y se bajó del taburete. Kerr le tomó del brazo.

—Espera. Espera un momento, ¿vale? —Se pinzó el puente de la nariz con los dedos. Tenía que haber alguna manera de colar la misión como si fuera de un cliente cualquiera, ¿pero cómo conseguiría que su padre aceptase y, lo que era más difícil, la enviase a ella sola para cumplirla? Tragó saliva. Pensaba deprisa. Quizás si...—. Podría... Sí, vale. Acepto. Dame el resto de la información y me ocuparé de ello.

El contacto la miró de reojo, no muy convencido, pero Kerr le apretaba el brazo tan fuerte que terminó por zafarse y frotarse la zona disimuladamente. Le envió otro fichero con un par de movimientos de la mano y se alejó de ella.

Kerr suspiró. Aún era pronto y podría dejarse caer por el apartamento de Rurik con tiempo para pedirle ayuda. La idea no le sonaba seductora, sobre todo después de su manía agobiante de preguntarle si estaba bien aunque le hubiera dicho mil quinientas veces que sí, que lo estaba y que no, no necesitaba ayuda. Ahora que la respuesta era sí, no sabía si se atrevía a enfrentarse a él.

Por el momento, se contentaría con terminarse la cerveza. Aunque pretendía disfrutarla más que las que bebía en su casa, sobre todo por el precio, la ansiedad la obligó a acabarla de tres tragos y dejar la jarra a un lado tras un eructo contra la palma de la mano.

Salió de la cafetería a zancadas mientras calculaba la ruta más rápida hasta el apartamento de Rurik, lamentando la fatiga extra que supondría ir hacer una escala allí antes de volver a casa. Perdida en sus pensamientos, estuvo a punto de no oír su nombre, pero el instinto la obligó a volverse y buscar la persona que la había llamado.

En una de las mesas exteriores de la cafetería había una mujer de piel aceitunada y porte elegante cuyo rostro casi había olvidado. Entornó los ojos un segundo. Media melena peinada cuidadosamente al lado, sonrisa de anuncio, ojos de un verde intenso. Jansen. O mejor dicho, Ariadne.

—¿Cómo estás? Hace meses que no sé nada de ti.

Sobre la mesa había una taza de té medio vacía y una pizarra holográfica encendida. Había dejado el bolso en una de las sillas y cruzaba un par de piernas largas y morenas por debajo de la mesa. Kerr arrugó la frente y dudó. La sonrisa de Ariadne se desvaneció y las piernas se descruzaron.

—Rea, ¿te pasa algo? ¿Estás enferma?

Hablaba en tono bajo, grave, desprovisto de la nota artificial de su saludo. La miraba con lo que parecía interés sincero, sin inquisición ni burla. Casi compasivo. Kerr volvió la cabeza como si intentase asegurarse de que nadie más se había fijado en ella ni la vigilaba en busca de un destello de debilidad.

—Han sido un par de meses difíciles —murmuró, y no tuvo muy claro por qué.

Ariadne esbozó una sonrisa triste que quizá quería decir: "¿Verdad que sí?".

—¿Quieres sentarte?

No estaba segura. ¿Quería? Su cuerpo parecía haber decidido por sí mismo, porque había arrastrado una silla y se había dejado caer en ella con todo su peso.

Ariadne desplegó su *holo*.

—¿Quieres beber algo? Te invito.

—No, gracias. Estoy llena.

La mujer no insistió. Cerró el menú y se acomodó en la silla para inclinarse hacia ella.

—¿Dónde está Charlotte? —preguntó Kerr con un gesto en dirección a una de las sillas vacías.

—Está en el colegio.

—¿Está todo… bien?

—Ella está bien. —Ariadne se apartó un mechón oscuro de la cara antes de volverse hacia Kerr—. Le habría hecho ilusión encontrarte, ¿sabes? El mes pasado no hizo más que dibujarte y repetir que ella también quería ser una mercenaria espacial.

Kerr bufó con la garganta estrangulada.

—Por favor, no dejes que siga pensando en eso.

—Ha cambiado otra vez. Ahora quiere ser científica. Mañana querrá ser actriz.

—¿Y podrá ser alguna de esas cosas?

—Quizá. Ya veremos.

Ariadne bebió un sorbo del té dorado. Kerr se recostó y se miró las manos. Tenía las uñas largas y sucias. Las escondió en un puño para que ella no las viera y pensó en si debía preguntarle si le iba tan mal debajo de Primus Filius como a ella, pero Ariadne fue más rápida.

—Pareces muy cansada. ¿Te cuesta dormir?

—Algo. O duermo a trozos y me despierto con el corazón a mil por hora.

—¿También tienes pesadillas?

Hablaba con suavidad, pero aquella pregunta bastó en sí misma para que el estómago se le contrajera.

—A veces. —Los pulmones se le vaciaron y necesitó un suspiro—. ¿Tú?

—A veces.

Se preguntó si las suyas, además de ráfagas de sangre y lágrimas, le ofrecerían una y otra vez las opciones no elegidas. Luego recordó, como en un eco lejano, que Ariadne había disparado por la espalda a una mujer para salvar a su hija. No había posibilidad de considerar aquello un error, sino todo lo contrario. Era un acto heroico muy diferente de sus propias elecciones.

Pese a todo, la sensación de cercanía con aquella mujer se intensificó.

—¿Estás viendo a alguien? —preguntó, y Kerr no supo muy bien a quién se refería. Ariadne lo aclaró al ver que no contestaba—. ¿A un psicólogo?

Kerr sonrió.

—No me hace falta.

—¿Estás segura?

—Sobreviviré. Siempre consigo adaptarme a todo.

Pero Ariadne no se parecía en nada a la mujer que veía cuando se reflejaba en el espejo. Había venido aquí a disfrutar de una tarde distendida en su propia compañía. Se había puesto un vestido bonito y se había maquillado por placer, no para ocultar las marcas de una noche en vela, y estaba tan cómoda que no necesitaba distracción continua para olvidarse de las discusiones recurrentes que desearía poder tener con alguien que estaba muerto. Si alguna de las dos se había adaptado a la situación, debía de ser ella.

Kerr se encogió sobre sí misma.

—Es solo que... No sé. Supongo que es como si algo hubiese reventado. Como si fuera demasiado y ya no pudiera aguantarlo igual que antes. Como si ya no pudiera ignorar las cosas malas que he hecho. No tienen solución, no puedo arreglarlas y no sé cómo vivir con ello.

Ariadne le tendió una mano con timidez. Kerr no la aceptó. Ni siquiera tenía fuerzas para mirarla a los ojos. Se sintió estúpida y avergonzada, y quiso marcharse de allí a toda prisa y sin volver la cabeza. No tendría que haber dicho nada.

La otra mujer recogió la mano, pero no parecía enfadada.

—Cuando Karen murió, yo estaba embarazada —dijo, muy suave—. Fue un accidente de tren. Un fallo técnico, una estupidez. De repente, ella ya no estaba. —Kerr se atrevió a buscarla de reojo. Ariadne seguía tranquila, como si nada—. Apenas recuerdo nada de esos meses, pero sé que quise morirme. Ni siquiera la idea de cuidar de mi hija me ayudaba. Cuando nació, me pasé varias semanas sin atreverme a tocarla.

Los pulmones de Kerr dejaron de funcionar y ella no se dio cuenta. La voz de Ariadne era tan cálida que se atrevió a intercambiar una mirada con ella. Habría pensado que tendría los ojos brillantes por las lágrimas, pero los tenía secos. Hablaba, en realidad, de algo lejano en todos los sentidos. Aquello le inspiró un fuerte sentimiento de admiración hacia ella.

—La quiero más que a nada, te lo aseguro. Pero en aquel momento creo que era incapaz de sentir nada más que pena. El tipo de pena que es como un ancla dentro de ti y te arrastra al fondo con ella, y te aleja de todo lo demás. —Sonrió para sí, levemente—. Creo que nunca me hubiese hecho daño a mí misma, pero estaba esperando a que pasase algo que acabase con todo.

—¿Y cómo...? —La voz le salió rota y tuvo que tragar saliva para empezar de nuevo—. ¿Cómo saliste de ahí?

—Imbarr. Ella me apoyó durante los momentos más duros y se ocupó de que a Charlotte no le faltase nada. Fue entonces cuando establecimos el lazo *shi'eon*. Nunca me ha fallado. —Kerr no tenía ni idea a lo que se refería, pero no quería que Ariadne dejase de hablar—. También fui a terapia y tomé medicación durante un tiempo.

Suspiró otra vez. Todo aquello estaba muy bien, pero no necesitaba hablar con nadie. No quería hablar con un desconocido al que contarle sus mierdas, y desde luego que no quería hablar con un conocido. Rurik estaba fuera de la cuestión; después de años de silencios incómodos y cosas no mencionadas, no se sentía con fuerzas para romper el hielo. Además, seguro que se lo contaba a su padre.

Lo más cercano a un amigo que tenía era Kirsten, pero no se atrevía a mirarla a la cara. Sabía que la piloto tenía que odiarla desde la inmovilidad de la camilla, con el cerebro destrozado por la bala que había sido para ella.

¿Ariadne? De los tres, era con la que menos la había cagado... Aunque en realidad sí que lo hubiese hecho. Pero quizá por ese motivo prefería no abrir la boca. Ariadne no necesitaba saber que no podía dejar de pensar en el cadáver de Bahuer o que por su culpa Kirsten apenas podía moverse.

—Ya veo.

—No es fácil pedir ayuda. Eso lo sé.

Kerr se quedó un rato en silencio. Ariadne bebió su té sin dejar de mirarla, atenta a sus movimientos. Tal vez en otro momento se habría sentido cohibida por ello, pero ahora le resultaba hasta agradable que hubiese alguien interesado en su bienestar aunque apenas la conociera.

—Igual es por eso —diría Bahuer.

Pero Kerr consiguió que aquello no calase tan hondo, al menos esta vez. Asintió para sí y se levantó. No estaba muy segura de si debía hacer lo que quería hacer, pero necesitaba intentarlo.

—Bueno. Ya nos veremos —dijo.

Ariadne pareció dudar acerca de si debía o no levantarse, y finalmente no lo hizo.

—Adiós, Rea. Por favor, cuídate.

—Sí. Gracias.

★ 10 ★

Benkiran tomó su vuelo a la hora indicada por Primus Filius. Era una nave de transporte civil como cualquier otra, tan atestada de viajeros como la compañía a cargo se atrevía. Kerr las odiaba aún más de lo que odiaba a la *Enkidu*. Después de una vida viajando en las naves de su padre, los transportes civiles le resultaban insoportables. Los pasajes eran caros, aún más si se querían evitar la mayor parte de escalas, los asientos incómodos y estaban llenas de alienígenas.

Palamo averiguó su itinerario y aseguró que podía seguirlo. No había conseguido entrar en la base de datos de la compañía para descubrir dónde se bajaría Benkiran, pero el primer destino del transporte era la estación Onus, el lugar perfecto para alguien que quisiera pasar desapercibido. Tendrían que tener la confirmación visual de que el objetivo bajaba allí, pero no había otra manera. Palamo no era Kirsten, después de todo.

Kerr se hizo la firme promesa de no pasarse en aquella misión. Tenía que estar centrada y serena, lo que implicaba no beber de más, no mezclar y no dejarse llevar por los demonios. Cuando entró en su habitación, una vez Palamo ya había encendido los motores y surcaban el sistema siguiendo las directrices del itinerario del transporte, se enfrentó cara a cara a su botella. Calculó la cantidad de alcohol que le quedaba y decidió que solo se permitiría un par de dedos cada día. Tres, como mucho. No sería suficiente para emborracharse y no le nublaría la mente tanto como para animarla a tomar malas decisiones, pero la ayudaría a sobrellevar el día si la racionaba correctamente.

Aquel era un pensamiento extraño. Hasta ese día no se había parado a negociar consigo misma la cantidad de alcohol que iba a tomar de antemano. Había recurrido a él según la necesidad. Un chupito para un día normal, dos para un día duro y los que necesitase cuando las cosas estaban realmente jodidas.

Pero esta vez no la cagaría. No podía decir que estuviese segura de ello al cien por cien, pero lo necesitaba.

Necesitaba hacer algo bien por una vez.

 11

—Hola, Rurik. Necesito que me hagas un favor bastante grande.

Él arqueó la ceja desde el otro lado de la puerta. Ni siquiera le había dado tiempo a saludarla o a invitarla a pasar. En el fondo, lo que Kerr esperaba era un Rurik complaciente que no hiciera preguntas más allá de las necesarias para que aceptase ser parte de su plan. Para las demás no había respuesta, o no quería respondérselas a él ni a nadie.

—Pasa —dijo él con voz ronca, y se hizo a un lado para obligarla educadamente a entrar a su apartamento.

Había esperado aquello tanto como lo había temido, así que pasó con la cabeza gacha. Hacía muchísimo tiempo que no se dejaba caer por casa de Rurik, pero con el olor que le llenó la nariz, los recuerdos le estallaron en la frente.

Cuando era adolescente, el mercenario solía pasar el rato con ella. Su padre y ella se evitaban cuando la presencia del otro no era imprescindible y sus amigos itinerantes no siempre estaban disponibles. Además, no siempre quería ir con ellos. No terminaba de encajar.

Rurik tampoco parecía encajar con el resto de la gente, sobre todo en su juventud. Le recordaba cordial y amable con los otros mercenarios, pero siempre reservado y a un paso de distancia. Kerr no le conocía amigos. Una vez, a los trece o catorce años, le había preguntado si tenía. Rurik le había contestado que con el tiempo había aprendido a dejar de sobrevalorar la amistad. Con los años se dio cuenta de que la vida de mercenaria no ofrecía muchas posibilidades para entablar relaciones duraderas con nadie que no fuera de la tripulación, y la muerte siempre planeaba sobre las cabezas de los demás y de la propia.

Cruzó el pasillo hasta el salón y se sentó en uno de los sillones. Rurik no había cambiado los muebles en los veinte o treinta años que llevaba viviendo en aquel apartamento. Eran antiguallas de madera de verdad, compradas e importadas poco a poco. Cada una de aquellas mesas y sillas costaban uno o dos sueldos, por lo menos. Pero mientras que ella se gastaba el dinero en alcohol, armas o tonterías que dejaría tan olvidadas como la nueva barra de dominadas, Rurik escogía invertir en cosas de esas.

En la pantalla se veía un combate aéreo entre svadik y baryanos en las proximidades de Dorron. Kerr no podía concretar si era la misma noticia que habían estado repitiendo la noche anterior. Últimamente, todos los vids le parecían iguales.

Rurik la apagó con un movimiento rápido de la mano y tomó asiento delante de Kerr. Allí, bajo el techo alto, no parecía tan grande como en la *Athena*. Aun así, su ceño bajo y su frente arrugada seguían resultando intimidatorios para ella.

—¿Qué ocurre?

—Necesito un favor —repitió. En realidad lo que necesitaba era un poco más de tiempo para replantear las palabras. La explicación que había planeado se le había enredado tan pronto había cruzado el umbral de la entrada, sepultada bajo los recuerdos y la ansiedad—. Es un favor sobre Horizonte Rojo.

Rurik apenas se movió. Sus manos grandes y nudosas se cerraron y se abrieron sobre las rodillas.

—Dime.

—No te lo pediría si no fuera vital, te lo juro. —Trató de tragar saliva, pero no le quedaba nada en la boca. Su lengua resbaló con aspereza por el paladar seco—. Primus Filius me ha encargado una misión y necesito aceptarla. —Su mandíbula se contrajo sin querer. El rostro de Rurik seguía impertérrito—. Mi padre no puede saber nada. Ellos me han dicho que podrían pasarme un contrato bajo un nombre falso, pero si él decide que es para los Hijos o que prefiere que Hawke siga al mando, la he cagado.

—Kerr...

—Sí, sí, ya lo sé. A mí tampoco me vuelve loca todo esto, ¿vale? Pero si me niego, me meteré en problemas con ellos otra vez. —Bajó la cabeza. Le habían empezado a temblar las manos y le faltaba el aire. Se concentró en dominar su respiración. Lo que menos necesitaba era perder el control delante de Rurik—. Necesito que intervengas. Nunca te lo he pedido hasta ahora. Eso tiene que valer de algo, ¿no? —Le miró con ojos cristalinos. La tensión en su mandíbula comenzaba a volverse insoportable, pero al menos había logrado dominar el terrible deseo de llorar que le llenaba el pecho—. Dile que me ponga a prueba. Esta vez será la buena. No más cagadas. —Se mordió el labio. Rurik arrugaba el entrecejo y no sabía si era bueno o malo—. Por favor, Rurik. Te necesito.

Rurik tomó la taza humeante que había dejado sobre una mesita auxiliar. Café procedente de los campos colombianos, cuyo genoma no modificado hacía su cultivo casi milagroso y su precio casi inasumible. Kerr no tenía el olfato entrenado para detectar aquellas cosas, pero sabía que debía de ser así. Quizá fuese africano, o quizá esta vez se hubiese permitido comprar una de las variedades que aún podían cultivarse en la Polinesia. Pero sería café de la Tierra, sin duda. Rurik amaba las cosas buenas que le recordaban a su planeta.

—Tengo menos poder sobre tu padre del que crees —dijo en tono suave antes de dar un sorbo.

Hacía quince o veinte años, Rurik le había dado a probar una taza de café importado. A Kerr no le había sabido a nada en particular, pero había sonreído porque Rurik esperaba que lo apreciara. ¿Por qué no podía él devolverle el favor y sonreír y decirle que se encargaría de ello?

—Tienes más poder que yo —respondió ella—. A ti al menos te escucha.

—Cuando me hace preguntas. —Dejó la taza en su sitio otra vez y soltó un suspiro largo y profundo—. ¿De qué trata la misión?

—Seguir a un tipo, esperar a que se encuentre con un contacto y matarlo. Averiguar quién es el contacto y con qué trapichean. Es fácil y lo hemos hecho mil millones de veces. Palamo puede montar un dispositivo de vigilancia y Nutty se lo puede cargar a distancia mientras Vaswani, tú y yo nos llevamos por delante a su colega. —Miró a Rurik con desesperación. Esperaba que no la obligase a suplicárselo—. Volveremos en una o dos semanas y mi padre no sabrá nada. Pensará que es otra empresa ocupándose de un caso de espionaje industrial, como aquella vez.

Rurik ladeó la cabeza.

—No sé si me escucharía...

—¡Inténtalo!

—... pero aun si lo hiciera, ¿puedo confiar en ti, Kerr? ¿Estás diciéndome toda la verdad?

Se echó hacia atrás con un gesto de indignación. No se esperaba que Rurik fuese a dudar de su palabra. Nunca le había mentido. Bueno, no le había mentido en mucho tiempo. Al menos que ella recordara.

—¡Sí! ¿Qué crees que estoy intentando?

—No lo sé, pero me preocupas. Últimamente actúas de un modo muy errático.

Kerr crispó las manos. Su primera reacción fue espetarle que no se inventase cosas, pero luego recordó su charla con Ariadne Jansen y se dio cuenta de que no se acordaba muy bien de lo que había almorzado aquel día. O de si lo había hecho.

—Estoy bien. Solo un poco cansada.

Rurik entornó los ojos como si la escudriñara. Kerr se revolvió en el asiento, incómoda. Fuera lo que fuese lo que estaba pensando, quería que dejase de hacerlo. Él obedeció su orden mental, pero el resultado fue casi peor. Sentía de alguna manera que Rurik estaba a punto de hablar de algo que ella no quería oír, pero no terminaba de arrancar. Si lo hubiera hecho, Kerr habría podido cambiar de tema; en su silencio incómodo, no había escapatoria posible.

La pugna sin palabras duró un momento. Cuando Rurik cambió de postura y relajó los hombros, Kerr estuvo a punto de jadear del esfuerzo. Acababa de drenarla de todas las fuerzas que había conseguido reunir.

—No puedo prometerte que vaya a funcionar, pero hablaré con tu padre. Necesitaré el contrato y los datos. —Kerr desplegó el *holo* de inmediato y se los envió. El *holo* de Rurik parpadeó para avisarle de que habían llegado—. Kerr.

Lo grave de su voz la obligó a detenerse en seco y buscar su mirada. El mercenario alzó las cejas. Su frente se llenó de arrugas, y por un momento también lo hizo su rostro, cuya expresión cansada debía de parecerse a la suya. No había sido la única que había sufrido en aquel momento de silencio.

—Cuando acabemos la misión, tendremos que hablar.

—Sí —dijo, aunque no quería pensar en ello. Se levantó casi de un salto y miró al pasillo con una energía que no parecía suya—. Ahora tengo que marcharme. Voy a ir a ver a Kirsten.

¿Iba a hacerlo? Sí, ¿por qué no? Así le demostraría que no tenían por qué hablar de nada. Todo estaba bien. La vida seguía.

Rurik la acompañó a la puerta con una lentitud exasperante. Se despidió de él con una frase estereotipada y le dejó atrás, más viejo y cansado de lo que se lo había encontrado.

12

Los primeros días de la misión fueron casi fáciles. El hermano de Kirsten le envió un mensaje en el que le decía que la operación había sido un éxito y que los médicos tenían grandes esperanzas. Aunque el tono fuese algo cortante y más impersonal de lo habitual, Kerr tuvo razones para sentirse mejor por ello.

Ariadne también le envió un mensaje. No le contestó porque no estaba segura de qué decirle, pero le deseaba ánimos y le ofrecía prestarle su oído si alguna vez lo necesitaba. También le mandaba uno de los dibujos de Charlotte. En él aparecía una mujer armada y en pose heroica junto a una niña de pelo rizado y cara sonriente. Aunque la habilidad pictórica de Charlotte no era mala (al menos, no tan distinta de la suya), le costó identificarse con su yo del dibujo. Al menos, el color de la armadura era el mismo.

Kerr llegó a hacer el esfuerzo de reunirse con la tripulación para comer y cenar como hacían en la *Enkidu*. Palamo y Vaswani lo habían adoptado como tradición, y aunque su conversación fuese insulsa y ni Rurik ni Nutty participasen demasiado, a Kerr le sirvió para darle la impresión al primero de que estaba mejor de lo que creía.

—No sé qué verán o escucharán durante la misión —le dijo a Rurik en una de las escasas ocasiones en las que se quedaban solos en la cocina o en la sala del piloto—, pero necesito que se queden callados. Nutty es un chismoso. Palamo y Vaswani no lo sé, pero no me gusta que sean tan amigos de los Hijos.

Rurik suspiró. Kerr era consciente de que cada cosa nueva que le pedía era un nuevo tirón a la cuerda, ya peligrosamente tensa. Pero Rurik no le defraudó.

—Hablaré con ellos.

Los primeros días, casi fue fácil. Después, las cosas se complicaron.

Mantener la fachada de normalidad quemaba sus energías más rápido de lo que podía reponerlas, que no era mucho. Aunque no participase demasiado en las conversaciones con la tripulación, comenzó a desconectar mientras los murmullos de Palamo y Vaswani se volvían ruido blanco. Al principio, el tiempo se limitaba a pasar sin que se diera cuenta. Luego empezó a divagar.

Siempre que divagaba se acordaba de Bahuer.

Se sentía una estúpida anticipando lo que él hubiese dicho de seguir en la nave.

De seguir vivo. Era un zumbido molesto en su cerebro que no conseguía apagar de ninguna manera. Se preguntaba si Palamo le habría caído bien o si hubiese aprovechado la situación para competir con él por la atención de Vaswani. Kerr pensaba que la mercenaria tenía los pómulos demasiado marcados y las mejillas demasiado hundidas para resultar destacable, pero estaba segura de que Bahuer no habría perdido la oportunidad de tontear con ella.

Quizá habría intentado quedar por encima de Palamo o ponerla celosa. Quizá lo hubiese hecho por puro ego. Después de todo, Kirsten nunca había respondido a sus demostraciones, algo que tenía que haberle cabreado en su momento.

Kirsten era mucho más lista que él. Muchísimo más que ella misma. Vaswani disparaba bien y cumplía órdenes, pero Kerr suponía que de inteligencia iba justa.

—Al final, ¿quién iba a decir que acabarías tan obsesionada conmigo, Kerr? —le habría dicho él si hubiese sabido que le daba tantas vueltas a todo lo que le incumbía.

—No estoy obsesionada contigo —se imaginó que respondía con los labios pegados a la botella.

No sabía si era verdad o no. Aún le sentía adherido a su piel, como su pegajoso sudor. No, debajo de la piel. Horadándola mientras se abría paso a mordiscos, como un parásito.

Con la botella más vacía de lo que había planeado, llegaron a la Onus.

Le alegró saber que no estaba equivocada en sus suposiciones. Benkiran cruzó los controles de seguridad, más laxos que en la Sígel, y se encaminó hacia uno de los niveles inferiores. Ellos se pusieron en marcha.

Todos vestían de civiles y habían dejado las armas pesadas en la *Athena*, pero además de un emisor de escudos conectado, todos llevaban pistolas. En la Onus nunca destacaba. Podrían haber vestido las armaduras sin llamar tanto la atención como en la Sígel, pero Kerr había decidido minimizar los riesgos de que el objetivo les avistara. Como existía la posibilidad de que conociera a Kerr (aunque Rurik le había señalado que sería muy estúpido por parte de Primus Filius enviarla a ella a una misión contra un operativo que supiera de su existencia), Vaswani y Nutty eran los encargados de seguir de cerca a Benkiran mientras Rurik, Palamo y ella les pisaban los talones.

En realidad, quien les pisaba los talones literalmente era el piloto. Como su cometido era elaborar un informe de inteligencia sobre Benkiran, caminaba sin dejar de teclear en el teclado holográfico de su *holo* mientras Rurik se ocupaba de que no tropezase con ningún obstáculo. Con quien terminaba tropezando era con ellos.

—Esto sería más fácil si estuviera en la nave, ¿sabéis? —rezongaba mientras hacía malabarismos con tres pantallas simultáneas.

—No sabemos qué vamos a encontrarnos —le recordó Rurik—. Quizá necesitemos apoyo físico.

Palamo dejó escapar un bufido.

—Más vale que no dejéis que maten al piloto si queréis volver a casa.

—La nave tiene un sistema automático. No es tan difícil —dijo Kerr con aspereza.

Palamo volvió a bufar, pero al menos se mantuvo callado el resto del trayecto. Una de sus pantallas retransmitía en directo desde el pecho de Nutty, y Vaswani actualizaba el estado del objetivo a través de la radio cada pocos minutos.

—Benkiran se monta en otro ascensor. Va al nivel 8 —dijo la mercenaria—. Tenemos que entrar.

—Es muy arriesgado —respondió Rurik entre dientes—. Busca una ruta alternativa.

—No hay. Tenemos que hacerlo. No os preocupéis.

Le dio un vuelco al corazón y maldijo a Vaswani. Detuvo a Palamo posando la mano en su hombro y lo guio hasta un pasillo enjuto perpendicular a la calle principal del nivel 5. Un goriano de ojos turbios gruñó cuando interrumpieron su siesta callejera y se arrebujó en su capote de plástico con gesto de desagrado. Kerr posó la mano en la pistola y le dedicó una mirada de advertencia antes de centrarse en la pantalla de Palamo.

La cámara captó a Benkiran en la esquina izquierda del ascensor. El operativo rebelde siguió con la mirada a Nutty. El francotirador le dio la espalda, así que Kerr no pudo saber si Benkiran le había reconocido. Su pulso enloqueció.

—La habéis cagado —espetó por radio—. ¡Joder!

Miró a su alrededor. El goriano indigente había asumido que no debía meterse en sus asuntos y nadie más les prestaba atención, pero estaban demasiado lejos de Benkiran como para tomar medidas. Jadeó en busca de Rurik, cuya mandíbula se crispaba.

Por la posición de Nutty, seguía sin poder saber qué hacía Benkiran. Supuso que el ascensor se cerraba y comenzaba a descender, pero aún era posible que el objetivo escapara tan pronto como se abrieran las puertas de nuevo.

—Joder, joder. Mierda, joder.

—Si me miras así voy a tener que darte otro beso —dijo Vaswani con voz risueña.

La luz que recibía la cámara quedó atenuada por el pecho de la mercenaria cuando abrazó al francotirador. Hubo ruidos húmedos de succión. Fueron veinte, treinta segundos. Luego ella dejó escapar un gritito.

—¡Con dientes no vale! —rio la mercenaria al tiempo que su brazo aparecía en pantalla para darle a Nutty un empujón.

Palamo empezó a reírse entre dientes. Sus carcajadas ahogadas le recordaron al de los motores de gasolina de las películas de época. Quizá en otra circunstancia Kerr se habría unido por puro nerviosismo, pero lo único que quería ahora era estrangularlo para se callara. No podía oír con claridad lo que pasaba al otro lado del auricular.

Nutty se volvió y la puerta del ascensor se abrió. Salió antes que Benkiran con Vaswani del brazo. Al fin un movimiento inteligente. Hicieron un poco de tiempo para permitir que el objetivo se adelantase y volver a seguirlo, y Palamo no había conseguido dejar de reírse ni siquiera para entonces.

—Si me vuelves a morder, te rompo la mandíbula —amenazó Vaswani mientras caminaban tras Benkiran a una distancia prudencial.

—Consentimiento, Vaswani. —dijo Nutty sin levantar la voz.

Las carcajadas de Palamo se tornaron ensordecedoras. El goriano volvió a removerse en su refugio de plástico.

—Esto es serio, joder. —Kerr apretó la mandíbula—. Has tenido suerte de que Benkiran haya visto menos películas que tú, Vaswani, pero no quiero más sorpresas.

—Entendido.

Suspiró y echó a andar de vuelta a la calle principal en pos del objetivo mientras Rurik y Palamo la seguían de cerca. Su respiración casi había recobrado la normalidad, pero habría matado por un trago largo de ginebra.

 13

Hasta los sectores de menor seguridad de la Sígel eran mejores que los de la media en la Onus. Kerr había oído que los que podían permitirse pagar los apartamentos de la seguridad más alta en aquella estación vivían como reyes, pero el porcentaje de personas o alienígenas que lo hacían era menor que en la suya. La temperatura era baja en todas partes y no había ciclos de día y noche, solo una penumbra azulada que en las peores secciones parpadeaba por las lámparas averiadas. La gente trapicheaba abiertamente. Los indigentes se apilaban en las callejuelas, o detrás de los paneles que ocultaban los oxidados túneles de mantenimiento.

De vez en cuando había problemas y el comandante de la estación, un arriano que había comprado su puesto hacía casi una década, enviaba a una brigada de seguridad para hacer limpieza. Decían que los que desaparecían acababan en los sobres de *Carneñam™* que se vendían en los supermercados de los niveles inferiores, pero Kerr lo dudaba seriamente. Pocas especies conocidas podían comerse unas a otras sin consecuencias serias. Aparte del asco que daba la *Carneñam™ (¡Carne casi auténtica a bajo precio!)*, nunca había oído que alguien se hubiese envenenado con ella. Si los habitantes de los niveles inferiores sospechasen que su fuente barata de proteínas era insalubre, no se habría vendido un solo sobre. Eran pobres, pero no idiotas.

Aunque en la Sígel, como sede del gobierno de la Confederación, hubiese representación de casi todas las especies, en la Onus se notaba una mezcla más intensa. En la Sígel, si sabías por dónde moverte, podías evitar la presencia alienígena en gran medida. En la Onus era imposible. Por cada humano había nueve bichos diferentes, cada uno de un color, y en lugar de unirse en función de su especie, se juntaban por lealtades. Kerr había visto una vez un vid sobre las luchas de los sindicatos de la Onus. Se había quedado dormida a mitad de la película porque era un soberano coñazo, pero se acordaba perfectamente de una escena en la que los mecánicos habían acabado a hostias con los mineros del cinturón de asteroides y habían partido a un baryano por la mitad con un taladro hidráulico.

Había sido lo único salvable del vid, a decir verdad.

Mientras vigilaban a Benkiran, Kerr tuvo tiempo para recordar la escena una y otra vez. Lo hizo tantas veces, del derecho y del revés, que terminó sintiéndose como creía que se sentía Nutty y prefirió jugar al *Robo-Flash* hasta que las cataratas de sangre y vísceras se alejaron de su mente.

El objetivo se hospedaba en una habitación de un cuchitril al que llamaban hostal en los niveles inferiores. Palamo se había ocupado de pinchar cámaras y micrófonos para tener vigilados todos sus movimientos (la seguridad del hostal era bastante mejorable) y Nutty, con un visor térmico, se aseguraba de que Benkiran no se sacaba un truco digital de la manga y estuviera de verdad donde se suponía que estaba.

Eso dejaba a Rurik, Vaswani y Kerr con mucho tiempo entre manos y pocas cosas que hacer más allá de fingir que no eran un grupo peligroso que buscaba problemas. En aquel nivel, la seguridad y el orden corrían a cargo de las bandas organizadas. Mitad grupos criminales, mitad milicias ciudadanas, eran agrupaciones heterogéneas que no habrían tenido ningún reparo en partirles los dientes si sospechaban que planeaban algo. Por suerte, la misión tenía que ver con un extranjero, así que en tanto no causasen daños colaterales los dejarían en paz.

Al menos, eso era lo que esperaba Kerr.

Le habría gustado poder mantenerse fría e inmóvil todo el rato que permanecieron allí, pero el tiempo hizo estragos. El aburrimiento y las ganas de beber le provocaron una inquietud que pronto pasó a transformarse en molestia. Su único viaje a los baños públicos del nivel lo convirtió en irritabilidad. Si los de la Sígel estaban sucios, cagar en la Onus era toda una odisea.

Aunque casi era preferible un viaje al baño antes de tener que aguantar a Vaswani. La mercenaria se aburría y Palamo no estaba disponible para charlar, así que intentó darles conversación a ellos. Kerr la ignoró, pero cuando Vaswani descubrió que Rurik había peleado en la última guerra entre gorianos y rae'loc, no paró de preguntarle cosas que Kerr ya sabía durante las siguientes dos horas.

Y Benkiran seguía sin moverse. Había salido a por comida y según Nutty entraba y salía del baño con regularidad, pero no hacía más que ver vids desde la cama. Ojalá pudiera hacer lo mismo. Y ojalá se hubiese traído algo para beber sin que ninguno se enterase, para que al menos el tiempo pasara un poco más deprisa.

En la madrugada del segundo día, Kerr empezó a quedarse dormida de pie. Le dolían la espalda y los pies y soñaba con una ducha caliente y con su cama. O con entrar al asalto en la habitación de Benkiran para exigirle que les dijera todo lo que supiera antes de matarlo. Eso habría sido más rápido y placentero que dejar que las cosas transcurrieran como debían.

Luego se acordó del baryano y el taladro hidráulico, y Bahuer con la nariz rota y llena de material absorbente, y se estremeció.

—Kerr, hay movimiento —le dijo Rurik con suavidad.

Abrió los ojos y estiró los hombros entumecidos. Su compañero le enseñaba una pantalla holográfica que mostraba el pasillo del piso de Benkiran. Había tres figuras caminando hacia la habitación del objetivo: dos alienígenas y una humana. Kerr supo por instinto que eran el contacto al que esperaban. Tendrían que decidir con cuál de los tres se quedaban.

—Benkiran se ha levantado. Está alerta —indicó Nutty, que se escondía en algún puesto elevado con vistas a la habitación.

—Si hace alguna tontería, cárgatelo —ordenó Kerr—. Palamo, evita alarmas y demás.

La voz soñolienta del piloto llegó como amortiguada desde la nave.

—Oído.

No estaba convencida de sus capacidades como hacker, pero era lo único que tenían a mano. Tendría que confiar en su propia habilidad para solucionar los problemas antes de que se produjeran. Y en las de Rurik, también.

—Ya sabéis cómo va. Entramos a la habitación, matamos al objetivo e incapacitamos a los otros tres. Registramos a Benkiran y nos llevamos cualquier cosa electrónica que tenga encima. Lo más probable es que vaya a entregar alguna tarjeta de datos o algo por el estilo. Cuando sepamos cuál de los tres es el líder, nos lo llevamos también. —Kerr inspiró hasta que los pulmones se le colmaron de aire—. Esto es fácil. Lo hemos hecho más veces y no tiene por qué salir mal.

Echaron a andar hacia el hostal. Se aseguró de que no había nadie esperando en la planta baja antes de entrar;

no necesitaban sorpresas de última hora. El trío había venido solo, al parecer. Tanto mejor.

Como muchos sitios de ese estilo, la recepción era más bien escasa. Las habitaciones se alquilaban a través de un panel holográfico junto a una cabina blindada donde una goriana encorvada veía vids mientras les vigilaba por el rabillo del ojo. A ambos lados de la cabina había un par de sintéticos de seguridad que parecían tan viejos como la recepcionista. Kerr estaba segura de que ni siquiera funcionaban, pero sería mejor evitar montar jaleo allí abajo por si acaso. Esperaba que Palamo supiera desconectar las alarmas tan bien como había dicho en la entrevista de trabajo.

—Rurik, escaleras. Vaswani y yo iremos por el ascensor.

El mercenario asintió y subió los escalones sin prisa. Ellas dos tomaron el ascensor y pulsaron la tecla del cuarto piso, donde aguardaba Benkiran. La maquinaria tardó un momento en ponerse en movimiento y Kerr se colocó el guantelete de armadura con el dispositivo de impulsos, por si las cosas se ponían difíciles.

—Me encanta esto —dijo Vaswani mientras subían—. La anticipación. Es mejor que todo lo demás.

—Toda para ti.

A ella se la estaba comiendo la ansiedad. Si algo se complicaba, las cosas se les podían poner muy cuesta arriba. Vaswani se limitó a sonreír como si se sintiera superior por estar medio cachonda en lugar de cagada de miedo y preparó la pistola.

Salieron del ascensor y se guiaron con las señales para buscar el pasillo de la habitación de Benkiran. El suelo estaba cubierto de una moqueta sintética que en algunas partes hacía *chuic-chuic*, como si hubiese absorbido una vieja inundación, y las puertas tenían trazas de óxido. Algunos de los paneles estaban rotos. Kerr se preguntó si eso haría las habitaciones inhabitables o solo un poco más baratas.

Doblaron una esquina y llegaron a la habitación de Benkiran. Rurik indicó que permanecería junto a la escalera, a la espera, y Kerr y Vaswani se colocaron a ambos lados de la puerta. Tras un leve cabeceo, Kerr disparó al panel y Vaswani tiró de la manija para descorrer la puerta. Ella entró primero con la pistola por delante, aún caliente. Apuntó primero a los tres desconocidos y luego a Benkiran. Vaswani entró justo después y abrió fuego contra el goriano, que había intentado desenfundar. Una nube hedionda explotó a su alrededor, tan fuerte y penetrante que a Kerr le lloraron los ojos.

—¡Quieto todo...!

Una náusea amarga le subió por la garganta. De todos los gorianos a los que había olido, ese era con diferencia el más repugnante. Hizo un esfuerzo por erguirse y volver a apuntar a Benkiran, pero éste levantó la escopeta que llevaba oculta contra el muslo y disparó a Vaswani.

El aire se deformó en un destello morado. Los proyectiles rebotaron en todas direcciones; Kerr levantó un brazo para cubrirse la cara por instinto. Su propio escudo detuvo los impactos antes de desvanecerse.

Vaswani ni siquiera pudo insultarle. Soltó un aullido de rabia y apuntó a la cabeza de Benkiran, pero, antes de que pudiera disparar, los sesos del objetivo llovieron sobre ambas y el cuerpo cayó hacia delante con un agujero enorme en la coronilla. Pese a la horrible imagen, el hedor del goriano, que temblaba en el suelo con la mano herida entre las patas, era más que suficiente para asquearlas.

Su escaso apetito había sido una bendición; a pesar de las náuseas, Kerr sabía que sin nada en el estómago no podía soltar una vomitona. Se obligó a respirar por la boca, aunque de alguna manera continuaba percibiendo el mal olor, y apuntó a los dos que quedaban en pie con los ojos entrecerrados.

—Tirad las armas que llevéis encima.

El deren y la humana se miraron el uno al otro antes de echar mano de sus pistolas y dejarlas caer al suelo. Kerr las pateó tan fuerte como pudo. Resbalaron sobre la sangre del goriano y se metieron debajo de la cama.

Ahora tenía que decidir con cuál de los tres se quedaban. El goriano estaba descartado. Demasiado lío. Además, Kerr no quería volver a oler a aquel bicho asustado en la vida.

Hacía tiempo que no se cruzaba con un deren. No solían involucrarse en los asuntos de la Confederación. Tras su Primer Contacto, habían decidido desentenderse de la política galáctica para ocuparse de sus propios asuntos en su planeta y sus colonias. Algunos humanos creían que los deren habían hecho lo correcto. Este tendría que haberse quedado en su casa.

Un poco más bajo y delgado que el humano medio, el deren se cubría los cuatro ojos con gafas protectoras. Fuera de la atmósfera de su planeta, se les secaban. Le pasaría lo mismo a la piel, que soportaba mejor la falta de humedad pero que terminaría por volverse quebradiza y romperse si pasaba demasiado tiempo fuera de un entorno controlado o un traje.

No, el deren no iba a durarles demasiado.

El tiempo corría. Había que tomar una decisión.

¿Qué tal la humana? Era un poco mayor, o al menos lo parecía. ¿Sesenta, setenta? ¿Ochenta muy bien llevados? No tenía la pinta que le presuponía a un mercenario o a un matón a sueldo, pero...

—Kerr, ¿qué hacemos? —preguntó la otra mercenaria, que no sabía a cuál de los tres encañonar durante más rato.

—¿Kerr? —La mujer miró a Vaswani y luego a ella.

Tenía los ojos azules. Muy azules.

Si son genéticos, te felicito, le había dicho Kirsten hacía un millón de años.

Ya no había vuelta atrás. Ahí estaba. Era curioso lo mucho que había olvidado los detalles. Recordaba que tenía la piel clara, el pelo oscuro, los ojos azules y que olía bien, pero aquella imagen era una nube desmadejada de ideas, nada que se acercase a la persona que tenía delante.

Se le había olvidado que tenía la cara cuadrada, con un mentón apenas prominente y las sienes hundidas. No habría podido recordar la nariz chata y las cejas altas, y tampoco las bolsas de los ojos que hacía tres décadas no eran más que un esbozo. Las arrugas de la barbilla y el cuello no estaban allí cuando aún la conocía, pero no desentonaban en el conjunto. Igual que su padre, su madre había envejecido aunque hubiese optado por disimular su edad con los tintes que él consideraba una chorrada.

Kerr no era la única que se había dado cuenta de cómo había pasado el tiempo. Su madre también la miraba con una mezcla de asombro y temor. Asombro por haberse encontrado a su hija en la adultez en un sitio como aquel; temor porque la estaba apuntando con una pistola y no le faltaban motivos para pulsar el gatillo.

No, joder. ¿En qué coño estaba pensando?

—Kerr, ¿qué hacemos?

Bajó la pistola. Vaswani dejó escapar un gruñido incrédulo.

—Registra a Benkiran —dijo entre dientes. Luego cogió a su madre del brazo y tiró de ella para sacarla de la habitación.

—¿Y estos dos? —preguntó en un grito, aunque Kerr no se molestó en contestar.

Su mano se había cerrado con firmeza sobre la muñeca de su madre. Podía tocarla. No era un fantasma, ni una pesadilla, ni una ilusión alcohólica. No sabía a dónde iba. Era una pasajera en un aeromóvil sin nadie al volante, una espectadora de sus propias acciones que no podía cambiar nada de lo que ocurriera.

Pulsó el botón y la puerta del ascensor se abrió con un par de notas lastimeras. Kerr señaló a la cabina con la pistola.

—Vete.

Su madre se montó sin dejar de mirarla. Lo hizo hasta que la puerta de metal se cerró frente a sus narices.

Pero Kerr ya no estaba allí. Al menos, no dentro de su cuerpo.

 **14**

Huyó.

De las preguntas de Vaswani, que no contestó. De las de Rurik, que contestó a medias. Del hostal con la moqueta empapada. Del hedor a goriano asustado. De los asquerosos niveles inferiores. De todo.

Desconectó la radio y se dejó caer en el primer bar que pudo encontrar. Pidió algo de beber y que le dejasen la botella a mano. El camarero no dijo nada acerca de la sangre en su cara. Estaban en la Onus, después de todo.

Bebió.

Bebió mucho.

Había sido todo lo fuerte que había podido y lo había intentado en serio. Nadie podría haberla culpado esta vez. No había sido cosa suya. En otras ocasiones se había metido en problemas de cabeza y sin comprobar cómo de profunda era la piscina, pero esta se había esforzado por que saliera bien.

El problema era que, por mucho que pensara en ello, no podía sacarse de la cabeza una escena que hacía tiempo que no recordaba. Tenía ocho años y su madre acababa de largarse. Ya no lloraba: berreaba. Dolía tanto que ni siquiera le quedaban lágrimas y se limitaba a gritar y a tirarse del pelo descontrolada. Su padre le había pedido que dejase de aullar y luego se lo había ordenado con la mano en alto. Pero no había conseguido que se callase hasta que se sentó a su lado y respondió a sus continuos por qué.

—Tu madre se ha ido porque no nos quiere. No te quiere. Ahora que lo sabes, deja de llorar de una vez.

Y Kerr obedeció. No es que doliera menos, pero el estupor fue suficiente para cerrar la boca. De ese momento en adelante, se concentró en aquel pensamiento cuando su ausencia la ponía triste. Siempre era mejor la rabia.

Pero ahora no había ni rabia ni tristeza, solo una sensación abrumadora de hastío.

Cuando se terminó la primera botella, pidió otra. El camarero desconfiado se tranquilizó cuando Kerr hizo la transferencia de créditos sin rechistar. Ella sabía que no valía tanto. Era alcohol de mala calidad, destilado en tanques insalubres escondidos en el sótano de alguien, probablemente.

El secreto era estar tan borracha que no le preocupase ni lo que estaba bebiendo. Mientras hiciera su efecto, todo estaba bien.

Salió cuando el camarero le pidió que lo hiciera. No le había gustado que vomitase en la barra, ni siquiera aunque lo hubiese hecho sobre sus propias botas. Pero el camarero era humano y Kerr no quería molestarle, así que se marchó y caminó a trompicones por la sección de entretenimiento del nivel 3.

Pasó por delante de carteles que ofrecían juego y bebida a buen precio. Shows eróticos, prostitución interespecie, dolor de pago. Películas, videojuegos, apuestas. Lucha libre, comida rápida, música y baile.

Kerr se quedó mirando desde fuera un núcleo de la Ciudadela, el mundo virtual. Mucha gente lo utilizaba para comunicarse con sus seres queridos a media galaxia de distancia, pero en un sector como aquel y a esa hora, Kerr se hacía una idea de para qué se utilizaba. Tumbados en camillas blancas y enfundados en trajes que permitían sentir todo lo que percibían en la Ciudadela, los usuarios del núcleo buscaban una orgía perpetua y sin riesgos porque no era real.

Consideró la posibilidad de tumbarse con ellos y huir todavía más lejos, pero se dio cuenta de que, en realidad, aquello no era lo que buscaba. Estaba cansada de escapar.

En uno de los callejones paralelos a la calle central del sector se encontró con un grupo variado de alienígenas. Kerr no podía ver con claridad, pero le pareció que un par de ellos eran rae'loc. Había un arriano y quizás un humano, y tal vez también un baryano. Estaba tan concentrada en discernir sus formas que se tropezó con sus propias piernas y se cayó de rodillas.

Todos se echaron a reír.

—¿Os hago gracia, putos bichos? —preguntó mientras se levantaba con dificultad.

Hubo un momento de silencio y luego más risas. Kerr apretó la mandíbula.

—Anda, lárgate. Das pena —le dijo uno de ellos con tono socarrón.

—Tú sí que das pena, gilipollas.

Volvieron a reír, pero ya no tenían tantas ganas.

—¿Qué le pasa a esta? —murmuró alguien.

—Está como una cuba, eso le pasa.

—¿Qué te has metido, tía?

Kerr entornó los ojos. Tenía delante al arriano, que le superaba en altura por mucho y agitaba la mandíbula para emitir el sonido intimidatorio de su especie. Detrás de él había dos rae'loc, cogidos del brazo y mirándola con desdén.

—No me asustas, bicho —le dijo con toda la claridad que pudo—. He matado a más de los tuyos de los que me puedo acordar. Hasta a algunos de la Torr'Arrian.

Alguien, tras el arriano, dejó escapar una carcajada incrédula. Pero el enorme alienígena que tenía delante no lo dejó correr. Su padre siempre decía que los arrianos tenían un honor extraño. Esperaba haberle ofendido personalmente.

El humano dio un paso adelante y cubrió a los rae'loc con su cuerpo. Por supuesto que sí.

—Y vosotros dos, rae'loc de mierda —siguió Kerr con una sonrisa de oreja a oreja—. Siempre detrás de los humanos, ¿eh? —Miró a los ojos al humano, cuya mandíbula apretada daba a entender que le faltaba muy poco para saltarle encima—. A ti debería darte vergüenza dejarte mangonear por esos bichos negros. ¿Te follas a alguno o todavía te lo están poniendo difícil?

El arriano le soltó un puñetazo en la barbilla y Kerr cayó a plomo. Le acababa de romper la mandíbula, o casi. El humano se adelantó para patearle un costado hasta que se encogió sobre sí misma y gimió.

—¡Para, para! —gritó alguno de ellos—. No le hagáis nada más, solo está borracha.

La voz le había parecido rae'loc. La rabia le inflamó el pecho.

—¡No necesito que ningún puto bicho me ayude! ¿Me oyes? —Sacó la pistola de la funda y los apuntó, pero antes de que pudiera quitar el seguro y apretar el gatillo, todos se le echaron encima.

Hubo patadas y puñetazos por todas partes. Debían de ser más piernas que antes. Ya no les daba pena. Eso estaba bien. Kerr se hizo un ovillo y aguantó lo mejor que pudo. No era nada. Pronto no sería nada.

Un golpe en el estómago la dejó sin respiración. Boqueó contra el suelo sucio y cerró los ojos. Ya llegaba. Más fuerte que los gritos y los golpes, llegaba.

15

Despertó cuando unos dedos fríos y gomosos le aflojaron el *holo*. Gruñó y se revolvió, pero todo dolía, así que se volvió a morir.

16

Tuvo sueños confusos y doloridos. Más bien pesadillas. No pudo recordar casi nada al despertar, pero el corazón le palpitaba tan fuerte que parecía el de otra persona, como un órgano trasplantado que no hubiera terminado de adaptarse a su cuerpo.

Al rodar por la cama sintió cada patada en los costados como si los bichos se las estuvieran dando en ese momento. Gimió al apoyar la rodilla sobre la que se había caído. Se destapó muy despacio. Los músculos no le respondían del todo y el dolor no ayudaba en nada. La cabeza le daba vueltas y notaba la cara pegajosa por su propia sangre, cuyos copos coagulados se habían adherido a la almohada.

Se miró los brazos cubiertos de hematomas. Tuvo el impulso de ir al baño para curárselos, pero recordó que estaba en la nave y no en su casa, y que los medicamentos estaban en la enfermería. En la enfermería estaba Rurik, y en el camino hasta ella, el resto de la tripulación.

Consideró seriamente quedarse allí tendida para siempre. Moriría deshidratada en un par de días, pero cualquier cosa era mejor que recorrer la nave para recibir la mirada llena de reproche de sus compañeros. Ya no podía quedarles duda alguna del desastre de capitana que tenían, y a Kerr no le quedaban fuerzas para fingir competencia.

Estaba muy cansada.

Sintió sed. Por instinto, buscó la botella que solía guardar entre la cama y la pared, pero no encontró nada. No recordó si se la había terminado el día anterior. Lo que sí encontró fue un vaso de plástico lleno de agua sobre la mesita de noche.

Bebió un trago corto. El agua entró en su estómago como un puñetazo. Entre retortijones, Kerr arrastró las piernas hasta el cuarto de baño. Verse reflejada en el espejo fue lo peor de todo. Tenía sangre seca en las mejillas y un bulto morado en el mentón. La brecha de la ceja estaba cubierta por una película de *RegeAsep*™ que no recordaba haberse aplicado.

Despacio, se lavó la cara. Cada movimiento era un suplicio, pero cuando el agua corrió marrón y el frío hizo algo por aliviar el dolor, Kerr se sintió un poco mejor. Cuando se miró de nuevo en el espejo le pareció que lo que veía no era ella. A veces le ocurría, sobre todo si estaba muy borracha. Pero en aquella ocasión, a quien le parecía ver era a su madre. Siempre había estado ahí, oculta en sus genes, en sus gestos, en el azul de sus ojos. Su padre solía reprochárselo, como si el parecido fuese la fuente de sus fracasos. Tal vez tuviera razón, después de todo.

Sabía que el siguiente paso correcto era darse una ducha para quitarse de encima la peste a sudor alcohólico, pero también que no lograría arrastrase hasta ella. Se contentó con vaciar la vejiga y volver a la cama, aunque esta vez se quitó los pantalones. Le dio la vuelta a la almohada para no tener que oler la mezcla de sangre y saliva, que le recordaba a los túneles herrumbrosos de la Onus, y cerró los ojos.

Despertó cuando Rurik entró en la habitación, no supo cuántas horas después.

—¿Cómo te sientes? —preguntó desde la puerta.

Ella murmuró algo que ni siquiera tenía sentido.

—Te he traído algo para el dolor.

Le tendió un par de pastillas en la palma de la mano. Kerr las tomó, muy obediente, y las tragó con ayuda del vaso de agua. Bebió hasta que dejó de sentir que le quemaban la garganta y volvió a recostarse en la cama.

—Anoche no me dejaste más que curarte esa herida de ahí. ¿Me dejas comprobar si tienes algo roto?

Kerr gruñó un asentimiento y cerró los ojos. Las manos de Rurik buscaron fracturas con un toque muy suave, casi tierno. No las encontraron. En algún momento antes de que él saliera de la habitación, Kerr volvió a quedarse dormida gracias a los analgésicos.

Cuando volvió a despertar, bebió todo lo que quedaba en el vaso. Esta vez sí que reunió las fuerzas necesarias para ducharse y dejar que el agua caliente le aflojase los músculos doloridos. Se secó hasta quitarse la suciedad y la sangre de la piel y comprobó que tenía el lado derecho amoratado, pero el resto del cuerpo menos magullado de lo que creía.

Se puso ropa limpia y se peinó el pelo húmedo hacia atrás. Las gotas le resbalaban por la nuca y bajaban por su espalda como sudor frío, pero no le importó. Le sirvió para despejarse. No tenía ni idea de cuánto había dormido y no llevaba puesto el *holo*. Recordó que se lo habían robado la noche anterior. Tendría que confiar en el sistema de seguridad y las copias de datos en la nube.

Si Rurik la había encontrado sin él, debía de haberse vuelto loco buscándola.

Notaba el estómago un poco menos revuelto. Salió de su habitación sosteniéndose el costado con la mano, como si fuera a desmontarse si no lo hacía, y anduvo por el pasillo hasta la cocina sorprendida por el silencio, solo roto por el sistema de ventilación. Las habitaciones de los demás estaban cerradas, así que supuso que era más tarde de lo que creía y todos se habían ido a dormir.

Encontró a Rurik sentado en la mesa de la cocina, jugando al *Robo-Flash* con desgana. Cuando levantó la vista, Kerr sintió el irrefrenable deseo de correr y esconderse donde fuera con tal de estar a salvo de su escrutinio. La ansiedad explotó en sus venas como si se acabase de meter un tiro de estimulantes. Quizá, si aparentaba que todo estaba bien y que no había nada por lo que pedir perdón, no haría falta. Le había funcionado en otras ocasiones.

—Hola —dijo mientras se dirigía a uno de los armarios para buscar una taza en la que servirse un batido de cereales.

—Hola —respondió él.

Le miró de reojo al tiempo que vaciaba el contenido del sobre y lo mezclaba con agua para diluirlo. El sonido de la cucharilla llenó el silencio.

—Llegaremos a la Sígel en cuatro días —informó Rurik mientras ella todavía peleaba con los grumos de avena en polvo.

—Ah. ¿Hemos despegado? —Había dormido más de lo que creía, entonces. Le molestaba que Rurik hubiese tomado la decisión antes de consultarlo con ella, pero entendía que era lo mejor. Cuando menos tiempo pasasen en la Onus después del fiasco de Benkiran, mejor—. Bien. Me compraré otro *holo* en la Sígel, entonces.

Su desayuno ya estaba listo. Dejó la cucharilla en el lavaplatos y se dirigió a la puerta con intención de tomárselo en la seguridad de su habitación, lejos de silencios incómodos que pudieran desembocar en conversaciones todavía más incómodas.

Pero Rurik no iba a ponérselo tan fácil esta vez. Antes de que cruzase el umbral, le dijo:

—Kerr, tenemos que hablar.

Si pensaba que su estómago se habría asentado al fin después de pasar la resaca, se había equivocado. Una náusea la amenazó. De pronto, el contenido de la taza le resultó repugnante y supo que sería incapaz de bebérselo. Pero no sería suficiente con volcarla en el desagüe. A pesar de su falta de experiencia romántica, Kerr sabía que bajo esa frase se escondía un cambio irremediable que a ella no le iba a gustar. Las náuseas la acompañarían allá donde fuera, igual que la ansiedad.

Tendría que haber huido mientras aún estaba a tiempo.

—Respecto a lo de anoche... —farfulló ella en busca de una salida—. Fue un error por mi parte. Lo admito. Lo siento. No volverá a pasar, te lo juro.

—Cierra la puerta, por favor.

Rurik le indicó con un gesto de la mano que se sentase frente a él. Sabía que quería marcharse (porque Rurik lo sabía todo siempre, como un juez implacable que la hubiera tomado con ella) y no iba a ponérselo fácil.

Miró hacia la puerta. No hacia el panel digital, sino hacia el pasillo con el que conectaba. Durante un pensamiento consideró la posibilidad de hacer oídos sordos y volver a su habitación. Era la capitana y podía hacer lo que quisiera sin necesitar el permiso de un subalterno, aunque fuese alguien importante para ella. Pero enfrentarse a Rurik de esa manera exigía más valor que obedecerle, así que bloqueó la puerta desde el panel y separó la silla de la mesa.

Tragó saliva. Las manos le temblaban como locas.

El mercenario tomó aliento sin dejar de mirarla. Qué difícil era interpretar su expresión. Sabía que estaba decepcionado, porque Kerr era experta en decepcionar a las figuras paternas de su vida, pero había algo más.

—Ya te he dicho que lo siento —insistió, casi sin voz—. No me mires así, por favor.

—Eres alcohólica, Kerr. —La voz de Rurik sonó áspera, como el ruido que hacía una tirita cuando se arrancaba de la piel—. Puede que te hayas dado cuenta ya, o puede que no, pero para los demás es evidente.

Kerr se echó a reír. Era una risa cargada de nervios y falsa confianza en sí misma que le retumbó contra las costillas magulladas.

—¿Lo dices por lo de ayer? —Negó con la cabeza y el dolor se intensificó—. Puede que beba de vez en cuando, y admito que anoche se me fue de las manos, pero eso no significa nada.

Rurik no parpadeó. ¿Por qué era siempre tan duro?

—Bebes todos los días. Te emborrachas casi todas las semanas.

—Pero eso no me impide hacer mi trabajo. —Kerr ya no se reía. Había empezado a apretar la mandíbula sin darse cuenta. Su temblor había empeorado tanto que los dientes le castañeteaban—. Excepto anoche, joder. Ha sido solo una vez.

—He hablado con tu padre —siguió él por encima de sus quejas—. Ha decidido relevarte de tu cargo y yo estoy de acuerdo. A partir de ahora, yo soy el capitán de Horizonte Rojo.

Fue como si le sorbieran toda la sangre de las venas. Como si Rurik le hubiese soltado el tortazo que jamás le había dado, sin importar lo impertinente que se pusiera en sus años de rebeldía adolescente.

—¿Qué?

—Es una medida temporal. Cuando te hayas recuperado, podrás volver a…

Kerr se levantó tan deprisa que la silla chocó contra la pared. El estruendo se clavó en sus oídos como un chirrido de estática, pero ella ya no prestaba atención a esas cosas.

—Y una mierda, ¿me oyes? ¡Dame tu *holo*! —Sujetó a Rurik por la muñeca y trató de desplegarlo, pero la mano le temblaba tanto que no lo consiguió—. Voy a llamarle ahora mismo. Si creéis que vais a joderme, lo tenéis claro. —Hablaba, pero la voz no le parecía suya. Le salía grave, estrangulada. El frío la atenazaba y no podía parar de temblar—. No has podido evitar chivarte, ¿verdad? Siempre igual, joder…

Rurik giró su muñeca por debajo de la suya para liberarse de su agarre. Lo hizo tan deprisa que no le hizo falta usar la fuerza. Se levantó, despacio, y la miró con aquellos ojos de hombre paciente. ¿Cómo podía haberle hecho la peor cabronada del mundo y seguir mirándola así, sin un ápice de vergüenza?

—¿Crees que hace falta que yo le diga nada para que sepa cómo estás?

—¿Desde cuándo le ha preocupado a mi padre cómo estoy? Ni siquiera ha sido capaz de decírmelo a la cara, el puto cobarde…

—Te lo estoy diciendo yo. Le pedí que me dejase hacerlo porque creía que era lo mejor.

Se limpió una lágrima con el dorso de la mano.

—Claro que sí. Tú, como siempre, haciendo lo mejor para mi padre.

—Es lo mejor para ti.

—Lo mejor para mí habría sido que cerraras la boca y dejaras de soltarle informes y decirle todo lo que hago mal. ¡Eso sería lo mejor, a ver cuándo te enteras!

Kerr se volvió y pateó la silla con todas sus fuerzas. La envió al otro lado de la cocina y chocó contra una de las encimeras, cuya puerta quedó abollada por el impacto. El golpe fue tan fuerte que saltó en el sitio. Se quedó quieta dos segundos y miró a Rurik, que todavía no había reaccionado.

Eso sí que no.

Dejó escapar un grito de furia y clavó ambos puños en la mesa. La superficie tembló y la taza amenazó con caer al suelo, pero lo único que consiguió fue un dolor intenso en la base de las manos. Recordó la última vez que había sentido algo así. Había sido en una cocina muy parecida a aquella. Había visto el placer en los ojos de Bahuer a medida que le apretaba la mano y la sometía a través del dolor. Rurik debía de sentir por fuerza algo parecido, pero aquellos ojos suyos no transmitían nada.

Gritó muy fuerte. De dolor, de frustración y de rabia. Gritó hasta que le dolieron los pulmones, y luego un poco más.

—Siempre tienes que cumplir con tu deber, ¿no? ¡Eres un puto trepa!

Rurik no reaccionó ni a sus gritos ni a sus insultos. Aún la contemplaba impertérrito. Cuanto más insensible parecía, más ganas tenía ella de hacerle daño.

—Sí, es eso, ¿verdad? Te has pasado los últimos veinticinco años en Horizonte Rojo y no has conseguido que te nombren jefe de equipo. Tenías que acelerar las cosas, ¿no? —¿Estaba llorando? Sí, probablemente estuviera llorando—. Si no supiera que no puedes querer a nadie, juraría que estás enamorado de mi padre. Después de todo, has estado a su lado más tiempo que mi madre. —Apenas podía pensar en lo que decía. Las palabras salían de su boca sin más—. ¿Es eso, Rurik? ¿Te pone mi padre?

Él no dijo nada. Solo la miraba. Actuaba igual que su padre. Aunque su boca no se torciera en un gesto de desprecio como la suya, el efecto era el mismo. Kerr habría preferido que Rurik saltase a partirle la cara. Habría aguantado mejor un puñetazo que su indiferencia y condescendencia.

Tenía que conseguirlo.

—¿Por qué no te mueres de una vez? ¿Sabes lo que me has hecho? ¡Joder! ¡Deberías saberlo! —La voz se le había roto porque era incapaz de modularla. Lo único que conseguía era soltar gallos llenos de rabia—. Tú, de entre todos, al menos. Si te expulsaran de Horizonte Rojo, ¿qué te quedaría en tu mierda de vida?

—Tú, Rea.

La furia que la había sostenido hasta entonces la abandonó y las piernas le fallaron. Cuando un dolor agudo le subió desde las rodillas se dio cuenta de que se había caído al suelo y que apenas podía respirar. Era incapaz de formular pensamientos coherentes, pero su mente estaba llena de angustia. Su respiración se volvió errática y el aire dejó de tener sentido dentro de sus pulmones.

Se iba a morir. Si no conseguía calmarse, se ahogaría.

Rurik rodeó la mesa y apareció a su lado en un pestañeo. Se agachó junto a ella y la tomó de los brazos para obligarle a mirarlo.

Por una vez, estaba tan asustado como ella.

—Lo siento, lo siento, lo siento —sollozó entre bocanadas de aire.

—Respira, Rea.

—Pero te he dicho... He dicho que...

—No pasa nada. Estoy aquí. Respira, por favor.

Kerr asintió. Todo seguía siendo terrorífico, pero Rurik estaba a su lado aunque le hubiera dicho aquellas cosas tan horribles. Podía respirar. Podía calmarse.

La cabeza le daba vueltas por la falta de oxígeno. Aquello era lo más difícil que hubiera hecho jamás. Más difícil que levantar cincuenta kilos por primera vez. Más difícil que sobrevivir a un tiroteo. Más difícil que atreverse a mirar a Kirsten a los ojos en su cama del hospital.

Pero Rurik estaba allí y sus manos no la soltaban. Y, cuando su respiración se normalizó hasta el punto en que Kerr dejó de temer por su propia vida, él la abrazó y la sostuvo hasta que ya no temblara.

—¿Por qué? ¿Por qué has tenido que decírselo? —dijo ella muy bajito—. Es lo único que tengo...

—Estaba asustado.

Se aferró a la camiseta de Rurik y enterró la cara en ella sin que le importase lo más mínimo dejar un cerco húmedo. Ojalá hubiera podido desmayarse a voluntad para no tener que seguir allí, gimiendo como una estúpida.

—Lo siento —susurró—. Joder, soy asquerosa. Lo siento...

Rurik le acarició el pelo. Nunca lo había hecho antes, ni siquiera cuando era niña. No se lo merecía, y menos aún ahora que le había dicho unas cosas tan horribles.

—Perdóname, Rurik. He sido una cabrona. En realidad no pienso que...

—Lo sé.

Volvió a llorar. La última vez que lo había hecho así mientras estaba despierta, a bordo de la *Cyclon*, acababa de matar a Bahuer. Nadie se había enterado y nadie la había consolado, pero entonces no se había sentido ni la mitad de mal de lo que se sentía ahora.

—Siento no haberme podido ocupar mejor de ti —murmuró Rurik, su mano acariciando su espalda—. He sido un cobarde por no atreverme a hacerlo, y eso es peor que lo que tú hayas dicho.

—No, no. Tú no tienes por qué ocuparte de mí. —Kerr se limpió la nariz con el dorso de la mano—. Eso es cosa de mi padre y de mi madre, y ninguno de los dos se ha preocupado nunca de... —Tragó saliva—. No es cosa tuya.

—Por eso mismo. Sí que lo es. Eres mi única familia.

Las notas de emoción en la voz de Rurik estuvieron a punto de hacerla llorar otra vez. Sus brazos la apretaban tan fuerte contra su pecho que sus costillas protestaban, pero no habría cambiado aquel dolor por nada del mundo.

—Perdóname por lo que te he dicho —murmuró Kerr—. No te odio, te lo juro.

—Lo sé. —Rurik suspiró contra su cabello. Le pareció que se lo besaba, pero el gesto le pareció tan raro que no estaba segura de creerlo—. Te quiero. Nunca te lo había dicho hasta ahora, pero te quiero.

Kerr sollozó al mismo tiempo.

—Yo también te quiero.

—Tendría que habértelo dicho antes. Quizá te hubiese ayudado.

No contestó. No estaba segura de la respuesta y en realidad le daba igual. Cerró los ojos y dejó que los sollozos murieran hasta que su respiración se relajase por completo.

 **17**

Rurik se levantó y la ayudó a hacer lo mismo. Recogió la silla del suelo y la colocó donde había estado para que Kerr se sentase. Llenó un vaso de agua y se lo ofreció; cuando ella lo rechazó, aprovechó para darle un trago.

Se sentó junto a ella y la tomó de las manos.

—Creo que la última vez que te abracé tenía trece años —murmuró Kerr con media sonrisa.

—Sí. Puede ser.

—Después todo se volvió raro.

—Fue culpa mía.

Rurik suspiró y frunció el ceño. Al bajar la cabeza, las canas de sus sienes brillaron a la luz de las lámparas de LED.

—Tú estabas creciendo y el resto de la tripulación iba y venía. No quería que pareciera lo que no era. No quería molestar a tu padre. —Sus dos manos se cerraron sobre las suyas—. Ni siquiera cuando eras una niña. No estaba bien que yo ocupase su puesto.

—Él nunca lo ha querido.

—Tal vez no, pero sigo siendo su empleado. —Rurik tomó otro sorbo de agua y volvió a cogerla de las manos—. Le debo lo que soy. Si tu padre no me hubiese ayudado cuando yo tenía veinte años, habría muerto hace mucho. No podía faltarle al respeto de esa manera.

Kerr negó con la cabeza con una sonrisa triste.

—Siempre él primero.

Rurik le apretó las manos con suavidad.

—No. Si le he dicho lo que ha pasado en la Onus no lo he hecho por él, sino por ti. Mientras te buscaba por toda la estación, te juro que estaba muerto de miedo. Cuando te encontré pensaba que te habían matado. Nunca te había visto así.

—He estado así un tiempo.

—¿Por qué?

Se encogió de hombros y bajó la cabeza. Se le nublaban los ojos otra vez y ahora que se había calmado le daba una vergüenza horrorosa que Rurik la viera llorar.

—No lo sé. Por todo. Ver a mi madre ha sido la guinda del pastel. Lo de Kirsten... Lo de Bahuer...

—No sabía que lo de Bahuer te hubiese afectado tanto.

—El cabrón ni siquiera se lo merece, lo sé. —Sorbió por la nariz—. Nunca había matado a nadie así, de esa manera. Sé que tenía que hacerlo, pero ojalá no lo hubiera hecho. Ojalá no hubiera sido yo; así no habría escuchado lo que me dijo. Me hace daño hasta después de muerto. Es como si me hubiera envenenado.

—Lo siento mucho. Ojalá hubiese sabido ayudarte.

Kerr volvió a encogerse de hombros.

Era raro, pero ahora que lo había dicho en alto había algo que se había aflojado dentro de su pecho. Aún dolía, sí, pero un poco menos.

—¿Y ahora qué? —preguntó en un suspiro.

—Tenemos el archivo de Benkiran, pero no sabíamos qué hacer con los otros dos. Supuse que sería mejor dejarlos marchar.

—¿Sabe mi padre que...?

—Yo no se lo he dicho. Vaswani no sabe quién era y le he pedido que no hable del tema con el resto de la tripulación.

—Se lo contará a Palamo en cuanto te des la vuelta.

—No lo hará. La he convencido.

Kerr asintió. Todavía no se sentía con fuerzas para pensar en lo que implicaba que su madre estuviese conspirando contra Primus Filius. No sabía si ellos lo sabían, o si enviarla a ella había sido una prueba, o si todo había sido una casualidad estúpida que el universo podría haberse ahorrado. Por el momento, tenía cosas más importantes en las que pensar.

Como, por ejemplo, qué sería de ella ahora que no tenía a Horizonte Rojo.

—No tengo ni idea de lo que voy a hacer.

—Ahora te recuperas.

Kerr dejó escapar una risa amarga. Recuperarse sonaba lejano, extraño, alienígena. Recuperarse era un deseo inalcanzable. Una pelea perdida, como salir de un pozo con las dos piernas rotas y las uñas como único medio para trepar por las paredes.

Rurik alzó las cejas, como si no comprendiera por qué sonreía.

—Yo siempre la termino cagando, ¿sabes?

—Esto todavía no es el final. Todavía no sabes cómo va a terminar del todo. Mientras tengas tiempo, aún te quedan oportunidades para conseguirlo.

—¿Cómo estás tan seguro de eso?

—No lo sé, Kerr. Quiero intentarlo contigo de nuevo. —Rurik sonrió—. Necesito creer que puedo.

HORIZONTE ROJO

Nº5

ROCÍO VEGA

EditorialCaféconLeche

1

La pantalla holográfica parpadeó al mostrar las puntuaciones de la partida que acababan de terminar. Kerr pensó que antes o después se detendría para permitirles leerlas sin sufrir un ataque epiléptico en el intento, pero no lo hizo. Alargó la mano y la meneó sobre el emisor de la pantalla; su palma se tiñó de luz parpadeante sin conseguir nada. Dejó escapar un gruñido y golpeó el cacharro con el puño, lo que tampoco funcionó.

—Déjalo, Rea. Está roto.

Rurik se había quitado ya el chaleco y lo había dejado en la percha, igual que el fusil de infrarrojos. Colgaba de lado porque las correas del hombro estaban sueltas y la percha medio rota, como todo en aquella mierda de galería de tiro. Kerr bufó mientras pulsaba los botones que aflojaban las correas del chaleco de sensores.

—¿Entonces cómo sabemos los puntos que hemos sacado?

—Da igual. Has ganado.

—Pero quiero saber por cuánto.

Tras colgar el chaleco de una de las perchas vacías, que en otros tiempos recordaba a reventar de chalecos y hasta trajes de sensores completos, movió los hombros arriba y abajo para liberar la tensión. El peso era ínfimo comparado al de la armadura de combate, pero llevaba demasiado tiempo sin usarla. Iba a acabar por olvidarse de cómo moverse con ella.

—Treinta a diecinueve —dijo Rurik, que miraba a la pantalla con los ojos entrecerrados.

Kerr soltó una carcajada de júbilo y hasta dio un pequeño brinco.

—¡Toma ya, joder! Por los suelos, te he dejado por los suelos.

—Solo me has sacado once puntos.

—¡Por los putos suelos!

El mercenario resopló y se encaminó a la puerta con media sonrisa. La alegría de Kerr se enturbió con un nubarrón de sospecha. Salió tras Rurik, que casi había atravesado el pasillo que conectaba la galería con la entrada, y se detuvo un poco por detrás de él.

—Oye, no me habrás dejado ganar, ¿verdad?

—No.

—No es de coña, ¿no? —Buscó sinceridad en su rostro impertérrito y no supo si la encontraba—. ¿No?

Rurik la miró de reojo al tiempo que cruzaban el umbral y pasaban al ajado recibidor de la galería.

—Nunca te he dejado ganar, ni cuando eras pequeña. ¿Por qué ahora?

Kerr evadió sus ojos y se encontró en la zona del bar, con los sofás de cuero sintético a los que les asomaba el relleno flanqueando la barra de metal abollada y el autoservicio al que le faltaban un par de grifos. Cuando tenía catorce años y aún le gustaba venir a la galería con Rurik, los sofás eran nuevos y el autoservicio estaba entero. La máquina había funcionado a la perfección cuando Rurik había elegido un refresco de cola para ella. Recordaba haberse quedado embobada observando el vaso salir del expendedor y los grifos girar para cumplir su orden. Solía disfrutar de los bailes robóticos de la maquinaria. De adulta le daban igual, pero de cría se había preguntado muchas veces cómo se las arreglaban aquellas cosas para funcionar tan bien.

—Bueno, no sé. Como premio por ser una alcohólica sobria.

Rurik volvió a sonreír de medio lado.

—¿Necesitas una recompensa como esa?

—No.

Le oyó suspirar.

—Has ganado. Has luchado mejor que yo. Te lo prometo. —Le apretó el hombro cuando salieron de la galería—. ¿Quieres comer algo? Creo que el sitio de los fideos sigue ahí.

El restaurante callejero era el mismo de siempre: un puesto encajonado en uno de los recovecos que dibujaban las tiendas modulares. Apestaba a aceite y salsa de soja. Tras la barra había el sitio justo para que entrase un cocinero, que se ayudaba de un pinche robot para sacar los fideos de la olla y pasarlos al wok, donde los salteaba con verduras, carne y salsas llenas de sal y aditivos. El estómago de Kerr rugió sin parar desde que se colocó a la cola hasta que se sentó en una de las mesas cercanas, tan pequeñas que Rurik no fue el único con dificultad para meter las piernas.

Kerr se inclinó sobre el envase para capturar los fideos antes de que se le escurrieran de los palillos. Sorbió sonoramente en un intento de acortar el proceso. El aceite le chorreó por la barbilla mientras masticaba. Se lo limpió con el dorso de la mano y volvió a pescar un nudo de fideos, que se metió en la boca aunque no hubiese terminado con el anterior.

—Te vas a ahogar —dijo Rurik, que de alguna manera conseguía comer sin pelearse con los palillos.

—Tengo *hambrfe*.

Tragó. Su esófago, incapaz de bajar tal cantidad de comida de una sola vez, amenazó con ahogarla hasta que dio un trago largo de refresco. Dejó escapar un suspiro de alivio y se limpió la mano con la servilleta. Rurik cabeceó.

—Eso es bueno.

—No sé yo. Si sigo comiendo así, me voy a arruinar. Parezco un triturador de basuras.

Desde que había dejado de beber, su cuerpo le exigía las calorías que antes entraban en forma de alcohol. Engordar no era un problema: una de las mejores maneras para combatir la ansiedad era matarse en el gimnasio, de modo que el volumen que había ganado en los últimos dos meses se había convertido en músculo. Sin embargo, las dos cosas combinadas la habían convertido en una máquina de engullir. Habría sido capaz de comerse a un arriano entero y volver a tener hambre a las tres horas. Al menos su sistema digestivo se había acostumbrado a la comida sólida y ya no sentía como si cagase su exoesqueleto quitinoso cada vez.

—Si necesitas dinero, puedo ayudarte —dijo Rurik con las cejas arqueadas.

Kerr se encogió de hombros.

—Era una forma de hablar. Estoy bien. —Lo que necesitaba era volver a trabajar, nada más—. Y... ¿cuál es el encargo?

—Escoltar una carga. Nada del otro mundo.

—Mmm.

Enredó los palillos en los fideos y se los llevó a la boca.

—Lo estás haciendo genial, Rea. Tu padre lo sabe.

—*Fi, bfueno*...

Su padre se había limitado a concertarle la cita con el loquero para asegurarse de que iba, al menos el primer día. Le pasaba dinero, se aseguraba de que no siguiera bebiendo y le preguntaba de vez en cuando si estaba bien. Kerr estaba bastante segura de que a su padre se la sudaba. En realidad, lo que más le había preocupado al principio eran las represalias que pudiera tomar contra Rurik por haberla ayudado con el encargo de Benkiran. Si las había habido, Rurik no le había contado nada. Al menos, él seguía trabajando para Horizonte Rojo. Era el nuevo capitán.

Menuda mierda.

—¿Qué tal la tripulación? ¿Vaswani y Palamo han empezado a tener miedo a Nutty ya?

Él se frotó los labios con la servilleta.

—Nutty está bastante tranquilo. Hace meses que no la lía demasiado; les parece raro, pero no...

—Rurik, estás sangrando.

El mercenario tenía los incisivos teñidos de rojo, allá donde la presión debía de haber hecho brotar la sangre. Rurik se limpió con la lengua y la servilleta. Le siguió con la mirada hasta que la hemorragia se detuvo, apretando los palillos con tanta fuerza que los notó astillarse.

—¿Eso es normal? —preguntó con un hilo de voz.

—Cuando tienes lo que yo tengo, sí.

Tragó saliva. Rurik sonrió levemente y alargó la mano para tomarla de la suya.

—Es solo un poco de sangre. No te preocupes. —Ella arrugó la frente y los labios sin saber muy bien qué decir—. Kerr, de verdad. Me pasa a menudo.

—Eso es lo que me da miedo.

Estaba perdiendo fuerza. Podía ser la edad, podía ser la enfermedad, podían ser ambas a la vez. Rurik nunca había perdido por once puntos. ¿Por qué no estaba cabreado? ¿Por qué no daba patadas al aire, puñetazos a las paredes o volcaba la mesa? Eso es lo que ella habría deseado hacer más que ninguna otra cosa, pero él se limitaba a aceptarlo con una sonrisa y la frente arrugada. Alguien tenía que dar golpes y voces. Alguien, al menos.

Pero su resignación era tan triste que le quitaba las ganas de gritar.

—No tengas miedo. Estoy bien. —Rurik recogió la mano y se recostó en la silla—. Dime, ¿cuánto levantas ahora?

La charla cambió de derroteros y Kerr se animó lo suficiente como para terminarse la ración, pero intuía que Rurik estaba haciendo un esfuerzo activo por evitar hablar sobre su enfermedad. Como si eso fuese a cambiar algo.

Se despidieron en la estación de tren con un abrazo tal vez demasiado largo. Le gustaba haber recuperado aquel contacto, aunque más tarde se le encendieron las mejillas al pensar que quizá se estaba pasando de pegajosa. Aunque estuviera mejorando, todo era un poco raro todavía.

Una de las peores cosas de haber dejado de beber era el aburrimiento.

—¿Qué te gusta hacer? —le había preguntado el loquero en la primera sesión.

Era raro oír esa pregunta en un contexto no sexual. Para momentos como ese tenía una respuesta básica: todo. Algunas veces le apetecía una cosa, otras algo distinto y, si estaba muy borracha, el qué le importaba más bien poco. El alcohol hacía maravillas con la desinhibición, la lubricación y la dilatación. Esperaba oír esa pregunta en su cama o contra la puerta del baño de cualquier discoteca. Sentada al otro lado de un escritorio y frente a la mirada escrutadora de un psicólogo, no pudo evitar encogerse sobre sí misma y cruzar las piernas.

—No sé. Trabajar, supongo.

—¿Cuáles son tus aficiones?

Kerr tensó la boca. Al eliminar el alcohol de la ecuación, todo lo demás dejaba de importar. Sabía por qué resultaba problemático, pero no hacía más fácil rellenar el hueco que dejaba la botella. Como el loquero le dijo que debía pensar en cómo ocupar su tiempo de manera saludable y productiva, Kerr se pasó las dos primeras semanas tratando de encontrar algo que la motivase de veras. Jodido, sobre todo porque tardó en acostumbrarse a la medicación, pero terminó por encontrar un par de distracciones en las que emplear su repentino exceso de tiempo.

La primera fue limpiar su apartamento y mantenerlo en perfectas condiciones cada día. Eso incluía activar el robot cada mañana, aspirar las esquinas a las que este no llegaba, cambiar las sábanas y hacer la cama, lavar los platos, hacer la colada y guardar la ropa limpia en lugar de tirarla al interior del armario de cualquier manera. Solo cumpliendo cada tarea de manera metódica se dio cuenta de por qué había tardado tanto en llevarlas a cabo regularmente, pero se acostumbró rápido a vivir en una casa ordenada y a dormir entre sábanas limpias, en vez de rancias.

La segunda fue el ejercicio. En la nave era muy importante mantenerse en forma para estar fresca tras un viaje largo, pero carecía de un plan de ejercicio decente y la caña que se metiera dependía de su estado emocional. Se apuntó a un gimnasio y dejó que un entrenador le diseñara las rutinas. Volvió a sentir la satisfacción de batir sus propias marcas, igual que cuando era una adolescente desesperada por crecer y demostrar su fuerza ante los mercenarios adultos, y las endorfinas que liberaba le mejoraron el humor.

Pero joder, cómo echaba de menos pasar el rato medio borracha.

Divertirse era un poco más difícil que antes, sobre todo porque había descubierto que la mayor parte de cosas que antes la entretenían ahora le resultaban tediosas. Bailar no tenía el mismo encanto, y tampoco salir a follar a cualquier lado. La última tía que la había invitado a casa había sido demasiado imbécil como para aguantarla en sobriedad; se había largado tan pronto como comprobó que pensaba ignorar sus "por ahí no", "más despacio" o "si me vuelves a morder tan fuerte, te suelto una hostia". Por otro lado, había dedicado varias decenas de horas al juego de tiros de Magma y había subido unos cuantos puestos en el ranking competitivo. No era ni de lejos como trabajar, pero le ayudaba a liberar tensiones, sobre todo cuando acababa a gritos con alguien de su equipo.

Sin embargo, había días en los que las paredes se le caían encima y ni los videojuegos, ni los vids ni las flexiones eran suficientes para animarla.

Tres meses antes se habría lanzado a la Rax de cabeza. Ahora, su último recurso estaba en el *holo*.

Kerr: olle ariadne
Kerr: tu k sueles acer
Kerr: para pasar el rato y eso

La respuesta no tardó en parpadear en la pantalla holográfica que flotaba sobre su cabeza.

Ariadne: Veo vids, escucho música...
Ariadne: Lo que hace todo el mundo.

Kerr suspiró y se estiró. El sofá crujió bajo su peso y uno de sus pies derribó el cojín del reposabrazos.

Kerr: savia k me ibas a decir algo asi
Kerr: me aburro un monton
Kerr: estoy arta ya d vids y d juegos

Ariadne: ¿Por qué no lees algo?

Kerr: como k

Ariadne: No sé, lo que a ti te guste. Hay libros, cómics, revistas...
Ariadne: Si te aburre lo que sueles hacer, prueba algo distinto :)

Kerr: nose

Aunque por lo general hablar con Ariadne la ayudaba a distraerse (y sus consejos solían ser buenos), esta era una de esas veces en las que su propia mente saboteaba cualquier intento de encontrarse mejor. Nada de lo que dijera la satisfaría. Iba a tener que tragarse el mal humor a solas. Tampoco podía culpar a la pobre mujer. Había intentado echarle una mano y no se merecía que la tratase como una borde de mierda.

Kerr: bueno gracias d todos modos

Plegó el *holo* y volvió a estirarse, esta vez hasta que sintió el crujido de uno de sus músculos lumbares. Consideró la idea de acostarse para que el día se terminase cuanto antes, pero si por lo general dormir le costaba mucho, le sería imposible hacerlo tan pronto. Suspiró y se restregó los ojos con la base de la mano. Su *holo* vibró. Kerr dejó caer el brazo sobre su pecho y lo desplegó; aún veía destellos de colores por todas partes.

Ariadne: De nada.
Ariadne: Aunque, si te aburres mucho, te invito a tomar algo.

No había visto a Ariadne desde aquella tarde en *El giro*, cuando se habían topado por casualidad y ella parecía una muerta viviente. La avergonzaba haberla preocupado, pero a la larga había sido bueno. Ariadne solía preguntarle a menudo cómo estaba. Al principio, Kerr había contestado con apatía. Después, y a medida que se recuperaba, habían trabado conversación. Rara vez era larga o profunda, pero la presencia de una voz muda al otro lado del *holo*, siempre dispuesta a interesarse por ella, la aliviaba.

> *Kerr: a un bar o algo asi??*
>
> *Ariadne: Si quieres.*
> *Ariadne: O a cenar, si no has comido.*
> *Ariadne: No es muy tarde.*
>
> *Kerr: cenar, vale*
> *Kerr: te vas a traer a charlotte?*
>
> *Ariadne: Charlotte no duerme en casa hoy.*
> *Ariadne: Ya sabes, pruebas.*
> *Ariadne: En realidad lo de invitarte es tanto para que te distraigas tú como para que me distraiga yo.*
>
> *Kerr: dime donde*

Iba a ser raro volver a encontrarse cara a cara con Ariadne después de tanto tiempo. Suponía que le caía bien porque le había salvado la vida; no se le ocurría otra razón por la que alguien como Ariadne, tan correcta y educada, fuera a preocuparse por su bienestar. Aunque tal vez con aquella cena cambiase de idea, porque siempre la cagaba.

Lo confirmó nada más encontrarse con ella.

Habían quedado en una plaza-jardín del sector 8, no muy lejos de *El giro*. El cielo holográfico mostraba una noche estrellada. La iluminación nocturna era tenue pero efectiva, nada parecida a la de las zonas menos acomodadas. La temperatura era cálida sin resultar agobiante, y al pasar entre los setos y los parterres el riego por aspersión le salpicó las manos. En un sector con menos seguridad no habrían durado ni cinco minutos las putas flores.

Ariadne la esperaba de pie junto a la farola central, tal y como le había indicado en el *holo*. Al verla le brincó el estómago, y no porque estuviera buena (que lo estaba): llevaba un vestido largo, sin escote y sin mangas, que se ajustaba a su figura marcando pecho y caderas. Se ruborizó mientras se acercaba. Ella se había puesto una de sus camisetas de tirantes para hacer deporte, una chaqueta desgastada y los primeros pantalones que había pillado en el armario.

—Hola —dijo, y encogió los hombros en un espasmo—. No sabía que fuera nada formal. Pensaba que íbamos a cenar a cualquier lado, no que hubiera que...

Ariadne sonrió y negó con la cabeza. Tenía, fácilmente, una de las sonrisas más encantadoras que hubiera visto.

—No importa. —Se miró desde arriba y se sacudió la tela en el vientre—. Quizá yo me haya pasado, ¿no crees? Es la costumbre.

—¿La costumbre de qué?

—Por mi trabajo en Irdis. Los rae'loc son muy ceremoniosos; hasta para tomar un café hay que ir de punta en blanco.

—Ah, joder, menos mal. —Tragó saliva y cambió el peso de un pie a otro. Levantó la mirada, todavía avergonzada—. Me encanta tu vestido. Es muy bonito.

—A mí me gustan tus zapatos. —Bien, al menos había acertado en una cosa. Se alegraba de no haberse calzado las botazas por una vez—. ¿Vamos?

Cruzaron la plaza para tomar un ascensor con el que accedieron al restaurante. El comedor parecía flotar sobre el cielo falso de la estación, rodeado de los destellos de los aeromóviles lejanos. Ocuparon una de las mesas junto a la cristalera, desde donde Kerr echó un vistazo a la plaza-jardín, varios pisos por debajo. Las vistas no estaban mal, pero no justificaban el precio.

Cuando llegó la camarera, Kerr pidió agua fría y Ariadne, vino. Toqueteó el agua condensada en la botella mientras pensaba en preguntas que formular por si se producía un silencio incómodo. Las conversaciones por *holo* se cortaban cuando a una de las dos le daba la gana, y hacerlo era tan fácil como plegarlo y pasar a otra cosa. En una cena, sin embargo, estaban atrapadas. Cuanto más tiempo pasasen en silencio, antes se daría cuenta Ariadne de lo poco que podía ofrecerle Kerr como interlocutora.

—¿Qué tal está tu hija?

Sonrió.

—Bien. Se adapta a todo muy rápidamente. Mucho mejor que yo, al menos.

Ariadne le había contado que Primus Filius cumplía su palabra. De vez en cuando, Charlotte debía permitir que uno de sus científicos la examinara para comprobar su evolución y la de sus poderes. En ocasiones, el examen se prolongaba uno o dos días debido a que analizaban sus patrones cerebrales en sueño y vigilia o la hacían utilizar sus poderes durante horas para verificar su resistencia. Ariadne había aceptado aquellos exámenes a regañadientes, pero Charlotte parecía divertirse con ellos. En ningún otro lugar fuera del laboratorio tenía permitido practicar con sus poderes y comprobar sus límites, así que debía de ser como un campamento de juegos. En su lugar, Kerr habría presumido de ellos sin parar, segura de que a su padre le habría complacido tener una hija especial.

—¿Y... la rae'loc? ¿Imbarr?

Su vida le importaba poco, pero sabía que preguntar por ella era lo educado. Y Ariadne era una mujer muy educada.

—Imbarr está muy bien. Bastante contenta.

—¿No ha dicho nada sobre que fuésemos a cenar?

—¿Por qué tendría que decir algo?

Kerr entornó los ojos y sonrió, incómoda.

—No sé. ¿No teníais un vínculo o algo así? —Tensó los labios—. Tampoco hace falta que me respondas, no quiero ser cotilla.

Ariadne se echó a reír.

—¿Crees que Imbarr y yo estamos juntas? No, no, Rea, el lazo *shi'eon* no es eso. No se parece en nada, en realidad.

Levantó las manos con gesto defensivo. Ya la había vuelto a cagar.

—He preguntado de más.

—Es una amiga. —Ariadne entrelazó los dedos sobre la mesa—. El *shi'eon* es un lazo químico que se establece entre rae'loc para marcar a la familia, no a los amantes. —Sonrió—. Es una promesa de ayuda y apoyo incondicional. No tiene nada que ver con el amor romántico.

El rubor le había subido a las orejas. No quería hablar del tema, pero tampoco que Ariadne pensase que era idiota.

—No sé mucho sobre rae'loc. Solo lo que se ve en... los vids.

—¿En los vids? ¿Qué vids?

Volvió la camarera para tomarles nota de los platos, lo que Kerr aprovechó para dar un trago largo de agua con la esperanza de que no se notase demasiado su vergüenza. Por suerte, Ariadne decidió cambiar de tema:

—Disculpa que te pregunte, pero ¿has sabido algo más de tu madre?

—No.

Le había contado que se habían encontrado por casualidad, pero no dónde. Tampoco le había hablado del mensaje cifrado y sin remitente que le había llegado hacía mes y medio, semanas después de su encuentro en la estación Onus. Sabía que era suyo. ¿Quién iba a decirle que sentía haber estado tanto tiempo desaparecida, si no?

—Hace unos días me dijiste que quizá te ponías a buscarla, por eso...

—Olvídalo. Tenía un día raro y me dio por pensar tonterías.

—Disculpa si me he metido donde no me llaman. No debería haber sacado el tema, y menos tan abruptamente.

Kerr sacudió la cabeza y se obligó a sonreír. La agitación de Ariadne la hacía sentir culpable. No debería haber respondido en un tono tan borde.

—Da igual, tengo otros asuntos en los que pensar.

Su loquero le había dicho que debía enfrentarse a las cosas poco a poco, una detrás de otra. Cobarde, tal vez, pero había funcionado para disminuir su necesidad de ahogar la ansiedad en alcohol.

—Hemos empezado con mal pie —dijo Ariadne tras beber vino—. Mira, te propongo algo: ya que hemos venido para distraernos, vamos a evitar los temas que nos preocupan. —Su mirada se perdió más allá de la cristalera, hacia las siluetas de los edificios que asomaban más allá de la plaza, como distraída. Regresó casi al instante, posándose durante un par de segundos en sus brazos antes de subir a su cara—. Entonces, ¿haces deporte a menudo?

Resultó que, aunque a primera vista no tuvieran demasiado en común, compartían ciertos gustos. Kerr nunca había jugado al hockey (ni a ningún deporte de equipo, en realidad), pero si televisaban un partido barato en alguno de los canales de deportes, lo compraba. Ariadne le contó que no había vuelto a practicar desde que dejó Irdis, pero que había jugado un año entero en el equipo del instituto y que en la universidad había estado cerca de competir semiprofesionalmente antes de que su interés por los estudios se evaporase.

—¿Por qué dejaste la carrera de medicina? —preguntó Kerr mientras cortaba su filete de carne *de verdad*. Se esforzaba tanto en comer sin parecer una cerda que no podía apreciar del todo el sabor, pero habría jurado que la sintética sabía mejor.

Ariadne se encogió de hombros.

—Mis padres me obligaron a escoger carrera. Había mucho que estudiar y yo no tenía la vocación necesaria para invertir tantas horas en ello. Además, mi compañera de habitación me enseñó a aspirar marihuana. A los dieciocho años, la elección estaba clara. —Rio contra la copa de vino—. Mis padres se enfadaron muchísimo conmigo y dejaron de hablarme durante meses. No entendieron que no iba a ser lo que ellos querían, así que nunca me lo perdonaron.

—Conozco el sentimiento. Mi padre es gilipollas y mi madre...

No estaba segura de lo que era su madre.

—Todo el mundo tiene una historia de estas, ¿verdad? Como si tener hijos significara arruinarles la vida de alguna manera. —Ariadne frunció los labios—. Me pregunto cómo lo haré yo. Quizá lo haya hecho ya, solo al concebirla.

—No digas tonterías. —Quiso apoyar el codo en la mesa, pero lo clavó en el pan. Se lo arrancó sin variar la expresión—. Te he visto con Charlotte, ¿vale? Solo hace falta tener ojos para darse cuenta de que la adoras.

Ariadne ladeó la cabeza y tensó los labios en una media sonrisa complacida.

—¿De verdad crees eso? —Kerr asintió y Ariadne se inclinó hacia ella brevemente. La línea negra que bordeaba el verde artificial de sus ojos pareció dilatarse, igual que sus pupilas—. Gracias. Significa mucho para mí.

Su aliento tenía la acidez del vino, pero no le importó. Los ojos de Ariadne habían bajado a sus labios en apenas un parpadeo, demasiado rápidos como para percatarse de ello de no haber estado atenta. Kerr se recostó en la silla, lentamente, y deslizó el dedo por la botella como si no se diera cuenta. La mirada de la otra mujer saltó nerviosa de su cara a sus hombros, de sus brazos a su boca y de vuelta a sus ojos otra vez.

Estuvo a punto de reír. Sabía que no era difícil de mirar, pero la idea de que Ariadne estuviera echándole el ojo le resultaba hasta cómica. Debía de ser el vino. Hacía mucho tiempo que no flirteaba con nadie, acostumbrada a los encuentros que parecían más transacciones comerciales que juegos, así que dedicó el resto de la cena a comprobar si podía hacer que Ariadne perdiera el hilo de la conversación con un toqueteo casual en el cuello o el hombro. El problema vino después, cuando Ariadne comenzó a mirarla como a un jugoso filete y ella tuvo que preguntarse hasta dónde pretendían llegar con aquello.

En Extranet todo el mundo escribía sus intenciones y gustos en el perfil. No había espacio para equívocos o para momentos incómodos, solo facilidades.

La prueba final llegó después de pagar. Remoloneó antes de salir del restaurante, atacada por un nerviosismo ridículo a aquellas alturas de la vida. ¿Por qué no había música ensordecedora o una multitud para rodearlas y hacer aquello un poco más fácil?

Ariadne señaló al fondo de la plaza.

—Hay un bar muy agradable por allí. ¿Quieres tomar algo?

Kerr ladeó la cabeza.

—Mmmm... Mejor que no. —La otra mujer torció la boca, desilusionada. Kerr balbuceó—. No es que me quiera marchar, de verdad. Es que estoy intentando evitar ese tipo de sitios.

—Entonces... ¿te apetece tomar algo en mi casa? —La propuesta quedó en el aire como el polvo que flotaba tras una explosión. Ariadne rio entre dientes, como si lo que acababa de decir le sonase ridículo—. Tengo vino, cerveza y me parece que algo de...

—Vale.

—¿Sí?

—Sí.

3

Ariadne no saltó sobre ella para arrancarle la ropa en el ascensor, y tampoco cuando entraron en casa. Era un cambio. Le recomendó la última serie de vids que había visto (*Sangreverdes*, un drama político sobre baryanos que se basaba en no sabía qué obra de Shakespeare) y le habló de lo pacífico que era el barrio y los pocos problemas que daban los vecinos. Kerr se habría preguntado si no habría malinterpretado las señales de no ser porque la mujer no dejaba de sonreírle con la mezcla de nerviosismo y excitación de quien espera en la cola de una montaña rusa.

No recordaba haberse sentido tan inquieta ante la perspectiva de sexo desde antes de los veinte, cuando todo era nuevo e inesperado y hasta las caricias más suaves la hacían temblar. Se había muerto de impaciencia a bordo de un pedazo de metal que flotaba lentamente hacia la Sígel, donde la esperaba alguno de sus novios de entonces, cuando aún salía con gente. Sus conversaciones a través del *holo* eran un revoltijo de deseo confundido con amor, promesas y cibersexo. Mucho cibersexo.

Años después, parecía haber perdido la inercia. Se quedó de pie en el recibidor hasta que Ariadne la invitó a sentarse en el sofá mientras ella guardaba los zapatos. El salón era bonito. Amplio, de luces cálidas y cuyos muebles de madera parecían falsos, pero caros. De las paredes colgaban cuadros, y de las ventanas, cortinas. Kerr nunca había vivido en una casa con cortinas. Eran una antigualla que algunos consideraban *vintage*, pero dado que uno ya podía programar las ventanas para que mostrasen lo que quisiera, a Kerr le parecían una chorrada. Una chorrada que daba un toque hogareño a la habitación, como en las películas de época. Quizá no estuvieran tan mal.

—¿Qué quieres tomar? —preguntó su dueña desde la puerta—. Puedo abrir el vino, pero si quieres tengo una botella de *sirnu* irdiano por ahí...

—Ya no tomo alcohol. —Frotó las palmas de las manos sobre los muslos—. Lo he dejado.

Ariadne abrió la boca y la cerró, ruborizándose.

—¡Lo siento mucho!

—Da igual. —Kerr sacudió la cabeza con una sonrisa.

—Si lo hubiera sabido no se me hubiera ocurrido... El vino de la cena...

—No importa, de verdad. ¿Tienes té o algo así?

—Té, té. Ahora lo traigo.

Cuando la dejó a solas otra vez, Kerr comenzó a dudar de su percepción. Quizá la invitación a tomar algo en su casa era literal. Tampoco le importaba; le gustaba la compañía de Ariadne aunque fuera solo para charlar. No iba a negar que la perspectiva de ver lo que había debajo del vestido, después de echar miradas furtivas a la pantorrilla que asomaba por el corte de la falda, la había puesto un poco cachonda, pero ya se ocuparía de eso cuando volviera a su apartamento. Pasar el rato con ella valía de sobra.

Ariadne volvió con un par de tazas humeantes que dejó sobre la mesa auxiliar de cristal. Se acomodó a su lado, tan cerca que su rodilla rozó le rozó el muslo cuando se sentó sobre una pierna. Kerr se rascó la nuca.

—Me gusta mucho tu casa. Lo poco que he visto. El salón, quiero decir. Es muy bonito.

Menudas dotes de oradora. Ahora sabía por qué se le daba mucho mejor ligar borracha: con la lengua trabada nadie tenía por qué entender las idioteces que decía. Por lo menos Ariadne no se había reído en su cara.

—¿Quieres que te enseñe el resto? —preguntó ella, con el codo apoyado en el respaldo del sofá y el puño bajo la barbilla.

Si aquella no era una mirada de "ven y fóllame", Kerr no había visto una en la vida. Haciendo de tripas corazón y esperando no cagarla demasiado, apoyó su mano en la rodilla de Ariadne y se acercó hasta posar sus labios sobre los suyos. Aquel debía de ser el beso más casto que hubiera dado en meses, pero era mejor que meter lengua y que al final resultase que entre la gente con clase esas miradas fuesen una muestra de amistad platónica.

Ariadne no dejó que se apartara al separarse. Sus dedos se hundieron en los omóplatos de Kerr y ahora fue ella quien se inclinó para tomar su labio inferior entre los suyos. Kerr subió la mano hasta rozarle la cintura, donde acarició la curva que dibujaba su espalda. Le gustaba su figura. La boca de Ariadne sabía a la menta del dentífrico con el que se habría lavado los dientes para ocultar la acidez del alcohol. Su lengua tocó la suya. Subió las manos hasta su nuca y su cuello, donde podía percibir su pulso acelerado sin necesidad de buscarlo.

Sintió el temblor de sus manos mientras le ayudaba a quitarse la chaqueta. Entrelazó sus piernas con las de ella para acercarse un poco más. Ariadne le acarició el cuello y los hombros desnudos, delineando la forma de los músculos sobre la piel. Kerr rio entre dientes y hundió la boca en su cuello. Lo besó y lo mordisqueó, y le arrancó un ronroneo cuando tiró del lóbulo de su oreja.

—Sabía que te morías de ganas de hacer eso —susurró.

—No esperaba acabar así esta noche —murmuró Ariadne casi sin aliento—. Te juro que solo quería cenar...

Kerr se apartó para mirarla.

—Podemos parar, si quieres.

—No quiero parar. —Apoyó las manos en los hombros de Kerr y se los acarició hacia abajo con los pulgares. Se mordió el labio inferior en un gesto inequívoco de lujuria que no se imaginaba que vería en aquella cara—. Me gustas muchísimo. Probablemente solo me haya atrevido a decírtelo por el vino, hace mucho tiempo desde la última vez y no quiero parecer...

—¿Parecer qué?

Sonrió. Ariadne hizo lo mismo.

—¿Podemos ir despacio?

—Claro que sí.

No había besado a alguien durante tanto tiempo desde que tenía dieciséis años. Cuando todavía no estaba permitido tocar por debajo de la cintura, el placer eran la cercanía y el sabor de la boca del otro. Incluso los más torpes la hacían temblar, aunque a veces acabase asqueada por el exceso de saliva. Pero Ariadne sabía besar y su ritmo era fácil de seguir, a veces deliberadamente lento y a veces rápido e insistente, y sus manos se aferraban a su espalda como si quisiera perderse en ella. Era esa avidez la que la invitaba a seguir, atreviéndose poco a poco a tantear su cuello y sus hombros, la curva de su pecho y su muslo. Y, cuando trató de bajar la cremallera de su vestido, Ariadne la detuvo suavemente y la invitó a seguirla a su cuarto, donde se dio la vuelta para que acabara lo que había empezado.

El vestido acabó en el suelo y sus labios contra su nuca. Ariadne se pegó a ella, los dedos en su pelo. Sin dejar de besarla, Kerr bajó las manos por su torso, maravillada por la suavidad de su piel y la falta de ángulos rectos. Al llegar al vientre rozó sus estrías, casi difuminadas por el tiempo, y se percató de que era la primera vez que iba a acostarse con alguien que tuviera hijos. Que ella supiera. No estuvo segura de lo que le provocó la siguiente oleada de excitación, si fue ese conocimiento o que Ariadne se diera la vuelta y le quitase la camiseta antes de desabrocharle el pantalón con ansias, pero tuvo que hacer un esfuerzo por no saltarle encima.

Terminó desnuda y tendida en la cama. Ariadne, a horcajadas sobre ella, se inclinó para besarla. Su melena oscura le cosquilleó la cara. Kerr hizo hueco entre sus muslos para colar la mano; ella la guio para que supiera dónde y cómo tocar, y arqueó la espalda proporcionándole una vista más que interesante. Tenía unas tetas estupendas, de pezones grandes y aureola oscura, en las que hundió la cara ansiosa por besar y chupar. Ariadne se movió un poco hacia delante y buscó su clítoris sin avisar. Kerr gimió y ella sonrió, complacida. No supo si era por su habilidad o por el tiempo que hacía desde que no follaba con nadie así de excitada, pero se corrió enseguida, casi sin querer. Gimió y se retorció tanto debajo de ella que después le dio vergüenza, y para paliarla tiró de sus rodillas y escondió la cara entre sus muslos. Que Ariadne se corriera en su boca bien valió que se le durmiera la mandíbula. Iba a recordar aquella visión durante mucho tiempo.

La ayudó a tumbarse a su lado y apoyó la cabeza en su pecho, con la mano perdida en una caricia interminable sobre su vientre. El calor que emanaba de ella estaba lejos de ser sofocante. Había pasado tanto tiempo apartada de un cuerpo cálido que hasta le gustaba la mezcla de sus sudores, aunque supiera que tan pronto se enfriasen se convertiría en un doloroso pegamento.

—¿Ariadne?

—¿Mmm?

—¿Ha estado bien? Estás muy callada.

Ariadne enredó los dedos en el pelo de su nuca.

—Ha sido perfecto. —Su tono había bajado levemente y sonaba casi como un ronroneo—. Gracias.

Kerr la miró de reojo.

—¿Gracias?

—Eres dura, pero tierna. —El roce descendió por su columna vertebral y le provocó un escalofrío—. Sabes ser amable. —Cuando llegó a la zona baja de la espalda, Kerr se retorció de placer—. Me gusta la gente fuerte que abraza.

Se apoyó en el codo a costa de un tirón pegajoso y la miró con la ceja arqueada, aunque sin poder contener una sonrisa. Puede que Rurik hubiese comenzado a abrirse respecto a sus sentimientos, pero no le habría dicho eso en la vida. La conocía demasiado bien como para usar las palabras "tierna" y "amable" en referencia a su carácter.

—¿Estás de coña?

La otra mujer se rio, confusa.

—¿Por qué iba a estarlo?

Kerr suspiró. A pesar de lo mucho que la complacía oír aquello, sabía que no debía creérselo. Sabía que Ariadne la había idealizado después de que le salvase la vida. Quizá desde que se había negado a vender a su hija por unos cuantos créditos extra, como habría hecho cualquier otro mercenario. Pero ¿qué más daba? Ariadne ignoraba muchas cosas que la habrían hecho huir despavorida.

Tal vez tendría que habérselo dicho antes de meterse en su cama.

—Sabes que mato gente por dinero, ¿verdad? —Lo dijo con suavidad, pero tan firme como pudo—. Nos llamamos mercenarios entre nosotros, pero es lo mismo.

Ariadne le acarició los labios con el pulgar.

—Ya sé lo que haces. Te contraté para eso. —Kerr besó su dedo sin pensar—. Por eso me siento bien contigo.

Volvió a acariciarla. Su roce era tan delicado que Kerr estuvo a punto de aceptarlo sin más, pero se obligó a insistir. Al menos un poco, aunque fuera por vergüenza.

—Las personas que se acercan a mí acaban mal.

—Pues debo de ser la excepción. Nunca me has hecho daño. Al contrario: me has ayudado y protegido cada vez.

En eso tenía razón. El loquero le había dicho que debía intentar ser menos rígida consigo misma, aprender a quererse y aceptar el amor de otras personas. Con Rurik había sido más sencillo: después de todo, él ya sabía toda la mierda que había hecho en el pasado. Pero con Ariadne no podía evitar la sensación de estar engañándola. Y, sin embargo, oírla hablar así le provocaba un intenso calor en el pecho, casi tan satisfactorio como la ginebra al bajar por su garganta. Podía ser igual de adictivo.

Ariadne la apretó contra ella.

—Quiero hacer las cosas bien —suspiró Kerr, como último recurso—. Estoy cansada de hacerlas mal.

—Yo no me arrepiento de nada. —Los labios de Ariadne se posaron en su frente con tanta ternura que Kerr apenas pudo creerse que fuera la suya—. ¿Tú?

—No...

—Bien. —La besó otra vez—. Es tarde y debería dormir; mañana tengo que ir a recoger a Charlotte. ¿Quieres quedarte?

Kerr se despejó y murmuró mientras consideraba los pros y los contras. Ariadne se apresuró a sacudir la cabeza.

—No pasa nada si prefieres irte. Duermo sola todas las noches.

Ella también lo hacía, incluso tras recurrir a las citas rápidas de Extranet. Eran un desahogo mientras no pudiera evadirse como quería: subiendo a bordo de su nave para perderse en el espacio, lejos de su apartamento vacío. Ese era su hogar. Sin embargo, debía admitir que la cama de Ariadne imitaba esa sensación.

—Es tarde. Creo que me quedo.

Se metieron entre las sábanas y Ariadne dio una orden que apagó las luces. Al tumbarse frente a ella, le acarició la pantorrilla con el pie. Notaba su aliento contra su cara, muy cerca.

—Me alegro de que te quedes. Y también me alegro de haberte traído a casa.

—Yo también.

Se besaron de nuevo, en la oscuridad. Notó que Ariadne sonreía y ella la imitó sin saber muy bien por qué. Debía de ser verdad que estaba contenta.

—Debes de ser el mejor cucharón del universo.

—¿Qué?

Ariadne se dio la vuelta y pegó el culo a su pelvis. Tiró de su brazo para envolverse con él mientras apoyaba la espalda en el pecho de Kerr, que comprendió lo que quería y la estrechó contra su cuerpo. Buscó un hueco de piel a través de la melena y la besó allí.

—Espero que no ronques —le dijo en broma, y Ariadne contestó con un pataleo juguetón.

Cerró los ojos y trató de conciliar el sueño, aunque sabía que tardaría en llegar, como siempre desde que estaba sobria. Pero, a diferencia de otras veces en las que daba vueltas sobre sí misma, tratando de relegar su ansiedad y su sensación de vacío, aquella noche se sintió satisfecha y tranquila. Se acordaba de la única ocasión en la que había dormido con Kirsten, hacía casi medio año, y de cómo había cambiado todo. Cómo había cambiado ella.

Suspiró y apretó a Ariadne un poco más fuerte. Tal vez, ahora que estaba mejor, fuese momento de ir a visitarla.

4

Aunque le habría apetecido, no pudieron tontear mucho por la mañana. Ariadne debía ir a recoger a Charlotte, así que Kerr tuvo que conformarse con un beso (en la mejilla, para no echarle el mal aliento) antes de que la dejase para entrar en la ducha. Remoloneó entre las sábanas para aprovechar el calor que había dejado su cuerpo mientras se despertaba. El sol artificial se colaba a través de la ventana, por sus venas aún fluía el cóctel de hormonas del sexo (debía acordarse de tomarse la pastilla para mantener el buen humor) y había dormido ridículamente bien, sin sobresaltos ni pesadillas. Tal vez aquella fuera la mañana más prometedora que recordaba en años.

Ni siquiera la perspectiva de ponerse otra vez las bragas del día anterior le molestaba demasiado. Tendría que agradecérselo a Ariadne.

Entró envuelta en un albornoz, con el pelo goteando. Tardó en reparar en que Kerr seguía en la cama. Su expresión se relajó y sonrió antes de abrir el armario empotrado.

—¿Qué sueles desayunar?

—Lo que haya. Me gusta todo. —Se levantó, desnuda y sin pudor, y estiró los brazos por encima de la cabeza—. ¿De qué marca es tu colchón? Igual debería cambiar el mío.

Ariadne, que bregaba con un selector de prendas en busca de la más adecuada, se detuvo para mirarla con la boca entreabierta. Cuando Kerr se dio cuenta, flexionó los brazos y posó con orgullo.

—¿Qué tal las vistas? —Bajó los brazos para marcar los hombros antes de ponerse de perfil, como una atleta griega—. ¿Una foto de recuerdo?

La otra mujer soltó una carcajada.

—¡Eres idiota!

—Me puedes mirar el culo mientras salgo —dijo al encaminarse hacia la puerta, y se lo señaló con el pulgar—. No te lo pierdas.

Ariadne hizo una mueca. Se desabrochó el albornoz y dejó que se deslizase hasta el suelo para seguir consultando su armario como respuesta. Kerr tuvo que conformarse con una mirada larga mientras Ariadne fingía que no se daba cuenta. Sintió el deseo de abrazarla y besarla hasta que se le pasara el interés por la ropa y volviera a temblar como la noche anterior. Pero imaginaba que no querría retrasarse para ir a encontrarse con su hija, y ella seguía trabajando en su autocontrol.

Se duchó mientras pensaba en Ariadne y Charlotte, en las cosas que habían hecho para permanecer juntas. Quizá no fuese una situación ideal, pero con el tiempo Kerr había aceptado que esas no existían. Nunca había pensado en tener críos y probablemente jamás lo hiciera; su experiencia como hija de los peores padres de la galaxia le había quitado todas las ganas de probar suerte por su cuenta. Seguro que la cagaba y terminaba arrebatándoles el puesto. Era mejor dejar la tarea de asegurar la supervivencia de la especie a gente preparada, como Ariadne.

Se quedó quieta bajo el chorro de agua. A decir verdad, lo que recordaba de su experiencia con su madre se parecía a lo que había visto entre Ariadne y Charlotte. Una vez hubo alguien que la acostaba por las noches y la abrazaba para que dejase de tener miedo durante las tormentas, cuando el granizo taladraba los cristales y los truenos la hacían estremecerse. Era raro asociarla con la mujer que se había encontrado en la Onus, asustada y envuelta por la nube de hedor goriano. Y aún más, haberse marchado de allí sabiendo que quizá no volviera a verla en otros veinticinco años.

Se llevó el pensamiento consigo hasta la mesa del desayuno, donde le dio vueltas mientras removía el café.

—¿Estás bien, Rea?

Kerr asintió.

—Quizá sí que me ponga a buscar a mi madre después de todo. Probablemente no sirva de nada; no es como si me la fuera a encontrar en el primer sistema en el que caiga. Con una vez ya es suficiente.

—¿Crees que estás... bueno, preparada?

Forzó una carcajada.

—No. Tampoco pienso empezar hoy; no sé por dónde buscar y no es el único cabo suelto del que tengo que ocuparme. —Suspiró y volvió a mirar su café—. Mi loquero dice que tengo que dosificar para no volver a romperme.

Ariadne le rodeó los hombros con el brazo y la besó en la cabeza.

—No lo hagas si no estás lista. Te quiero entera. —Su voz, tan preocupada, se había tornado tan seria que Kerr se estremeció. Ariadne se separó al darse cuenta—. Perdona, no sé si te parece bien que haga esto...

—Me parece bien. Me gusta.

La atrajo hacia sí y la besó en los labios. Esta vez fue el turno de Ariadne para suspirar y estremecerse.

—¿Entonces puedo invitarte a cenar otro día?

—¿La cena va a acabar contigo sentada en mi cara?

A Ariadne se le desencajó la mandíbula. Mierda, había vuelto a meter la pata. Sus cejas se enarcaron y Kerr se separó en un intento de huir antes de que llegase el reproche, pero la mano de Ariadne impactó en su pecho con una carcajada incrédula.

—¡Pero qué bruta eres!

El alivio le devolvió el aliento. Se rio.

—Bueno, que si no acaba igual no importa, ¿eh? Podemos probar otras cosas.

Ariadne le apretó la mano contra la boca.

—Calla, no hables más.

Kerr trató de morderle los dedos, pero ella fue más rápida y los apartó. La siguió y apoyó un brazo en el respaldo de su silla para hablarle de cerca.

—Tengo que solucionar algunas cosas y seguro que quienes tú sabes me mandan un mensaje en breve. Todavía tengo cuentas pendientes con ellos. —Le acarició la mejilla—. Hablamos en cuanto lo sepa.

Bajaron juntas hacia la estación de tren y su pulso se disparó. Antes de despedirse de ella en los andenes miró en todas direcciones, y cuando la besó apenas tenía saliva en la boca. Ariadne entornó los ojos y le preguntó si ocurría algo. Ella negó con la cabeza.

Hasta que la vio doblar la esquina y perderse entre la gente, su corazón bombeaba con tanta fuerza que parecía que alguien le diera puñetazos desde el interior de su caja torácica. Respiró hondo hasta que se calmó. Todo era distinto.

Ella era distinta.

—Podrías haberme avisado antes de venir —le dijo su padre cuando se presentó en la oficina.

Siempre era un placer volver a casa.

—No pensaba hacerlo. He improvisado —respondió ella sin atreverse a cruzar el espacio que separaba la puerta del escritorio.

Su padre no la miró; le hizo un gesto para que se acercara y esperó a que ocupase la silla de enfrente para volver los ojos hacia Kerr. Arrugó la frente, como si su presencia le resultase desagradable pero tuviera que contener la lengua para no mencionarlo. Quizá se sintiera mejor que en mucho tiempo y la medicación hiciera algo por calmarla, pero no pudo evitar un repunte de mala leche cuando los ojos de su padre se cruzaron con los suyos. Todavía no se había acostumbrado a despertar tanta condescendencia en la persona que se suponía que tenía que quererla.

—¿A qué viene la improvisación? —preguntó con sorna.

No había practicado el diálogo que venía a continuación porque no se le había ocurrido cómo abordarlo. Se frotó las manos, húmedas de sudor, y miró el escritorio fijamente hasta que se atrevió a soltar la única pregunta que provocaría la inercia necesaria para iniciar esa conversación.

—¿Dónde está mi madre?

Se había esperado una mirada gélida, un ceño fruncido o incluso un gesto violento. Lo que no había imaginado era la risa. Fue una carcajada corta y sarcástica que sonaba extraña en una voz desapasionada y acostumbrada a dar órdenes. Se le había olvidado que su padre pudiera reír, pero ahora recordaba lo mucho que se había esforzado por arrancarle alguna carcajada siendo una niña. Había sido más y más difícil con el paso del tiempo, hasta el punto en que no compensaba esforzarse. Había tomado esta decisión en su adolescencia cuando había comprendido que el humor de su padre era otra de las maneras en las que la manipulaba. Había preferido rebelarse, pero solo lo había hecho a medias. Una parte de ella aún necesitaba su mano en el lomo.

—No la he visto desde que se fue. —Sonrió y se recostó en la silla. Hasta entrelazó las manos sobre el vientre, divertido—. ¿A qué viene esto?

Kerr encogió los dedos dentro de los zapatos.

—Quiero encontrarla.

—Pues yo no voy a ayudarte. No sé nada, te lo aseguro, pero aunque supiera algo no te lo diría. —Dejó de sonreír y se acercó al escritorio, adoptando de nuevo la habitual pose seria e intimidante—. Estás mejor sin ella. No la necesitas.

No los necesitaba a ninguno de los dos. Eso ya lo sabía.

—Pero quiero hacerlo. —Tragó saliva y ladeó la cabeza, dubitativa. Qué cojones, la nave ya había zarpado—. Me la encontré hace unos meses.

Su padre alzó las cejas. Le había vuelto a sorprender, aunque ninguna risa sarcástica salvaría su compostura ahora. Sus hombros se tensaron.

—¿Dónde?

—En la Onus. Estaba de paso y dudo que vuelva, así que...

—En la Onus. Ya veo. —Bufó y se levantó de la silla para mirar a través de la cristalera. Se apretaba las manos tras la espalda con tanta fuerza que se le quedaron blancas—. Rurik no me dijo nada de eso. Tendré que tomar cartas en el asunto.

—¡Papá, no me jodas! Deja a Rurik en paz. —Le salió sin querer, pero no se arrepintió ni cuando su padre se soltó las manos y se giró lo estrictamente necesario para mirarla a los ojos—. No te dijo nada porque no había nada que decirte. —Se obligó a descruzar las piernas y apoyar las dos manos en el escritorio para hablar con tanta firmeza como pudiera—. No es el único que se calla cosas. Sé que mi madre está metida en mierdas con Primus Filius porque tú también lo estás, o lo has estado. Si no, ¿por qué te darían tanto miedo?

—No me dan miedo, Rea. Lo que no soy es un imbécil que va por ahí pegándole patadas a los avisperos. Tendrías que haberlo dejado estar, como te dije.

Kerr enrojeció.

—¡Dime algo, joder! Ya no soy una niña, ¿sabes? Puedo tomar mis propias decisiones y cuidarme yo solita.

La mandíbula de su padre se crispó.

—Tu madre y yo militamos en Primus Filius hace treinta años. Es verdad. —Se dio la vuelta por completo y cruzó los brazos sobre el pecho—. Abandonamos al cabo de un tiempo por... diferencias. A mí me dejaron en paz porque prometí no hacer ruido. Quería protegerte. —El calor en las mejillas de Kerr se esfumó igual que había venido—. Tu madre prefirió robar información confidencial para entregársela a los alienígenas con los que follaba. —La voz de su padre se suavizó. ¿Era dolor lo que escuchaba?—. Nos abandonó a los dos. Abandonó a su especie. ¿Para qué querrías encontrarla?

Parecía que le hubiesen hundido el esternón de un puñetazo. Sentía un dolor físico en el centro del pecho, como si las costillas hicieran presión contra los pulmones y tratasen de asfixiarla. Jadeó.

—No lo entiendo...

—Pensé que ya lo habías aceptado. —Su padre suspiró—. No hay nada que entender. A tu madre no le importábamos ninguno de los dos y desde luego le trajo sin cuidado lo que pasara contigo.

Las tormentas y el cielo púrpura, y los brazos firmes que la sostenían contra su pecho.

—Pero me quería...

—A la hora de verdad, resultó que no lo suficiente. —Su padre inspiró y recuperó la compostura. Volvió a su pose habitual, la de voz firme y mirada helada—. Puedes decir lo que quieras de mí, pero nunca te he fallado. Te he protegido, te he educado y te he dado un techo.

Rodeó el escritorio y posó la mano en el hombro de Kerr, que aún era incapaz de respirar del todo.

—Rea, no merece la pena que pierdas el tiempo con estas tonterías. —Le acarició el pelo. La noche anterior se había estremecido cuando Ariadne hundía los dedos en su cuero cabelludo, pero ahora no sentía nada—. Lo estás haciendo bien. No tienes por qué meterte en esto. —Su mano se detuvo, pero no la apartó—. Acaba lo que tienes con Primus Filius, si cumplir tu deuda con ellos es tan importante para ti. Sigue así y pronto te dejaré volver a Horizonte Rojo. Tú sola.

Kerr levantó la mirada. Hasta entonces, su padre solo había demostrado desprecio hacia su compromiso con Primus Filius. La flexibilidad era algo nuevo en él, quizá porque comprendía que podía conseguir más con palabras amables que con severidad.

Estaba tan hambrienta de ellas que ni se paró a pensar en lo que escondían.

—¿En serio?

—Sí. Pero te necesito sobria.

Salió de la oficina de su padre y arrastró los pies con un martilleo angustioso en las sienes. No iba a hacerlo. No lo haría. Había aguantado ocho semanas sin probar una gota a pesar del tedio, la ansiedad y la amargura. Era estúpido recaer por algo que se suponía que ya tenía superado. No iba a beber ni aunque su cuerpo y su mente se lo exigieran. No malgastaría la oportunidad. Se estaba recuperando.

No subió al tren, sino que se dio un paseo largo hasta su apartamento. La visita a Kirsten quedó descartada; no le quedaban fuerzas para eso. Se obligó a rememorar la noche anterior y lo bien que se había sentido a la mañana siguiente, sin resaca y con los recuerdos intactos. Se prometió que habría más momentos así en el futuro si continuaba mejorando, y para probárselo a sí misma le envió un mensaje a Ariadne proponiéndole quedar por la tarde.

Ariadne: Pensaba que tenías cosas pendientes.

Kerr: ya bueno
Kerr: pero te puedo acer 1 hueco
Kerr: te apetece??

6

Kerr había pensado que lo que más le gustaba de pertenecer a Horizonte Rojo era la adrenalina que le brindaba la violencia, pero se equivocaba. Mientras las balas reventaban la columna de hormigón tras la que se había parapetado a la espera de que el matón de Primus Filius que se suponía que estaba de su parte abriese fuego de cobertura, se dio cuenta de que lo que le atraía del trabajo de mercenaria no eran los tiros ni la sangre, ni siquiera el subidón de hormonas de poner en peligro su propia vida.

Lo que echaba de menos como loca era la sensación de pertenecer a un grupo de guerreros que mereciera la pena. Y Primus Filius no lo era.

La misión no podía ser más sencilla: viajar a un satélite sin más nombre que un conjunto de números y letras, buscar las coordenadas de la base de investigadores pro-alienígenas y borrarlos del mapa. Se podría haber hecho casi sin bajar de la nave, pero el jefe quería recuperar cuantos datos fuera posible para así repetir el proceso con la siguiente célula de traidores a la especie. Kerr había llevado a cabo tantas actuaciones calcadas a aquella que aceptó sin apenas darle vueltas, porque cada misión que cumpliera con éxito era una menos para zanjar su deuda con Carlo Lucani, ampliada tras el fracaso de la Onus.

Dos más y sería libre. Su padre le había prometido que podría volver a Horizonte Rojo si se desvinculaba de Primus Filius y le demostraba que había cambiado. Y joder, cuánto echaba de menos ser parte del equipo.

Podía oler el polvo caliente a través del filtro del casco, igual que la sangre que manchaba las botas blindadas de la armadura. El cadáver más cercano estaba varios metros a la derecha, pero la ligera inclinación del suelo había hecho que el charco llegara hasta ella. Con la armadura de Horizonte Rojo, la sangre no se notaba tanto. La que le había prestado Primus Filius, de un tono caqui mustio, apenas la disimulaba.

Se estaba impacientando.

—Cúbreme —le indicó al agente de Primus Filius de la columna de al lado.

—¿Qué? ¡Espera!

Kerr salió de detrás de la columna sin aguardar al fuego de cobertura. Su escudo estalló con los primeros disparos, pero antes de que alguna bala llegase a rozar su armadura, su compañero ya había obligado al enemigo a parapetarse de vuelta tras la esquina. Avanzó hasta la siguiente columna, desde donde podría flanquearlo al tiempo que se cubría. Había sido un movimiento arriesgado, pero efectivo. Kerr levantó la escopeta en su dirección sin esforzarse, convencida de que el asistente de puntería haría el resto. Pero no llegó a apretar el gatillo, porque una fuerza invisible con la contundencia de un muro de metal la lanzó varios metros en la dirección opuesta.

La armadura absorbió el golpe, pero la escopeta se le había escapado de las manos y la cabeza le daba vueltas. Un segundo después, una andanada de balas la alcanzó en las piernas antes de que pudiera atrincherarse detrás de algo. Gritó, más por el miedo que por el dolor, y rodó tras un aeromóvil cercano. La luna frontal reventó con un estruendo. Mantuvo la cabeza baja y se apresuró a revisar los impactos.

La armadura había detenido dos de las balas a la altura de la tibia, pero una había penetrado en el muslo izquierdo. Toda la pierna le dolía como si se la hubieran partido con un martillo. Putos telequinéticos de mierda. Le gustaba más cuando estaban de su lado.

—Kerr, ¿estás viva? —preguntó su compañero a través de la radio.

—¡Hostias! —gruñó mientras se apoyaba en el maletero del aeromóvil para izarse. Desenfundó la pistola—. ¡No me habíais dicho que hubiera TK!

Más disparos. El pedazo de cabrón que la había herido se esfumó hacia una puerta que conectaba el garaje con uno de los domos del refugio. Kerr hizo ademán de seguirle, pero la pierna le falló al apoyar el peso en ella.

—¡Persíguele tú, López! Te alcanzo en cuanto pueda.

—Oído.

Su compañero salió tras el TK a la carrera y la dejó sola mientras se aplicaba un jeringazo de *RegeAsep™* en el muslo. El efecto del medicamento se notó enseguida; la pierna dejó de dolerle, pero a cada paso la sentía como un apéndice extraño pegado a su cuerpo. Al menos le sirvió para recuperar la escopeta. Cojeó tras López, atenta por si lo escuchaba pedir ayuda; pero cuando la radio chisporroteó, no era él, sino Nguyen, el ingeniero.

—Kerr, hay alguien en el domo B que intenta borrar los datos del servidor. Vete para allá cagando leches.

—¿Tú no puedes hacer nada?

—Si te digo que vayas tú, ¿qué crees? Date prisa.

Giró sobre sus talones y se encaminó hacia el laboratorio del B, una de las primeras salas que habían limpiado precisamente para evitar una situación parecida. Kirsten habría podido hacer algo desde la nave, ya fuese con sus conocimientos de pirateo o con un dron, pero ya se había dado cuenta de que no había muchos como ella. Iba a tener que subirle el sueldo... si volvía al trabajo.

No, no era el momento de pensar en eso. Había cosas que hacer.

Escuchó una respiración agitada por encima del zumbido de las máquinas y del aire acondicionado. Se asomó a la puerta con precaución, por si se encontraba con otra lluvia de balas, pero solo vio a una mujer que escribía en un teclado holográfico desde el suelo, frenética. Kerr pasó con una zancada por encima del cadáver que sangraba en la entrada y le arreó un culatazo en la cabeza. Le arrancó el *holo* de la muñeca y lo pisó. El teclado se desvaneció tras un parpadeo.

—Por favor, no —gimió la mujer mientras se arrastraba. El golpe de Kerr le había abierto una brecha en la cabeza y la sangre había salpicado la bata blanca, que de pecho para abajo estaba teñida de rojo brillante por el tiro que llevaba en el abdomen—. No...

—Ahí —ordenó señalando entre los escritorios.

La mujer asintió y se arrastró hasta ese punto, temblorosa. Con aquella herida moriría en unas horas, pero no pensaba acelerar el proceso. Después de Bahuer, había decidido que las ejecuciones directas no eran su estilo.

Se quitó el casco y se sacudió el pelo. En el suelo había dos cadáveres, aparte del de la entrada, con varios tiros en el pecho. A uno lo había matado ella. En la pared todavía se veía la mancha que había dejado al resbalar tras el escopetazo.

Desconectó el auricular de la radio.

—¿Qué estabais haciendo aquí? —murmuró Kerr, sin ganas reales de que la mujer respondiera.

No lo hizo. Se limitó a estirarse mientras se apretaba la herida con una mano entre gemidos. Kerr apretó la mandíbula. Sabía lo que estaba pensando y sabía que era mejor no escuchar la vocecita que aprovechaba esos silencios para carcomer su conciencia. La vocecita solía callarse después de un par de tragos, así que era mejor no invocarla cuando tenía que capear sobria ese temporal. Para distraerse, echó un vistazo a una de las pantallas holográficas que no habían reventado en pedazos por los disparos.

¿Quién era esta gente? ¿Qué hacían ahí? Las últimas misiones que le habían encargado en Primus Filius implicaban matar alienígenas, no humanos. Solo se había topado con una humana en el transcurso de una misión para la organización, y esta había resultado ser su madre. Su padre le había dicho que los había traicionado, igual que Benkiran, el desertor. ¿Tendrían estos científicos algo que ver con todo eso?

Trató de entrar en el sistema, pero estaba protegido por un escáner de huella dactilar. Tras echarle una mirada suspicaz a la mujer herida, tiró de uno de los cadáveres hasta el detector conectado a la pantalla y apretó su mano contra él. Dejó caer el brazo cuando la pantalla se desbloqueó y examinó las ventanas abiertas. No entendía ni jota de la jerga científica, así que buscó los archivos sobre el personal del laboratorio. Había fichas profesionales con fotografías y una enumeración de los méritos académicos. Su madre no aparecía en ninguna de ellas, pero reconoció a uno de los neurobiólogos como el tipo cuyas huellas había utilizado para entrar en el sistema.

Suspiró y apoyó el culo sobre el escritorio.

—¿Conoces a Theresa Lichtenberg? —preguntó a la mujer—. Igual ha cambiado de nombre. También es científica, no sé si bióloga o algo así. Debe de rondar los setenta y pocos. Se parece a mí. —Dejó la escopeta a un lado y se cruzó de brazos—. Tengo un tubo de *RegeAsep™*. Si me dices algo sobre ella, te lo doy.

—¿Qué estás haciendo, Kerr?

López entró en la sala con el fusil contra la cadera. En el pectoral de su armadura había un par de agujeros nuevos, aunque no sangraban. Kerr se envaró y recogió el arma.

—Estoy descansando.

—Llevo hablándote por la radio desde hace rato. ¿La has desconectado?

Kerr volvió a conectarla sin mirarle a la cara. La mujer del suelo gimió y López se percató de su presencia por primera vez desde que había entrado. Levantó el fusil con desgana, sin molestarse en sujetarlo también con la izquierda; a una distancia tan corta, la ráfaga de balas la acertó en el pecho y la cara a pesar de lo chapucero del disparo.

El rugido del arma la hizo estremecer.

—¿Qué coño haces? ¡No tenías por qué matarla!

—Nos han dicho que no dejemos testigos —le recordó López, que ahora sí que había tomado el fusil con las dos manos, como si la invitase a ponerlo a prueba—. ¿Te lo estás pasando bien?

—Que te jodan. Me largo.

Se ajustó el casco y salió de allí sin molestarse en esquivarlo, de modo que sus armaduras chirriaron al chocar.

La vocecita de siempre estaba callada porque había otra que se había puesto a cantar.

 **7**

Se le había olvidado cómo olía el hospital, pero tan pronto puso un pie en él tuvo la sensación de haber estado allí hacía solo una hora. Tuvo que preguntar en recepción por Kirsten; había pasado demasiado tiempo desde la última visita y sospechaba que la habrían cambiado de habitación. En efecto, la habían subido a una de las plantas superiores, con el resto de pacientes en proceso de rehabilitación.

Subió al séptimo piso mientras tamborileaba los dedos contra la cadera. El disparo en el muslo había sanado casi por completo en los dos días que tardaron en volver a la Sígel, pero todavía notaba la piel tirante. Se obligó a aflojar la mandíbula; si la crispaba durante demasiado tiempo, le daba dolor de cabeza. Con un hondo suspiro, cruzó el pasillo hasta encontrar la habitación de Kirsten, y esperó un par de segundos antes de entrar en el rango del detector de movimiento de la puerta.

—He dicho que no voy a hacerlo. —Le costaba pronunciar algunas consonantes y ya no hablaba deprisa, sino que se tomaba su tiempo con cada palabra. Pero su tono era duro, igual que el que había usado para reprocharle su falta de tacto a bordo de la *Athena*—. Es mi cara. Déjalo ya.

Kerr pasó por delante de la cama de una mujer desconocida que dormía a pesar de la discusión al otro lado de la mampara opaca que la separaba de la cama vecina.

—Kirsten, no seas cabezota. No hay ningún motivo para que la dejes ahí.

—Tampoco hay ningún motivo para quitarla.

—Mira, viene el enfermero. Seguro que te va a decir lo mismo que yo.

Kerr apareció al otro lado de la pantalla que separaba las dos camas. Miró a Kirsten, luego a su madre, y esperó sin saber muy bien qué hacer con las manos.

—Hola.

Kirsten, que se había incorporado nada más verla, sonrió para después adoptar una expresión confusa. La madre de Kirsten enarcó una ceja. Era menuda, como su hija, y llevaba el pelo gris en media melena con un par de mechas moradas. Al sonreír también se le marcaban las mejillas.

—Ah, tú debes de ser Rea. —Extendió una mano y Kerr se apresuró a estrechársela para no parecer maleducada—. Kirsten y Jacob me han hablado mucho de ti.

—He estado ocupada —dijo entre dientes aunque nadie le hubiera preguntado. Soltó la mano de la madre de Kirsten y puso los brazos en jarras—. Te veo muy bien.

La ingeniera había recuperado el color y ya no parecía herida de muerte. Su cabeza había recuperado la forma original y el pelo, varios centímetros más largo, había recobrado el tono rubio oscuro. Dentro de poco, Kirsten podría peinárselo como Kerr. La comisura izquierda de la boca había vuelto a su posición original, pero si se prestaba atención se podía percibir la leve asimetría, presente de todos modos por la cicatriz del pómulo derecho.

Kerr no estaba muy segura de cómo interpretar su expresión, pero sí sabía que la culpa que creía dormida acababa de despertarse y berreaba como un crío con dolor de tripa.

—No quiere que le arreglen la cicatriz —le dijo la mujer como si su hija no estuviera delante—. Tú la conoces de antes. Dile que estaría mejor sin ella.

—Mamá, déjalo ya —le espetó, y señaló al otro lado de la mampara con la mano derecha—. Vete un rato, ¿vale? Quiero hablar a solas con ella.

La mujer hizo un mohín, visiblemente molesta.

—Me voy al hotel. Volveré mañana. —Recogió su bolso de la silla reclinable junto a la cama y se marchó sin más despedida que un murmullo.

Kerr cambió el peso de un pie a otro.

—Perdona.

Kirsten ladeó la cabeza.

—¿Por qué?

Por tardar tanto en ir a verla. Por ser la causa de que estuviera en el hospital. Por ser una persona de mierda en todos los sentidos.

—No quería interrumpir.

La ingeniera se quedó mirándola un momento, como buscando la respuesta que Kerr no se atrevía a dar. Cerró los ojos y negó con la cabeza mientras sonreía y suspiró.

—Ven —dijo, y golpeó la cama dos veces con la mano derecha.

Kerr obedeció. Cuando la tuvo delante, Kirsten la abrazó. Sintió su brazo izquierdo enroscándose en su cintura con un esfuerzo torpe y la calidez de su mejilla contra la suya. Cerró los ojos y subió la mano por su espalda hasta la nuca, donde notó con un escalofrío las protuberancias y el frío del metal, tan distinto del calor que emanaba su cuerpo. Aquello la obligó a soltarla antes de lo previsto. Se apartó de ella demasiado rápido; ya lo había hecho cuando se dio cuenta de que Kirsten debía de haber notado el rechazo.

No dijo nada al respecto.

—Hueles diferente —murmuró la chica sin mirarla—. ¿Has cambiado de desodorante?

—No tengo ni idea. No me fijo en las marcas. —Tenía que demostrarle que no le daba asco tocarla. No era eso. Alzó los dedos y rozó la mejilla de Kirsten con delicadeza. La cicatriz era casi tan áspera como el hueso de su cráneo—. ¿Por qué no quieres quitarte esto?

—Siempre quise tener una cicatriz que me diera personalidad.

Sonaba a algo que hubiera dicho ella misma de adolescente, pero a la ingeniera no le pegaba. Kerr tragó saliva.

—Kirsten...

—Ya sé que ni mi madre ni tú queréis verla. —Su seguridad sonaba artificial, tan cuidadosamente planeada como el modo en que encadenaba las sílabas—. Es mejor pensar que nada de esto ha pasado, pero ha pasado. Sigue pasando. Me pasará toda la vida.

—Lo siento mucho.

—Llévame a dar un paseo, ¿quieres? Necesito que me dé el aire.

Recogió su silla de ruedas, plegada en una esquina junto al sillón reclinable, y la abrió antes de conducirla junto a la cama. Kirsten se había destapado y se movía con dificultad hacia el borde. Al estar de perfil, Kerr pudo ver el implante metálico que subía por su columna vertebral hasta el cráneo. Se insinuaba bajo el camisón de hospital, como sus costillas bajo la piel cuando se arqueaba mientras ella le besaba el pubis.

—¿Necesitas que te ayude? ¿Cómo prefieres...?

—Quédate ahí.

Kirsten la usó de punto de apoyo. Posó la pierna derecha en el suelo y giró sobre sí misma hasta sentarse en la silla. Subió con dificultad la pierna izquierda al reposapiés, pero lo hizo sin tirar de ella con las manos. La última vez que Kerr la había visto, aún no había aprendido a moverla de nuevo. Eso era bueno. Una vez en la silla, Kirsten se movió por la habitación hasta recoger la chaqueta que reposaba sobre el sillón. Se la puso, también sin ayuda, antes de empujarse hacia la puerta.

Bajaron al patio del hospital, que imitaba un atrio clásico con césped de plástico, tierra de corcho y cantos de pájaros reproducidos en bucle a través de altavoces discretos. No muy lejos, por senderos perpendiculares, caminaban otros paseantes.

—Hace unos meses me encontré con mi madre —comentó Kerr por decir algo—. Estoy pensando en buscarla. Tengo una pista, pero necesito algo más de información para...

—Todavía no puedo utilizar el *holo* sin marearme y vomitar —contestó Kirsten con aspereza—. No puedo ayudarte.

—¡No he venido para eso! De verdad, era solo un comentario.

—Es bastante oportuno.

Las mejillas de Kerr enrojecieron.

—Estaba intentando hablarte de algo importante. Te conté lo de mi madre hace tiempo; lo he dicho por eso.

Hubo silencio. Lo intentó otra vez.

—Oye, se me ha ocurrido que como tus padres son un poco raros con tu religión, quizá eches algo de menos. Puedo traerte una de esas pulseras, o incienso, o campanas, o lo que sea. —Kerr sonrió. Seguro que lo estaba diciendo mal. Seguro que Kirsten se reía de su ignorancia—. No conozco mucho del tema, pero seguro que en algún bloque comercial encuentro algo que...

—Da igual. Tampoco estoy rezando mucho últimamente.

—¿Qué? ¿Por qué?

Kirsten se encogió de hombros y señaló en dirección a una de las puertas del patio, que daba a la cafetería del hospital.

—Invítame a algo caliente. A veces mi madre me sube chocolate. Está bueno.

Se sentaron en una de las mesas cercanas a la puerta, donde aún se escuchaba el trino de los pájaros. Kerr apartó una de las sillas para que Kirsten pudiese ocupar su lugar. Pidió chocolate caliente para ambas y un trozo de tarta de limón un poco mustia. Cuando Kirsten la rechazó, Kerr atrajo el plato hasta su borde de la mesa antes de atacarla.

—¿Sabes que he llegado a Uranio en *Stormtorg*? —dijo entre cucharadas.

Aquello la hizo reír.

—¿Has seguido jugando? ¿En serio? —Sus ojos chispearon como lo hacían antes, cuando sus estupideces la hacían carcajearse. Kerr tuvo que reírse con ella—. Podrías ser una jugadora profesional, Ojazos. Pensaba que odiabas el juego.

Kerr negó con la cabeza.

—Me lo compré antes de que te... —Se interrumpió a tiempo. La sonrisa de Kirsten se convirtió en una línea dura. Tragó el trozo de tarta que tenía en la boca—. He estado jugando en mis ratos libres, que últimamente son todos. Por eso he subido tanto de rango. Pero no es lo mismo que jugar contigo.

—Bueno. No voy a poder jugar hasta... No sé, quizá nunca. —Kirsten dio un trago a su taza; se le dibujó un bigote de chocolate que se apresuró a limpiarse con una servilleta—. Depende de si consigo acostumbrarme a mirar mucho rato a una pantalla sin que me dé jaqueca.

Dejó la cuchara sobre el plato y metió las manos bajo la mesa para que no se notase que le temblaban.

—Kirsten, perdóname. De verdad, si supieras lo mucho que me duele verte así por mi culpa... —Bajó la mirada y apretó la mandíbula.

—Para. —La ingeniera estaba lívida—. No necesito eso.

Tenía que decirle la verdad. Era la única manera de purgarse, de sanar.

—Creo que es lo peor que me ha pasado, todavía no he...

—¿Por qué lo convertís todo en algo sobre vosotros? —preguntó con la voz quebrada y un punto de ira. Kerr dejó de hablar. Los ojos de Kirsten parecían hechos del mismo metal que el implante de su nuca, fríos y punzantes—. Todos decís lo mucho que os jode verme así. Bueno, pues lo siento, pero no tenéis derecho. —Su tono se endureció a medida que su mandíbula se crispaba—. No sabéis lo que duele lo que llevo en la cabeza, ni lo que es no poder levantarte a mear sin ayuda o navegar por Extranet sin potar. Lo último que necesito es oír cómo te sientes tú.

El chocolate caliente se heló en su estómago. El frío se multiplicó con rapidez. No iba a poder tomar más tarta. Se quedó inmóvil, sin fuerzas, como un globo pinchado al que se le hubiera escapado todo el aire.

—Perdóname —dijo Kirsten al cabo de un momento—. Estoy de un humor de perros.

—Lo entiendo. —Kerr desplegó su *holo* y confirmó el pedido—. Tienes toda la razón.

—No sé si voy a poder recuperar mi vida como era antes. Si no puedo conectarme, no sé... No sé qué voy a hacer después ni...

—Una cerveza —anunció uno de los drones de servicio.

—Para mí —dijo Kerr, y alargó la mano para cogerla.

—Ni siquiera tengo ganas de tocarme. —Kirsten se echó a reír, como si acabase de decir una estupidez—. Es muy raro estar así. No soy yo.

Después de la tarta de limón y el chocolate, la cerveza le supo a mierda. No se había olvidado del cosquilleo de las burbujas; había seguido bebiendo refrescos con gas y apreciaba el modo en que le raspaban la garganta al bajar. La amargura era lo peor. Le hizo arrugar el gesto y contraer la lengua, pero volvió a beber tan pronto pudo. De repente, solo le quedaba media jarra. Era magia.

—Te he echado de menos —siguió la ingeniera—. Muchísimo. ¿Por qué no has venido hasta ahora?

Kerr se encogió de hombros.

—No sé. No podía.

Otro trago y ¡zas!, el fondo de la jarra. Dos meses de sobriedad convertidos en espuma, y todo lo que había necesitado para ello era un recordatorio de lo poco que merecía la pena tratarse bien. Kirsten alargó la mano por encima de la mesa y buscó la suya. Kerr dejó que se la cogiera, pero no podía dejar de mirar la jarra que acababa de beberse.

—No quería sonar tan borde. Te perdono, ¿vale? En realidad, no hay nada que perdonar. No fue como si dispararas tú misma. Casi te matan a ti.

—Estuve en tu casa, ese día. Más tarde. —Kerr dejó el vaso sobre la mesa—. No borraste el vid.

La chica recogió la mano y se envaró.

—¿El vid?

—El vid que grabamos por la mañana. En el que salimos follando. No lo borraste. —La miró a los ojos—. Me dijiste que lo habías hecho.

Kirsten se volvió hacia la puerta.

—No, yo...

—Te acuerdas, ¿no? —Kerr tocó otra vez la jarra. Le había sabido a poco. Notaba la cerveza hirviendo en el estómago, lista para pasar a la sangre y llenarle la cabeza. Quería otra, pero sabía que si repetía no podría parar—. Lo tengo en el *holo*. Te lo puedo enseñar, si quieres.

—Por favor, no... —Kirsten se encogió y habló muy bajo. Parecía avergonzada, no solo por haber sido pillada en una mentira, sino avergonzada de sí misma. Kerr conocía bien esa expresión—. No iba a enseñárselo a nadie, Kerr. Era para mí.

—No puedes hacer eso.

—Lo sé... Solo quería verlo otra vez, te lo juro. Iba a borrarlo después.

—Vale, da igual.

—Perdóname, por favor...

Kerr forzó una sonrisa y se encogió de hombros.

—Te perdono.

No hablaron mucho más después de eso. Kirsten se terminó el chocolate y Kerr la acompañó de vuelta a su habitación. Se dieron un abrazo, aún más corto que el primero, y regresó a casa en tren paladeando la cerveza. Se obligó a no hacer paradas en ninguna de las tiendas cercanas y cerró la puerta como si la persiguieran. Se sentó en el sofá y fingió que todo iba bien mientras arrancaba Magma para iniciar el único juego al que jugaba.

¿Y ahora qué? ¿Desplegaba el *holo* para contarle a Rurik que acababa de cargarse sus casi diez semanas de sobriedad, y leer sus respuestas cargadas de decepción, y sentirse todavía peor? No podría volver a Horizonte Rojo. Había sido una cerveza, solo una. Ni siquiera le había gustado. Podría haber pedido algo más fuerte, pero se había contentado con una jarra de mierda. ¿Qué sentido tenía romper una racha tan buena por algo tan estúpido?

Ninguno. No volvería a hacerlo y ya. En realidad, ni siquiera había contado.

8

Por la mañana no pensó en ello. Desayunó uno de los batidos de proteínas, vitaminas y antioxidantes que le había recomendado su entrenador (ese día tocaba sabor plátano) y fue a entrenar al gimnasio, como cada día. Terminó la sesión con una carrera a toda velocidad que le quitó por completo cualquier malestar y, tras una ducha, se encontró llena de energía para afrontar el resto de su rutina. Limpiar, pedir comida, ordenar su apartamento y ver vids en Extranet de supuestos hackers que se especializaban en rastrear a la gente por toda la galaxia.

No le gustaba ninguno. Odiaba la idea de poner un asunto tan serio y personal en manos de un desconocido que pudiera utilizarlo en su contra. La única en la que confiaba era Kirsten, y Kirsten no podría ayudarla hasta dentro de un tiempo. Si es que lo hacía alguna vez. Pero Kirsten no era la única entendida en esos temas que conocía, y no se refería a Palamo precisamente. Se mordió el labio y se sentó en el sofá para considerarlo. Aún tenía su contacto en el *holo*. No había hablado con él desde hacía meses, pero quizá pudiera ayudarla. Y si él no podía, alguien que conociera debía poder.

Con un suspiro, desplegó el *holo* y le abrió una conversación a Dektor, el novio de Kirsten.

> Kerr: ola
> Kerr: k tal todo?
> Kerr: me puedes alludar en una cosa?

El brakin tardó más de media hora en contestar. Lo hizo en forma de una videollamada que le arruinó el final de una ronda competitiva. A regañadientes, Kerr apagó el sistema y desplegó el *holo* para enfrentarse de nuevo a aquel bicho tan feo.

Dektor no vestía el traje presurizado, así que debía de estar en un lugar adaptado para los de su especie. Kerr se había olvidado de su cara, por lo que no pudo evitar fruncir el ceño cuando apareció en forma de holograma. Había una buena razón para que se la tapasen con un casco.

—Hola —dijo en un intento de sobreponerse y parecer profesional—. Gracias por llamar. Tengo una propuesta laboral que hacerte. No sé si a ti se te da tan bien la seguridad informática como a Kirsten, pero seguro que conoces a alguien que...

—¿Cómo está Kirs?

—Kirsten está bien. No tardará en volver a andar. —Kerr tomó aire y abrió y cerró el puño izquierdo mientras hablaba—. Tú también sabes cómo manejarte con Extranet y todo eso, ¿no?

—Sí...

—¿Crees que si te mandara un mensaje podrías saber desde dónde se ha enviado? El sistema, el planeta o lo que sea.

Dektor chirrió. Aquel sonido le ponía el vello de punta. Le recordaba a la única conversación que habían tenido ellos dos, en la que Kerr le había confesado que Kirsten estaba al borde de la muerte. La ansiedad trepó por su espalda, insidiosa, pero logró mantenerla a raya un poco más.

—Puedo intentarlo.

—Te pagaría, claro. Tampoco creas que te lo pido *de gratis*.

—Pero...

—¿Qué?

—¿Kirsten está bien? ¿De verdad?

Kerr hizo una mueca. La primera vez que hablaron ya le había parecido un poco lento, pero ahora que confiaba en sus dotes de hacker para dar con su madre empezaba a molestarle que ni siquiera pudiera seguir el hilo de una conversación.

—Kirsten está bien. ¿No te lo han dicho sus padres? ¿No hablas con ella?

—No. No mucho. Su hermano me dijo que era mejor que no llamara demasiado.

Dektor se removió al otro lado de la pantalla. El padre de Kirsten no aprobaba la sexualidad de su hija, y además le había parecido un poco gilipollas. ¿Estaban intentando mantenerle lejos de Kirsten mientras ella no pudiera conectarse a Extranet? Había creído que al menos Jacob y Dektor hablaban de vez en cuando. Tampoco es que le importase mucho.

—Bueno, Kirsten todavía está acostumbrándose a los implantes. Seguro que cuando esté mejor te llama —dijo, y se prometió que no seguiría ahondando en los enredos familiares y románticos de la ingeniera—. Voy a mandarte el mensaje.

Se despidió del alienígena después de acordar que contactaría con ella en cuanto supiera algo sobre el paradero de su madre. Había quedado con Ariadne para estar juntas por la tarde y quería arreglarse.

9

Kerr no se enteró de la segunda mitad de la película, y Ariadne tampoco. Se habían acurrucado en el sofá con la sincera intención de verla entera, pero una caricia furtiva en el vientre había desembocado en una tormenta de ropa y cojines empapados de sudor y otros fluidos. La película ya había llegado a los créditos cuando Kerr se dejó caer sobre la superficie cuan larga era, sonriente a pesar del dolor en las muñecas. Con Ariadne en sus brazos, esa era la menor de sus preocupaciones.

—Creo que esta vez ha sido la mejor de todas —la oyó murmurar contra su cuello.

—¿Mejor que cuando te hice gritar?

—¡Me había dado un tirón en el gemelo!

—Bueno, ¿cuenta menos por eso?

Su respuesta fue un mordisco en el pecho izquierdo. Kerr protestó y le hizo cosquillas en los costados hasta que Ariadne rio a carcajadas. La estrechó contra ella y hundió los labios en su pelo, tan denso y oscuro, y se percató de lo mucho que le gustaba tener esa intimidad con ella. En ocasiones se le hacía extraño estar acostándose con una antigua cliente de forma habitual, más aún alguien como Ariadne. Era el tipo de cosas que solían quedar desterradas en el terreno de la fantasía utilitaria.

—Podrías quedarte a dormir —propuso, aunque sabía cuál sería la respuesta.

—Tengo que recoger a Charlotte. No quiero abusar de la amabilidad de Imbarr.

Kerr entrelazó las manos sobre su cabeza y se estiró.

—Bueno. Dormiría mucho mejor contigo, pero como sé que Imbarr me odia ya, no voy a darle más motivos.

—No te odia.

—No, claro...

—Es muy protectora conmigo y no quiere que me hagas daño.

Sonrió con aire fanfarrón.

—¿Le has contado ya que hice que te diera un tirón?

Ariadne la calló con un beso.

—Ya no quiero pedirle que me haga de canguro al menos hasta la semana que viene. Imbarr tiene asuntos propios de los que ocuparse. No soy la única que sale con alguien.

No era la única que salía con alguien. Entonces, ellas dos, ¿estaban saliendo?

—¿Ah, sí?

Quizá. Encajaba. Llevaban dos semanas teniendo citas cada pocos días y le gustaba hacerlo. No sonaba tan descabellado.

—¿No lo sabías? —Ariadne apoyó la cabeza en su pecho—. Está saliendo con David.

—¿Con qué David?

—Trabaja para ti en Horizonte Rojo. Es el rubio de la barba, ¿no?

Kerr se incorporó de un salto.

—¿Con Nutty? —Ariadne asintió. Si le hubiera dicho que había empezado a salir con la IA de la nave no le habría sorprendido ni la mitad. Por cómo se relacionaba con los demás, había estado segura de que el amor y el sexo le interesaban tan poco como a Rurik—. Pero... Ariadne, ¿me lo estás diciendo en serio?

—Sí, hace varios meses que...

—¿Pero por qué?

La otra mujer se encogió de hombros.

—Se llevan bien. Les gusta el arte.

—¿Pero tú has visto los cuadros que pinta?

—No son mi estilo, pero a Imbarr le gustan.

Se llevó la mano a la cabeza. Nutty con Imbarr. ¿Cómo había empezado eso? ¿Cómo funcionaba? ¿Cuánto tiempo iba a durar antes de que él quisiera averiguar si la sangre de rae'loc servía para expresar el deseo sexual reprimido en un lienzo?

—Ariadne, ese tío está loco. Lo sé: trabajo con él.

—Es muy respetuoso.

—¡Y se dedica a matar gente! Es un tipo peligroso. ¡Me da miedo hasta a mí!

Ariadne sonrió.

—Acabas de repetir lo que Imbarr dice sobre ti.

Kerr resopló. Debía admitir que ella tampoco era el mejor partido, aunque oírlo de labios de una rae'loc le hiciera apretar los dientes. Había intentado avisarlas. Si ocurría una desgracia, se lavaría las manos sin ningún cargo de conciencia. Ariadne, que debía de haber notado su tensión, la besó en la mejilla hasta conseguir que sonriera.

—No te preocupes. A mí me gustas —murmuró.

Sintió el impulso de reírse y rechazar la idea, de desviar la atención con una broma o una fanfarronada porque sonaba tan raro que tenía que ser imposible. Pero, en lugar de eso, Kerr le colocó un mechón oscuro detrás de la oreja y le besó la nariz con dulzura.

—Tú a mí también.

Podría acostumbrarse a aquello. En realidad, ya lo había hecho.

★ 10 ★

No hubo noticias de Dektor hasta cinco días después, pero cuando escuchó lo que tenía que decir, sintió deseos de besar aquella cara tan fea y deforme.

—Me ha costado bastante localizar el origen. He tenido que preguntar a uno de los mejores hackers que conozco, y él también ha necesitado un par de días para…

Kerr apretó la mandíbula.

—¿Pero sabes de dónde viene el mensaje o no? ¿Al menos desde qué sistema?

—Sé la ciudad.

La ciudad. Notó un tirón en los intestinos parecido al que se daba para cerrar un nudo. Eso acotaba la búsqueda una barbaridad. En unos pocos días podría encontrar otro hilo del que tirar. Podría incluso encontrar a su madre. Podría… —Envíame las coordenadas —dijo, muy seria—. Has hecho un gran trabajo, Dektor. Gracias. Voy a enviarte el pago ahora mismo.

—No hace falta. Tengo un trabajo. —Creyó detectar en su tono cierto reproche, pero no estaba segura, porque lo siguiente que hizo fue chirriar y dejar caer la mandíbula achatada—. ¿Podrías hacerme un favor? ¿Podrías decirle a Kirsten que la echo de menos y que… que entiendo que esté enfadada?

Kerr suspiró. Había decidido no meterse en esos asuntos, pero le dio curiosidad. ¿A qué se refería Dektor exactamente?

—¿Está enfadada contigo?

—Creo que sí, por no haber podido ir a verla todavía. Sé que debería haberlo hecho, pero no puedo permitírmelo. No puedo pedir tantos días libres, y el pasaje es tan caro... —Las tres rajas verticales que eran la nariz de Dektor temblaron—. ¿Puedes decírselo?

Se removió en el asiento, sin mirarle a la cara.

—... Sí.

—Gracias.

—Debe de sentirse muy mal sin poder moverse. —El alienígena chirrió y produjo un sonido que recordaba a un suspiro—. Cuando llevo el traje, me siento tan torpe y tan aislado...

—Se puede mover.

—¿Qué?

—Con los implantes nuevos se puede mover. —Su mandíbula estaba tan tensa que la presión le atenazaba todo el cráneo—. No está tan mal. Cada vez va a mejor, ¿vale?

Dektor asintió aliviado, como si no hubiera percibido el tono ligeramente hostil en la voz de Kerr.

—Lo sé. —Levantó la mano en un torpe gesto de despedida humana—. Gracias, Kerr.

Y la llamada se cortó.

11

El viento sabía a arena. Los arrianos filtraban sin problemas el polvo de las dunas que llegaba en oleadas y azotaba las caras y los toldos de plástico, pero al resto se les recomendaba usar máscara y gafas protectoras. Kerr se contentaba con una braga bien ceñida a la nariz y la boca. No tenía intención de intoxicarse, pero necesitaba su cara y sus ojos para encontrar a su madre, aunque algunos arrianos le dijeran con sorna que todos los humanos tenían el mismo aspecto. No le quedaba ninguna fotografía suya y desconocía el nombre que utilizaba ahora. Todo lo que tenía eran las coordenadas de Dektor, unas botas resistentes y la confianza en su propia suerte.

Una confianza que, después de los primeros tres días, comenzó a flaquear.

Telerrian había sido un planeta lleno de vegetación millones de años atrás, antes de que un desastre ecológico lo convirtiera en poco más que un desierto. Pocas especies se habrían molestado en colonizarlo, pero los arrianos aguantaban bien el calor.

Kerr no.

Notaba los pies hinchados y doloridos, y bajo el poncho y la capucha el sudor le caía en cataratas. Acostumbrada al espacio cerrado de las estaciones, o a las megaciudades de las colonias más antiguas, cuyos edificios enormes apenas dejaban ver una franja de cielo, caminar por Jarrek le resultaba extraño. Las construcciones modulares llegaban al tercer o cuarto piso como mucho. Abundaban las plazas y las calles amplias, donde se arremolinaban puestos de venta y talleres cubiertos por toldos de plástico, y nubes de polvo y basura que todo el mundo evitaba por instinto y que a ella la engullían antes de que pudiera sacudírselas, blasfemando a medida que la arena se colaba hasta en su ropa interior.

Las noches eran cortas y mortíferas. El primer día había tenido que suplicarle una cama al dueño de un albergue mientras tiritaba sin parar. El segundo aprendió a retirarse al atardecer, antes de que las temperaturas se desplomasen más allá de lo que los mamíferos podían soportar, y leer hasta que le entrara el sueño aunque aún hubiera luz solar. Por sugerencia de Ariadne, se había comprado una novela para el viaje. Cuando le había dicho el título, ella se había reído porque "era mala", pero Kerr se había enganchado tanto que no le había importado que compartir asiento con un alien. Aunque las descripciones de las armas estaban todas mal (confundía modelos y no explicaba con claridad cómo funcionaban los módulos para personalizarlas), la tensión era suficiente como para dejarla al borde del asiento. Y había mucho sexo.

Lo bueno de Jarrek era que tampoco había tantos humanos, tal vez quinientos. Si su madre seguía allí, alguien tendría que haberla visto. Si se había ido, alguien sabría en qué nave había montado. Antes o después tendría que hallar su rastro. Antes o después, la encontraría.

Aquel día se encaminó a la zona destinada al cultivo, donde se sucedían los invernaderos hidropónicos que abastecían a la ciudad. Esa misma mañana se había encontrado con una pareja de colonos humanos que la habían invitado a un vaso de agua cuando supieron que buscaba a su madre. Le sugirieron que preguntase en los invernaderos porque era el sitio más adecuado para que trabajase un humano extranjero con conocimientos científicos. Kerr no tenía ni idea de si su madre sabía algo de agricultura, pero era un lugar tan bueno como cualquier otro para seguir buscando.

Claro que, al empezar, no había esperado que hubiese tantos invernaderos. Caminó dos horas bajo el sol hasta llegar a ellos solo para encontrarse un océano interminable de módulos cubiertos por paneles solares que la deslumbraban. Para entonces, la fatiga y el calor habían comenzado a afectarla. Su cantimplora le golpeaba el muslo a cada paso, medio vacía. Intentaba comprobar cuánto podía aguantar sin dar el siguiente sorbo. El agua era ridículamente cara en aquel planeta de mierda.

La mayor parte de los trabajadores de los invernaderos eran arrianos, pero tras mucho preguntar se encontró a un par de humanos que le indicaron sin ninguna duda que la mujer que buscaba estaba varios invernaderos más allá. Con energías renovadas, Kerr se despidió y salió en esa dirección casi al trote. La inundaba el mismo nerviosismo que el día de su cumpleaños, cuando sus padres le enseñaban una montaña de regalos y ella se moría por abrirlos todos, pero al mismo tiempo temía que no fuesen a gustarle y los decepcionara.

Se quitó la capucha y la braga tan pronto entró en el módulo. Pasó frente a las cámaras sin que le importase que alguien pudiera increparla. Por suerte, no se encontró con ningún vigilante, sino con tal cantidad de verde que tuvo que parpadear; después de los continuos marrones, negros y naranjas, aquel lugar parecía otro planeta.

La luz tenue provenía de lámparas solares colgadas del techo, calibradas para nutrir sin quemar, como las de las naves y las estaciones espaciales. Las plantas crecían en jardineras dispuestas en largas filas escalonadas. Vio verduras que conocía, como matas de tomates enormes y de un rojo vivo, y otras que no, como hojas planas y aterciopeladas que estaba segura de no haber comido nunca. En cada fila había un monitor que mostraba datos numéricos que ella no sabía interpretar, con anotaciones sobre el nivel de oxigenación de raíces y fórmulas de minerales. Y también había gente, a lo lejos, demasiado ocupada con las plantas como para percatarse de su presencia.

Kerr se escondió entre los bancales colgantes para eludir preguntas. El olor de la vegetación era tan penetrante que le dio ganas de estornudar, pero se frotó la nariz hasta que se le pasó sin dejar de moverse entre las filas, siempre lejos de los trabajadores. Cuando llegó al final, a los bancales de unos frutos curvos y gruesos de tono azulado, se topó con su madre.

Aún no la había visto. Llevaba una pizarra holográfica y comprobaba datos a medida que revisaba las plantas. Vestía un mono de trabajo cerrado hasta el cuello y del cinturón le colgaba una bolsa de herramientas y un par de guantes de jardinería, y murmuraba para sí lo que podían ser cálculos mientras movía un pie al ritmo.

No dijo nada. No pudo. Como cuando la había visto en la Onus, se encontró paralizada por una fuerza invisible que la apuntalaba al suelo y le cerraba la mandíbula y la garganta, así que se contentó con contemplarla. Le había crecido el pelo y las raíces grises le asomaban bajo el pelo teñido de negro. La piel del cuello le colgaba flácida, haciendo una curva bajo la barbilla que le daba un ligero parecido a una rana. Pensó en sus manos infantiles acariciando aquellas mejillas arrugadas, en lo bien que olían cuando les daba un beso. En lo alta que le había parecido entonces y lo raro que era verla ahora desde arriba.

—Mamá...

La mujer giró la cabeza sin más, como si pensase que se trataba de la llamada de un compañero de trabajo. Pero en cuanto se encontró con sus ojos, su expresión se tornó en horror. Dejó caer la pizarra y echó a correr hacia el fondo del invernadero. Lo inesperado de su reacción fue suficiente para que Kerr dudase unos segundos, pero tan pronto recuperó la conciencia, jadeó y la persiguió. Su madre torció a la izquierda y pasó como una exhalación frente a tres bancales de vainas rojizas. Atravesó lo que quedaba del módulo y pasó al siguiente a través de las cortinas de plástico duro que los separaban.

—¡Espera! —gritó Kerr cuando la cortina la atizó en la nariz—. ¡Para!

Su madre, ya en el siguiente invernadero, miró por encima del hombro y se chocó contra una fila de bancales. Las jardineras colgantes se mecieron y ella gimió. Se detuvo, sujetándose el costado, y se volvió para mirarla casi suplicante. Al llegar a su altura, Kerr no se atrevió a tocarla. Levantó las manos y se las enseñó.

—No voy a hacerte nada, ¿vale?

—¿Para qué has venido? —preguntó su madre con los dientes apretados.

—Solo quiero hablar.

—¿Quién te envía?

—Nadie. —Kerr bajó las manos y las apoyó en las caderas—. Joder, ¿quién te crees que soy? No vengo a matarte ni nada de eso. No me jodas…

—¿Saben ellos que estás aquí?

—No se lo he dicho a nadie.

—Quítate el *holo* —ordenó su madre, ya recuperada.

—¿Qué?

—Desconéctalo enseguida. Puede que no te hayan enviado, pero eso no significa que no sepan que has venido.

Kerr apagó el dispositivo. El corazón le latía en las sienes y la base de la lengua.

—Theresa, ¿está todo bien? —Era la voz de uno de los trabajadores humanos del invernadero, que se asomaba desde el final de la fila. Ella se escondió detrás del bancal y bufó. Su madre seguía usando su nombre. Si lo hubiera sabido, quizá habría tardado menos en encontrarla.

—Sí, solo me he tropezado. —Su madre sonrió forzadamente—. Tienen razón: a partir de los setenta, todo empieza a ir para abajo.

—Y que lo digas.

El humano se alejó, pero Kerr prefirió no moverse de donde estaba.

—¿Cómo me has encontrado? —le preguntó su madre en voz baja.

—Por tu mensaje. Hice que lo rastrearan.

—No era eso lo que quería que hicieras, Rea... —Chascó la lengua. La conocida culpabilidad trató de invadirla, pero Kerr se obligó a recordarse que se había limitado a hacer lo más lógico. Nadie le había dicho que no la buscase. Por suerte, su madre se limitó a suspirar—. Bueno, ya está hecho. Sabía que no podría quedarme mucho tiempo, pero me gustaba trabajar aquí.

Kerr frunció el ceño.

—¿Te vas? ¿Por qué?

—Porque si no los has traído contigo, estarán al caer.

12

Al salir del invernadero, se montaron en el coche de uno de los compañeros de su madre. Era un arenero de cabina cerrada y ruedas enormes; el viento del planeta le había arrancado la pintura a lo largo de los años hasta dejarlo desnudo casi por completo. No se diferenciaba mucho de cualquier otro vehículo que hubiera visto en Jarrek, algo que tenía sentido por lo árido del terreno. Lo que no se esperaba era que su madre fuese a robarlo.

—Espero que Nikolaj pueda perdonarme —murmuró mientras introducía la tarjeta llave que había birlado de la taquilla de su compañero—. Esto va más allá de compartir los gastos del viaje.

Kerr dio un respingo. Aunque no hubiera sido su intención, sabía que lo que ocurriera a partir de ese momento sería culpa suya.

—Tampoco me puedes culpar por querer buscarte, ¿no? ¿Qué querías que hiciera?

—Lo sé. No te agobies.

Dejaron atrás los invernaderos, tal vez a más velocidad de la debida. El arenero se meneaba a cada bache, como si necesitase una revisión mecánica urgente que ya era demasiado tarde para llevar a cabo. Kerr se sujetó a la agarradera sobre la ventanilla.

—¿Estás segura de que tienes que marcharte?

—Ahora que me has encontrado, podrá hacerlo cualquiera. Benkiran, Arrai y la Estación Turmalina... Estaba claro que acabarían por hacerlo. En cuanto sepan que sigo viva, no me van a dejar escapar. —Ya habían llegado al centro, con lo que su madre redujo la velocidad—. Lo raro es que tus jefes hayan tardado tanto en localizarme.

Kerr apretó los dientes.

—No son mis jefes. No trabajo para ellos.

—Les haces el trabajo sucio, cariño.

—No me llames cariño. No tienes derecho.

Su madre la miró brevemente antes de volverse hacia la carretera.

—Tienes razón. Lo siento.

El arenero se desvió hacia una de las áreas residenciales alejadas del bullicio del mercado central. Los módulos se sucedían unos a otros sin que hubiera apenas diferencias entre ellos, dispuestos en bloques de vecinos que compartían un patio exterior. Cada uno de los bloques tenía un letrero luminoso con un número y una letra. Su madre detuvo el vehículo delante del 34C.

Abrió la puerta de uno de los módulos de la planta baja y entró sin sacudirse el polvo de la ropa. Kerr tuvo que agacharse para evitar la maceta colgante de la entrada. Era una vivienda parecida a la suya en dimensiones, pero en nada más. Su madre no necesitaba sofás o pantalla, pero llenaba su hueco con jardineras llenas de plantas. Había una mesa con dos sillas y un sillón raído y, al otro lado de la habitación, tras una barra americana, una cocina humilde pero de apariencia funcional.

Kerr esperó de pie.

—¿Adónde vas?

—No puedo decírtelo. —Su madre hablaba desde el dormitorio. Salió con una mochila llena a reventar y la dejó en el suelo antes de abrir uno de los armarios de la cocina y sacar paquetes de comida seca—. Sé que no vas a decirles nada, pero créeme, te lo sacarán si quieren. Ah, se me olvidaba: si tienes sed, hay agua en la nevera.

—No quiero agua. —Mentira, se moría de ganas de beber algo frío, sobre todo ahora que se lo había recordado—. Quiero una explicación.

La mujer se detuvo. Dejó de lado una caja de barritas de cereales y se apoyó en la encimera. Agachaba la cabeza, avergonzada.

—Lo sé.

—Me abandonaste. —Con aquellas dos palabras, su aparente calma saltó por los aires. Los veinticinco años que había pasado sin ella regresaron como un tortazo traído a través del tiempo y el espacio por un agujero de gusano. El dolor se convirtió en rabia. Se inclinó en busca de su cara; no iba a permitir que huyera otra vez sin enfrentarse a lo que le había hecho—. ¿Sabes lo que es darte cuenta de que tu madre no te quiere?

—Te quiero, Rea. Te quería...

—¡No, una mierda! La gente que me quiere está conmigo y cuida de mí, no se va con el primer bicho que pasa. —Su voz cambió. Se había prometido que tendría una conversación sensata y diplomática. Bueno, pues no. Quería sangre—. Me dejaste sola con mi padre. ¿Sabes la mierda de vida que he tenido?

Su madre levantó la mirada.

—¿Te ha hecho daño?

—Sí, pero, ¿qué más da? Al menos él se ha preocupado por mí, ¿vale? —Kerr se hundió los dedos en el pelo. ¿Estaba defendiendo a su padre de verdad?—. Se podría haber muerto en cualquier misión y entonces, ¿qué habría pasado conmigo? ¿Quién me habría cuidado?

Rurik. Rurik habría cuidado de ella... pero eso su madre no tenía por qué saberlo.

—Lo siento. —Su madre se quedó quieta mientras ella se paseaba por la habitación, como si no se atreviera a moverse por miedo a desencadenar otra reacción. La piel de su cuello tembló—. Hice lo que pude con las opciones que tenía en el momento.

—¿Qué opción de mierda era dejarme atrás para irte con un alien?

Su madre frunció el ceño.

—¿Eso es lo que te ha contado tu padre?

Les había traicionado. Les había abandonado.

—Te liaste con un rae'loc y te fugaste con él.

—No es tan sencillo. —Entrecerró los ojos y ladeó la cabeza—. ¿Nunca te ha contado que me amenazó con matarme si no me marchaba?

Kerr se envaró.

—¿Por qué iba a hacer eso? —Las palabras salieron a borbotones, tan de golpe que ni siquiera las pronunció bien—. Él te quería. Le rompiste el corazón.

—¿Él te dijo eso? —Su expresión se ensombreció y apretó la mandíbula en un gesto que le resultaba familiar—. Ya veo. Sigue siendo un mentiroso sin escrúpulos. —Dejó escapar una carcajada triste—. Mira en lo que te ha convertido.

Aquello le molestó más que cualquier otra cosa que hubiese dicho hasta ese momento. Algo hizo clic, y lo que fuera que tuviera dentro reventó como un globo de hidrógeno. Empujó la mesa con todas sus fuerzas y la envió al otro lado de la habitación, derribando una de las sillas. Su madre gritó al escuchar el golpe. Le gustó. Cogió la otra silla y la levantó sobre su cabeza con intención de reventarla contra la barra, pero antes de que pudiera bajar los brazos su madre sacó una pistola.

El estómago de Kerr dio un vuelco. Dejó caer la silla y se encaró con ella.

—¿Pero tú de qué vas? —rugió. Ni su padre, en sus peores discusiones, se había atrevido a eso—. ¿Pero qué coño...?

Su madre no la apuntaba a ella, sino a la puerta. Se le erizó el vello. Tensó los brazos y las piernas, preparada para la lucha. Había alguien ahí fuera. Alguien a quien ninguna de las dos esperaba.

Dejó la silla sin un ápice de violencia y activó el emisor del escudo, que se desplegó con un zumbido estático. Desenfundó su propia pistola, oculta en una sobaquera bajo el poncho, y le quitó el seguro. Tomó a su madre de la mano y la condujo hasta ponerla a cubierto sin hablar. Tenía los dedos suaves y carnosos, como los recordaba.

Encendió el visor de la mirilla.

—¿Te buscan también arrianos? —susurró Kerr, que acarició el gatillo mientras observaba a los dos mercenarios que se movían a varios pasos de la puerta.—. ¿A cuánta gente has jodido, mamá?

—Es Primus Filius. Odian a los alienígenas, pero los usan cuando les conviene.

Los arrianos medían más de dos metros y empuñaban los fusiles de asalto con naturalidad. Además de su exoesqueleto de placas quitinosas, portaban armaduras de combate. No eran las amarillas que vestía la Torr'Arrian, pero por su manera de moverse Kerr supuso que matarlos sería jodido. La última vez que se había enfrentado a una escuadra de esos bichos, casi había palmado. Rurik no vendría a salvarla ahora.

Se volvió en busca de otra salida, en vano. La única manera era atravesar aquella puerta y probar suerte con los arrianos, probablemente muriendo en el proceso.

—Coge la mochila. ¿Te quieren viva? —preguntó sin quitar el ojo del visor. Un tercer arriano apareció frente a la cámara y le hizo un gesto a los otros dos, que se aproximaron despacio.

—Supongo que sí.

Uno de los mercenarios colocó algo sobre la cerradura electrónica. No se andaban con rodeos.

—¿Tienes un escudo? —Su madre negó con la cabeza. Kerr aumentó el efecto del suyo al máximo, hasta que el zumbido fue un aguijón de estática en sus oídos—. Pégate a mí tanto como puedas. No te separes, ¿me oyes? Ni de coña. —Los arrianos dieron un paso atrás—. Vamos a intentar subir al coche. —Se acercó a la puerta, que explotó—. ¡Prepárate!

Kerr abrió fuego tan pronto vio al primer mercenario. Las balas se desviaron antes de dar a su objetivo. Cada disparo retumbaba en las paredes metálicas del módulo con una fuerza ensordecedora. El eco se multiplicó cuando su madre apretó el gatillo a su espalda. El mercenario se apartó en el preciso instante en que su escudo saltaba por los aires con un resplandor morado. La victoria no duró mucho: tras él venía su compañero, que había cambiado el fusil por una lanza eléctrica. Kerr la esquivó de milagro. Derribó sin querer a su madre y tuvo que hacer un quiebro para no tropezarse con la silla caída. El arriano aprovechó su desequilibrio y volvió a atacar con la lanza, pero Kerr agarró el asta y clavó los pies en el suelo. El mercenario empujó. La punta de la lanza le rozó el poncho. Tan pronto le tocase la piel, la freiría con una descarga de 50.000 voltios. Menos, si tenía suerte y pretendían dejarla inconsciente. El resultado era el mismo. Con un rugido, se obligó a empujar con más fuerza y alejar la punta de su pecho. Para algo le servían las horas de gimnasio.

—¡Vete a la mierda!

El arriano respondió con un chirrido de las mandíbulas y un esfuerzo redoblado... hasta que le rompieron una maceta en la cabeza. Kerr le arrebató la lanza. Le dio la vuelta y le hundió la punta en el cuello. El arriano se desplomó entre convulsiones. Dejó caer la lanza y se agachó para recoger su pistola mientras su madre disparaba desde la puerta. Pasó sobre el cuerpo y buscó cobertura para intentar echar un vistazo afuera. El coche estaba cerca, pero los arrianos se habían parapetado en las esquinas de los módulos cercanos y las flanqueaban. Llegar hasta él iba a ser muy difícil. Mientras estuvieran allí dentro, tenían las de perder. Necesitaban salir y buscar otras opciones.

—Casi no me quedan balas —dijo su madre después de la última andanada de disparos.

—Vamos a movernos. —Kerr echó otro vistazo afuera. Tenían unos segundos de ventaja—. Sígueme de cerca.

Tras su asentimiento, Kerr salió y abrió fuego sobre una de las esquinas y luego la otra. Notaba a su madre pegada a sus talones. Su escudo zumbaba con violencia, desviando una bala tras otra. Alcanzó a parapetarse detrás de un banco de hormigón de tamaño arriano y cayó sobre una rodilla con un gemido. Los arrianos hicieron su movimiento. Uno de ellos disparó contra su cobertura para mantenerlas detrás de ella; el otro avanzó por su lado en un intento de flanquearlas.

Kerr apretó los dientes y disparó. Una de sus balas fue más rápida que su escudo. El mercenario cayó. Su arma rebotó y resbaló hasta quedar a unos pocos metros de ella. Mientras el arriano trataba de levantarse, ella ya estaba de pie. Se impulsó para deslizarse por el suelo sobre una pierna y recoger el arma antes que él. El mercenario la agarró del tobillo; Kerr le disparó en la cabeza.

La radio del arriano crepitó con una petición de refuerzos.

—¡Nos tenemos que ir ya! —gritó mientras hacía llover las balas sobre el arriano que se cubría tras la esquina.

Su madre salió de la cobertura y corrió junto a ella hacia el coche. El eco de los disparos era tan fuerte que Kerr apenas podía oír nada. Después tendría una jaqueca de campeonato, pero ahora no sentía nada más que la adrenalina en las venas, tan familiar y adictiva como siempre. Lo había echado de menos; había nacido para eso. El arriano respondió a sus disparos con una puntería pésima. Sonrió. Ya estaba junto al coche. Se tomó un segundo para apuntar, apretó el gatillo y el mercenario acabó desparramado en el suelo.

Giró sobre sus talones y un puño como un camión le rompió la boca.

Las luces se fueron. Cuando volvieron, unos segundos después, descubrió que se abrazaba al costado del arenero en un intento de permanecer vertical. El fusil se le había caído en un pie. La arriana le lanzó un gancho al costado; ella gimió, aunque llegó a cubrirse con el brazo. Algo duro y filoso bailaba sobre su lengua en un charco de sangre. Dio un paso atrás y levantó la guardia. La mercenaria la imitó antes de lanzarle dos puñetazos y una patada; su considerable alcance la obligaba a moverse sin parar, demasiado ocupada como para acercarse. Los seis ojos de la arriana estaban fijos en los suyos, sin tregua. Volvió a lanzarle una patada.

Esta vez, Kerr estaba lista para contraatacar y la derribó de un barrido. La arriana cayó sobre una de las ruedas del coche con un gruñido, y cuando tocó el suelo ella se le echó encima. Le pateó la cabeza mientras veía a su madre recoger el fusil por el rabillo del ojo. Dejó que fuera ella la que terminase el trabajo.

Escupió los trozos de dientes y sangre y miró a su alrededor. Salvo por los civiles aterrorizados que observaban la escena desde sus casas, o que habían buscado cobertura detrás del mobiliario urbano, estaban solas.

—¡Mamá, el coche!

Se arrodilló para arrancar el emisor del escudo del cinturón de la arriana y hacerse con algunos clips de munición. Pensó en volver sobre sus pasos y arramblar con los de los muertos, y quizá coger un fusil más por si acaso, pero al pasarse la lengua por la encía inflamada y sangrante un latigazo de dolor la obligó a centrarse en el presente. El motor del arenero ronroneó. Tenían que irse. Ya.

Subió a bordo y cerró la puerta. El coche se puso en marcha de inmediato.

—Joder —dijo mientras observaba el reflejo cada vez más lejano de la arriana desplomada junto a la carretera. Se tocó el labio roto con un dedo y gruñó—. Espero que tengas algo para esto en la mochila. ¿Tú estás bien?

Se volvió hacia su madre, que conducía con una sola mano. Con la otra, se apretaba el vientre en un intento de contener la hemorragia.

13

—Oh, joder. Joder, joder, mierda, joder.

Kerr se había quitado la braga del cuello para hacer presión contra la herida de su madre. Ya habían dejado atrás Jarrek a través de una carretera pedregosa hacía quince minutos; habían parado el coche tras atravesar el primer banco de dunas de arena roja, después de que Kerr insistiera mucho. El sudor le caía por la sien a pesar del aire acondicionado. Había empezado a llorar sin darse cuenta. Cuando miraba a su madre, se acordaba sin querer de la mujer que se desangraba lentamente en el suelo de la sala del servidor, poco antes de que la matasen con desgana.

—¡Joder!

—Cálmate, por favor —dijo su madre con voz suave. A ella le sonaba como los murmullos de un moribundo—. Necesito que te calmes.

—¡No quiero que te mueras!

—No me voy a morir. La bala ha salido por el otro lado, me parece. ¿Puedes mirar?

Se ladeó con dificultad y Kerr le levantó la ropa para toparse con un agujero desgarrado en la carne. La sangre fluía despacio, pero sin parar.

—Ha salido, ha salido.

—Bien. Tengo un poco de *RegeAsep™* en la mochila, creo. Espero que no haya caducado.

Dudaba que con aquello fuese a bastar. Quizá necesitase cirugía, o esa espuma que servía para taponar las heridas en mitad del campo de batalla. Revolvió la mochila con las manos ensangrentadas hasta encontrar un tubo de *RegeAsep™* y lo apretó torpemente hasta cubrir la herida con una capa. No tardó nada en solidificarse y detener el sangrado. Su madre se giró para que hiciera lo mismo en su espalda. Eso ayudaría con el dolor y la hemorragia superficial, pero si se le había roto una tripa, se moriría de todas maneras.

—Pensaba que no querían matarte —musitó mientras trabajaba.

—Ha debido de ser una bala perdida. Da igual. —Alzó una mano y le acarició la barbilla, justo por debajo de la herida del labio—. Deberías ponerte un poco también.

Kerr asintió, temblorosa, y volvió a buscar los dientes doloridos con la lengua. Desplegó la función holográfica desde el botón del salpicadero y se colocó frente a una de las cámaras para ver su reflejo flotante sobre la luna delantera. Tenía el labio tan hinchado que tuvo que levantárselo con un dedo. El puñetazo le había roto los incisivos superiores, y el colmillo había quedado incrustado en la encía de tal manera que no dejaba de sangrar. La presión contra el resto de dientes resultaba insoportable.

—Mierda.

—¿Qué?

Tomó el colmillo con dos dedos y tiró. La corona estaba tan rota que no necesitó hacer mucha fuerza para arrancársela, lo que dejó el implante al descubierto. Ahora, a pesar de los dientes rotos y el hueco, estaba mejor.

—Lo siento —dijo su madre.

—Da igual. De todos modos, no era de verdad. Como casi ninguno de los de delante. —Tras ponerse el gel coagulante en el labio, Kerr apagó los hologramas y se dejó caer en el asiento, repentinamente exhausta. Apretó el colmillo contra la palma de la mano—. Me reventé la boca en uno de mis primeros trabajos, con diecinueve años o así.

—Entonces eres mercenaria. Como tu padre.

—Sí.

—Te enseñó a matar. —Suspiró—. Le dije que no lo hiciera.

—Yo quise aprender. Me empeñé en trabajar en esto desde cría, ¿vale? —Kerr cruzó los brazos sobre el pecho y peleó por encontrar un sitio donde posar el pie—. Además, no es como si...

—Lo sé. No estaba allí para enseñarte otra cosa. —Su madre volvió a mirar al frente con otro suspiro. Calló un rato y luego habló—. Deberíamos seguir adelante. Quedan muchas horas hasta llegar a Yan'Belen. ¿Puedes conducir?

Kerr le dijo que sí. Se bajó del coche y lo rodeó; antes de montar de nuevo, lanzó el colmillo falso tan lejos como pudo.

—¿Y qué haces cuando no estás trabajando? —preguntó su madre con voz débil cuando arrancó el motor.

Se encogió de hombros.

—Lo normal. Quedar con amigos, ver vids, hacer ejercicio, escuchar música, leer...

—¿Y tienes pareja o... alguien? ¿Hijos?

Kerr soltó una risa queda.

—Ninguna de las dos cosas. —Trató de recordar la última vez que su padre le había preguntado algo parecido. ¿Lo había hecho alguna vez?—. Estoy saliendo con una persona. Una mujer. Me hace sentir bien.

—Me alegro.

Una lluvia de arena se abatió sobre la luna frontal y amainó. Empezaba a anochecer.

—¿Eres feliz, Rea?

Bufó.

—No lo sé. Creo que no, pero tampoco es que le dé mucha importancia a eso. Vivir me parece suficiente. —La miró de reojo—. ¿Y tú?

—No. Pero lo fui una vez, ¿sabes? Cuando vivía contigo.

Apretó el volante hasta que los nudillos se le pusieron blancos. Bajó la mirada. Tardó dos dunas en formular la pregunta que le martilleaba las sienes.

—¿Mereció la pena cambiarme por un bicho?

—Es más complicado que eso.

—Pues explícamelo.

—No sé si puedo. No sé si me atrevo.

—Pues atrévete, porque he venido para saberlo. —La miró de reojo—. Mira, no me importa si la respuesta es sí, ¿vale? Me he criado con esa idea y ya me la trae floja. Solo quiero intentar entenderlo.

Su madre se ladeó para mirarla con un quejido.

—¿Tu padre te ha dicho algo sobre lo que hacíamos antes de tenerte a ti?

—¿Aparte de trabajar con Primus Filius? —Negó con la cabeza—. ¿Qué tiene que ver eso?

—Todo. Sigue hacia el norte. —Tras la indicación, su madre se sumió en un silencio tan denso que Kerr temió que hubiera caído inconsciente. Pero antes de que preguntase en voz alta, habló—. Intentábamos proteger a la especie. Todavía nos acordábamos de los campos de pruebas svadik. Mucha gente los apoyaba, ¿sabes? Tienes que entenderlo.

—Ya. Sigue.

—En Primus Filius no había países, ni colores, ni credos, solo una especie en peligro. Queríamos ayudar. Yo quería ayudar. —Sonrió con tristeza—. Me sentía orgullosa de ser parte de la iniciativa porque la humanidad avanzaba por fin en la misma dirección. Supongo que por eso tardé en darme cuenta de lo que estábamos haciendo en realidad.

Kerr gruñó.

—¿Experimentar con humanos?

—Todavía no. Al menos, no en mi sección. Experimentábamos con alienígenas. —Se quedó callada hasta que recuperó el aliento en un hondo suspiro—. Puede que hubiéramos firmado la paz, pero sabíamos que antes o después volveríamos a luchar contra ellos. Necesitábamos conocer sus puntos débiles. Hicimos cosas horribles. Hicimos...

Sacudió la cabeza. El arenero traqueteó con un chirrido al subir por una duna especialmente escarpada. Kerr intentó tragar saliva en vano. Buscó la mirada de su madre, pero había cerrado los ojos.

—No niego mi culpa. Era joven, pero no estúpida. Quizá me limitase a analizar sus genes y a hacer combinaciones experimentales. Puede que yo no matase a nadie directamente, pero sabía lo que estaba pasando. Lo sabía y... seguí. —Los labios de su madre temblaban—. Asusta lo fácil que es convencerte de que no son personas. Todo el mundo actuaba como si fuese lo normal, así que nunca dudé sobre lo que hacía. Mis padres me criaron odiando a esos *bichos*. —Había empezado a hablar muy bajo, casi en susurros—. Estaban convencidos de que la paz era una treta y de que la Confederación nos engañaba para aprovecharse de nosotros. Ni siquiera cuando nos ofrecieron la tecnología necesaria para colonizar otros mundos cambiaron de opinión. Todo era un timo. El gobierno terrestre era basura colaboracionista. Y nosotros, que lo sabíamos, éramos la última esperanza de la especie. Solo preparándonos para luchar podríamos salvarla.

—¿Y mi padre? —preguntó casi sin voz.

—Tu padre lideraba una de las células militares de la iniciativa. Secuestraba gente... y yo recombinaba sus genes para darles hijos enfermos. —Entornó los ojos y torció la boca—. Nunca te lo ha dicho, ¿verdad? Eso no.

Kerr negó con la cabeza, incapaz de hacer nada más. No estaba segura de querer seguir escuchando, pero no se atrevía a decirle que parara.

—Lo que él hacía no me importaba porque... yo estaba de acuerdo. Hasta que dejé de estarlo. —Se frotó la cara con una mano manchada de sangre reseca—. Cuando te tuve a ti, todo cambió. Me trasladaron a otro centro de internamiento y me dieron otro cometido. Fue entonces cuando empecé a relacionarme con prisioneros de carne y hueso, no con muestras de tejido. Nosotros también abducíamos gente. Torturábamos y matábamos para estudiar al enemigo. No éramos tan distintos de los svadik, ¿eh?

»Intenté escapar de eso. Pedí una excedencia para cuidar de ti y a todo el mundo le pareció bien. Tu padre lo prefirió. Cada vez pasaba más tiempo viajando entre sistemas con su grupo mercenario y quería asegurarse de que tú estuvieras bien. —Sonrió con calidez, como si acabase de recordar algo agradable. No tardó en ponerse seria—. Con el tiempo, comencé a preguntarme si alguien sabía lo que ocurría en nuestros laboratorios. Casi toda la información que recibíamos en el centro estaba relacionada con los humanos, porque los alienígenas no nos importaban. Busqué datos sobre nuestros prisioneros, los rumores sobre las desapariciones, los vids que circulaban en Extranet en los que las familias pedían ayuda para traerlos de vuelta. Cada vez era más real y más cercano. Cada vez era peor.

»Cuando se lo conté a tu padre, se enfadó conmigo. Me dijo que dejase de torturarme y me buscara otra afición, como si todo aquello no fuera más que una manera de entretenerme. No le hablé más del tema, pero seguí investigando. Así me topé con Elarr.

—¿El rae'loc?

Su madre asintió.

—Había perdido a su hermano y escribía poesías sobre él que recitaba en unos vids preciosos. Al principio me limitaba a verlos, pero luego empecé a charlar con él. Nos encontramos en la Sígel, en lo que yo dije que era un viaje para ver a mi familia. Me presentó a otros alienígenas que habían perdido a gente y que estaban investigando. Antes de que me diera cuenta, me había convertido en su informadora. Para protegerme, Elarr me marcó como *shi'eon*. Eso fue antes de que me enamorase de él, pero supongo que tu padre no lo tuvo en cuenta.

—¿Cuándo se enteró?

—Cuando ya no pude aguantarlo más, le dije que teníamos que marcharnos. Yo sabía que él estaba más interesado en su nueva compañía mercenaria que en seguir trabajando para Primus Filius, así que pensé que vendría. Le aseguré que la gente de Elarr cuidaría de nosotros si nos comprometíamos a ayudar a acabar con la iniciativa, pero no quiso. Intenté llevarte conmigo, pero se negó. Dijo que no permitiría que su hija se criase entre alienígenas y que, si no me largaba, me entregaría a la dirección. Así que copié todos los archivos de mis investigaciones en una tarjeta de datos y borré los originales. Me despedí de ti mientras dormías aquella noche y hui.

Kerr recordaba que su padre le había explicado que su madre se había ido y que a partir de ese momento tendría que vivir en la nave con él. Al principio no había entendido lo que implicaba, pero tras un par de días de ausencia y sin capacidad para comunicarse con ella, había comprendido que iba en serio. Su madre se había marchado sin ella. Y no iba a volver.

Ponerlo todo en perspectiva le dejó el pecho y la cabeza entumecidos.

—¿Entiendes ahora por qué tuve que marcharme?

Tragó saliva.

—Sí, pero eso no cambia nada. —Kerr tragó saliva—. Todo habría sido distinto si hubieras estado conmigo. Me dejaste sola.

—Lo sé, cariño. —Su madre no la miraba—. Por eso te digo que lo siento, pero no te pido perdón. Hay cosas que no se pueden perdonar. Lo único a lo que podemos aspirar es a buscar la redención de otra forma.

14

Su madre se citó con un contacto que la ayudaría a escapar del planeta en un transporte anónimo al amanecer. Cuando Kerr le preguntó si era seguro que utilizase su *holo* en lugar de encontrarse con el contacto cara a cara, ella frunció los labios en una sonrisa tensa que le recordaba a la suya.

—Probablemente ya sepan que vamos hacia allí y nos estén esperando. Cuanto menos tiempo pase en tierra firme, mejor.

Eso significaría que tendrían problemas una vez se bajasen del arenero, seguro.

—¿Estás bien? —preguntó mirándola de reojo.

—Estoy mejor que hace un rato. Dejar de sangrar siempre es bueno.

—Cuenta las balas. He cogido algo de munición; mira si vale para tu pistola.

Su madre se agachó para buscar los clips que Kerr había dejado caer en el interior del coche tan pronto se había dado cuenta de que estaba herida. Sujetaba el fusil automático con la rodilla contra la puerta, y había dejado las dos pistolas sobre sus muslos. Kerr rio entre dientes.

—Tienes que admitir lo práctico que es que sea una mercenaria.

—Admito que sigo viva gracias a ti, si eso es lo que quieres decir. —Su madre revisó los clips y los depositó sobre las pistolas, haciendo equilibrios para que no se desparramasen a medida que el arenero descendía por una de las dunas—. No me gusta que hagas lo mismo que tu padre. No quiero que seas como él.

Kerr chascó la lengua.

—No lo soy.

—Antes has dicho que siempre quisiste hacer esto. ¿Por qué habrías querido seguir sus pasos, si no quisieras imitarle?

Bufó.

—Es complicado, ¿vale?

—Lo imagino.

El silencio que siguió a aquel intercambio la enrabietó.

—No me juzgues.

—No te estoy juzgando.

—Sí que lo haces. Yo no te he juzgado a ti por lo que me acabas de contar, así que haz el favor de no joderme.

—Pues quizá deberías hacerlo. Lo que hice hace años fue horrible, y vivir sabiéndolo no es fácil. ¿Eso es lo que quieres para ti?

Kerr apretó el volante entre las manos.

—¡No! Me están coaccionando, joder.

—Y si te coaccionan para que me entregues, ¿lo vas a hacer también?

—¡Coño, joder, no me toques los...!

En la noche se hizo el día con un fogonazo. Kerr entrecerró los ojos y se protegió la cara con una mano sin terminar de entender lo que había ocurrido. Entonces escuchó el golpe en el techo y los pasos que lo sucedieron y dio un volantazo. Su vista se recuperó justo cuando el arriano rodó por la luna delantera y logró aferrarse a la carrocería en medio de una nube de polvo.

—¡Rea! ¡Arriba!

Sobre sus cabezas planeaba un transporte cuyo foco de luz iluminaba el arenero y las dunas que lo rodeaban. Kerr tuvo tiempo de echar un vistazo rápido antes de que el sonido del cristal al astillarse la hiciera saltar en el sitio. Frente a ellas, el arriano golpeaba la luna frontal con el guantelete reforzado de su armadura. Kerr apretó el acelerador para subir por una duna a toda velocidad.

—Agárrate, mamá.

Al llegar al fondo, hundió el pie en el pedal del freno y la gravedad y la inercia hicieron el resto. El arriano salió disparado hacia delante sin poder aferrarse al capó con una sola mano. Kerr volvió a pisar el acelerador y las enormes ruedas del arenero le pasaron por encima con un crujido que esperaba significase varios huesos rotos. O lo que tuvieran esos bichos.

—¿Este cacharro tiene piloto automático? —preguntó tras desplegar el menú holográfico y buscar entre las opciones, demasiado nerviosa como para encontrarlo—. ¿Mamá?

—Aquí. —El sistema del coche emitió un pitido de asentimiento. Kerr se soltó el cinturón de seguridad y cogió el fusil del regazo de su madre. Ella la miró como si estuviera loca—. ¿Te vas a asomar?

—Con esos tíos ahí arriba no vamos a llegar a ninguna parte.

—¡Pero te van a matar!

—No te preocupes. He hecho esto antes.

Lo había hecho antes, sí. En una simulación, hacía como diez años. Bajó la ventanilla y suspiró antes de sacar la cabeza y apretar el gatillo. El retroceso le clavó la culata en el pecho con la fuerza suficiente para dejarla sin respiración, lo que era oportuno dado que la arena y el polvo flotaban por todas partes. El viento le zumbaba en los oídos. Disparaba un poco a ciegas, deslumbrada por el cañón de luz e incapaz de apuntar como era debido en aquella postura, pero con la puntería suficiente como para que el transporte tuviera que desviarse y evitar otra ráfaga.

Kerr volvió al interior del vehículo. El transporte volaba alto, aún sobre sus cabezas. La cosa estaba lejos de terminar: de una de sus compuertas salieron dos drones de asalto que levitaban con un resplandor azulado. Uno de los drones se posó en el capó y vibró para lanzar un impulso que hizo crepitar el sistema del arenero antes de paralizarlo por completo. Kerr notó la vacilación del motor, que comenzó a decelerar hasta que ella pisó el pedal y sujetó el volante.

El otro flotó hasta la ventanilla abierta y emitió un chasquido.

—¡Cuidado!

Su madre se le echó encima sin avisar y Kerr se vio obligada a dar otro volantazo. Sus oídos estuvieron a punto de estallar al escuchar el disparo que alcanzó al dron. Cerró la ventanilla mientras los tímpanos le recordaban que aquella no había sido la mejor idea.

—¡Gracias! —gritó, demasiado alto—. ¡Putos drones de mierda!

En la compuerta del transporte, no muchos metros por encima, apareció otro arriano enorme. No sabía cuántos tendrían en reserva, pero Kerr sospechaba que serían suficientes para acabar con ellas. Solo había una manera de quitárselos de encima. Era una pena no tener a Nutty consigo: a él se le daría muchísimo mejor.

—Coge el volante, mamá.

Desplegó el menú de ajustes del asistente de puntería del fusil y configuró los parámetros confiando en que sirvieran para lo que necesitaba. La mirilla láser del arriano del transporte se detuvo sobre una de las ruedas delanteras. No, eso sí que no. Bajó la ventanilla, se asomó de nuevo y disparó... pero el arriano lo hizo primero. La rueda reventó y el arenero se desequilibró; el tiro de Kerr rebotó contra el fuselaje del transporte y la ventanilla se clavó en su espalda. Con un gruñido desesperado, apuntó de nuevo. La mirilla láser del arriano la cegó un instante antes de apuntar entre sus cejas.

Y Kerr disparó otra vez.

El transporte trastabilló y el arriano erró el disparo. El motor izquierdo de la nave comenzó a humear y el piloto realizó una maniobra complicada en un intento de estabilizar el vuelo. El coche, que había empezado a decelerar cuando Kerr había soltado el pedal, se inclinó hacia la izquierda a medida que la rueda terminaba de desinflarse.

Kerr aceleró sin apartar los ojos del transporte. Tras oscilar en el cielo frente a ellas, terminó girando sobre sí mismo para retirarse, llevándose la luz consigo.

Dejó que el fusil, aún caliente, reposara sobre sus piernas. Estaba jadeando. Sus ojos todavía no se habían acostumbrado a la oscuridad. Le dolía el pecho por los golpes del retroceso. No sería la primera con una fisura en el esternón por hacer una tontería como esa. El vaivén del arenero se había vuelto casi insostenible y pronto tendrían que parar y ponerle un parche al neumático, si querían continuar la marcha.

Pero Kerr no pensó en todas esas cosas. La mano de su madre encontró la suya, cubierta de sudor frío, y la estrechó.

Ella le devolvió el apretón con mucha fuerza.

15

La vio marcharse a bordo de un transporte que la llevaría a cualquier otro lugar. No quiso saber a dónde, pero sí preguntó si recibiría atención médica para la herida del vientre. Su madre le juró que sí, y le pidió permiso para abrazarla.

Kerr asintió.

Después de que su nave se fuera, buscó un lugar apartado donde protegerse del sol y el viento y desplegó el *holo*. La recibieron los mensajes de una preocupada Ariadne que contestaría más tarde, al igual que los de Rurik. Iba a necesitar su apoyo para enfrentarse a lo que vendría a continuación, pero por el momento se bastaba sola.

Buscó el contacto de Carlo Lucani y llamó.

El miembro de Primus Filius apareció suspendido en la pantalla holográfica, serio. Hoy tenía los ojos de un negro brillante.

—Kerr —saludó con un cabeceo.

—Lo dejo, Lucani.

—¿Estás segura?

Tuteo. Eso era nuevo. Debía de estar cabreado, aunque no quisiera traslucirlo.

—Me habéis utilizado para encontrar a mi madre e intentar matarla. ¿Que si estoy segura? —Kerr bufó—. Joder, claro que lo estoy.

Lucani alzó las cejas y encogió los hombros con la misma pena que si se le hubiera roto un plato mientras lo fregaba.

—Esperaba que esto pudiera solucionarse de manera razonable. Teníamos un trato.

—No me jodas, tío. —Se tocó los incisivos rotos con la lengua en una mueca de disgusto—. ¿Mi madre? ¿Quién te crees que soy? *¿Qué* te crees que soy? —Como Lucani no contestó a aquello, negó con la cabeza con energía—. Paso de hacer una sola misión más para vosotros. He cumplido con creces, ¿o no? Además, ya habéis hecho lo que queríais, que era llegar hasta ella. Para eso me queríais bien vigilada. No soy imbécil.

Él asintió y levantó las manos en señal de rendición.

—Muy bien, es tu elección.

—Sí, lo es. No quiero hacer lo que hacéis vosotros. Una cosa es una cosa y otra muy distinta... —Kerr se detuvo. Todavía no había asimilado lo que su madre le había contado aquella noche y no estaba segura de cómo sentirse al respecto—. Paso de mierdas de esas, ¿te enteras?

—Bien. —Lucani sonrió a la pantalla con los labios, pero sus ojos se tornaron de un azul vivo que parecía imitar al suyo—. Es tu elección. Hasta aquí llega nuestra relación profesional.

—Una cosa. No se os ocurra tomar represalias con alguien a quien quiero, porque te juro que...

—Kerr, por favor. Lo que hay entre nosotros, se queda entre nosotros.

Lo dudaba mucho.

—Más os vale, porque si...

—Espero que no te arrepientas de tu decisión.

—¿Es una amenaza?

—Tal vez lo hagas si Theresa decide contártelo todo. Supongo que no lo ha hecho.

—¿Todo? ¿Todo de qué?

—Adiós, Kerr. Ha sido un placer.

Y en la pantalla holográfica solo quedó el mensaje que decía VIDEOLLAMADA FINALIZADA.

HORIZONTE ROJO

Nº 6

ROCÍO VEGA

EditorialCaféconLeche

1

Los pasillos vacíos de la *Reborn* la hacían pensar en cementerios. En el único al que había entrado, en realidad. En las estaciones espaciales no había espacio para enterramientos rituales, pero a la gente se le daba la opción de almacenar las cenizas de sus seres queridos en el cementerio, por si querían tener un lugar designado que visitar. Los nichos se sucedían en pasillos numerados sin ningún tipo de iconografía religiosa. Había asistido a los funerales de compañeros, estremecida por la baja temperatura, las caras largas y la proximidad de la muerte. Siempre había salido de allí pensando que detestaba la idea de que la metieran en ese sitio. ¿De qué servía que guardasen sus cenizas en una cajita negra y grabasen su nombre en una placa? ¿Para que cualquier gilipollas que pasase por ahí pudiera preguntarse quién era esa Kerr y por qué la habría palmado? Prefería que la lanzasen al espacio, sin medias tintas. Puestos a morir, mejor desaparecer del todo.

Cuando se toparon con el primer cadáver flotante, sin embargo, tuvo que admitir que esa perspectiva era igual de desagradable.

Rurik lo alcanzó de un tirón en la pierna. El muerto vestía el mono de la *Reborn*, rosa y gris; en el pecho llevaba grabado su nombre y el de la nave. Kerr lo enfocó con la linterna de la escopeta en busca de heridas o manchas de sangre. El cuerpo estaba congelado y seco, pero indemne, y permanecería así durante miles de años si nadie lo devolvía a su casa. Igual que Bahuer.

Encontraron más a medida que peinaban la cubierta B, cadáveres tranquilos flotando sobre mesas y camas, entre tazas, cartas y fichas de apuestas. Verlos desde abajo, pegada al suelo con botas magnéticas, le recordó a una película antigua en la que un viejo se pasaba la vida flotando en el techo por no sabía qué cosa mágica.

—¿Os imagináis que ahora os digo que la nave está plagada de alienígenas asesinos? —dijo Palamo a través de la radio.

Llevaban tanto tiempo caminando en silencio que la voz del piloto la sobresaltó. Vaswani, a su lado, también dio un respingo.

—¿Qué? ¿Has visto algo?

Palamo se partió de risa desde la *Athena*. Vaswani sacudió el rifle y su linterna dio vida a las sombras de los muertos.

—¡En cuanto volvamos a bordo te voy a partir la cara! —gritó por encima de las carcajadas—. No te rías, ¡lo digo en serio!

—Menos mal que las armaduras tienen un sistema de absorción de residuos interno, ¿eh?

Vaswani rugió. Kerr se mordió el labio antes de interceder; si Palamo percibía el humor en su voz, se pasaría el resto de la misión tomándoles el pelo:

—Parad ya, joder. Esto es serio.

—Tranquilas, tranquilas —respondió él con tal condescendencia que Vaswani gruñó entre dientes—. En la cafetera que estáis explorando no queda nada vivo que no seáis vosotros, prometido. La he barrido de arriba a abajo: vía libre hasta el puente de mando. Acabo de enviaros el mapa.

Kerr pulsó el botón de la muñequera de su armadura, que se correspondía con el *holo* que llevaba debajo. Abrió el mapa de Palamo, elaborado en tres dimensiones a partir de los drones que habían encabezado la exploración del pecio de la *Reborn*. Detallaba las diferentes cubiertas y habitaciones, con puntos palpitantes para representarlos a Rurik, Vaswani y ella, y otros dos en azul que indicaban la posición de los drones. La zona de la brecha exterior, sellada por puertas automáticas, era un espacio en blanco. Por suerte, no necesitarían cruzarla.

Señaló hacia las escaleras de la cubierta C, camino al puente de mando.

—Taito, ¿tienes idea de lo que pudo suceder aquí? —preguntó Vaswani mientras avanzaban por el pasillo desierto—. Y no digas que han sido monstruos.

—Nunca me habría imaginado que serías de las que se acojonan con estas cosas…

—¿Y lo dice el cagado que se ha quedado en la *Athena*? A saber lo que harías tú aquí dentro, a oscuras y rodeado de muertos.

—Me habéis dejado solo con Nutty. Eso también acojona lo suyo, ¿eh?

Kerr trató de fingir hastío:

—Palamo, ¿no deberías vigilar el cuadrante?

—¡Estoy en ello! Pero mientras no aparezca nada en el radar, permíteme que os dé la vara un rato. —Bostezó sonoramente y gruñó como si estirase los brazos por encima de la cabeza—. A ver, ideas. Todavía no he podido entrar en el sistema, así que no lo sé seguro, pero es evidente que todo el mundo ha palmado ante la falta de… bueno, atmósfera. Si fuera una nave más pequeña, como la *Athena*, podría creer que la brecha del casco ha causado la despresurización, pero las escotillas de la cubierta D están todas cerradas.

—Y eso no desconectaría el sistema de soporte vital, y tampoco el motor —dijo Rurik, que subía las escaleras delante de ella.

—Exacto. Diría que tiene pinta de avería interna.

—O sabotaje —dijo Vaswani.

—O sabotaje. No sé, Kerr, ¿te han explicado algo al respecto?

Aprovechó que nadie la miraba a los ojos para pensar bien lo que decir.

—No me han dicho nada. Me dieron las coordenadas e insistieron en que había prisa. Eso y que tuviese cuidado con los svadik y los baryanos. ¿Te estás ocupando de eso?

—Ya te he dicho que no hay ningún... ¡AAAH!

Kerr se detuvo en seco.

—¿Palamo? ¿Qué pasa? ¿Estás bien?

A través de la radio se escuchó la risilla seca de Nutty y la respiración entrecortada de Palamo.

—¡Sí! Ha sido este cabrón. Ha entrado sin decirme nada y me ha pegado un susto de la leche.

—Estáis hablando en la frecuencia del equipo —dijo el francotirador en tono calmado—. ¿Te importa si me siento aquí?

Ahora fue Vaswani la que se partió de risa y Kerr no intentó contener las carcajadas. Hasta Rurik rio entre dientes. Al llegar a la cubierta superior, Kerr llamó su atención con gestos y le enseñó un dedo pulgar con intención interrogativa. Él asintió e imitó su gesto. La luz interna del casco le daba un aspecto tan maciento que a Kerr se le encogía el estómago al mirarlo. Tendría que haberle obligado a quedarse en la *Athena* y haberse llevado a Nutty consigo, lo sabía, pero Rurik había insistido en acompañarlas. En otra ocasión habría agradecido su terquedad, pero en esta solo la angustiaba. Cuando volvieran a la Sígel, hablaría con él en serio y le pediría que se cogiera la baja.

La presencia de Nutty parecía haberle quitado a Palamo las ganas de chascarrillos, algo que Vaswani aprovechó para pincharle hasta que llegaron al puente de mando. Kerr los ignoró, atenta a las sombras que se movían en los alrededores y que se multiplicaban cuando el haz de su linterna se cruzaba con el de sus compañeros. Odiaba la lentitud que le conferían las botas magnéticas. Era como caminar sobre alquitrán. Ver los paneles de control tan cerca y a la vez tan lejos, sabiendo que podían meterse en problemas muy gordos si los svadik los pillaban en su espacio de guerra sin autorización, resultaba desesperante.

Cuando los alcanzaron, se enganchó la escopeta al costado y los inspeccionó en busca de los puertos, protegidos del polvo y la humedad bajo una placa de plástico. Vaswani colocó la batería de base imantada en una de las patas del panel y le pasó los cables a Rurik. Kerr conectó la tarjeta de memoria y pulsó el botón que reiniciaba el sistema. Las pantallas parpadearon y proyectaron los logotipos de las marcas del hardware y el software antes de mostrar la interfaz.

Palamo gritó.

—¡JODER!

El suelo los zarandeó como muñecos. Su columna vertebral crujió, luego sus rodillas. Lo que hasta ahora estaba arriba, de repente se encontraba abajo. La nave giraba.

—¡Mierda! ¡Joder! —siguió el piloto—. ¿Qué ha sido eso? ¿Qué ha pasado?

Kerr apretó los dientes y se sostuvo contra el panel. Las tazas, las pizarras electrónicas y los muertos chocaban entre sí a su alrededor.

—Eso digo yo. ¿Qué ha pasado?

—Ha explotado algo cerca de la compuerta de la *Reborn* y nos ha lanzado a todos a tomar por culo. ¡No se ha abierto una brecha de milagro! —Palamo gritaba tanto, y tan agitado, que le salían gallos—. ¿Qué es lo que habéis hecho?

—Conectar el panel central, lo que tú nos has dicho que hiciéramos. ¿Qué cojones has liado?

—¿Yo? ¡Casi nos mata! ¿Por qué me echas a mí la culpa?

—¿La *Athena* está bien? —preguntó Rurik apartando con el fusil los bultos que se le echaban encima.

—Estamos enteros. Bueno, casi. El anclaje principal ha reventado. —El piloto suspiró—. Va a estar jodido que volváis por el mismo sitio.

—Esto está muerto —dijo Vaswani, que intentaba reactivar la interfaz—. Más congelado que la tripulación.

—¡Mierda! —Kerr empezaba a marearse. Si no podían recuperar los datos de navegación, la misión habría fracasado—. Palamo, ¿hay alguna manera de...? No sé, ¿no puedes conectarte a este cacharro y buscar los datos? ¿Y si conecto mi *holo*?

—Podría intentarlo, aunque no sé si... Mierda. Mierda, Kerr. —Su voz había adoptado una gravedad inusual en él. La recorrió un escalofrío—. Salid de ahí ya.

Kerr tragó saliva. Sabía lo que iba a decir a continuación, pero aun así tuvo que preguntar.

—¿Qué pasa ahora?

—Hay un patrullero svadik en el radar.

Era difícil correr con botas magnéticas mientras la habitación giraba sobre sí misma, pero Kerr estaba dispuesta a intentarlo. No le importó dejar atrás el material ni quién pudiera recogerlo, y tampoco avanzar mientras se abría paso entre los cuerpos helados que se arracimaban a su alrededor. El miedo le galopaba en el pecho y la boca le sabía a carne cruda.

—Volved a la cubierta D y girad por el pasillo 3 —jadeó Palamo—. Ahí están las cápsulas de salvamento más cercanas.

—¿Y nos tiramos sin más?

—Os recogeré al vuelo. El sistema de acoplamiento secundario está entero, debería funcionar...

Vaswani dejó escapar un gemido.

—¡Taito, dime que has hecho esto alguna vez!

—Sí, sí, claro que sí. ¡No te preocupes, Vas, está todo controlado!

Sabía que mentía, pero no le contradijo. Necesitaba que Vaswani pensase en frío; ella ya tenía suficiente con su propio terror.

Palamo, por su parte, tampoco ayudaba demasiado.

—¡Hostia! Se está acercando. ¡Corred, por Dios!

—¡Estamos en la cubierta D!

—Es en el pasillo 3, las veréis a la derecha. Son independientes de la nave principal, así que no debería haber problemas para manejarlas...

—¿Y si hay? —preguntó Vaswani.

—¡No va a haber problemas! —gruñó Kerr.

—¿Pero y si hay?

Palamo suspiró.

—Si hay, saltad del barco y os echaremos un cable o...

—Los propulsores principales del patrullero acaban de fallar. Creo que tiene una brecha en el fuselaje —dijo Nutty con suavidad, apenas afectado por la urgencia de la situación. Ojalá fuera él el piloto—. Tal vez no nos ataque.

—Pues no se para, ¿eh?

Ella no le iba a dar el margen de la duda. Se detuvo frente a la primera cápsula de salvamento que encontró y tiró de la escotilla con un gruñido entrecortado.

—¡Arriba!

Vaswani fue la primera en entrar, seguida de Rurik. Kerr les dejó espacio para maniobrar en su interior antes de hacer lo mismo que ellos: desconectar las botas magnéticas y flotar, sujetándose a los asideros, hasta sentarse en uno de los dos asientos libres. Se cerró el arnés de seguridad en torno al pecho, jadeando tan fuerte que el mareo se intensificó, pero se obligó a concentrarse en la tarea de desplegar los controles de la cápsula y sellar la escotilla. Como Palamo había augurado, la cápsula tenía su sistema independiente, de modo que lo que fuera que había paralizado el de la nave no la afectaba.

—Estamos dentro —anunció Kerr mientras bregaba con los ajustes—. ¿Y vosotros?

—Acabo de sincronizar la rotación de la *Athena* con la del pecio —dijo el piloto.

—Abro compuerta exterior.

—¡Os veo! ¡Cuando quieras!

Kerr pulsó el botón de eyección y apretó los dientes para soportar la compresión contra el asiento. Frente a ella, Vaswani y Rurik se aferraban a los asideros, vibrando al tiempo que la cápsula. La pantalla holoproyectada mostró en formas toscas y verdes una simulación de las naves que los rodeaban. Mientras se alejaban de la *Reborn*, se acercaban a la *Athena*, en trayectoria de intercepción. Lo único que tenía que hacer Palamo era recogerlos y salir pitando de allí; con ayuda de la inteligencia virtual de la nave, hasta un perro amaestrado sería capaz de...

Palamo soltó un grito ahogado.

—¡Van a disparar!

—¡No!

En el espacio no había manera de oír los disparos o las explosiones; solo se podía confiar en los sensores de la nave o los gritos de la tripulación. Nunca sabías si te habían dado hasta que el destello aparecía en el radar. Se tensó contra el arnés de seguridad cuando los proyectiles de plasma pasaron muy cerca de la cápsula en la simulación y tragó saliva.

—¿Palamo? ¿Palamo?

El piloto farfulló al otro lado del auricular.

—¡Ha estado cerca! Un par de segundos más tarde y os habrían frito del todo.

—¡Sácanos de aquí ya!

—Estoy en ello, estoy en ello... —La simulación se actualizaba demasiado despacio; la figura de la *Athena* daba saltos incoherentes de aquí para allá—. He tenido que dar un giro brusco y os habéis alejado demasiado. Dame un momento. Mierda, se está acercando más... —Palamo se pausó un momento que pareció larguísimo—. Nos van a disparar. Capitana...

Kerr contuvo las ganas de gritar. Con la mirada fija en lo que parecía el patrullero svadik, cada vez más cerca, dijo:

—Marchaos.

—¿Qué? ¡No!

—Marchaos, saltad a otro cuadrante. No hay manera de que puedas recogernos mientras nos disparan.

—¡Pero os han visto!

—Sí, ¿y qué? O nos derriban o nos capturan, pero no tiene sentido que acabemos todos igual. Marchaos de aquí, buscad ayuda fuera y... —Cerró los ojos, casi sin aire—. Y si podéis, volved a por nosotros.

No quiso saber qué cara ponían Rurik y Vaswani, porque si la decisión la hubiera tomado cualquiera de ellos, habría protestado a viva voz. Esperó sus gritos, pero no sonaron como esperaba. Quien protestaba era el piloto.

—¡Ni de coña, Kerr! No pienso dejaros ahí, todavía puedo...

—¡Que te largues, coño! —Kerr golpeó el asidero de su asiento—. Te acabo de dar una orden.

—Quiero intentar... Mierda, ¡han disparado otra vez! —Del patrullero salieron nuevos proyectiles, pero la cápsula ya no era su objetivo. La simulación se quedó congelada—. ¡No puedo...!

La cápsula tembló y la pantalla holográfica se llenó de interferencias y representaciones confusas de metralla. Un parpadeo en rojo advertía sobre una explosión cercana. La comunicación se había cortado. Vaswani gritaba.

—¡Taito! ¡Taito! —Se apretó el casco a la altura del auricular, como si eso fuese a ayudar en algo—. Taito, ¡responde!

La cápsula volvió a estremecerse y a girar mientras el piloto de emergencia trataba de navegar a través de los restos que flotaban en todas direcciones. Kerr se tapó el visor con las manos. Los sollozos de Vaswani le llenaban el casco y no había manera de hacerlos callar.

Hacía frío en la celda, tanto que el aliento se les rizaba en los labios al respirar. La luz parpadeaba, teñida de un blanco sucio que dolía a los ojos. Aunque no quedaran manchas en él, los pies descalzos se les pegaban a la malla metálica que recubría el suelo, como si un goriano se hubiera podrido y sus fluidos se hubieran filtrado a través de ella a lo largo de los meses. El aire sabía a cloro y raspaba al bajar por las gargantas. Kerr había pensado que querían envenenarlos, pero después había comprendido que no era eso. Aquel era el aire que los svadik respiraban cuando podían elegir; probablemente ocurriera lo mismo con la temperatura. Esos bichos habían investigado y experimentado con humanos durante décadas. Sabían cómo mantenerlos con vida durante el tiempo necesario para extraer de ellos lo que buscaban... y aún tenían que interrogarlos.

Esa parte también la hacía temblar.

—Voy a ir yo —dijo Rurik. Hablaba tan suave que apenas podía escucharlo—. Les diremos que yo soy el capitán.

Se separó de él con la mandíbula desencajada.

—¿Estás mal de la cabeza?

—Puedo aguantarlo.

Le castañeteaban los dientes, pero de alguna manera lograba parecer seguro e implacable. Kerr estuvo a punto de creer que le decía la verdad, que lo soportaría. Luego recordó que se había pasado la última hora frotándole las manos y los pies sin conseguir que recuperaran el calor y se quitó la idea de la cabeza.

—Y una mierda. —Kerr le sujetó del cuello y acercó su frente a la suya hasta que casi se tocaron—. Si se te ocurre abrir la boca, te meto una tan fuerte que se te van a pasar todos los dolores.

Él sonrió. Las encías le sangraban.

—Rurik, no es coña. —Endureció la voz—. No voy a dejar que se te lleven.

—Estoy preparado para lo que sea.

—¡Yo no! —Le agarró de la mejilla para obligarlo a mirarla a los ojos—. Es mi turno de cuidar de ti. Déjame hacerlo, hostia.

Rurik se volvió hacia Vaswani, ovillada en una esquina sobre el colchón exiguo que había en la celda. Se lo habían dejado a ella sin dudar; los svadik le habían puesto *RegeAsep™* o alguna versión alienígena del gel en la herida del brazo, pero la pérdida de sangre la había debilitado. Pensó que Rurik le diría algo, pero solo trataba de evadir su mirada. Kerr suspiró, le rodeó el hombro con un brazo para atraerlo hacia ella y le besó la sien.

—Aún podemos hacer algo —murmuró, tan bajo como pudo. Sospechaba que la celda estaba pinchada—. Si negocio con ellos, puedo conseguir que te den tu medicación y traigan mantas. Si les digo lo que sé, quizá hasta nos liberen...

—Eso no va a pasar. —Rurik se quedó quieto, como si intentara no temblar. La tomó de la mano y la retuvo contra su pecho—. Solo viviremos mientras seamos una incógnita o una amenaza. Son svadik.

Eran svadik. Eran svadik y estaban en guerra. Entrar en su territorio no solo era una temeridad, sino una provocación. Lo había sabido al aceptar el encargo y al embarcarlos a todos en él, pero había confiado en la suerte y en la habilidad de su equipo. La había cagado.

Nadie conocía su paradero.

Palamo y Nutty estaban muertos.

Eso significaba que, probablemente, esta sería su última hora juntos.

—Joder, joder, Rurik... —Le hundió los dedos en el pecho sin pensar en si le haría daño—. Ojalá no os hubiera traído aquí. Ojalá hubiera podido hacer algo...

—Es igual, capitana —murmuró Vaswani desde el otro lado de la celda. Tenía los ojos cerrados—. Todos sabemos lo que hay al pedir la licencia. Esto acaba pasando antes o después.

Le habría gustado que esto pasase mucho antes. Que ocurriera ahora, cuando todo... bueno, cuando *casi* todo iba bien, era jodidamente cruel. No iba a volver a ver a Ariadne nunca más. Tampoco a Kirsten. La angustia se le instaló en el pecho como algo tangible, con el peso suficiente para aplastarle los pulmones.

Quizá fuese lo mejor para ellas. La llorarían durante un tiempo, sobre todo Ariadne, que ya había perdido antes a alguien (¡joder!), pero terminarían por olvidarla y seguir adelante con sus vidas. Visto así, morirse sonaba casi heroico.

Aun así, pensar en ello se parecía un poco a volverse loca.

—Me alegro de que estés conmigo en esto —susurró Rurik. Sonaba tan, tan cansado...—. Es mejor que lo otro.

Kerr se frotó los ojos. No sabía si le picaban por el cloro o por las lágrimas.

—No digas eso.

—Te quiero.

—Yo también te quiero, pero no digas eso.

La puerta de la celda se abrió con un chirrido que le puso el estómago de pie. Dos svadik armados con subfusiles los apuntaban desde fuera.

—Tú, la hembra sana —dijo una voz penetrante—. Ven aquí.

Kerr se levantó con ayuda de la pared. Rurik se resistió a soltarle la mano, pero terminó haciéndolo. Los svadik no serían pacientes y no hacía falta adelantar acontecimientos. Se despidió de él con la mirada mientras le ponían los grilletes a la espalda.

Cruzaron un pasillo helado. Tenía los pies tan ateridos que posarlos en el suelo de metal rugoso dolía, cada pinchazo y cambio de la textura multiplicado por mil. Había permanecido encogida tantas horas que ahora, mientras los músculos despertaban y la sangre volvía a fluir por sus venas con normalidad, gruñía de dolor por los calambres.

Subieron por una escalera y giraron a la izquierda en una encrucijada. La sala a la que la llevaron estaba abierta y preparada para ella. La iluminación era tenue, con un matiz azul que le robaba cualquier intimidad. Lo primero que vio fue una silla articulada con reposapiés y reposabrazos. Las piezas replegadas en la espalda y los lados sugerían que podía modificarse para sentar a un individuo de cualquier especie, pero por las abrazaderas de metal se intuía que no sería cómoda.

A la derecha, tras dos pantallas holográficas, un macho svadik vestido con el uniforme rojo del ejército revisaba una de ellas. Junto a él había una hembra, oficial a juzgar por sus distintivos. Tenía la piel de un blanco translúcido, tensa sobre la estructura cartilaginosa de su cráneo, y podía intuir las venas y nervios que corrían por debajo, como cables LED finísimos. Era un bicho inquietante, con ojos negros de doble párpado y un orificio de respiración que se movía con cada aliento. Como los rae'loc, poseían un aire vagamente humano, pero la carencia total de labios y pelo los convertía en algo atroz, como un ser deformado por la enfermedad y la muerte que volvía de la tumba para vengarse.

Aunque Kerr le sacaba casi dos cabezas, se estremeció cuando aquella cosa se le quedó mirando.

—A la silla —ordenó sin emoción.

Mientras uno de los guardias la apuntaba, otro le indicó que se arrodillara para tirar de la cremallera de su body. La piel de su espalda se erizó al perder la única protección térmica que le quedaba. Pegó los codos al cuerpo y se sentó en la silla cuando se lo ordenaron. Estaba fría, aunque no tanto como el suelo. El macho de la pantalla cerró las abrazaderas en torno a sus antebrazos, muñecas y pantorrillas. La posición exigía tensión para evitar forzar las articulaciones, lo que a su vez provocaba más dolor. Kerr no supo si era por una mala configuración de la silla o una muy buena.

—Salid —ordenó la hembra. Los guardias cerraron la puerta tras de sí y ella se acercó a la silla—. Inicio el barrido mental número uno.

Los ojos de la svadik se clavaron en los suyos. Algo trató de colarse en ellos. Un dedo intangible, una espina que trataba de penetrar en su cerebro a través de sus nervios ópticos. Kerr apretó la mandíbula. El dedo sacó una garra y arañó. Ella gritó. No sintió dolor, sino algo mucho más repugnante e invasivo.

Paró. La oficial se irguió con desagrado.

—El barrido ha sido negativo —dijo, entrecruzando los dos dedos largos que tenía en cada mano.

—¿Necesita apoyo, señora? —preguntó el macho.

—No. No creo que funcione. He visto este tipo de mutaciones antes. —La hembra se separó de Kerr y algo en su boca chascó, como si hubiera crujido un hueso de las mandíbulas—. Según su identificación, es descendiente de un veterano. No me extrañaría que los humanos hubieran empezado a implantarla en su prole para quitarnos esa ventaja...

—¿Traemos a uno de los otros?

—No, dudo que pudieran soportarlo. Además, ella es la oficial de más alto rango. —Se volvió hacia Kerr—. Habrá que seguir el protocolo; no tenemos mucho tiempo.

La silla vibró brevemente.

—Setenta y cuatro kilos —dijo el macho desde el escritorio—. Eso son treinta y tres miligramos, tres dosis en una hora.

—Dale una ampolla entera.

—¿Entera, señora?

—Nos corre prisa. Lo aguantará.

Kerr trató de relajarse, pero cuando el macho se le aproximó, hipodérmica en la mano, se tensó tanto que las abrazaderas se le clavaron en la piel.

—Eh, eh, ¿qué coño es eso? —Se revolvió. Había tratado de mentalizarse sobre lo que iba a pasar, pero con el rollo de la desintoxicación había acabado por temer las drogas desconocidas.

—No te muevas —pidió el macho, casi amable. Le sujetó el brazo contra la silla—. Será un momento.

Pulsó el botón y la aguja entró y salió de su piel con un suspiro de aire comprimido. El ardor se extendió por su brazo casi de inmediato. Mientras, el macho le colocó electrodos en las sienes, el cuello, los brazos, el pecho... Tenía los dedos calientes y olía a cloro, como si acabara de salir de una piscina. Sabía que era un macho porque la cabeza se le alargaba en la parte trasera, mientras que la de su superior tenía forma de bombilla del siglo XVII. El calor le subió por el hombro y el cuello, le quemó en las encías.

—¿Qué me habéis metido? —Miró a la hembra y golpeó la silla con el talón—. ¡Contesta, bicho de mierda!

—Extroperina. Descubrirás que todo es mejor con ella; los sujetos hablan antes, lo que les ahorra dolor. —Aquel bicho hablaba con una voz profunda, extraña en un ser de constitución tan escuálida—. Eres una mercenaria experimentada, así que supongo que no tengo que explicarte cómo funciona esto. Tu nave no estaba autorizada para entrar en nuestro espacio. Por tanto, y cumpliendo con las leyes de la Confederación, tu vida y la de tus compañeros quedan a mi disposición. —El macho le colocó los últimos electrodos en los pies y volvió al escritorio, tras las pantallas—. Soy la teniente Veneriv. Necesito la verdad, pronto. Colabora y esto terminará bien. Resístete y verás hasta qué punto nuestra especie conoce la fisiología de la tuya.

El ardor había llegado a su cráneo. Ahora lo sentía frío, punzante, como al posar la lengua en el paladar cuando comía helado. Sacudió la cabeza. ¿Qué se hacía en estos casos? Le habían dicho que lo mejor era escapar a un lugar seguro, imaginarse o recordar un momento bonito que le permitiera separarse de su cuerpo. Sin una botella de ginebra, iba a estar complicado.

—Sé mucho menos de lo que piensas...

Joder, necesitaba un trago largo. Estaba segura de que a su psiquiatra no le habría importado si lo hacía. Ni siquiera podía contar como recaída.

—Sabes lo suficiente. Vamos a empezar. Nivel uno, señor Enerem.

 3

Cuando tenían un rato para disfrutar de la desnudez mutua sin la urgencia del deseo, le gustaba apoyar la cabeza sobre los muslos de Ariadne y acariciarla. Era raro encontrar a alguien que conservara sus estrías. Hasta ella, siendo adolescente, había usado cremas reparadoras para asegurarse de que aquellas rayas rojas desaparecían de su tetas y caderas. Soñaba con cicatrices de combate, no con marcas de crecimiento. Le salían a todo el mundo y no daban para anécdotas interesantes, más allá de un cambio de volumen inesperado o la mera pubertad.

A Ariadne le quedaban bien, o eso creía ella. Tenía en los muslos, las caderas, el pecho y la tripa, ya desvaídas. Costaba distinguirlas si no se buscaban, algo en lo que Kerr se había vuelto experta. Dejar que las yemas de los dedos se colasen en los huecos de sus patrones nacarados era relajante, como sentir las grietas de una piedra antigua.

—¿No intentaste quitártelas? —preguntó mientras trazaba una de las rayas, que desembocaba en un ramillete blanco en su cadera.

—Probé con cremas regeneradoras, pero lo único que conseguí fue difuminarlas. —Ariadne hundió los dedos en su cuero cabelludo y Kerr soltó un murmullo de placer—. Mis padres me ofrecieron el tratamiento láser, pero con mi tipo de piel habría costado el doble de tiempo y dinero, así que lo dejé estar y terminé acostumbrándome a ellas. Ahora me cuesta recordar que están ahí.

Kerr sonrió, con la mejilla pegada a su muslo.

—Tatuajes gratis.

—Eso es.

La caricia de Ariadne bajó por su nuca y se entretuvo en el lóbulo de su oreja. Kerr ignoraba cómo podía provocarle tal euforia con gestos tan simples. Iba más allá de la excitación: era una sensación desagradable y dulce, como una fiebre cíclica que se calmase a sí misma. También era adictiva, oh, sí. Se había enganchado a ella, a su cuerpo y su voz, de tal modo que gravitaba a su alrededor y sus manos acababan tocándola sin que se diera cuenta. Le había ocurrido antes, cuando alcanzaba una botella como al azar cada vez que se quedaba sola, pero esto no la hacía sentirse fatal. La felicidad debía de parecerse un poco a estar a su lado, a la calma de un lugar seguro.

Habían cenado las tres juntas, como hacían los viernes, y Charlotte les había contado con pelos y señales la preparación del festival cultural del día de la Confederación en el que participaría su clase. Kerr lamentó decirle que no podría asistir a su obra porque se marchaba de misión urgente.

—Sabía que te irías pronto —dijo la niña, con una resignación demasiado madura para alguien de su edad—. Siempre te vas a las dos semanas.

—¿Qué eres, mi secretaria? —había preguntado entre risas para ocultar la emoción que le provocaba que la niña tratase de predecir sus idas y venidas.

Al principio se había sentido abrumada por su admiración y las continuas preguntas sobre matar a los tipos malos, pero había pasado a apreciar su insistencia por llamar su atención y por que viera con ella sus series favoritas (como *Britarr y sus amigos*, cuyo tema principal Palamo silbaba a veces entre dientes) como una muestra de afecto. Que Charlotte no montase escándalos y hubiera aceptado su presencia en la casa con naturalidad también había ayudado, igual que el que confiase en ella para practicar con sus poderes sin que nadie se enterara. Tenía prohibido usarlos porque Ariadne temía que se acostumbrase a ello y un día se delatara por error delante de quien no debía, pero Kerr consideraba a Charlotte lo suficientemente lista como para no hacerlo. Ella se habría sentido frustrada si no le hubieran permitido usar unos poderes tan extraordinarios. No había nada de malo en que practicaran de vez en cuando a escondidas; Charlotte siempre prometía que se andaría con cuidado.

Charlotte la quería. Las dos la querían y disfrutaban pasando tiempo a su lado. Sonaba tan raro que a veces le parecía estar disfrutando de la vida de otra persona, hasta cuando Ariadne le metía la mano en el pantalón y la lengua en la boca.

—¿Vas a dejarte el pelo largo? —Los dedos de Ariadne se entretuvieron en las puntas, que ahora llegaban a la base de la nuca—. Hace meses que no te lo cortas.

Ella gruñó y se encogió de hombros.

—¿Estás bien, cariño? Te has quedado apagada.

—Estoy bien.

—Eso suena a lo que diría alguien que no está bien.

—Pero si es lo que me has preguntado.

—Me has dicho "estoy bien" —dijo con tono monocorde y el ceño y la barbilla fruncidos—, lo que claramente quiere decir que no lo estás.

Kerr se echó a reír y le empujó el pecho.

—No he puesto esa cara.

—Sí que la has puesto.

—¿Quieres que te responda cantando, para ver si así me crees?

Ariadne soltó una carcajada.

—Sí, por favor, canta.

—No pienso cantar —dijo, y le toqueteó un pezón hasta que se le endureció.

Ella le apartó la mano.

—No me has contado nada sobre la misión. Otras veces me cuentas a dónde vas o con qué está relacionado...

—Me han pedido que no diga nada.

—¿Ni siquiera a tu novia?

—No.

La mujer suspiró.

—A ver, ¿cómo de peligrosa es, del uno al cinco?

—¿Del uno al cinco? —Kerr fingió que se interesaba de nuevo por su pezón mientras evaluaba el peligro, cuando en realidad la respuesta estaba en la misma pregunta—. No sé, diría que un tres.

—¿Un tres? —Ariadne se tensó con alarma—. Rea...

Kerr se echó a reír. Rodó a un lado e hincó una rodilla en la cama para colocarse a la altura de Ariadne. Ya no estaba para bromas: había empalidecido y tenía los labios entreabiertos, como en una súplica silenciosa. Kerr pasó el pulgar por su mandíbula con una sonrisa confiada.

—Cariño, un tres es un lunes cualquiera.

—Para mí no.

—Porque tú tienes un trabajo de persona normal y aburrida. —Ariadne frunció los labios y Kerr volvió a reír—. De persona normal e increíblemente atractiva, quería decir.

La broma no le cambió la expresión. Kerr dejó de sonreír y la tomó de las mejillas para besarla hasta que se quedó sin aire. Al separarse, rozó su nariz contra la suya.

—Te prometo que todo va a salir bien. Soy muy buena en esto.

—Sí, pero a veces tengo miedo de que eso no importe.

—Voy a volver aquí cueste lo que cueste. ¿Sabes lo mucho que me gusta estar contigo?

Ariadne se recostó en los almohadones. Su mano buscó la suya, la apretó con ansiedad.

—Ya... ¿Y si te vuelan en cachitos?

—Entonces volveré trozo a trozo.

—Hablo en serio. —Entrelazó los dedos con los suyos—. Si tu trabajo consiste en dispararte con otra gente, antes o después tendrás que perder. Es cuestión de tiempo.

Kerr encogió un hombro.

—Bueno, no siempre. Mira a mi padre. Lleva siendo mercenario... ¿cuánto, cincuenta años? Ahí lo tienes, vivito y coleando. Y entero.

—Pero tu padre se ha retirado. Él está seguro en su oficina; quienes estáis en peligro sois los demás.

—Ya, bueno...

—Podrías hacer lo mismo, ¿mmm? —Ahora fue Ariadne la que la tomó de la barbilla para fijar sus ojos en los suyos—. Se te daría bien. Y así podrías pasar todo el tiempo que quisieras conmigo, y yo no tendría que preocuparme por la cantidad de dientes o de carne que vas a traer contigo esta vez.

Kerr dejó caer la barbilla y le dedicó la sonrisa pícara con la que siempre cosechaba buenos resultados.

—Ariadne, ¿sabes lo guapísima que te pones cuando te preocupas por mí?

Ella torció la boca con disgusto.

—Estoy hablando en serio.

—Yo también. —Kerr se inclinó y le besó la clavícula desnuda—. Y por lo general eres muy, muy guapa, así que imagínate cómo te veo ahora.

—Sé lo que estás haciendo... —Su voz flaqueó a medida que la boca de Kerr subía por su cuello—. No creas que va a funcionar.

Hundió la nariz en la curva bajo la mandíbula y Ariadne se estremeció. Olía y sabía tan bien...

—Te quiero —dijo muy bajito—. No tengas miedo.

Ariadne la estrechó contra su cuerpo y ella reposó la cabeza en su hombro. Se quedaron así un buen rato, sin hablar, hasta que Ariadne dejó de estremecerse y la derribó, sujetándole las muñecas por encima de la cabeza. Cuando se sentó sobre su cadera, Kerr percibió la humedad contra su pubis.

—Si te retengo aquí el tiempo suficiente, tendrán que marcharse sin ti.

Soltó una carcajada.

—¿Tú y qué ejército?

—No me subestimes...

Kerr trató de zafarse, pero ella apoyó su peso contra las muñecas. Sonreía cada vez más. Sabía que, cuando quería, Ariadne podía ser combativa. No solo en situaciones de vida o muerte, como cuando se había enfrentado a Bahuer y a Rashida en la *Cyclon*; la había visto jugar a hockey y embestir contra sus rivales igual que una marrullera de los niveles inferiores de la Onus, lo que la había sorprendido y excitado en igual medida.

Suspiró.

—Que conste que estoy intentando ser cuidadosa...

—Ajá.

—Me han entrenado para el combate. Si no me importara hacerte daño, ahora *yo* estaría arriba.

Ariadne frunció el ceño, como si cavilara.

—Podría atarte a la cama un mes entero. Te alimentaré con pajita, con esos batidos asquerosos que tanto te gustan.

—Eso suena hasta bien. Me vas a poner cachonda.

—¡Guarra!

—Eres tú la que ha empezado a hablar de tenerme atada un mes entero, a mí no me mires.

—Te voy a comer con cuchara.

—Y sigues...

Ariadne hundió los dientes en su cuello y Kerr pataleó debajo de ella, estremecida de risa por el cosquilleo de su boca y su respiración. Pero los dedos de Ariadne se volvieron fríos y duros, hundidos en su carne sin cuidado. Su peso desapareció de su cadera, sustituida por una rigidez muscular sostenida por el dolor. La atmósfera cálida de la habitación le heló la piel. Kerr no reía. Kerr gritaba.

La habían encontrado.

4

Dolor y preguntas. Dolor y preguntas a las que contestaba con vaguedades, temblando ante la certeza de que no la creerían, porque ella tampoco se habría creído a sí misma.

Trataba de evadirse con todas sus fuerzas, pero nunca se le había dado bien hacerlo sin ayuda de algo químico que la entumeciera. Lo que fuera que le habían inyectado le avivaba la imaginación y los receptores del tacto, y le enturbiaba los pensamientos sin apagárselos. Aquel dolor la arrancaba de los escondrijos de su mente y hundía sus garras en cada una de las sensaciones placenteras a las que intentaba aferrarse. Incluso cuando se evaporaba de sus nervios, la sensación permanecía infiltrada en sus huesos, como el murmullo de una criatura rabiosa. Estaba cerca, muy cerca. Podría volver en cualquier momento, tan pronto como la svadik quisiera. Y pronto querría. Aquello acababa de empezar.

Entre los omóplatos le caían goterones de sudor helados contra una piel que ardía. El pelo se le había pegado a la frente y las mejillas. Tiritaba, atacada por las náuseas. Rurik no habría podido aguantar aquello, ahora estaba segura. Al menos le había protegido de la experiencia, si es que el orgullo servía de consuelo.

Lo oyó gritar a su espalda. El espanto la envaró. Trató de girarse para mirar, forzando las abrazaderas y sus propias articulaciones. ¿Dónde lo habían sentado? ¿Cuándo lo habían traído? ¿Había perdido la consciencia sin darse cuenta, o sus fantasías la habían apartado de veras de la realidad? No, no. En la habitación solo había espacio para su silla. No había perdido la consciencia en ningún momento, lo sabía. El grito no era real. Rurik estaría aún en la celda, tembloroso y enfermo, buscando el calor de Vaswani, a salvo del dolor y las alucinaciones.

—Si intentas escapar, solo te harás más daño —advirtió Veneriv, con los brazos cruzados sobre las condecoraciones de su uniforme rojo—. Hay una manera de parar esto, Rea Kerr, ya lo sabes. Dinos lo que queremos saber y te devolveremos a tu celda.

Sí, antes de lanzarlos a todos por la escotilla... si no lo había hecho ya. El miedo le revolvió las tripas.

—Ya te he dicho todo lo que sé —respondió entre jadeos—: recibimos la señal de socorro y la atendimos. No hay nada más...

—Sabemos que no es cierto. No se emitió ninguna señal. —La teniente tensó la boca sin labios y bajo la piel gomosa aparecieron las protuberancias de sus dientes, finos y afilados, como los de una anguila—. No es la única incoherencia. La *Reborn* contaba con una autorización de nave de aprovisionamiento para otro cuadrante del sistema. Los impactos en su fuselaje no se corresponden con los de una nave svadik o baryana. —En la boca de Veneriv se repitió el chasquido de hueso roto que había escuchado antes—. Aun así, sigues insistiendo en esta historia. No soy paciente con los humanos que insultan mi inteligencia. Esta es tu última oportunidad: una vez subamos al siguiente nivel, no podrás bajar.

Kerr se retiró el sudor acumulado en el labio superior con la lengua. Sabía amargo, no salado. ¿Sería por la droga que le habían metido? Se concentró en el calambre acre que se extendía por sus papilas gustativas. Si lograba trasladar su atención a un sentido distinto del tacto, quizá...

—Señor Enerem, nivel tres.

Había pensado que estaba preparada, pero se equivocaba.

El cosquilleo aumentó hasta convertirse en dolor puro. No era una descarga eléctrica, como había temido la primera vez. No había convulsiones, ni músculos contraídos, ni olor a quemado. El dolor no tenía más origen que sus propios nervios, dolor invocado de la nada e inoculado en su sistema, por todas partes y a la vez, tan potente que abría la boca y no podía gritar. No había manera de calcular cuánto tiempo duraba, porque los segundos dejaban de existir en cuanto el svadik pulsaba los botones. Su dimensión se limitaba a la agonía, la tensión y los dientes apretados. Cuando volvía, se mareaba. Se le solía olvidar respirar, así que resollaba como si acabase de salir a la superficie tras una inmersión demasiado larga.

El respaldo le pellizcó la piel de la espalda cuando se dejó caer en el asiento. Era un dolor tan mediocre que casi lo agradecía, como el cansancio que se acumulaba en sus músculos al mantener la posición.

—Todo esto sería muy fácil si dijeras lo que sabes —insistió la teniente—. Una charla rápida, Kerr, y habríamos terminado.

La bala entró en la cara de Bahuer y pintó la pared de rojo y rosa. Al pulsar el botón de la escotilla, su cuerpo salió despedido hacia el espacio.

Ella se echó a reír. O a llorar. Era difícil precisar la diferencia: tenía la cara húmeda y tirante y de la garganta le brotaba un sonido confuso. La svadik hizo un gesto con los dedos a su subalterno y la vibración en sus huesos desapareció. Se le saltaron las lágrimas. Lloraba, ahora con seguridad. Duraría poco. Sería breve y solo aumentaría la crueldad de la siguiente tanda, pero el alivio le supo tan dulce que apenas podía creerlo.

Veneriv arrastró una silla frente a la suya y se sentó, un poco más cerca que antes. Kerr quiso odiar aquella cara tan blanca y tan fea con todas sus fuerzas, pero mientras estuviera a su lado no habría dolor. Debía apreciarla.

—¿Cuánto tiempo tardarán tus compañeros en volver?

La saliva se le había acumulado en la base de la lengua, caliente y pastosa. Se obligó a tragar antes de responder. Atragantarse con sus propias babas habría sido patético.

—¿No los habéis derribado?

En el espacio no se escuchaban las explosiones, pero en su cabeza resonó tal y como se la imaginaba, la *Athena* envuelta en una nube de plasma.

—Responde a mi pregunta.

Kerr sacudió la cabeza hasta que el grito de Palamo desapareció.

—¿Están vivos? Creía... Creíamos...

Vaswani se había lanzado contra los svadik en cuanto abrieron la compuerta de la cápsula de salvamento. Le metieron dos tiros en el brazo antes de que alcanzase al primero. Kerr había temido que la rematasen en el suelo, pero se la habían llevado a la enfermería y la habían devuelto poco después, débil y sin un ápice de espíritu guerrero. Le había preguntado a Rurik si creía que le habían hecho algo en el cerebro. Algunos svadik podían hacer eso, pero habían comprobado que no. Aquello era lo que pasaba cuando Vaswani perdía a su mejor amigo y la esperanza de salir viva de allí.

Pero Palamo y Nutty no habían muerto. La *Athena* seguía operativa. Aún había esperanza, aunque fuera tan ridícula que le entraban ganas de reír.

A Veneriv, en cambio, no le resultaba ridícula. Parecía bastante preocupada por la posibilidad de que regresaran para salvarlos.

—¿En cuánto tiempo estimas que volverán, y con quién?

Kerr se apresuró a negar con la cabeza.

—No van a volver. Si están vivos, no van a volver.

—Les ordenaste que lo hicieran. Hemos comprobado el historial de comunicaciones de la cápsula.

—No es que me hagan mucho caso, ¿sabes? —Rio entre dientes—. Soy una capitana bastante triste. Uno de ellos es un inútil y el otro es un verdadero psicópata. Lo conozco desde hace tiempo: no le importo lo más mínimo, y tampoco los demás. —Volvió a reírse. Imaginarse a Nutty en un contexto heroico era divertido de verdad—. La única razón que se me ocurre para que dé media vuelta y se enfrente a vosotros es para averiguar cómo sois por dentro.

Nutty apareció detrás de las pantallas del escritorio, con una sonrisilla ida y la camiseta sucia de pintura y sangre. Por supuesto que era él quien se ocupaba de la tortura; ya lo había hecho antes bajo sus órdenes.

—Qué método más útil —murmuró para sí—. Así no hay que limpiar nada...

Se moría de ganas de hablar de Nutty y su lengua se movía sola. Se le ocurrían tantas anécdotas que no sabía por dónde empezar.

—Es un francotirador muy bueno, ¿sabes?, tanto que tenerlo en el equipo merece la pena a pesar de todo. —Volvió a reír a carcajada limpia—. ¡Cree que es artista! Ha vendido cuadros a gente importante, cuadros que pinta con sangre. Ah, y sale con una rae'loc. A veces me pregunto cómo y por qué, y si es posible de verdad, pero no...

Una mano invisible la agarró de la garganta, tan firme y fuerte como la que Charlotte utilizaba para arrebatarle la pelota cuando jugaban.

—Escúchame, humana: se me acaba la paciencia. Si crees que algo de esto ha dolido es porque no sabes hasta qué nivel podemos llegar. —Esos ojos negros y brillantes la inquietaban como los huecos vacíos que quedaban entre las estrellas, la nada del universo—. Puedo torturarte hasta que pierdas la cordura, o puedo mantenerte al límite tanto tiempo como quiera, hasta que me supliques que lo rebase o te mate. —Los bordes que delineaban la figura de Veneriv se habían vuelto iridiscentes y ondulantes, como si la viera a través de una nube de aire caliente. Abrió y cerró los ojos hasta que volvieron a la normalidad—. ¿Son los baryanos? ¿Se han rebajado a contratar humanos? ¡Habla ya!

Los baryanos. Pues claro que creía que estaban de su parte. ¿Por qué si no habrían entrado sin permiso en una zona de guerra baryana-svadik? La *Reborn* habría servido como el cebo perfecto para emboscar a un patrullero como en el que se encontraban.

—El patrullero tiene daños en los propulsores y una brecha en el fuselaje —le recordó Nutty, acuclillado junto a la silla.

Aquella zona era perfecta para esconderse después de una escaramuza, tal vez para enviar una señal de socorro mientras se hacían las reparaciones necesarias para saltar. Hasta entonces, dependían de la misma suerte en la que Kerr había confiado a la hora de abordar esa misión: que nadie los encontrara. Veneriv estaba tan acojonada como ella al cruzar el umbral que separaba la *Athena* de la *Reborn*. Si aparecían fuerzas baryanas en el cuadrante, estas fulminarían su nave, igual que los svadik habían intentado hacer con la *Athena*.

Los baryanos eran su esperanza. Si a Nutty y a Palamo se les ocurría ir a buscarlos, lograban que no destruyeran su nave antes de entablar una conversación y les convencían para que los siguieran a aprovecharse del patrullero svadik varado (y se aseguraban de que no los hicieran volar por los aires antes de que ella, Vaswani y Rurik escaparan), volvería a casa.

A pesar de lo terrorífico del rostro de Veneriv visto tan de cerca, Kerr rompió a reír. Era ridículo de verdad.

—Señor Enerem —La svadik ni siquiera parpadeó—, nivel cuatro.

5

Había jugado tres partidas seguidas de *Robo-Flash* a un ritmo frenético, sin pensar bien los movimientos o disfrutar de las pequeñas victorias. Quería parar y a la vez no. Las explosiones de color y los patrones conocidos la atrapaban, pero la ansiedad le había cerrado la mandíbula con tanta fuerza que empezaba a temer por sus coronas nuevas.

La antigua Kerr habría buscado el alcohol donde fuera que Vaswani y Palamo lo guardaran, desesperada por tragar algo que la calmara aunque fuera un poco. Pero esa Kerr no existía ya. ¿O sí? Si hubiera desaparecido del todo, nada de aquello estaría pasando. No habría motivos para estar tensa más allá de la inminente entrada en el espacio svadik. Habría acogido el temor con pragmatismo, como hacía siempre, y habría logrado concentrarse en algo realmente útil, como el plan que llevarían a cabo. No, la antigua Kerr, la Kerr que disfrutaba jodiéndose a sí misma y a los demás, seguía allí. Quizá no hubiera diferencia entre la vieja y la actual. Quizá esa fuera la única que existía y tendría que lidiar con ella el resto de su vida.

Terminó el nivel y la pantalla parpadeó en verde lima. Joder, necesitaba ponerse ciega. Los videojuegos no servían para soportarse a sí misma.

—Eh, mirad esto —dijo Palamo, y lanzó una de las ventanas de su *holo* a la pantalla que presidía la sala común.

La mujer que hablaba tras el atril debía de rondar los setenta, como su madre, pero no se le parecía en nada. Llevaba el pelo gris recogido en un moño funcional y un maquillaje leve que marcaba sus rasgos sin ocultar las marcas de la edad. Al hablar, la piel del cuello le temblaba un poco, lo suficiente para conferirle energía sin que pareciera un vejestorio. Su voz hacía el resto. Era potente y clara, como la de una oficial treinta años más joven dando órdenes a pie de campo. La había oído hablar en otro lado, sin prestarle atención a su discurso, pero la voz se había incrustado en su memoria con entidad propia. Era Natalya Chen, recordó al tiempo que pasaban un faldón que la identificaba como una de las candidatas a la presidencia del Concordato Terrestre.

—Hoy atacan a los baryanos, ayer fueron los gorianos y antes los veel o nosotros. La Confederación ha permitido que los svadik se muevan por la galaxia a su antojo durante demasiado tiempo y las cosas no van a cambiar.

—Odio a esta tía —murmuró Vaswani.

—Shhh, déjame oír —dijo Palamo.

Chen señaló al cielo.

—Cuando pongan su punto de mira sobre la Tierra o cualquiera de nuestras colonias, la Confederación admitirá cualquiera de los pretextos con los que pretendan justificarlo. Nuestros padres ya saben lo que pasará después. ¡Es hora de despertar! ¡No los necesitamos! —El público vitoreó y ella asintió vigorosamente—. Yo digo que es momento de abandonar una Confederación que no nos aprecia, que nos corta las alas cada vez que intentamos volar, que protege a los mismos salvajes que nos atacaron aduciendo que no éramos una especie relevante. —Hubo más aplausos—. Se aprovecharon de que éramos una especie joven que aún no había logrado abandonar su sistema, ¡pero eso ha cambiado! Es hora de que la Humanidad siga adelante a solas.

El vídeo fue sustituido por la imagen de un presentador humano en el plató de los informativos.

—Chen ha aumentado dos puntos en la última semana, lo que la coloca en la tercera posición según las encuestas. La favorita, Nieves Olivero, se encuentra a solo diez puntos de una candidata independiente que nadie esperaba que fuera a cobrar tanta fuerza.

—A diez puntos —dijo Palamo con una sonrisa torcida—. Si sigue así, creo que está claro quién va a ganar.

—No va a llegar a ninguna parte —dijo Vaswani, que jugaba al *Extra Life* al otro lado de la mesa, frente a Kerr—. Abandonar la Confederación es una tontería, además de imposible.

—No es imposible. —Palamo se acodó en el sofá para volverse a mirarla—. Ha habido otras especies antes. El otro día lo comentaban en no sé qué programa...

—¿Qué especies?

—No lo sé, no me acuerdo.

—Y eso debería bastarte.

Kerr cerró el *Robo-Flash* y comprobó sus mensajes por enésima vez. Nada, ni uno.

Palamo apoyó la cabeza en la mano.

—En realidad nos convendría. En otro programa decían que, aunque al principio fuera difícil (y tampoco es que las cosas estén bien ahora, sobre todo en la Tierra), en unos años sería un empuje para nuestra economía. ¿Sabes la burrada que pagamos cada trimestre a la Confederación?

—Esa mujer tiene el apoyo de Primus Filius —dijo Kerr cruzándose de brazos.

—Bueno, sí, pero también de mucha otra gente moderada...

—Taito, no me digas que estás pensando en votarla —dijo Vaswani con las cejas enarcadas.

—Yo no puedo votar, no estoy registrado. Pero si pudiera, ¿por qué no? Igual lo que hace falta es un cambio brusco.

Vaswani se echó a reír.

—Lo que te hace falta a ti es un cerebro.

—Entonces supongo que tú no vas a votarla. —Se estiró para buscar a Kerr—. ¿Y tú, capitana?

—Yo no voto —respondió entre dientes.

—¿Rurik? Tú eres de la Tierra, ¿no? Seguro que tú votas.

El mercenario, que había ignorado toda la conversación mientras revisaba su *holo*, no levantó la mirada para contestar.

—No hablo de política con el equipo, y tú tampoco deberías.

—¿Por qué? —preguntó el piloto, inclinándose en su dirección—. Solo estoy comentando las noticias con mis compañeros. ¿Qué tiene eso de malo?

Rurik dejó de prestar atención al *holo* y lo miró a los ojos, en silencio. Palamo cambió de postura con evidente incomodidad y se volvió hacia Nutty.

—¿Y tú?

El francotirador se apartó la melena de la cara.

—Sabes que estoy saliendo con una rae'loc.

Palamo alzó las cejas, confuso.

—¿Y qué tiene eso que ver?

Vaswani se echó a reír.

—Claro, ¿quién diría que la candidata apoyada por Primus Filius querría cortar lazos con las especies alienígenas? —Palamo se quedó callado y ella apoyó la barbilla con una mano para mirarlo con ensoñación fingida—. ¿Cómo conseguiste sacarte la licencia de piloto? Pensaba que solo la conseguían los más listos...

Él hizo un mohín.

—No seas tan mala...

Kerr se mordió el labio. Rurik se levantó en silencio y abandonó la sala. Ella volvió a revisar los mensajes. No sabía si quedarse sentada o levantarse para vagabundear por la nave. La conversación había añadido combustible a su ansiedad y ahora era incapaz de adoptar una postura que la satisficiera. Las sillas de la sala común eran demasiado incómodas. Pensó en ir a la cabina (ahí sí que podría arrellanarse a gusto), pero lo último que deseaba era quedarse sola. Quiso que Palamo propusiera jugar a un juego de mesa todos juntos, como hacía a veces, y a la vez necesitaba perderlo de vista. Lo que necesitaba, en realidad, era beber algo.

Cambió de postura. La silla se aferraba a ella por todas partes, la retenía. Al intentar moverse, se le clavaban arandelas de metal en los brazos y las piernas.

★ 6 ★

Cuando la reanimaron, Kerr logró creer durante un brevísimo momento que se encontraba en la cama de un hospital. El resplandor de la lámpara sobre su cabeza no era sino el de la luz que entraba por la ventana, igual que en la nueva habitación de Kirsten, y el escozor de un pinchazo reciente en el brazo, una de tantas agujas que le habían clavado en el cuerpo para salvarle la vida. Trató de acomodarse sobre las almohadas y las abrazaderas la mordieron otra vez.

¿Así habían tratado a los humanos que habían abducido? ¿Los habían torturado hasta perfeccionar el sistema, hasta lograr que cada nervio percibiera al mismo tiempo el roce del polvo de vidrio? ¿Cuántas horas habrían aguantado antes que ella, analizados por esos seres grotescos más parecidos a enfermos de sífilis que a los hombrecillos grises que habían imaginado hasta entonces? Habían tardado décadas en descubrir lo que ocurría, en contar con la tecnología necesaria para detectar las naves svadik y planear la ofensiva. Casi un siglo de películas y documentales hablaban de la indefensión de las víctimas, que desconocían quiénes eran aquellos alienígenas o si podrían volver a casa alguna vez, pero no les había prestado verdadera atención. Ahora sabía cómo se habrían sentido.

Tenía las bragas mojadas y no solo de sudor. Al desmayarse se había orinado encima, pero el aire apestaba tanto a cloro que no distinguía ningún otro olor. El material de la silla era absorbente; al menos le ahorraban tener que sentarse sobre el charco. Los svadik pensaban en todo.

—¿Tienes sed? —preguntó Veneriv al verla consciente.

Un cosquilleo intenso se extendió bajo su lengua.

—Sí, sí, tengo sed.

La svadik alcanzó una bolsa de agua como las que se utilizaban en viajes a gravedad cero. Tiró del pitorro con delicadeza y lo acercó a la boca de Kerr, que bebió con ganas sin dar un primer sorbo expeditivo. El agua estaba fresca, pero no fría, y sabía parecido a la que salía de los grifos de su nave. Habría esperado un regusto a cloro más fuerte, aunque quizá se había acostumbrado ya a tenerlo en la nariz.

Bebió sin parar hasta acabársela. Su estómago vacío rugió al recibirla, pero no se rebeló. Su cuerpo necesitaba hidratarse después de sudar a chorros.

Veneriv colocó un taburete frente a la silla y accionó una palanca hasta que alcanzase la altura de la suya. Se apoyó en las rodillas.

—Tu especie y la mía firmaron la paz hace ya generaciones. ¿Por qué tenemos que pasar por esto de nuevo? ¿Tiene algún sentido?

Su madre le susurró al oído:

—Tu padre secuestraba gente inocente… y yo recombinaba sus genes para darles hijos enfermos.

Kerr la buscó antes de recordar que no la encontraría allí.

—No os he hecho nada. No fui yo, fueron mis padres —balbuceó—. ¿Por qué no me dejáis en paz? —Le costaba pensar. Era como si le hubieran abierto el cráneo y volcado una pasta densa y turbia en su interior. Aquella cosa le había encharcado el cerebro y sus pensamientos se habían vuelto pegajosos como telarañas—. Me enfrenté a mi padre, le miré a los ojos y le dije que me avergonzaba. ¿Sabes lo difícil que fue hacer eso? —Kerr le enseñó los dientes y se revolvió en un acceso de rabia—. ¿Qué más quieres que haga?

Uno de los párpados de Veneriv se cerró, por lo que sus ojos adoptaron un matiz verdoso y tóxico.

—¿De qué estás hablando?

Kerr negó con la cabeza. ¿Qué derecho tenía la svadik a hurgar en su vida y en sus problemas? Pero su boca se movió antes de que pudiera detenerla.

—Nunca supe a lo que se había dedicado. No quise saberlo, no me lo imaginaba... Al principio no supe cómo reaccionar, pero luego... —Gimió y se estremeció al recordar los ojos desorbitados de su padre cuando se presentó ante él y le exigió que le devolviera su equipo. Había sido difícil, pero salir de su oficina con el mando incontestable de Horizonte Rojo la había llenado de orgullo. Los consejos de Ariadne habían funcionado: no había caído en las provocaciones de su padre, se había mantenido firme y había repetido lo que quería hasta que lo había obtenido. Ariadne la esperaba en la entrada para darle un beso de felicitación. Su sonrisa había sido casi mejor que la libertad que había obtenido—. Soy mala persona, lo sé, pero no quiero ser una tan mala. ¿Tan difícil es de entender?

Veneriv se tensó.

—Necesito que te centres. Tu vida y tus tristezas no me interesan. —Se inclinó más hacia ella—. Dime quién te ha enviado aquí y qué hacías en el pecio y habremos terminado. Te lo prometo.

Kerr dejó caer los hombros y gimoteó otra vez. No había esperado que el pecio estuviera lleno de muertos, desde luego, pero le habían asegurado que la resistencia al abordaje era improbable. Sabían lo que le había pasado a la tripulación de la *Reborn*, pero habían insistido en la urgencia de ir en su busca. ¿Qué temían que pasara si no llegaban a tiempo? ¿Tal vez que los encontrase otra nave?

—La clave está en el puente de mando —murmuró ella. Le dolían las piernas de tanto caminar con botas magnéticas—. Eso es lo que necesitamos.

—¿Buscabas el puente de mando, Kerr? —preguntó la svadik.

—Sí... Necesitábamos recuperar información. —Hizo rodar los ojos, casi hasta ponerlos en blanco. Tenía que callarse de una vez. ¿Por qué no cerraba la boca?—. El cuaderno de bitácora, los movimientos del sistema...

—¿Por qué?

—No me lo dijeron. Bueno, quizá... —Miró a su alrededor. Los cuerpos flotaban—. Necesitaban pruebas.

—¿De qué?

—Del sabotaje.

Saltó a otro pensamiento distinto, uno que los mantuviera a salvo.

Le preocupaba Rurik. Se había pasado todo el viaje desmejorado, pero había insistido en abordar el pecio con el equipo. Al menos la tenía a ella para cubrirle las espaldas. Si al menos hubiera podido caminar más deprisa para no alejarse demasiado de él... Eran aquellas dichosas botas. Tenía que mover la pierna izquierda para dar el siguiente paso hacia delante, pero la suela estaba pegada al suelo tan firmemente que no la obedecía.

La silla traqueteó y la abrazadera se clavó en su espinilla. La teniente Veneriv se había inclinado tanto a ella que podía olerla. Kerr aulló de angustia. Se revolvió fuera de sí hasta sangrar. Gruñía y gritaba, tiraba un poco más. Lograría arrancar las abrazaderas de la silla. Si lo hacía con la fuerza suficiente, se liberaría. Tenía que conseguirlo, porque si no aquel bicho los mataría a ella y a su equipo.

El macho se asomó desde las pantallas.

—Señora, tenemos que parar. La dosis de extroperina era demasiado alta. No sabemos si va a poder resistirlo, o si lo que nos dice es verdad.

—No podemos. No hay tiempo. —La svadik se frotó las manos—. Señor Enerem...

Aquellas palabras la congelaron en el asiento.

—¡Por favor, no!

No supo si hablaba ella o su cerebro trastornado por la química, pero sí que ninguno de los dos quería soportar más aquella mierda. Tensa, temblorosa, agotada, Kerr buscó en los ojos de la teniente algo de piedad. La alienígena esperó. No hacía falta que le explicase cómo podía suspender esa orden. Kerr sollozó y se dejó caer en la silla. Los puntos en los que se le habían clavado las abrazaderas le palpitaban, pero eran un dolor ridículo comparado con el nivel cuatro.

Podría abandonar el nivel cuatro. Podría olvidar el nivel cuatro. Rurik no se lo reprocharía, lo entendería. Ni siquiera Vaswani diría una palabra. Ella había sido la primera en darlo todo por perdido. Ella sabía lo mucho que dolía todo.

Pero Palamo estaba vivo. La *Athena* estaba entera. Había una misión que cumplir. Quizá aún cabía una esperanza.

Cuando volvió a mirar a la svadik a la cara, las dos sabían que su súplica quedaba obsoleta. Kerr buscó dentro de sí el último resquicio de entereza que le quedaba y trató de esconderse dentro, como una niña en un fuerte de almohadas. Cerró los ojos y esperó a que llegase la orden.

—Señor Enerem, nivel cinco.

Kirsten se había cortado el pelo. La última vez que había ido a visitarla, los mechones rubios le cubrían las orejas y todo apuntaba a que se dejaría de nuevo la melena como antes. Debía de haber cambiado de idea; se había rapado el lado derecho y se peinaba el resto en una onda corta hacia la izquierda. Al leer su sorpresa, Kirsten sonrió como una cría y se despeinó de la frente a la nuca, como si intentara demostrarle que el corte era real.

—Siempre me había apetecido hacerme algo así, pero hasta ahora no me había atrevido. ¿Te gusta?

—Mucho —respondió Kerr, cerrando la puerta a su espalda.

Kirsten llevaba dos meses en un cuarto individual del área de rehabilitación. Era diferente a las salas blancas y asépticas en las que se había pasado la mitad del año, más acogedor. La ausencia de pitidos y cables por todas partes ayudaba. Su escasa ropa y efectos personales se almacenaban en una cómoda frente a la cama, bajo una pantalla apagada. Como en su minúsculo apartamento, había una ventana sobre la cama, solo que con una separación suficiente para que Kirsten se asomara por ella. Esa fue la segunda sorpresa. Llevaba el camisón y las zapatillas del hospital, pero estaba de pie y apenas titubeaba. El resplandor que entraba de fuera trazaba bordes redondeados en el zócalo de metal de su nuca.

—Menudo equilibrio —observó Kerr con una sonrisa—. Seguro que hasta puedes bailar.

—Sí que puedo. No tan rápido y con más cuidado que antes, pero puedo. —Puso los brazos en jarras y le guiñó un ojo—. Pronto te llevaré a la Fénix, como te prometí que haría.

Aquello fue raro, como recordar algo que había pasado en otra vida. Hacía mucho que no iba a la Fénix o a cualquier otra discoteca para amorrarse a un vaso y a la primera persona con quien se chocara. Pasaba las noches viendo la tele, sola, o con las piernas enredadas con las de Ariadne, disfrutando de la seguridad de la rutina y sin un ardor permanente en el estómago cuya causa alternaba entre el alcohol y el asco.

—Claro que sí. Iremos donde quieras.

No quería pensar de más. Kirsten estaba feliz y de pie y lo otro no importaba. Abrió los brazos para recibirla cuando se le acercó renqueante, y la estrechó contra su pecho hasta que Kirsten levantó la cabeza y la besó.

Ese día tocaba un beso intenso, de los que hacían suspirar. Los dedos de Kirsten se crisparon en su espalda y Kerr la apretó contra su cadera antes de romper el contacto con suavidad. Había sido peligroso. No era uno de los roces de labios que compartían a veces, por costumbre o por descuido, sino que llevaba algo escondido.

A veces era incapaz de creer que lo que había pasado hubiera sucedido de verdad. Había estado tan segura de que moriría cuando desmontaron del aeromóvil y la llevaron a quirófano a toda prisa que tenerla allí era como abrazar un sueño. Posó los labios en su sien, ligeramente abultada por las cicatrices. Había pasado, sí. Había pasado y también de largo.

—No es lo único —dijo la ingeniera mientras la tomaba de las manos—. Llevo una semana usando el *holo* varias horas al día y casi no tengo molestias. No es como antes, pero se le parece.

—Es fantástico, Kirsten. Estoy muy orgullosa de ti.

—Tampoco es que sea algo para estar orgullosa. El cerebro se me está curando y parece que los cacharros que me han metido dentro no me lo han frito del todo. —Tiró de ella hacia la cama y se sentó, pero Kerr hizo lo propio en la silla contigua, en lugar de en el colchón.

—¿Sabes cuándo te dan el alta?

—El viernes.

El corazón le dio un vuelco.

—Eso es esta semana. Joder, Kirs... —Le acarició el hombro y se concentró en las pecas que lo salpicaban por no mirarla a los ojos—. Me alegro un montón.

—¿Vas a llorar, Kerr?

—¿Qué?

Kirsten soltó una carcajada. Era tan bonito verla contenta, parecía tan radiante con aquel brillo en los ojos, a pesar de la marca en el pómulo...

—¡Nada! Estás rara, pero siempre estás rara.

—Estoy contenta por ti.

—Ya lo sé. —Se quitó las gafas y se las colgó del cuello—. Te estoy vacilando.

Recogió las piernas y se apoyó en la almohada, y aunque mover la izquierda le costó algo de esfuerzo, su sonrisa no quedó ensombrecida por ninguna mueca de dolor. Le pidió una mano y la sostuvo entre las suyas, atrayéndola a su vientre como algo muy querido. Su calor se filtraba a través del fino camisón.

—¿Puedes venir a recogerme el viernes? —preguntó Kirsten, con las piernas cruzadas.

Kerr torció el gesto.

—Salgo en una hora en la *Athena*. Venía a despedirme.

—¿Una hora? ¡Eso no es nada! Tienes que dejar de trabajar.

—Las facturas no se pagan solas.

—Ya.

—Sobre eso... —Kerr giró la mano y rozó su palma con la de Kirsten, que rápidamente entrelazó los dedos con los suyos—. ¿Has pensado ya en qué vas a hacer cuando salgas de aquí? —Kirsten se encogió de hombros—. Si has conseguido volver a navegar como antes, que sepas que en mi equipo siempre habrá sitio para una hacker tan buena como tú. Ahora que mi padre ha dejado de tocarme los cojones, puedo contratar a quien me dé la gana.

Kirsten se encogió y Kerr supo que acababa de cagarla. El brillo en sus ojos desapareció de golpe, como quien sopla una vela.

—No, creo que mis días como mercenaria han terminado.

Kerr se inclinó sobre la cama.

—Mierda, lo siento. No quería causarte ansiedad ni nada de eso. Olvida lo que he dicho.

La ingeniera soltó un suspiro y cerró los ojos, recostándose tanto como se lo permitieron las almohadas.

—Me gustaría, pero no puedo hacerlo. Perdona.

—Lo entiendo, lo entiendo. No tienes por qué disculparte, eh.

—Estaría bien poder viajar contigo por ahí, no creas. Si me uní a Horizonte Rojo fue para ver mundo y hacer cosas diferentes, pero que me dispararan en la cabeza no era lo que esperaba. Me las arreglaré.

—Eres muy lista. Seguro que se pelean por ti en cualquier... eh... lado.

No sabía muy bien dónde querría trabajar Kirsten, así que no prefirió no decir nada por temor a soltar una chorrada.

—Oye, nada de bajones. —La chica le tiró de la mano para llamar su atención—. Estoy bastante contenta, así que más vale que tú también lo estés, ¿me oyes? ¡Voy a salir de aquí! —Kerr asintió, feliz—. Además, mi cabeza y mis piernas no son lo único que ha empezado a funcionar como antes.

Kirsten bajó la barbilla y sonrió sin enseñar los dientes, y esta vez solo estiró una comisura a propósito. Llevó la mano de Kerr sobre su camisón y se lo recogió para que alcanzase a tocar su pubis sobre las bragas. La tela estaba caliente y ligeramente húmeda, mullida por el vello de debajo. Apenas posó los dedos, Kerr creyó notar su cosquilleo contra la boca, su olor. Antes de darse cuenta ya había colado las yemas bajo la goma elástica. Lo había hecho una, dos, tres veces. Quince o veinte. Lo había hecho en tiempos más sencillos, con los sentidos inundados de alcohol y sexo, con el monstruo de la gula en la garganta y ninguna voz en la sien que le insistiera sobre la importancia de tomar decisiones buenas. En aquellos tiempos, cuando la humedad de Kirsten le había arrugado los dedos, su nuca había estado cubierta de pelo rubio y fino, siempre cálida, sin bordes ni protuberancias extrañas. Solía acariciársela mientras respiraba sus jadeos, mejilla contra mejilla.

Eran tiempos que había añorado como loca sin saberlo. Dentro de ella había un trozo dedicado a sentir a Kirsten, atrofiado por la distancia, pero no muerto. Seguía allí, vivo y palpitante.

Kirsten soltó un quejido. Kerr abrió los ojos, a punto de apartarse. ¿Le había hecho daño? Apenas la había tocado. Ni siquiera se había abierto paso entre sus labios mayores y el vello.

—Necesito que me toques tú —suspiró, llena de angustia e impaciencia—. Cuando lo hago yo no es lo mismo y te echo de menos.

Su sangre ardió. Zambulló los dedos en su coño, pegando su cara a la suya; Kirsten levantó las caderas para facilitarle el acceso y la besó en la boca. Sus dedos se movían por territorio conocido, arriba y abajo, abajo y arriba. Kerr la sujetó de la nuca, sin dejarse impresionar por su nuevo tacto de metal; su mano derecha no necesitaba más pruebas para cerciorarse de que la Kirsten de siempre seguía allí, que había vuelto y que, en realidad, nunca se había marchado.

La chica presionó su mano hasta que le metió los dedos dentro. Estaba contraída y ardiendo, y quizá le hacía daño, pero la boca y la lengua de Kirsten la buscaban entre gruñidos de urgencia. Apretó su mano contra la suya para que la palma cubriera toda la superficie resbaladiza mientras sus caderas hacían el resto.

—Sigue, que me corro —murmuró. Le mordió el labio inferior y lo soltó con un gruñido angustioso. Kerr flexionó las rodillas para sostenerla contra su pecho mientras se sacudía. Sintió el gemido ahogado de Kirsten contra su hombro, la humedad de su saliva y un leve dolor cuando cerró los dientes. Gimió por empatía y hundió la nariz en su cuello. Sus dedos temblaban, entumecidos.

Todavía no había terminado del todo y ya quería volver a hacerlo.

Kirsten dejó de mover la cadera, pero sostuvo la mano de Kerr donde estaba, de modo que su índice y su corazón permanecieran dentro. Aún se percibían sus espasmos internos. Kerr tuvo destellos de otras sensaciones táctiles como aquellas, de las otras ocasiones en las que había notado los orgasmos en su epicentro como aquellos aparatos que detectaban terremotos.

Se mareó y la vista se le nubló. Hasta le fallaron las rodillas y apenas pudo seguir sujetando a Kirsten. Ella se separó de su hombro, entre carcajadas. El estómago se le fundió, derramándose por sus entrañas con tirones tan excitantes como incómodos. Cuando Kirsten se reía así, volvían a su camarote de la *Athena*, con la piel pegajosa y la garganta seca, y Kerr se sentía extrañamente heroica, como si agotar las energías desbordantes de la ingeniera fuera una gran gesta.

—Ese ha sido corto, pero intenso. —Volvió a reír, y la presión en torno a los dedos de Kerr se incrementó—. Cuando me toco yo sola no es tan fuerte ni de lejos. —Kirsten la besó. Miró hacia la puerta con duda, sonrió y tiró de ella para desabrocharle el botón del pantalón. Le lamió los labios—. Ven aquí. Creo que tenemos tiempo para que te corras tú.

Un dolor sordo le recorrió el cuerpo. Se vio a sí misma vaciando una botella de ginebra por el desagüe de la cocina, con la boca desértica y la lengua de trapo. Su olor había flotado en el ambiente durante un buen rato hasta que había abierto el grifo y lo había llevado incrustado en la nariz toda la semana.

Se dejó besar; la mano de Kirsten forcejeó con su pantalón.

—Colabora un poco, ¿quieres? —Sonrió, y estaba tan guapa que Kerr quiso gritar—. Me han puesto un par de piezas, pero mi muñeca todavía tiene un límite de flexibilidad. Necesito que te bajes un poco más el...

Kerr le detuvo la mano. Le picaba la cara.

—Espera, Kirsten. —Se preguntó si notaría su temblor igual que lo había sentido ella con los dedos en su coño—. Espera...

—¿Qué?

Sus cejas se arquearon, pero Kirsten parecía no atreverse a dudar todavía. Acababa de follarla, no había razón para ello.

—No puedo. Tengo novia.

—¿Qué? —repitió, pero mucho más bajito.

Sacó los dedos mojados de Kirsten y los escondió a su espalda, avergonzada.

—¿Ella sabe esto? —El suelo parecía blanco, pero tenía una textura de motas grises y marrones que solo se notaban si tratabas de discernirlas—. No lo sabe, ¿verdad?

—Lo siento...

Kirsten se zafó de su agarre. Respiraba fuerte, como si intentase convertir sollozos en jadeos.

—¿Lo sientes? —Se le rompió la voz—. ¿Pero qué coño estás haciendo? ¿Desde cuándo...? ¡Mírame, joder!

Kerr la miró y se arrepintió de inmediato.

—Desde hace unos meses. —La colcha tenía un estampado de flores y puntos azules—. Tres... No, cuatro.

—¿*Cuatro meses*? ¿Y no has sido capaz de decirme nada hasta ahora? ¡Que me mires!

Pero no quería mirarla. Cuando la miraba, no podía respirar.

—Kirsten, lo siento... No sabía cómo hacerlo. Me daba miedo.

La chica encogió las piernas y se tapó la cara.

—He estado aquí todo este tiempo pensando que cuando saliera íbamos... —Negó con la cabeza—. Te he besado y abrazado como si nada, y tú no has sido capaz de...

—Kirs, ya sé que parece que... Pero te aprecio de verdad. Te... te...

—Me dejaste tirada durante meses. ¿Qué me estás contando?

Kerr vaciló.

—Estaba muy mal. No me atrevía a...

—¿A qué?

—A verte. A enfrentarme a ti. Y luego, cuando empecé con ella... —Tragó saliva. La habitación no dejaba de dar vueltas a su alrededor. Nada le apetecía más que desmayarse y no tener que terminar lo que estaba diciendo—. Perdóname, de verdad. Lo siento muchísimo... —Kirsten tiritaba. La había roto otra vez. ¿Pero cómo era tan gilipollas?—. Me importas, te lo juro. Si supieras cuánto te echaba de menos, si...

Kirsten la empujó. Estaba tumbada en la cama y pesaba al menos veinte kilos menos que ella, así que apenas la hizo tambalear. Ojalá le hubiera dado un buen puñetazo, de los que rompían narices y saltaban dientes.

—¡No quiero oír esa mierda!

—Lo sé. Yo... Kirs... —Suspiró y miró más allá de la cama—. Tampoco es que... Dijimos que sin compromiso.

—¡Eso no tiene nada que ver!

—Ya, ya... Pero tú... Acuérdate: no me dijiste que tuvieras novio hasta después de acostarnos la primera vez.

Kirsten soltó un gemido incrédulo.

—¡Pero él me había dado permiso! ¡Había normas! —Captó un destello de sus lágrimas y volvió a fijarse en la cama—. ¿No has pensado en que yo no querría ser cómplice de esta mierda?

Se imaginó a Ariadne con una mirada así de herida, su boca retorcida por el dolor y la decepción, y quiso llorar. Le dolía tan fuerte el pecho que habría jurado que el golpe de Kirsten le había roto otra vez el esternón. Se había propuesto estar a su altura. Había deseado responder a sus expectativas, a su confianza y admiración, y quererla como querían las personas normales, no como un trozo de mierda.

Joder, no podía hacerle daño. La quería demasiado.

—Lo siento. No lo he pensado bien. No estaba pensando en nada... —Solo en lo mucho en que había echado de menos a Kirsten. Tocarla había sido tocar el pasado. Tocar una parte de sí misma, enterrada entre sus costillas, con el resto de órganos imprescindibles para vivir—. No quería hacerte daño. Tampoco quiero hacerle daño a ella. Estoy hecha un lío.

—Rea, márchate —murmuró Kirsten, abrazada a sus rodillas.

Kerr se envaró.

—Quiero que estemos bien —jadeó—. Eres importante para mí, ¿vale? Sé que lo he hecho muy mal, pero...

—Déjame sola.

Kerr pensó en alzar la mano y tocarle el hombro, y estrecharla en un abrazo que lo arreglase todo. No podía abandonar la habitación sin saber que todo iba a estar bien al final. No podía soportar la idea de perderla después de recordar cuánto la necesitaba.

Pero se clavó las uñas en la palma y logró detener el impulso. Suspiró varias veces, contuvo las excusas que se moría por soltar y giró sobre sus talones.

—Espera —gimió Kirsten, y Kerr se dio la vuelta.

Hecha un ovillo, Kirsten le dirigió una mirada turbia, confusa, y abrió la boca para decir algo. Sacudió la cabeza y le dio la espalda.

Kerr dejó de respirar. Acortó la distancia entre la puerta y la cama, se tumbó a su lado y la rodeó con el brazo hasta que los temblores pararon, hasta que todo se arregló y fue como si nada hubiera ocurrido.

Abrió los ojos y se encontró de pie en el umbral, donde los había cerrado. Kirsten aún le daba la espalda.

Soltó el marco de la puerta y echó a correr escaleras abajo. Tenía que subirse a una nave espacial.

—Kirsten... Kirsten, por favor...

Distinguir lo que veía era complicado. Había explosiones de color cada vez que parpadeaba, como si se hubiera frotado los ojos a conciencia antes de abrirlos.

Kirsten habría dicho que el sistema se había colapsado y necesitaba reiniciar, como cuando trabajaban juntas. La ingeniera se pasaba veinte o treinta horas trabajando sin pausa y se transformaba en un animal hostil para cualquiera que irrumpiera en el puente de mando. Después, si se cercioraba de que todo estaba en su sitio, se encerraba en su camarote y dormía hasta recuperar la cordura. Nunca se metía estimulantes; iban en contra de su religión, decía, y un uso prolongado acababa dañando el cerebro. No había más que ver cómo había acabado Bahuer... aunque no había sido el único.

—Eres un cáncer, ¿lo sabías? —dijo Kirsten con una risa estridente, colgada de su cuello.

—Lo siento, lo siento, lo siento... No quería haceros daño a ninguno. —Buscó la cara de Kirsten, pero a su lado solo encontró a la teniente Veneriv. Gimió—. No, tú no. Quiero volver a casa. Quiero dormir...

—Estamos cerca. —La voz de la svadik era muy suave, casi como la de su madre cuando le había contado todas las cosas horribles que había hecho en nombre de la humanidad—. Termina y podrás dormir.

Kerr sollozó.

—Vais a matarnos.

—No, no. Solo queremos saber por qué estáis aquí y quién os había enviado a la *Reborn*, nada más.

—Necesito hablar con Kirsten.

—¿Quién es Kirsten? ¿Kirsten te ha enviado aquí?

Negó con la cabeza y se mareó. Se tensó en la silla, con los ojos fijos en el punto de luz que pendía del techo, y deseó darle un puñetazo y apagarlo.

—Charlotte podría hacerlo. Ojalá estuviera aquí.

—Kerr, escúchame. Rea. —Una mano invisible la tomó de la nuca y la obligó a mirar hacia abajo, de nuevo a la cara cadavérica de la teniente Veneriv—. Te estás perdiendo. Necesito que seas concreta. Olvídate de tus amigas y dime quién te ha enviado aquí. Si me lo dices, podrás hablar con ellas. Te lo prometo.

Sabía que mentía. Ahora intentaba ser amable, pero ya la había llevado al nivel cinco. No podía usar el nivel cinco e intentar ser su amiga. En cuanto hablara, los matarían a todos. Era lo que llevaba repitiéndose desde que la habían sacado de la celda. Tenía que aguantar y ser fuerte, igual que lo habría sido Rurik si le hubiera dejado tomar su lugar. Pero, ¿cuánto tiempo había pasado desde que habían empezado a torturarla? ¿Cuántos minutos transcurrían en los huecos que su mente había emborronado?

—Rea, necesito que me digas si vosotros saboteasteis la nave.

Tal vez Palamo y Nutty estuvieran vivos, pero eso no significaba que fuesen a volver. Era demasiado difícil, ahora lo entendía. Ella solo quería descansar.

—No, ya estaba así cuando llegamos... —Kerr entornó los ojos y contuvo el aliento. Todo el mundo estaba muerto. Habían hecho fallar el soporte vital y habían asfixiado a todo el mundo antes de abrir brechas en el casco para fingir un ataque externo—. Las explosiones estaban programadas. Una falló, pero nosotros la detonamos al reiniciar el sistema. No lo sabíamos. No dijeron nada sobre las cargas, yo no sabía...

—¿Estáis trabajando con los baryanos?

Kerr sollozó.

—No. Estábamos... Necesitábamos las pruebas, pero no las conseguimos. Si Kirsten hubiera estado con nosotros, podría haber entrado en el sistema. Palamo no sabe, no es tan bueno. —Trató de levantar las manos para suplicar a la svadik, sin recordar que las tenía sujetas—. Dejadme hablar con Kirsten. Necesito disculparme con ella. Os puede ayudar en lo que queráis, pero necesito... Kirsten...

Dejó de ver por completo. El cuello ya no le sostenía la cabeza.

—Enerem, reanímala.

—Señora, se está yendo. Habría sido mejor empezar por los treinta y tres miligramos y, desde ahí...

—Cállate y reanímala. Ya casi estamos. Lo único que necesito es que deje de balbucear tonterías y siga hablando.

Kerr volvió a asomarse a la ventana de chat. Como desde hacía seis horas, lo único que se leía en ella era la retahíla que había escrito en un impulso, tras prometerse que no lo haría.

> *Kerr: Lo siento mucho*
> *Kerr: Sé que tenía qué habértelo contado antes... Ojalá lo hubiera hecho*
> *Kerr: Eres muy importante para mí*
> *Kerr: Te he echado de menos, no quiero perderte*
> *Kerr: La he cagado y lo sé... pero quiero que Esther en mi vida*
> *Kerr: que estés en mi vida*
> *Kerr: Puto autocorrector*
> *Kerr: Pues... eso*
> *Kerr: Por favor no dejes de hablarme*
> *Kerr: Estoy en una misión muy peligrosa Kirsten*
> *Kerr: A lo mejor no vuelvo*

Había tardado varios minutos en escribir las dos últimas frases. Era chantaje emocional, lo sabía, igual que sabía que no debería haberle escrito aún. Lo correcto era esperar a que Kirsten se comunicase con ella, darle el espacio que le había pedido. Pero, tras reproducir la escena entera en su mente una y otra vez a medida que se perdían en los confines de la galaxia, la ansiedad se había apoderado de ella. ¿Y si Kirsten se alejaba y dejaba de hablarle para siempre? ¿Y si nunca la perdonaba por lo que había hecho?

Cruzar la línea era preferible a vivir con ese miedo, o eso habría pensado al escribirle los mensajes. Lo que no se esperaba era que aguardar la respuesta fuese a ser tan difícil.

Cuando movió el dedo para cerrar la ventana, apareció el primer mensaje. Su corazón dio un vuelco. Esperó mientras los mensajes se sucedían a toda prisa.

Kirsten: Estoy muy enfadada contigo.
Kirsten: Durante todo este tiempo me has prestado atención o me has abandonado según te conviniera.
Kirsten: Y me has mentido.

Kerr: No te he mentido...

Kirsten: No me has dicho la verdad, que es lo mismo.

Kerr: Es que no sabía cómodo...

Kirsten: Eres una cobarde.
Kirsten: Dices que soy importante para ti, pero no lo creo.
Kirsten: Me has tratado como a una mierda.

Kerr: Es verdad, soy una cobarde
Kerr: Pero es verdad qué eres importante

Kirsten: ¿Y de qué me sirve eso si me lo has demostrado de pena?
Kirsten: Siempre me pasa igual.
Kirsten: Me engaño a mí misma, pero nunca soy suficiente. Me quedo corta.

Kerr: No ha sido así
Kerr: Y no es que no seas suficiente,
eres genial
Kerr: Te lo juro
Kerr: Han sido unos meses muy jodidos
para mí

Kirsten dejó de contestar. Kerr miró a su alrededor. En la sala común quedaban Vaswani y Nutty, tan enfrascados en su partida de ajedrez virtual que solo se les oía murmurar mientras pensaban. Palamo se había ido a la cabina y Rurik a descansar. Confiaba en que no se dieran cuenta de lo agitada que estaba, pero si seguía respirando así de fuerte, lo harían.

Kirsten: Porque yo creía que estábamos...
No sé.
Kirsten: Pensaba que estábamos esperando
a que saliera del hospital para seguir
donde lo dejamos.
Kirsten: Mi padre está convencido de que
eres mi novia.
Kirsten: No le dijiste lo contrario. A
mí tampoco.
Kirsten: ¿Me quieres explicar lo que he
sido para ti este tiempo?

Kerr: No lo sé

Kirsten: Siempre me pasa lo mismo. Nunca
soy suficiente.
Kirsten: A estas alturas debería haber-
me acostumbrado.

Kerr: No, no, Kirs
Kerr: Te invité a salir

Kerr: Si no hubiera pasado lo que pasó, ahora sería distinto
Kerr: Estaría contigo, seguramente...
Kerr: Ha sido cosa de suerte

Kirsten: Tengo mucha potra, sí.
Kirsten: Te tiras durante meses al tío más gilipollas de la galaxia y yo ahí.
Kirsten: Y cuando le dejas y tengo una oportunidad, me quedo en coma.
Kirsten: Menuda flor en el culo y menuda vida de mierda.

Kerr: No puedo cambiar el pasado
Kerr: Si pudiera lo habría hecho hace tiempo ya

Kirsten: El presente lo puedes cambiar
Kirsten: Si quieres...
Kirsten: Aunque ahora mismo quiera matarte, sabes lo que siento por ti.

Kerr dejó escapar un gruñido en alto. Nutty apartó los ojos de la pantalla y la observó durante varios segundos. Ella esperó a que regresara al juego, temblando.

Kerr: No sé, Kristin
Kerr: Kirsten
Kerr: No quiero perderla a ella. No eres tú, pero también es muy importante para mí

Kirsten: Lo entiendo. Pero no tienes por qué elegir, ¿sabes?

Kirsten: Nunca te lo he contado, pero me crié en una casa con tres padres.
Kirsten: He estado en relaciones así, no solo con Dektor.

Se imaginó proponiéndole algo semejante a Ariadne y se le encendieron las orejas. Nunca habían hablado del tema, pero estaba convencida de que a Ariadne no le interesaba la idea. ¿Y cómo iba a lidiar con dos parejas al mismo tiempo, cuando a veces una sola le parecía inabarcable? Además, ¿qué diría cuando le explicase lo que había pasado? ¿Que había estado todo ese tiempo visitando a Kirsten con aquel sentimiento escondido, dejando que la besara, a veces por iniciativa propia? ¿Que se le había echado encima en cuanto había tenido la oportunidad sin pararse a pensar un segundo en que quizá no estuviera bien?

Lo último que deseaba era herir a Ariadne, y sabía que aquello lo haría. Arruinaría la imagen que se había creado de ella. Destrozaría su confianza. Perdería su lugar seguro.

Kirsten: Podríamos probar.
Kirsten: Se puede hacer.
Kirsten: Lo hacen muchas personas.

Kerr: Ya, pero no se puede

Kirsten: ¿Por qué?

Kerr: No se puede, Kirs. No funcionaria...

Kirsten: ¿Pero cómo lo sabes?

Kerr: Por favor, no insistas

Kirsten: Cobarde
Kirsten: Eres una cobarde
Kirsten: No quiero hablar más contigo

Apareció un mensaje que anunciaba que Kirsten la había bloqueado. Kerr cerró los ojos. La silla chirrió al levantarse y Vaswani y Nutty le dirigieron una mirada de odio, pero no le importó. Salió al pasillo como una muerta viviente, luchando contra el deseo de darse de cabezazos contra las paredes. Quiso correr a la enfermería y buscar algo que la atontase, pedirle a Palamo que le revelara dónde escondía el alcohol. Pero no lo hizo. Pasó de largo, arrastrando los pies como si no fueran suyos, y llamó a la puerta de Rurik.

El mercenario tardó en abrir más de lo que solía. Kerr buscó refugio en sus brazos sin decir una palabra, pero antes de atreverse a llorar, se dio cuenta de que su cuerpo ardía. Se separó de él y le tocó la frente. Tenía los ojos brillantes y un color ceniciento. El corazón se le hundió en el pecho.

—Rurik, no estás bien.

—Se me pasará.

—¿Por qué no me has dicho que estabas en un brote?

—Me he pinchado hace rato. Pronto me encontraré mejor, no te preocupes.

—¡Tendrías que haberte quedado en casa! Odio cuando me ocultas cómo estás. Prefiero saberlo, ¿entiendes?

Rurik le acarició el pelo.

—Lo siento. Es difícil abandonar las costumbres.

Kerr suspiró.

—Debería dejarte descansar.

—Tú tampoco estás bien. ¿Qué ocurre?

Kerr apretó los dientes. No quería mentirle, pero la verdad la avergonzaba tanto que estaba segura de que no conseguiría articular una palabra.

—No puedo decírtelo... Pero... —Le miró con ojos vidriosos—. Ahora mismo tengo muchas ganas de beber. ¿Te importa que me quede aquí hasta que se me pase?

La atrajo hacia su pecho una vez más. A pesar de lo mucho que ardía, Kerr agradeció el contacto.

—¿Quieres ver una película o dos? —preguntó—. Tenemos tiempo.

—Claro que quiero.

—Kerr. Kerr, Rea... ¿Me oyes?

Asintió.

—Rurik está enfermo —musitó—. Tenéis que ayudarle.

—Le ayudaremos. Vas muy bien. Lo único que necesito es que me digas lo que ha pasado en la *Reborn*. —La voz sonaba como llegada de otro mundo. Una mano amable y cálida le tomó la suya. Entreabrió los ojos. Era su madre—. Te contaré todo lo que no te he dicho cuando vuelvas.

Kerr volvió a asentir. Parecía que le hubieran puesto un casco que amortiguase el sonido y la luz, de modo que no fuese capaz de identificar dónde estaba. Podría haber vuelto a su casa, o a la enfermería de la *Athena*, o a la cama de Ariadne. Había dejado de sentir frío o calor. Había dejado de sentir hasta su cara.

—Antes has dicho que habíais abordado el pecio para recuperar pruebas del sabotaje. ¿Quién ha saboteado la nave?

—Ya lo sabes...

—¿Los baryanos?

—No, no... Los baryanos habrían volado la nave por los aires y nada más. ¿Para qué sabotearla? —Kerr tragó saliva. Le daba la sensación de que llevaba un rato babeando—. Tiene que ser cosa de Lucani, mamá. Él o alguno de los otros peces gordos.

—¿Quién es Lucani?

—Solo quería proteger a Kirsten, de verdad, no creo en lo que hacen. —Sollozó y comenzó a hablar muy bajo, tanto que ni siquiera se oía a sí misma—. Lo siento muchísimo. He matado a tanta gente para ellos que no sé... Tal vez sea una de ellos.

Su madre la tomó de las mejillas y le besó la frente. A ella la escuchaba alto y claro.

—Sé cómo te sientes, cariño, pero eso está en el pasado. Lo importante es lo que hagas a partir de ahora.

—¿Y qué puedo hacer?

—Tienes que volver a la *Reborn* y recuperar las pruebas del sabotaje.

—Pero no puedo. Estoy... —Kerr trató de mover los brazos y fue como intentar separar una montaña del suelo a pulso—. Creo que estoy muerta.

La boca se le llenó de saliva y creyó que iba a vomitar, pero respiró hondo y consiguió evitar las arcadas.

La luz volvió a sus ojos. El macho estaba a su lado, hipodérmica en mano. Si lograba escapar de la silla, se la haría tragar. La punzada le hizo arrugar los labios y le provocó otra nausea. Su mente se aclaró como un vaso de grasa en el que ha caído una gota de jabón.

—La taldomina tardará un par de horas en hacer efecto, pero no hay otra manera. De no detener la acción de la extroperina, se habría ido del todo.

—Cualquier cosa por que deje de balbucear nombres e incoherencias —dijo Veneriv—. Déjala aquí y vuelve a tu puesto. Enviaré a alguien para que la lleve de vuelta a una celda; seguiremos con esto cuando hayamos salido de este cuadrante.

Ni la miró antes de abandonar la sala de interrogatorios. El macho recogió las ampollas vacías, apagó las pantallas y salió con la misma indiferencia.

La cabeza le dolía como si llevara puesto un gorro demasiado pequeño. Aún distinguía colores y sombras que no estaban allí y le parecía escuchar susurros de fuente incierta, pero ya no era el trozo de carne sollozante en el que se había convertido durante la segunda mitad del interrogatorio. Forcejeó con las abrazaderas. Si no salía de allí ahora, volverían a aplicarle el nivel cinco. No quería volver al nivel cinco, no importaba cuánto le doliesen los brazos y las piernas al debatirse contra ellas.

Gruñó y apretó los dientes. Le sangraban los brazos allá donde el metal le había roto la piel. Soltó un suspiro de alivio cuando la de la muñeca derecha se aflojó un poco, pero al tirar de nuevo se dio cuenta de que sus sentidos habían vuelto a traicionarla. Se revolvió y trató de hacer palanca con los pies; una de las abrazaderas le desolló varios centímetros de la espinilla. La sangre se desvaneció de su cara y chilló hasta quedarse sin aire y sin fuerzas.

La puerta se abrió y dos figuras svadik se recortaron contra la luz del pasillo. Kerr suspiró de alivio al ver que portaban subfusiles. Lo peor que podrían hacerle esos tipos era pegarle un tiro, algo preferible a volver al nivel cinco. Además, uno de ellos se adelantó para quitarle los electrodos mientras el otro la apuntaba. El júbilo se apoderó de ella cuando abrieron las abrazaderas de la silla. Bichos o no, podría haberlos besado.

Los brazos le pesaban. Trató de flexionarlos, pero los bíceps le respondían tan poco que apenas lo consiguió. Le tuvieron que juntar las manos para cerrarle los grilletes, porque sus músculos insistían en volver a estirarse como antes. La sangre le chorreaba hasta el tobillo. La dermis expuesta le palpitaba con malicia, quejándose a cada paso, pero echó a andar sin que los guardias tuvieran que insistir demasiado. Se moría por dejar atrás esa sala.

Caminaron por un pasillo de luces parpadeantes mientras ella intentaba desentumecerse los codos. Su cabeza era un avispero, uno en el que todas las avispas se hubieran puesto de acuerdo para clavarle aguijones desde dentro. Cada paso incrementaba esta sensación. Se llevó una mano a la sien y se quedó quieta.

—No te pares —ordenó el svadik que iba a su derecha.

Kerr vomitó agua y bilis. En otra arcada soltó un líquido denso y púrpura, amargo como su sudor, que salpicó sus propios pies y las botas de los guardias svadik.

—¡Qué asco!

—¡Mierda!

Las náuseas se repitieron, pero ya no había nada que expulsar. Se estremeció, dolorida, y se apretó el estómago. Le temblaban las piernas. Ahora se encontraba un poco mejor, y también más lúcida, pero en la base de la lengua le latía un dolor amargo.

Una mano de tres dedos se cerró en torno a su brazo.

—¿Has terminado ya?

Las luces parpadearon, esta vez en un patrón coherente que ella no se había inventado. Por los altavoces del pasillo brotó una voz mecánica y aun así preocupada.

—Todo el mundo a sus puestos. Naves enemigas a la vista. Preparando maniobras de evasión. Repito: todo el mundo a sus puestos...

Kerr le hundió ambos puños en la garganta. Algo gelatinoso crujió contra sus nudillos. El otro svadik levantó el arma y disparó; ella clavó una rodilla en el suelo y se cubrió con su compañero. La armadura ligera no detuvo las balas; el svadik se convulsionó sin un grito. Se levantó del suelo pringado de vómito y cargó contra el guardia ileso usando el cuerpo del otro como ariete. Los tres cayeron al suelo. Kerr entrelazó las dos manos y golpeó la muñeca del svadik ileso hasta que soltó el subfusil y sus huesos crujieron. Estaban hechos de un material gomoso, blando por dentro y por fuera. Cuerpo a cuerpo no eran rivales para ella, ni siquiera en su peor momento. Aún encaramada al alienígena, estiró la mano para tomar el arma. Era tan pequeña que los dedos apenas le cabían en el gatillo. Colocó el cañón bajo la barbilla y apretó.

No pasó nada: debía de tener un bloqueo biométrico. Con un gruñido exasperado, cogió el subfusil por el cañón y le machacó la cabeza con la culata. Lo hizo una y otra vez, sus gruñidos cubiertos por las órdenes de megafonía, hasta que el svadik se agitó entre espasmos con la cabeza grotescamente abombada.

Abrió los grilletes con la llave que guardaba en uno de los bolsillos. Las luces barrían el suelo pintando la sangre y el charco de vómito de azul y rojo, rojo y azul, y de un púrpura extraño los contornos de su propia mano. La agitó hasta que volvió a la normalidad y se aupó del suelo temblando.

El mensaje se cortó y las luces dejaron de parpadear. No podía perder un segundo.

Dejó los cuerpos atrás y continuó en la misma dirección a donde la conducían los guardias, apoyándose a la pared. La herida del tobillo aún no había dejado de sangrar, y la culata del subfusil que sujetaba por el cañón goteaba un líquido verdoso. Al llegar a una encrucijada, se esforzó por recordar qué camino habían tomado al venir. Lo había memorizado, pero ahora era incapaz de orientarse debidamente. Siguió hacia delante a falta de tiempo para discernirlo, confiando en que se toparía con las escaleras que llevaban a la cubierta inferior, a las celdas.

Avanzó por un pasillo interminable lleno de puertas por las que no se atrevía a asomarse. El zumbido persistía, solo que de vez en cuando escuchaba gritos, pasos o susurros. Era difícil distinguir cuáles eran reales, así que se pegaba a la pared y levantaba el subfusil con ojos desorbitados cada vez. Estuvo a punto de echarse encima del guardia que vio al doblar una esquina, pero su figura se desvaneció en un parpadeo. El macho había dicho que los efectos de la mierda que le habían metido tardarían en desaparecer. Por si enfrentarse a una tripulación entera de alienígenas en ropa interior fuera fácil, debía hacerlo sin poder confiar por completo en sus propios ojos. Putos bichos.

Encontró la escalera que buscaba. Al bajar por ella con todo el cuidado que le fue posible, se encontró en una bodega que estaba segura de no haber visto antes. Descubrió demasiado tarde que allí había svadik, así que se escondió entre los vehículos con el subfusil pegado al pecho y una mano contra la boca. Los observó de reojo. Se trataba de dos hembras, probablemente técnicas o ingenieras a juzgar por su ropa y las herramientas que portaban. Salieron a toda prisa por la misma puerta que Kerr había cruzado hacía poco.

Volvía a estar sola. Detenerse la había dejado helada; sus músculos se quejaron cuando se izó por encima del vehículo tras el que se había escondido. La idea de deshacer todo el camino hasta el lugar donde había empezado cada vez sonaba más complicada, igual que liberar a sus compañeros ella sola. Tenía los pies magullados, la pantorrilla despellejada, un subfusil que no podía disparar como única arma, esa porquería svadik circulando todavía por sus venas y el culo mojado y frío. No podía. Ahora no. Necesitaba descansar, encontrar ropa o, aún mejor, su armadura, y esperar una oportunidad mejor que la que tenía ahora. Si Palamo y Nutty habían conseguido apoyo baryano, quizá pronto iniciasen una maniobra de asalto.

Echó un vistazo en los cuartos adyacentes a la bodega y se topó con un almacén o vestuario. Kerr rebuscó en los cajones hasta dar con un mono de color pardo de talla svadik. Cuando metió una de las piernas, las costuras de la pernera se desgarraron, dejando un par de flecos colgantes sobre sus muslos. La tela era áspera y le apretaba en las ingles, y ni de broma iba a poder ponerse las mangas sin destrozar la prenda por completo, pero no le importó. Se las ató a la altura de las costillas, segura de que tendría las pintas de una mecánica sexy *pin-up* que se hubiera pasado de rosca mezclando pastillas.

Usar el calzado svadik quedaba descartado. Además de tener una forma rarísima, sus pies eran de tamaño infantil. Trató de apañarse unos calcetines enrollándose tiras arrancadas de otro mono, como si estuviera preparándose para entrenar. Por último, y aunque dudó hasta el último momento, trató de entrar en la parte superior del segundo, pero la tela explotó tan pronto hizo ademán de cruzarse de brazos. Mientras trataba de quitárselo, escuchó otra voz mecanizada dando una alarma.

—Atención: se ha detectado un intruso en el interior de la nave. Extremen las precauciones.

Mierda, lo que le faltaba. Con la boca seca, salió del almacén y se escondió de nuevo entre los vehículos. Aunque no fuese gran cosa, la tela que se había enrollado en los pies la aliviaba del frío y el dolor y, si se quedaba quieta, los pantalones casi lograban lo mismo. Miró en derredor. Ahora que toda la nave se encontraba en alerta, necesitaría un arma mejor que un subfusil casi de jugue-te. Por suerte, la bodega en la que había acabado estaba llena de herramientas y piezas sueltas. Ninguna de las primeras le convencía, principalmente porque estaban adecuadas a las manos svadik, pero encontró un tubo lar-go del grosor de su muñeca cuya dureza sería suficiente para romperles los huesos a esos bichos. Acababa de co-gerlo cuando escuchó unos pasos livianos en la escalera.

—¿Quién...? —No llegó a ver al svadik, que volvió al piso superior a toda prisa antes de que pudiera pensar en detenerlo—. ¡Guardias! ¡El intruso está aquí!

¿Qué hacía? ¿Lo perseguía y trataba de salir de allí a hostias o se quedaba donde estaba y esperaba a que vinieran por ella? Soltó un juramento entre dientes y se parapetó tras el vehículo.

★ 11 ★

Bajaron en formación, armas por delante. Eran cuatro. Podía golpear a un par antes de que se dieran cuenta de su presencia, pero aquella pelea estaba perdida de antemano. Se estremeció al pensar que la devolverían a la silla y al nivel cinco, o quizá al seis y al siete. Veneriv le haría pagar por los guardias que había matado, seguro. El pulso se le disparó. Solo por eso consideró la posibilidad de saltar sobre ellos y esperar que la mataran más rápidamente.

Sujetó el tubo con las dos manos; se le resbalaba por el sudor. En cuatro segundos, el guardia más cercano llegaría a su posición. Si no le atacaba, la descubriría. Habría gritos, la encañonarían, la arrastrarían de vuelta a su celda y, si los baryanos no los mataban a todos, Veneriv volvería a torturarla. Se apoyó en el vehículo. El svadik dio un paso adelante. No dejaría que la atrapasen con vida. Había sabido desde el principio que sobrevivir a la captura era improbable y había aceptado la idea. Ahora, hasta lo agradecería.

El svadik abrió la boca y la apuntó con el subfusil. Algo afilado y borroso le brotó de la garganta. Con un movimiento curvo y elegante, la hoja le cercenó la mitad del cuello. Kerr gritó. Los tres svadik dirigieron sus armas hacia ella, aún ajenos a la forma confusa que se ondulaba entre ellos. Un arco invisible cortó el brazo del más cercano por el codo. El arma se disparó, las balas rebotaron en el techo. La forma se agazapó, cortando los tobillos del tercero y atravesando el pecho del cuarto casi al mismo tiempo. Los dos svadik heridos se desangraban y chillaban como cerdos. El primero calló enseguida. El último barbotó sangre, difuminado tras la figura confusa que lo había matado.

Kerr abrió y cerró los ojos, incapaz de decidir si lo que había pasado era cierto. Los bordes de la figura dejaron de distinguirse cuando se quedó quieta entre los cuatro cadáveres. Medio segundo después, en el espacio que ocupaba hasta entonces, Nutty la miró sin sonreír.

—Hola.

Ella salió de detrás del vehículo. La tela de los pies se le empapó de sangre verde. El francotirador vestía su armadura de siempre, más ligera que la que usaba el resto del equipo, casco incluido. El visor abarcaba casi toda la cabeza para permitirle aprovechar mejor su visión periférica. En la cadera, paralela a la cintura, sobresalía la empuñadura de una espada corta de filo diamantino. Recordaba el día en que había aparecido con ella. Kerr y Bahuer se habían reído de él a sus espaldas, imaginándoselo como un aprendiz de ninja ridículo que acechaba a sus presas. Había sido antes de presenciar cómo aquel cabrón loco se colaba tras las líneas enemigas y los mataba a todos antes de que ellos pudieran acabar con los dos primeros. Ni siquiera ellos eran tan tontos como para seguir encontrándolo gracioso después de eso.

—Joder, joder. —La tubería se le soltó de los dedos y rodó hasta quedarse pegada a uno de los charcos. Levantó una mano y dudó antes de posarla en el pecho de Nutty—. ¿Eres de verdad?

—Sí. —Nutty dejó que le rozase el pectoral de la armadura con los dedos mientras él se limpiaba una gota de sangre del casco con aire distraído.

—¿Cómo coño has entrado aquí? —Se separó de él. Por mucho que su presencia la aliviase, le inspiraba demasiada inquietud como quedarse tan cerca de él—.

¿Los baryanos están asaltando el patrullero, Palamo ha arreglado el anclaje o...?

—No hay ningún baryano.

Kerr alzó las cejas.

—Pero he oído que iban a atacar la nave, han dado la señal de alerta...

—¿Necesitas que te lo explique?

—¡Joder, sí!

Nutty cambió el peso de un pie a otro.

—Nos retiramos, como pediste. Palamo llamó al jefe y le explicó lo que estaba pasando. —Kerr tragó saliva. Comprensible, pero le saldría caro—. Mientras, alguien se coló en el sistema de la *Athena*. Se comunicó con nosotros y nos dijo que podía ayudarnos a pasar desapercibidos para sacarte de aquí.

Aquello sí que no se lo esperaba.

—¿Qué?

—Ha conseguido ocultar la *Athena* a sus radares y proyectar la señal de varias naves desconocidas, de modo que mientras ellos miraban hacia otra parte, nosotros pudiéramos acercarnos lo suficiente para el abordaje.

—¿Qué? ¿Y cómo...?

—He saltado usando uno de los propulsores auxiliares.

Kerr abrió y cerró la boca antes de decir algo.

—¿Me estás diciendo que te has lanzado al espacio agarrado a un propulsor de los que se usan para hacer reparaciones locales? ¿Para meterte en un patrullero lleno de bichos tú solo, armado solo con esa espada?

El francotirador alzó una ceja.

—Sí.

—Y supongo que vas a sacarnos...

—Abriéndonos paso hasta las cápsulas de salvamento, igual que salisteis de la *Reborn*.

Se llevó una mano a la cabeza.

—¿A quién se le ha ocurrido esta mierda de plan? ¿A Palamo?

—A tu padre. Ha amenazado con matarnos si volvíamos sin ti, lo que tampoco era necesario. Lo habría hecho de todos modos.

Kerr se tapó la boca.

—¿Estás...? —Suspiró—. No, ya sé cuál es la respuesta.

—Aunque os divierta pensar que sí, no estoy loco. —En los ojos grises del mercenario apareció un brillo inusual y sus labios se curvaron casi en una sonrisa—. Alguien tenía que rescataros y mi capacidad de sentir miedo es inferior a la de la mayoría. —Sacó una pistola de su funda y se la tendió—. Usa esto. He localizado a Rurik y Vaswani; no están demasiado lejos, pero sospecho que los svadik ya se habrán dado cuenta de que no hay naves baryanas. —Kerr acarició la culata de la pistola. Había echado de menos un arma en el que le cupieran los dedos—. Yo mantendré activo mi camuflaje y trataré de matarlos antes de que te disparen, pero no confíes en mí.

El estómago se le encogió.

—Espera. No podemos irnos sin más, tenemos que conseguir los datos de la *Reborn*. No se me ocurre cómo, pero si volvemos con las manos vacías, se va a liar.

—No.

—Sé que es prácticamente imposible, pero...

—Es imposible. Palamo se escondió detrás de ella para evitar el fuego. Hace horas que el patrullero la ha volado en pedazos.

Kerr se le quedó mirando como hipnotizada. Pensó en el puente de mando de la *Reborn*, silencioso y frío, y en las personas que habían muerto por el sabotaje tal vez sin esperárselo. Recordó cómo la había dominado el pánico cuando Palamo había anunciado la llegada de los svadik, cómo había escogido la huida antes que pensar en la importancia real de los datos. No se había dado cuenta hasta que su cerebro drogado había hecho la conexión entre Primus Filius, su madre y el pecio, demasiado tarde para cambiar algo.

Habían obtenido exactamente lo que estaban buscando. Una nave humana había sido destrozada por los mismos svadik a los que servía.

Puede que le hubieran regalado las elecciones a Natalya Chen.

12

La mente se le había aclarado lo suficiente como para orientarse según las indicaciones de Nutty, que ya había explorado la nave para facilitar la huida. Con la pistola asida firmemente y las ingles doloridas por la tensión del mono, Kerr se movió tras el borrón sinuoso que era el francotirador. Cuando pisaba, la tela empapada producía un ruido asqueroso y dejaba una mancha sanguinolenta. Después de caminar media cubierta entera, todavía dejaba huellas. Era demasiado tarde para quitárselas y ni siquiera importaba, porque los descubrirían antes o después.

Al girar en una de las encrucijadas se toparon con una tripulante armado, pero sin protecciones. La svadik se sorprendió tanto como ella y dio un paso atrás mientras levantaba el subfusil. Nutty le separó la mano de la muñeca de un tajo al tiempo que Kerr le disparaba en el pecho. La bala se desvió con un destello púrpura y se incrustó en una de las placas de metal de las paredes. Antes de seguir adelante, Kerr le quitó el emisor del escudo y se lo prendió del tirante del sujetador. Estaba tan caliente que quemaba.

Continuaron por un pasillo que le parecía haber cruzado antes y giraron una vez más hacia la izquierda a través de una compuerta automática hasta las celdas, donde los esperaban cinco guardias bien pertrechados. Kerr saltó a cubierto tras lo que parecía un escritorio apuntalado al suelo. Las balas destrozaron las pantallas y los soportes con un estruendo tan fuerte en una habitación tan pequeña que los oídos le pitaron. Con la espalda pegada al metal, echó un vistazo de reojo en busca de Nutty. Confiaba en que se hubiera cubierto a tiempo, pero no había manera de saberlo desde donde se encontraba.

Oyó el chirrido de las botas svadik y algo que rebotaba en el suelo mientras rodaba hacia ella. Un fuerte olor químico le azotó la nariz justo antes de ver la bola negra. La alejó de una patada hacia la compuerta y contuvo la respiración, pero la garganta le escocía y se moría de ganas de toser y estornudar. Los svadik lo sabían. Avanzaban hacia ella, despacio. Se tragó la tos, con los ojos llenos de lágrimas, e hincó una rodilla para disparar desde la cobertura. La explosión la ensordeció de nuevo, pero no sirvió de nada. La bola negra seguía escupiendo aquella nube turbia que no tardaría en ahogarla por completo.

Hubo un grito y nuevos disparos. Kerr se arrodilló y abrió fuego contra los svadik. Uno sangraba a chorros, empapando las armaduras y las máscaras de sus compañeros. Ellos también disparaban. Una bala perdida acertó al aire ondulante y la figura de Nutty vibró por completo antes de desaparecer otra vez. La hoja se abatió sobre otro svadik y cortó su armadura como si fuera papel. Kerr tosió entre dientes. Disparó al más cercano, que se volvió en el momento justo para que Nutty lo decapitara. El francotirador volvió a aparecer, vacilante. Su espada había cambiado de color y se había roto por la punta. El svadik que quedaba le apuntó a la cabeza.

Kerr salió de la cobertura y cargó contra él gritando a pleno pulmón. En su instante de duda, Nutty le atravesó el cuello con la espada rota y lo desclavó de una patada.

Gritar había sido mala idea. Los pulmones se le llenaron de lo que fuera el gas candente que escupía la granada y Kerr perdió pie. Dejó caer la pistola y palpó entre los cuerpos hasta encontrar una máscara. Se la arrancó a su dueño sin preocuparse de sus torpes intentos de recuperarla y se la puso sobre la nariz y la boca. Tosió aire contaminado e inspiró a través del filtro hasta que sus pulmones dejaron de arder. La máscara no estaba hecha para una cabeza tan grande, así que no había manera de cubrirse los ojos, pero al menos ya no se asfixiaba.

—¿Estás bien? —preguntó con una voz tan rasposa que le costaba creer que saliera de su garganta. Buscó a su alrededor, casi sin ver—. ¿Nutty?

—Me han dado. No es grave, pero el camuflaje óptico ya no va a funcionar. —Lo distinguió a través de las lágrimas, pateando la bola hacia el exterior de la compuerta—. Hay que darse prisa.

Kerr recogió la pistola y buscó entre los cuerpos algo que pareciera una tarjeta llave. Como no halló nada, investigó a tientas en el escritorio y dio con una placa de plástico similar a la que usaban para abrir los grilletes, pero más grande. Abrió todas las puertas hasta dar con la de su celda. En ella, Vaswani y Rurik aguardaban de pie y en pose defensiva.

—¡Soy yo! —Se preguntó qué pinta tendría, con aquella máscara tan incómoda en la cara, los andrajos sucios de sangre svadik y los ojos hinchados—. Nos vamos.

Rurik la abrazó. Fue breve, porque no tardó en empezar a toser, como Vaswani, pero Kerr estuvo cerca de estrujarlo con más fuerza de la que sería apropiado usar con alguien tan débil.

—David, ¿eres tú? —preguntó Vaswani con la voz amortiguada por las manos sobre la nariz y la boca—. Joder, Dios, no me digas...

—Palamo está vivo —dijo Kerr—. Nos espera en la *Athena*, fuera. Hay que prepararse para salir ya.

Nutty comprobó la entereza de su espada, mellada en la punta y cerca de la empuñadura, y murmuró algo sobre que no estaba hecha para penetrar protecciones tan duras. Su imagen iba y venía, confusa como las visiones adulteradas que había tenido en la silla de tortura. Kerr le pasó un brazo por la cintura a Rurik, que se apoyó en su hombro sin objeciones. Era él de verdad, el Rurik de carne y hueso al que había temido no volver a ver nunca más. No tenía ni idea de cómo iban a conseguir salir de allí, pero al menos ya no estaba sola.

—¿Dónde está nuestro equipo? —preguntó el mercenario veterano.

Nutty señaló hacia la compuerta por la que habían entrado. El pasillo estaba lleno del gas turbio, así que utilizaron las máscaras de los svadik para cruzarlo. Kerr disparó a las siluetas que distinguía más allá de la nube, sin importarle si eran o no reales, de camino a la habitación anexa que según Nutty albergaba el equipo que les habían quitado. El francotirador tomó la pistola de Kerr e hizo guardia mientras ellos se ponían las armaduras a toda prisa.

Eran modulares y autoajustables, lo que facilitaba considerablemente el trabajo, pero Vaswani y Rurik estaban tan helados y débiles que necesitaron ayuda para colocarse las piezas. Kerr fue la última en vestirse. Sin el mono de protección, las piezas se clavaron en su piel al ajustarse. El interior era áspero e incómodo; la pierna despellejada le latía contra las capas de metal y kevlar, igual que las heridas de los brazos y las muñecas. Al colocarse el casco, la presurización la hizo sentirse un poco mejor. El sistema biométrico produjo un par de pitidos y el aire fluyó caliente y dulce. Los ojos ya no le escocían cuando descolgó su escopeta de uno de los paneles laterales. Las luces del arma titilaron al empuñarla. Kerr sonrió.

El silencio absoluto de la radio se interrumpió con un chasquido. Era Palamo.

—Acaban de hacer contacto visual conmigo. El tiempo se acaba.

—¡Taito! —chilló Vaswani—. ¡Estás vivo!

—Vivísimo. Joder, qué bien volver a escucharte...

—Sácanos de aquí —dijo Kerr—. Por favor.

—Estoy en ello, capitana, pero para que no me frían tengo que cambiar de posición. Vosotros también. El plan sigue, daos prisa.

—¿Pero dónde...?

Nutty se asomó.

—Arriba, las cápsulas de estribor. —Desplegó su *holo* y envió el mapa de la nave a los suyos—. Habrán detectado la comunicación, así que hay que moverse.

—Si mis prisioneros intentaran escapar, doblaría la vigilancia a las cápsulas de salvamento —dijo Rurik—. Nos vamos a encontrar de frente con media tripulación.

—Exacto.

—¿Y ese es el plan? —preguntó Vaswani—. ¿Ir a lo loco contra todo el mundo?

—Hasta ahora ha funcionado —dijo Kerr antes de volverse hacia Nutty—. Pero una vez saltemos de la cápsula, estaremos muertos. Dime que Palamo o mi padre han pensado en eso.

—Sí, lo saben —dijo el francotirador—. Por eso he pinchado uno de los nodos de la nave; si ha conseguido entrar en el sistema, el hacker se encargará de detener su fuego cuando lancemos la cápsula.

—¿El hacker? —preguntó Vaswani—. ¿Qué hacker?

—Alguien nos está ayudando —aclaró Kerr después de tragar saliva—. No sé quién es ni qué quiere, pero ahora no me importa. —Evitó la mirada de Rurik por instinto—. Hace una hora estábamos muertos y ahora tenemos una oportunidad. Sé que estáis cansados y heridos, sé que tenéis miedo. Sé que me odiáis por haberos traído hasta aquí, porque yo me odiaría. —Apretó el guardamano de la escopeta para controlar el temblor de la mano—. Sé que todo es una locura, pero también sé que quiero volver a casa. Quiero que volvamos todos.

Desde el otro lado del pasillo resonaron pasos. Kerr se aseguró de que el emisor del escudo estuviese encendido.

—Vamos a conseguirlo, ¿vale? Vamos a conseguirlo porque somos la puta hostia.

Y saliendo del almacén se encaró hacia los svadik que venían en su dirección y abrió fuego.

13

Se abrieron paso a través de las entrañas de la nave como parásitos furiosos, sin perder ni un metro ganado a medida que subían hacia las cápsulas de salvamento de estribor.

Seguía agotada y herida, pero ya no era una prisionera desorientada y muerta de frío, sino una mercenaria con quince años de experiencia que sabía cómo hacer aquello. El nivel cinco quedaba lejos, igual que los fantasmas que había visto en aquella sala o las preocupaciones que le esperaban en casa. Con sus compañeros a sus espaldas, la escopeta en las manos y la protección de la armadura, en su mente solo había espacio para el combate. Buscar cobertura, disparar, dar tiempo a que un compañero avanzase otro tramo. Vigilar los costados, recargar, concentrar el fuego sobre los svadik de alto rango antes de que demostrasen sus poderes TK. Avanzar un poco más, cubrirse, volver a empezar. Ni un pensamiento. Ni un momento de duda. Cumplir el objetivo y no dejar de respirar.

Después de acabar con la avanzadilla de soldados y sintéticos que habían enviado a su encuentro, la resistencia se diluyó. La sirena de alerta sonaba sin cesar, pero hacía tiempo que Kerr había dejado de percibirla. Echó un vistazo a sus compañeros. Los tres seguían enteros y dispuestos, tan concentrados como ella. Eran buenos, sí que lo eran. Si se le hubiera dado mejor, habría intentado decir unas palabras de aliento, sobre todo por lo que quedaba por delante. Si se habían retirado, los esperaban en un lugar favorable con cuantos medios de defensa contasen. Acababan de terminar la parte fácil.

Echó un vistazo al mapa. Si subían por la siguiente escalera y avanzaban a través del pasillo de la tripulación, llegarían al corredor amplio donde aguardaban las cápsulas de salvamento de estribor. Había calculado que en el patrullero habría entre cuarenta y sesenta tripulantes. Habían matado ya a entre quince y veinte; el número le bailaba, sobre todo porque no sabía lo que había estado haciendo Nutty antes de encontrarla. Aun así, y contando solo a los svadik, podían encontrarse con una desventaja de cinco a uno. Con las defensas sintéticas, drones y otros trucos sucios, estaban más que jodidos.

Pero ya había estado jodida antes y había salido del lío. Tenía que confiar en el equipo.

Dio las instrucciones pertinentes y atravesaron el pasillo de la tripulación. La sirena de alerta se interrumpió de golpe mientras caminaban despacio, con las linternas encendidas por si manipulaban la iluminación para pillarlos desprevenidos. Alguna de las puertas estaba abierta, revelando las literas que compartían los soldados a los que acababan de matar. Aunque los cuerpos no flotaran a su alrededor, aquella zona poseía el mismo aire ominoso que el cadáver de la *Reborn*.

Al llegar a la compuerta que lo unía a la plataforma de las cápsulas de salvamento, se la encontraron cerrada. A través del visor transparente de la puerta, tan grande que Kerr y Vaswani habrían podido cruzarla al tiempo, vio el reflejo de una luz verdosa en las paredes y formas metálicas de las escotillas de las cápsulas. Al otro lado del corredor, tras una cobertura improvisada, los esperaban una decena de svadik y varias torretas de defensa. Habría drones revoloteando cerca del techo, y quizá trampas eléctricas junto a la puerta. Kerr entornó los ojos. A la cabeza de los defensores estaba la teniente Veneriv, que se protegía con una armadura roja y dorada con las marcas identificativas de una oficial.

Apretó la escopeta un poco más fuerte, conteniendo el impulso de abrir la compuerta a la fuerza y cargar contra los svadik sin pensar. En lugar de eso, se inclinó sobre el intercomunicador y lo activó con los nudillos.

—Veneriv, déjanos ir. Solo queremos volver a casa.

La teniente desplegó su *holo* y habló desde el otro lado de la cobertura.

—No estás en posición de exigir nada, Kerr.

Pensó en cómo Ariadne había negociado su propia liberación y la de su hija, en cómo le había enseñado a hablar con su padre para forzar su voluntad sin caer en sus trampas. Ojalá hubiera podido aconsejarla entonces. Ariadne se había pasado gran parte de su vida cerrando acuerdos y atendiendo intereses ajenos para sacar un beneficio. Kerr solo había aprendido a matar y a sobrevivir, y a que no la timasen demasiado al contratar sus servicios.

Pero no estaba allí. Si quería volver a verla, tendría que intentar pensar como ella.

—Lo sé, pero tú tampoco. ¿A cuántos soldados has perdido hoy? ¿A cuántos quieres haber perdido cuando acabe todo esto?

El tono furioso de la svadik la sorprendió.

—Nos habéis tendido una trampa. ¡No hay nada que hablar!

—Os han tendido una trampa, pero no hemos sido nosotros. —Kerr tragó saliva y se obligó a hablar con calma—. A nosotros nos han enviado para evitarla... o, al menos, para encontrar pruebas que os exculparan.

—Mientes.

—No miento. Todo el mundo estaba muerto cuando llegamos. Al reiniciar el sistema estallaron las cargas que aún quedaban. —Kerr se aferró al panel como si estuviera sujetando a Veneriv por el hombro—. La persona que nos envió necesitaba pruebas del sabotaje, pero no especificó por qué. Yo misma no tenía ni idea hasta que me interrogaste. Supongo que vuestras drogas ayudan a pensar.

—¿Y qué humano ha saboteado la *Reborn*? ¿Ese Lucani del que has hablado?

—Probablemente. ¿No lo entiendes? Están intentando provocar otra guerra entre humanos y svadik, y todo lo que has hecho... Todo lo que hemos hecho no ha hecho más que ayudar.

La teniente sacudió la cabeza.

—Si hubieras hablado desde el principio...

—Si hubiera hablado, ¿nos habrías dejado libres? ¿Después de que intentaras derribar mi nave y me torturaras?

Veneriv fue rápida.

—No. Os habría matado a todos.

—Ahí lo tienes.

La teniente soltó una risa sarcástica.

—Cuando se opta por la diplomacia, las dos partes deben ceder en algo para el acuerdo final. ¿Sabes cuál es el problema, Kerr? Los humanos nunca habéis tenido nada que aportar. Sois insignificantes. Si la Confederación no hubiese apostado por vosotros esperando la gratitud de una especie inferior, ni siquiera estaríamos teniendo esta conversación.

Kerr golpeó el panel.

—¡Que te jodan, puto bicho!

—En este caso, seguís sin ser relevantes —siguió la svadik—. Por eso voy a mataros y a tirar vuestros cuerpos fuera de mi nave. Antes habría sido una cuestión de pragmatismo. Ahora lo haré con placer.

La voz de Palamo irrumpió en sus oídos con un rugido de estática.

—¡Tenéis drones detrás! ¡Cuidado!

Vaswani fue más rápida: se volvió y derribó al primero en una ráfaga controlada, pero no alcanzó al segundo a tiempo. Escupió una bola del tamaño de un ojo que se pegó a la compuerta y emitió un resplandor blanco antes de detonarse. Trozos de metal y gotas candentes saltaron en todas direcciones. Su escudo detuvo la metralla, pero el calor lo deformó y varias de las gotas cayeron sobre la escopeta y la placa de su antebrazo. El metal y el plástico sisearon a medida que aquella cosa los devoraba. Su piel desprotegida se quemó cuando el calor alcanzó las capas internas. Gruñó de dolor mientras buscaba a Rurik entre el polvo y la penumbra. Él había recibido la mayor parte de aquella sustancia corrosiva; la mitad de su casco se había deformado por el calor.

—Estoy bien, estoy bien —gritó por encima del trueno de los disparos—. ¡Sigue, Rea!

La compuerta destrozada había quedado a medio abrir, pero la lluvia de balas con la que los svadik pretendían recibirlos hacía imposible atravesarla. Nutty y Rurik se cubrieron a la izquierda, Vaswani y ella a la derecha. Su escopeta emitía pitidos moribundos, sobrecalentada y con el procesador a medio fundir. Tragó saliva. Vaswani abrió fuego desde su posición tímidamente, solo para comprobar que los svadik seguían al otro lado.

—Palamo, ¿tenéis acceso? —preguntó. El escozor se había intensificado tanto que le costaba pensar—. ¿Al sistema de la nave?

—Sí, pero todavía no…

—A mi orden, ponla cabeza abajo. ¿Puedes hacerlo?

—Sí, capitana.

—Muy bien. Equipo, botas magnéticas. —Kerr se agachó para activar las suyas. La suela se fijó al metal con firmeza—. A marear a estos cabrones.

—Listo —dijeron Nutty y Vaswani casi al unísono.

—¿Rurik?

El mercenario jadeó al agacharse para activar sus botas.

—Listo, capitana.

—Nutty, drones y torretas. Vaswani, tú le cubres.

—Entendido.

—Palamo, giro de 180.

Fue tan rápido que tuvo que apoyarse en la pared para no golpearse contra ella. Sus rodillas se quejaron, igual que su estómago. Al otro lado de la compuerta, los svadik rodaron unos sobre otros, chocando contra los parapetos y las torretas. Oyeron los gritos y quejidos de los bichos aplastados, aquellos huesos tan frágiles rotos por sorpresa. Vaswani dio cobertura y Nutty se asomó para derribar tres drones de tres disparos certeros. El tiempo se les agotaba.

—Vaswani, escudos al máximo. Abre la primera cápsula y entra. Rurik, cúbrela.

La mercenaria irrumpió en el corredor a zancadas esforzadas mientras Rurik barría la línea de svadik apelotonados. El escudo de Vaswani no dejaba de vibrar, acribillado por la artillería continua de las torretas que Nutty aún no había eliminado. La escotilla se abrió con un gemido y Vaswani desconectó las botas a tiempo para descolgarse a su interior, indemne.

—¡Nutty, ahora tú!

Los svadik que aún podían luchar habían recuperado la verticalidad y se movían en su dirección. Kerr pegó el hombro a la compuerta y disparó contra el svadik más cercano hasta que hizo explotar su escudo. Cuando apretó el gatillo una vez más para derribarlo, su escopeta se negó y una de sus luces titiló en rojo. Rurik acabó lo que ella había empezado con una ráfaga de la ingle al hombro. En la cápsula, Vaswani le ofreció una mano a Nutty para ayudarlo a entrar, pero antes de que sus dedos se tocasen el francotirador gritó y sus rodillas se doblaron. Algo invisible lo mantenía aplastado contra el suelo, que ahora era el techo. Kerr se asomó para buscar a Veneriv. La svadik lo miraba fijamente, protegida por el escudo fijo que habían colocado a sus pies, con la misma concentración de la que Charlotte hacía gala cuando jugaba a empujar cosas con la mente.

—Rurik, la teniente.

El mercenario dirigió su fuego hacia Veneriv, pero ninguna de sus balas penetró la densa protección que la rodeaba. Kerr tragó saliva. Nutty seguía gritando a medida que la presión telequinética lo aplastaba.

—Dirígete a la cápsula, ayuda a Nutty y entrad.

La mitad de la cara del mercenario que no se hallaba oscurecida por el plástico corroído empalideció.

—¿Qué vas a hacer?

—Haz lo que te digo.

No esperó, por si Rurik pretendía detenerla. Salió en pos de Veneriv jadeando a cada paso, la armadura clavándose en la piel expuesta y rota como las abrazaderas de la silla a la que aquel bicho la había anclado. Las balas silbaban en todas direcciones mientras ella gruñía y se peleaba contra su propio agotamiento hasta cruzar el corredor. Allí, suspendida sobre la teniente Veneriv, desactivó las botas magnéticas y activó el *add-on* de su guantelete.

Cayó como un martillo. Los svadik que la rodeaban salieron despedidos en todas direcciones, igual que los emisores de escudos fijos, armas y parapetos que no estuvieran anclados al suelo. Los huesos de Veneriv crujieron bajo su peso. De su orificio respiratorio brotó una lluvia de gotas sanguinolentas que empañaron el interior de la máscara. Kerr cayó de lado. Había perdido la escopeta y el equilibrio. Miró por encima del hombro. Nutty y Rurik se encaramaban a la cápsula de salvamento. Cuando se giró, Veneriv le disparó a quemarropa. Kerr le arrancó la pistola antes de saber si la bala había atravesado su armadura y la arrojó lejos. Ni siquiera pensó en contraatacar: tenía que llegar a la cápsula.

Echó a correr hacia ella. El aliento le quemaba en la garganta. Rurik, asomado a la cápsula, le tendía la mano. Kerr estiró la suya y algo la empujó en la dirección opuesta. Impactó contra los tubos de la pared y sobre su gemido de dolor escuchó un crujido, no supo si mecánico u orgánico. Rodó por el suelo y apoyó los dos pies antes de activar el magnetismo de las botas.

—¡Palamo, gira!

La nave volvió a rotar y los trozos de drones y compuerta se removieron como en el tambor de una lavadora, solo que en esta ocasión los svadik habían activado sus propias botas para prevenir otro aplastamiento. Kerr soltó un gañido de frustración. Rurik se estiraba tanto que tenía medio cuerpo fuera de la cápsula. Su armadura pitaba por todas partes, sus escudos al borde del colapso. Veneriv, suspendida en el aire por su propia mente y con la mitad inferior del cuerpo convertido en una amalgama de armadura y huesos rotos, la señaló. Kerr desactivó el magnetismo de sus botas y dejó que la mano mental de la teniente la aplastase contra el techo. La armadura la constreñía, su esqueleto parecía rebelarse contra sí mismo. Se le escapó el aire de los pulmones en un jadeo desesperado. Rurik gritaba sin parar desde la radio.

Entonces, saltó.

Rompió el agarre mental y voló hacia la cápsula mientras la nave daba vueltas a su alrededor. La placa de su antebrazo chirrió contra la de Rurik. Nutty y Vaswani la sujetaron del codo y tiraron hacia el interior de la cápsula; ella aulló cuando el metal se apretó contra su quemadura. Rurik cerró la escotilla y la empujó contra el asiento. Nutty le abrochó el arnés de seguridad y Vaswani activó los controles de la cápsula.

—Joder, Kerr, ¿cómo coño has hecho eso? —gritaba, eufórica.

No supo qué contestar antes de que la cápsula se disparara. Cerró los ojos y rio, perdida en la sensación de vértigo y velocidad.

14

Salvo Palamo, ninguno tuvo gran cosa que decir de camino a casa y, por suerte para él, Vaswani se moría por conocer su perspectiva del rescate. Tan pronto había abierto la compuerta de presurización, se había lanzado a sus brazos con tanta energía que el piloto había perdido el equilibrio y habían acabado en el suelo. Si no hubieran bloqueado el paso, Kerr habría sonreído, pero le preocupaba más conducir a Nutty y a Rurik a la enfermería cuanto antes.

El francotirador tenía un par de costillas fracturadas y una herida de bala superficial en un brazo. En cuanto se la curaron y se inyectó un calmante suave para el dolor, se fue a su camarote para dejarles espacio. Vaswani ayudó a Kerr a quitarse la armadura y emitió gruñidos preocupados a medida que las heridas y quemaduras emergían bajo los módulos. Al retirar la placa pectoral, donde habían quedado alojadas las balas que Veneriv le había disparado, apareció en su vientre un verdugón rojo y púrpura que ardía al tacto. Por suerte, no era más que un hematoma y sus costillas estaban intactas. Para el resto de heridas no había mejor solución que *RegeAsep™*.

—Creo que nunca había pasado tanto miedo como hoy —dijo Palamo, que revoloteaba entre la enfermería y la cabina del piloto, demasiado excitado para quedarse en un sitio—. Y creo que nunca había hecho nada tan loco como... eso. —Sonrió y se pasó una mano por la frente—. Ahora mismo no tengo muy claro si quiero abandonar el equipo o quedarme.

—Suele pasar —respondió, y bajó de la camilla para acercarse a la de Rurik. Al salir de la cápsula había estado tan cansado y febril que se había dejado medicar sin insistir en curar primero al resto, y se había quedado dormido poco después de la primera inyección. Kerr apoyó los nudillos sobre su frente, como había hecho él cuando ella era la enferma, y comprobó que su temperatura había descendido. Le cogió de la mano antes de volverse hacia Palamo—. Gracias por volver. Te debemos la vida.

El piloto sonrió tanto que casi no se le veían los ojos. ¿Se estaba sonrojando? Sí, se estaba sonrojando.

—¡No os iba a dejar ahí! Ni a Radha ni a vosotros dos. —Se cruzó de brazos, aún sonriente—. Además, el mérito no ha sido mío del todo. Si no fuera por el polizón misterioso, ni siquiera habría podido acercarme al patrullero para recogeros. Al que le debemos la vida es a él, o a ella.

Kerr tragó saliva y comprobó que la respiración de Rurik seguía acompasada.

—¿No ha dicho quién era o por qué lo hacía? —preguntó entre dientes.

Palamo negó con la cabeza.

—Nada, solo me ha dado órdenes. Me mosquea bastante que haya sido capaz de hacer todo lo que ha hecho, la verdad. —Arrugó la barbilla—. Pensaba que el sistema de la *Athena* era más seguro; tendré que revisarlo por si hay una puerta trasera. Si se ha colado con tanta facilidad, fijo que tenemos una.

Estar sola en su propio camarote, después de todo lo que había pasado, le dio un poco de miedo. La pastilla para dormir que había traído en la mano se había deshecho lo suficiente para que se le pegara en la palma. Se la tragó con un vaso de agua, se quitó la ropa interior apestosa y se metió en la cama con las luces encendidas. Pensó que tardaría en dormirse, que se echaría a temblar o a llorar por la tensión acumulada, pero había subestimado su propio agotamiento.

Cuando despertó, sin embargo, necesitó mirarse en el espejo para convencerse de que era real y que no seguía alucinando en la sala de tortura de la teniente Veneriv. Aprovechó para darse una ducha y frotarse la mugre adherida a los pies y al pelo. Limpia y relajada, se sentó en la cama en albornoz y revisó sus mensajes del *holo*. Había mensajes nuevos en dos de las conversaciones. En la suya, Ariadne le daba las buenas noches y le pedía que respondiera cuando pudiera. Según el horario de la Sígel, era de madrugada. No lo leería hasta despertar para ir al trabajo, pero Kerr no lo dejó pasar por miedo a que se le olvidara.

> *Kerr: Ya estoy de vuelta y entera.*
> *Kerr: No había qué preocuparse, tontita.*
> *Kerr: Te veo en un par de días. Te quiero.*

Al cerrar la conversación, se percató de que el contacto de Kirsten volvía a aparecer en el listado. Había desactivado el bloqueo. Quiso decirle algo, pero aún no sabía qué. Quizá fuese preferible esperar un poco más, hasta ordenar del todo sus pensamientos.

Los otros mensajes eran de Rurik, enviados varias horas antes.

> *Rurik: Tu padre me ha preguntado por ti, pero le he dicho que estabas dormida.*
> *Rurik: Llámale si quieres cuando despiertes.*

Tragó saliva y dejó el *holo* sobre la cama para secarse y ponerse ropa cómoda antes de llamar. No le preocupó levantar a su padre de la cama; quería acabar con aquello lo antes posible.

Estaba vestido y, por las ojeras, llevaba varias horas sin dormir. A su espalda, Kerr distinguió el cuadro que colgaba en el salón del apartamento que habían compartido antes de que se independizara. No supo por qué, pero al cruzar la primera mirada con él, se le llenaron los ojos de lágrimas.

—Me alegro de que estés viva —murmuró, cansado y viejo—. Pensaba que no volvería a verte.

Kerr sorbió por la nariz. Se obligó a dominarse y no llorar, como había aprendido a hacer para no cabrearlo.

—Ya lo sé —dijo con un nudo en la garganta—. Yo tampoco pensaba que fuera a salir de ahí. Supongo que te debo la vida.

—Rurik me ha contado lo que te han hecho esos bichos. Estoy orgulloso de ti. Mis padres también lo estarían.

Ella bufó.

—Estás orgulloso de mí porque... ¿qué? ¿Esos cabrones me han torturado y he matado a unos cuantos para escapar? —Apartó la mirada. Le temblaba la mandíbula—. Gracias por haberme ayudado, pero sinceramente puedes meterte el orgullo por el culo. No ha servido para nada.

—No, no ha servido para nada. —Su padre suspiró y se apretó el puente de la nariz con la expresión de hastío eterno que hablar con ella parecía inspirarle—. Rea, ¿estás contenta ya? ¿Se te ha pasado por fin el berrinche o piensas seguir actuando como una irresponsable?

—¿Hacer lo que creo correcto es ser una irresponsable?

—¿Lo que tú crees correcto o lo que cree correcto tu madre?

Kerr se envaró. Su padre ladeó la cabeza y torció la boca en una mueca burlona.

—Vamos, hija, que no me chupo el dedo. De todas las misiones que has aceptado en los últimos meses, esta es la única que no has registrado. Hasta que tu piloto me ha llamado, creía que seguías en la estación. —Se quedó callada. Sabía que tendría que hacer o decir algo, pero no se le ocurría qué. Su padre se inclinó sobre la pantalla, aprovechando el hueco—. Sigue dejándote enredar en sus cruzadas y esto volverá a pasar. Irá a peor.

—¿De qué me estás hablando?

—Te advertí que no te mezclaras con Primus Filius desde el principio, ¿o no? Si insistes en seguir enfrentándote a ellos, ni toda mi influencia podrá protegerte. Se acabaron los toques de atención: no habrá vuelta atrás.

Se hundió los dedos en el pelo húmedo.

—¿Sabes lo que han hecho con la gente de la *Reborn*, papá? ¿Sabes lo que están intentando, lo que va a pasar de aquí en adelante? Están intentando liar algo gordo, mentir a la gente, conseguir más poder en la Tierra...

Él suspiró.

—La situación me gusta tan poco como a ti.

—Seguro que sí. Por eso estás muy orgulloso de que me haya cargado a tantos svadik, ¿eh? Y te encantaría que hubiera una guerra para que tuviera que matar a unos cuantos más.

—Lo que creas que pienso me trae sin cuidado. Nunca he pensado que debiera justificarme ante ti.

Kerr torció la boca.

—Que te jodan.

—Cuando todo esto te estalle en la cara y yo no esté ahí para ayudarte...

—No quiero hablar más contigo.

Terminó la conversación y se quitó el *holo* antes de salir del camarote. Quería estar con Rurik y jugar a las cartas con Palamo y Vaswani, y hasta con Nutty. Hacer cualquier cosa que no fuera pensar.

15

El viaje en transporte hasta la *Penstagann* le revolvió el estómago, y no solo por los acelerones bruscos y el traqueteo. Dandei, el rae'loc que habían enviado a buscarla, intentó darle conversación durante la primera mitad del viaje, hasta cerciorarse de que Kerr prefería estar en silencio. Era difícil concentrarse en una charla trivial cuando tenía que pensar en cómo explicarle a su madre que su misión había fracasado.

La recibió con los brazos abiertos, más segura que la primera vez que la habían traído hasta aquella nave rae'loc que orbitaba a unas dos horas, velocidad estándar, de la estación Sígel. Kerr aceptó el abrazo y la caricia en la nuca, pero al separarse de ella no hizo esfuerzo alguno en fingir buen ánimo. Su madre no dijo nada al respecto, pero se excusó ante sus compañeros rae'loc y la llevó a su camarote. Le ofreció comida o bebida, que Kerr rechazó, y se sentó por fin en el sofá para escuchar lo que tuviera que contarle.

Kerr se humedeció los labios y suspiró, se encogió de hombros y levantó las manos.

—No pudimos recuperar nada. Lo siento, mamá.

La boca de su madre se tensó y las arrugas que la rodeaban se hicieron más profundas. Kerr se encogió sin querer y esperó los reproches, quizá hasta las amenazas. Se lo habría merecido. Su madre suspiró y cerró los ojos, más triste que enfadada. No supo cuál de las dos opciones habría sido la mejor.

—Cuando llegamos, todo el mundo estaba ya muerto, aunque supongo que ya lo sabías. Tratamos de recuperar los datos, pero no hubo manera. —Torció la boca—. Si hubiéramos tenido un poco más de tiempo, quizá podríamos haber intentado otra cosa, pero apareció un patrullero svadik y tuvimos que huir.

Su madre alzó las cejas con preocupación.

—¿Conseguisteis...?

—Salimos todos vivos, sí, pero los svadik abatieron a la *Reborn*. No pude hacer nada. Lo intenté, pero no lo conseguí.

Su madre le acarició la mano. Se había preguntado si debía contarle lo que había pasado a bordo del patrullero, si informarle de su agónica huida la habría exonerado de alguna manera. No se lo había explicado a Ariadne para no asustarla y, dado que su madre no parecía enfadada con ella, tampoco necesitaba decirle nada. Era mejor así.

—Es Primus Filius, ¿verdad? —murmuró, aun sin mirarla—. Tendría sentido, con las elecciones tan cerca...

—Pronto se sabrá —dijo su madre con un suspiro—. Si los svadik no lo ocultan, será noticia en unos días. Si tratan de esconderlo, será peor: pasará más tiempo, pero las consecuencias serán mayores.

Kerr pensó en Veneriv, aplastada y rota, en la furia fría con la que había prometido que los mataría a todos. Volvió a encogerse. Su madre le pasó el brazo por el hombro y la besó en la mejilla.

—No te preocupes, cariño. Lo arreglaremos. A veces, las cosas empeoran antes de ponerse mejor.

Quiso creer lo que decía, pero ella misma acababa de simplificar una verdad dolorosa para ahorrarle preocupaciones. Ya era mayor para contarse cuentos.

Se separó un poco para mirarla a los ojos.

—Mamá, si las cosas empeoran mucho, ¿podríais ayudarme a sacar a alguien de la estación y darle refugio?

—Creo que sí. —Levantó la barbilla con media sonrisa—. ¿La niña de la corporación Akbar?

—Y Ariadne.

La última vez que se habían encontrado, le había hablado de ellas. Hasta le había enseñado una foto. Tenía que explicarle por qué y cómo había empezado a trabajar para Primus Filius, que entendiera por qué se había comprometido a matar para ellos. Su madre había escuchado sin hacer comentarios, atenta pero distante, como si en lugar de su vida le estuviera contando una película. Tragó saliva, temerosa de otra reacción fría, pero esta vez su madre le acarició la mejilla con afecto.

—Sí, cariño. Si lo necesitas, las ayudaremos. —Recogió la mano y la apoyó sobre su propio muslo. Suspiró—. Ahora debería cumplir mi parte del trato, ¿no?

Kerr esperó al borde del asiento, en silencio. No quería parecer demasiado brusca. Además, la cuestión le preocupaba. La última vez que su madre se había sincerado, su visión de ella se había trastocado considerablemente. ¿Qué era lo que aún no le había contado? ¿Sería eso que, según Lucani, la haría arrepentirse de romper su trato con ellos?

—No sé si extrañarme por que Desmond no te lo haya explicado nunca, aunque... creo que tiene sentido. Nunca lo entendió del todo. —Su madre se sonrió, triste. Los dedos se le clavaban en las rodillas, como si no supiera qué hacer con ellos—. Nunca quisimos las mismas cosas para ti.

Kerr jadeó.

—¿El qué?

—Sabes que soy genetista. Antes de tenerte a ti, trabajé con sujetos no humanos durante años. Pero un día me propusieron que participara en un nuevo proyecto. Lo llamaban Prometeo, como el protector de la humanidad. —Rio entre dientes—. En la organización, la espiritualidad se veía con cierto desdén, pero les encantaba usar esos nombres grandilocuentes, como si lo que hacíamos fuera cosa de dioses. Prometeo estaba dedicado a la mejora genética de la humanidad más allá de la terapia habitual en embriones. Hablamos de ingeniería genética radical, de la introducción de nuevas características para estimular la evolución hacia donde nosotros quisiéramos. —Suspiró—. Me uní al proyecto, por supuesto. Y cuando llegó el momento, me propusieron que fuera la madre de un niño Prometeo. ¿Por qué no?

—Y esa fui yo.

—Sí. No solo tendrías características superiores a las de una humana promedio, sino que desarrollarías capacidades sobrehumanas artificiales, parecidas a las de la niña Akbar. Eso era lo que esperaban que ocurriera. Yo misma me encargué de seleccionar tus genes a partir de un cigoto formado por uno de mis óvulos y uno de los espermatozoides de tu padre. Pero, al nacer, no saliste como esperaban.

Kerr suspiró y levantó una mano.

—Ya, ya lo entiendo. Ahora entiendo por qué has dicho lo de mi padre y por qué... —Rio y hundió la cabeza entre los hombros—. Tiene todo el sentido del mundo. Siempre he sabido que era un fracaso.

Su madre frunció el ceño y negó con la cabeza.

—¡No! Al contrario. Saliste justamente como te diseñé. —La tomó de las mejillas—. ¿No lo entiendes, cariño? Te quería. Desde la probeta, te quería a ti, no a un niño

Prometeo. —Los ojos se le llenaron de lágrimas. En la luz tenue del camarote, se tornaron casi púrpura—. Me di cuenta de que si hacía de ti lo que buscaban ellos, nunca te pertenecerías a ti misma. Serías su portento, no mi hija, así que en el último instante mentí y te cambié para que fueras tan normal como pudieras. —Apoyó las manos en sus hombros—. Te hice sana, un poco más fuerte y resistente que la mayoría, sí, pero no tanto como ellos deseaban. Tu potencial TK es sensiblemente superior al mío o al de tu padre, pero no eres como la niña de la Akbar. Vivirás hasta los ciento treinta, tal vez, y en condiciones normales es muy improbable que desarrolles cáncer antes de esa edad. —Sonrió. Estaba llorando—. Te di mis ojos. Ese fue el único capricho que me permití. Todo lo demás es tuyo.

Kerr se llevó una mano a la boca y sus dedos se toparon con los huesos que conformaban su rostro, los pómulos, la mandíbula y la nariz. Siempre supo que alguien había toqueteado sus genes para eliminar los defectos congénitos. Casi todo el mundo lo hacía, si podía permitírselo y planearlo con antelación. Era tan natural como vivir a años luz de la Tierra, o lanzarse a velocidades superiores a las que antes se creían físicamente posibles en el interior de una lata. Sin embargo, nunca se había parado a pensar en lo que podría haber sido.

—¿Y luego... qué? —preguntó con un hilo de voz—. ¿Qué pasó conmigo?

—Se dieron cuenta de que yo había manipulado el proceso sin su permiso, así que me retiraron del proyecto Prometeo, me encargaron un trabajo distinto, otra vez con alienígenas y... el resto ya lo sabes. —Le apretó una mano—. Lo siento mucho, cariño.

—¿Por qué?

—No lo sé. Supongo que por quitarte... algo. Es lo que dijeron ellos. Me preguntaron si me daba cuenta de lo que te había arrebatado por un miedo estúpido.

—Me he pasado toda la vida pensando que soy una vergüenza, una persona mal hecha. —Kerr se obligó a sonreír—. Tiene gracia.

—No tiene gracia. Si alguna vez me encuentro a tu padre, le voy a...

—No importa. Estoy bien, y viva. —Se frotó la cara. Era suya, la única que tenía y la única que quería tener. Se volvió hacia su madre y volvió a sonreír—. Ariadne adora a Charlotte. He visto lo que es capaz de hacer por ella, y también sé que se siente culpable por dejar que la hicieran como es. La aterra pensar en lo que puedan hacerle por eso. —Le apretó la nuca con afecto—. Podríamos haber sido tú y yo, mamá. Creo que hiciste bien.

—¿Estás segura?

—Sí.

Su madre soltó una honda exhalación de alivio y se recostó en el sofá. Kerr la imitó, con la mirada perdida en el techo.

—No queda nada más, ¿verdad? No hay más secretos.

—No. A partir de ahora, es cosa tuya. Tú eliges lo que quieres hacer.

 **16**

La *Reborn* había sido atacada en territorio svadik. Cuarenta y tres fallecidos. El embajador Sung reclamaba una reunión urgente con el Consejo Confederado. Incertidumbre en el Parlamento.

El presentador lo había repetido ya cinco veces y no parecía que a la sexta fuese a añadir información nueva. Kerr ya había probado en los otros canales de noticias, hasta en los independientes, y en todos decían lo mismo. Suspiró y ojeó el resto de canales hasta que decidió ponerse un vid de *Britarr y sus amigos* mientras se bebía a tragos largos el *ProteIngest* de plátano que constituía su cena, a falta de algo más fuerte con lo que acompañar su apagado humor. Tendría que haber aceptado la invitación para salir con Ariadne y sus amigos del trabajo, aunque le diera palo no conocer a ninguno y temiera hacer el ridículo delante de ellos. Al menos no habría acabado viendo dibujos animados en pijama un sábado por la noche.

Cuando llamaron al timbre, se animó al pensar que podía ser ella, pero una rápida ojeada al reloj le hizo descartar la idea. Todavía estarían con los aperitivos. Suspirando, dejó el vaso sobre la mesa y activó el visor de la puerta.

No sabía si se lo esperaba o no, pero al otro lado se encontró con Kirsten.

Abrió, con el vello de la nuca erizado. Llevaba ropa de calle, no un camisón, y del hombro le colgaba una mochila que sujetaba como si no le preocupase el bienestar de su contenido.

—Hola.

—Hola —respondió, porque había que decir algo, aunque fuera eso—. ¿Qué haces aquí?

—Hoy es mi cumpleaños. —En sus labios apareció una sonrisa torcida y triste.

—¿Hoy?

—Cumplo veintisiete. Veintisiete, aunque viendo lo que han sido de mis veintiséis, da igual. —Volvió a sonreír de aquella manera y Kerr deseó que dejara de hacerlo, pero sabía que no podía pedírselo—. ¿Te molesto?

No se podía postergar más. No iban a quedarse en el umbral a la espera de que algo cambiase las cosas, porque eran las que eran. Iba a tener que decidirse al respecto, echarla o dejarla entrar... y pensar en lo primero era como tragarse un trozo de cristal. Inspiró con fuerza y se hizo a un lado. Kirsten se sentó en el sofá y dejó la mochila en el suelo, junto a ella.

—Tampoco es que me importe mucho, mi cumpleaños —dijo mientras Kerr la observaba, aún de pie. Bajo la luz directa, Kirsten lucía las mejillas sonrosadas de una niña tirolesa—. Pero se supone que hay que hacer algo y no quiero hacerlo sola.

—¿Y tus amigos de Extranet? ¿Y Dektor?

La ingeniera hizo un gesto desdeñoso y resopló.

—Están lejos. Una fiesta sin invitados es deprimente.

Entornó los ojos.

—¿Has bebido?

La boca de Kirsten se tensó en una línea irregular que pretendía ser una sonrisa traviesa.

—Un poco. —Sacó de la mochila una botella de vino y la dejó en la mesa. Kerr se estremeció—. Pensaba que me iba a hacer sentir mejor, pero no es verdad. No tiene sentido. El alcohol es un depresor del sistema nervioso. Solo lo hace peor. —Se recostó en el sofá y se frotó una de las cicatrices ocultas bajo el cabello—. El Corán tiene razón al menos en eso... —Se incorporó de un respingo y señaló el mando de Magma que reposaba sobre la mesa—. ¡Ah! Podemos echar una partida, si quieres. Estoy tan oxidada que creo que podrías ganarme.

Kerr se sentó a su lado e intentó no pensar en el vino. Había empezado a salivar en cuanto lo había sacado. Podía sentir su acidez en la punta de la lengua, igual que en el aliento de Kirsten.

—¿Vamos a fingir que no ha pasado nada? —preguntó, más brusca de lo que le habría gustado—. ¿Nada de nada?

—Kerr...

—No me llames Kerr.

Kirsten dudó y cerró la boca. Ella suspiró, sacudiendo la cabeza.

—¿Qué se supone que debo hacer, Kirsten? ¿Cómo reacciono, qué hago contigo? —Se mordió el labio. Le temblaban las manos y oía sus propios latidos en el silencio entre frases, como un zumbido enfadado—. No tengo ni idea de cómo enfrentarme a esto. Todo está mal.

—Ya lo sé.

Apretó los dientes y se encaró hacia ella por completo. Era bonita, a pesar de la cicatriz y la leve asimetría, y la miraba con la misma ansiedad que sabía que encontraría en sus propios ojos, con el mismo miedo a que sus costillas reventasen como hechas de cristal si no se tocaban ya. La tomó de las mejillas, Kirsten apoyó las manos en su pecho. Tiritaba. Las dos tiritaban.

—Me dijiste que era una misión peligrosa, solo entré para echar un vistazo. —La voz le temblaba—. Había dejado la puerta trasera por precaución, por si alguna vez pasaba algo y tenía que…

Kerr cerró los ojos.

—Si no lo hubieras hecho, estaríamos muertos.

Los dedos de Kirsten se clavaron en su piel.

—Estaba aterrorizada, no podía dejarlo así. Tenía que ayudarte. Sé que está mal, pero no podía… —Se interrumpió, atragantada por su propia saliva. Tomó aire—. ¿La quieres?

Nunca la había visto tan desamparada, tan vulnerable. Sintió algo afilado en las entrañas. La prefería enfadada con ella, asqueada, cualquier cosa que no fuera esa.

—Sí —murmuró.

—¿Y a mí? ¿Me quieres a mí?

Kerr llevó la mano a su nuca y pasó los dedos por las suaves aristas de metal. Su tacto ya no le resultaba hostil.

—Sí. Te quiero.

—Lo sé, ya lo sé… —Sus labios se encontraron con torpeza, como si no se hubieran rozado jamás. Se llenaron las bocas de aliento. Aún se estremecían. Kirsten apoyó su frente contra la suya y habló, seria—. No le hagas daño, ¿eh? No se lo digas…

Kerr asintió y la atrajo para besarla mientras los dedos de Kirsten se enredaban en el cuello de su camiseta.

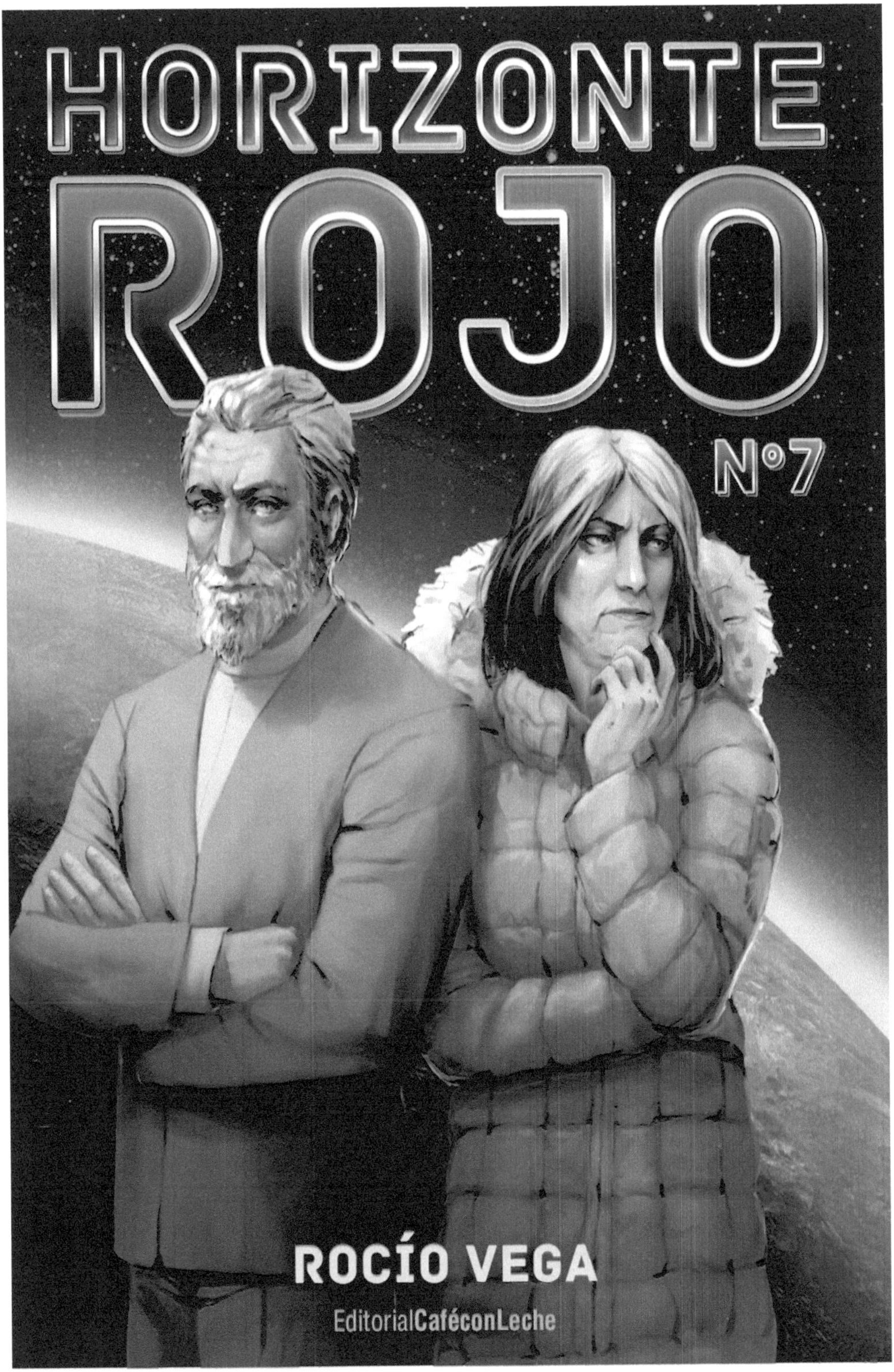
HORIZONTE
ROJO
Nº7
ROCÍO VEGA
EditorialCaféconLeche

1

Dormía cuando Ariadne la llamó y la intensa vibración del *holo* bajo su almohada la despejó de inmediato. Echó un vistazo al reloj del dispositivo mientras sacaba las piernas de la cama con cuidado de no revolver demasiado las sábanas; aunque se había acostado hacía dos horas, estaba tan despierta que parecía que acabase de cerrar los ojos. Suspiró, se frotó la cara con las manos y palpó el suelo en busca de ropa. Halló la camiseta, pero ni rastro de las bragas, y se la puso de camino al baño mientras el *holo* vibraba sin parar.

Entrecerró los ojos antes de encender la luz para no deslumbrarse. Bajó la tapa del retrete, se sentó con un escalofrío y aceptó la llamada entrante. En la ventana holográfica del *holo,* una Ariadne semitransparente la observaba con la cara apretada contra la almohada. El pelo oscuro se esparcía sobre su cuello y su mejilla. Cuando se miraron a los ojos, las dos sonrieron, soñolientas.

—¿Te he despertado? —preguntó Ariadne en voz baja.

—No. —Kerr se frotó la barbilla, pegajosa por las babas—. Bueno, sí.

—Lo siento. No sabía si llamarte…

—No importa. ¿Ha pasado algo?

—No, nada. Me cuesta dormir a bordo de una nave, sobre todo si no tengo claro adónde me llevan.

Kerr recordó la noche en la que había secuestrado a Ariadne, coaccionada por Bahuer y Primus Filius, y tuvo un ramalazo de vértigo. Hacía casi un año de aquello y las cosas habían cambiado muchísimo, pero los viejos remordimientos le cosquillearon en el estómago. Murmuró un arrullo apenado.

—Háblame para que me duerma —pidió Ariadne con un ojo cerrado.

—Te echo de menos. —Alzó la mano y la detuvo antes de tocar el holograma. Trató de evocar el tacto suave de su mejilla, el calor que latía en su cuello. Deseaba poder teletransportarse hasta allí para tumbarse a su lado, entrelazar las piernas con las suyas y besarle la nariz y la frente hasta que se durmiera—. Creo que estaba soñando contigo.

—¿Ah, sí? ¿Qué?

—No lo sé. No lo recuerdo, pero sé que estabas ahí.

Ariadne sonrió.

—¿Qué tal tu misión?

—No hemos llegado todavía. Intentaré contactar contigo mientras estemos allí, pero no sé si podré. —Kerr apoyó la sien en la pared metálica—. Si no recibes ningún mensaje, no te preocupes, ¿vale?

—Me voy a preocupar de todas formas, ¿sabes?

—Sí, lo sé. —Sonrió—. Pero voy a volver contigo, como la última vez. Para entonces, ya habréis llegado y hasta habréis tenido tiempo para buscar dónde vivir. Será un sitio bonito y seguro y ya no tendréis que huir nunca más, y Charlotte podrá crecer tranquila.

El planeta estaría lleno de rae'loc, por supuesto. ¿Adónde irían a llevarlas los aliados de su madre si no? Por suerte, Ariadne ya había vivido antes en una colonia así y estaba marcada como pariente, si es que había entendido las implicaciones del lazo *shi'eon*. Además, desde que había tenido la ocasión de ponerse al día con su madre, la animosidad que sentía hacia los alienígenas había disminuido un poco. Una parte de su cerebro no dejaba de advertirle sobre los peligros de confiar en alienígenas, pero creía que podía controlarlo. Estaba más que dispuesta a hacer de tripas corazón y trasladarse a un planeta rae'loc si con ello aseguraba las vidas de su novia y su hija.

Hablaron un rato sobre la rutina a bordo de la nave, los planes de futuro y los vids que Ariadne le había mandado porque pensaba que podrían hacerle reír. Kerr hablaba con claridad, pero a Ariadne se le cerraba el ojo por momentos. La inundó un ramalazo de ternura. La distancia que las separaba se había vuelto insoportable, como el dolor de una amputación. Notó el escozor que precedía a las lágrimas y parpadeó rápido para evitarlas.

—Te quiero muchísimo —dijo Kerr, con la garganta casi cerrada.

—Yo también a ti... —La voz de Ariadne sonaba casi imperceptible. Tenía los ojos cerrados.

—Me crees cuando te lo digo, ¿no? No piensas que te lo diga de coña.

—Sí te creo.

—Para mí es importante. —Tragó saliva—. Me ha costado aprender a decirlo, pero me gusta hacerlo. Os quiero a ti y a Charlotte, ¿vale?

Aun medio dormida, Ariadne sonrió como si le hubiera contado un chiste.

—Vale.

—Dale un beso de mi parte mañana. Dile que tengo ganas de verla.

—Sí. Voy a apagar esto.

—Buenas noches, cielo.

Esperó a que apareciera el mensaje de que la llamada había terminado antes de plegar el *holo*. Se le vino encima una ola de tristeza, de las que golpeaban fuerte y dejaban sin respiración. Quiso clavarse las uñas en los muslos desnudos hasta sangrar o sentirse algo mejor, lo que ocurriera antes, pero recordó que no debía hacerlo. Se estaba quedando helada, tenía sed y era hora de acostarse. Cuando sonase el despertador tendría la cabeza llena de otro tipo de preocupaciones y todo sería un poco mejor. Orinó, bebió agua a morro del grifo del lavabo y se miró al espejo sin tener muy claro si se odiaba.

Bajo la penumbra azul de las luces de emergencia, volvió a la cama. El cambio de temperatura la hizo estremecer. Un cuerpo se pegó a su espalda y una mano le subió por el vientre, bajo la camiseta.

—Tienes las tetas frías —murmuró Kirsten con la voz enturbiada por el sueño—. Has tardado un montón...

—Pero ya estoy aquí.

La otra mano de Kirsten se coló bajo la almohada y le rodeó el torso por debajo de la axila. Kerr le besó los nudillos y se acomodó contra ella.

—Se te ha congelado el culo. Estás helada...

—Dame calorcito.

Kirsten le pasó una pierna sobre la cadera y la estrechó contra ella como un koala. Su respiración se acompasó enseguida contra su espalda. Kerr entrelazó los dedos con los suyos y se los llevó a los labios, besándolos suavemente. La piel le hormigueaba a medida que entraba en calor, pero aún no se sentía del todo bien. Giró sobre sí misma con cuidado de no aplastarle el brazo a Kirsten y la rodeó con el suyo. La ingeniera se ovilló contra su pecho y siguió durmiendo.

Kerr no logró pegar ojo.

Desde que habían entrado en órbita para hacer el primer barrido de reconocimiento, le carcomía un murmullo entre las sienes. Se había intensificado mientras inspeccionaba los mapas y las simulaciones que llegaron de la *Penstagann* y ahora, a escasos minutos de tomar tierra, era tan fuerte que casi podía oírlo. No lo encontraba incómodo; de hecho, la ayudaba a concentrarse. En cierto modo, encapsulaba sus pensamientos acerca de la misión y los separaba del resto de preocupaciones prescindibles. Viendo la impecabilidad con la que sus compañeros se preparaban para la misión, habría jurado que ellos también lo escuchaban.

Dejó a Vaswani colocándose el último módulo de su armadura y, de camino a la cabina del piloto, echó un vistazo rápido a la armería, donde Rurik seleccionaba el armamento pesado que llevaría consigo. Cerca de las escaleras que conducían a la cubierta inferior, Nutty permanecía inmóvil, completamente equipado y en silencio, como si rezara. Pasó de largo sin importunarle, menos inquieta por su comportamiento de lo que habría estado meses antes, y se sujetó en el marco de la puerta antes de entrar en la cabina. Palamo, enfundado en una armadura de combate sin apenas arañazos, observaba a Kirsten por encima del asiento con una mezcla de inquietud y asombro mientras esta manipulaba varias pantallas holográficas al mismo tiempo.

—Capitana —dijo Palamo, que tensó tanto la espalda que se aplastó el moño abultado contra la pared.

Kerr contuvo las ganas de reír y le indicó por gestos que se relajara. Desde que habían vuelto de la misión en el espacio svadik, tanto él como Vaswani se dirigían a ella con un respeto inusitado, como si hubiesen descubierto al fin que se trataba de su superior y no de una mercenaria cualquiera. Era lo que Kerr llevaba esperando toda la vida... pero ahora no sabía bien cómo tomárselo. Cuando no esperaban de ella nada en particular y podía permitirse fracasar hasta cierto punto, se había sentido libre. Ahora, aunque no lo habría confesado jamás, la aterraba la idea de fallarles... sobre todo porque sabía que ocurriría antes o después.

Se agarró al reposacabezas del asiento de Kirsten y miró a las pantallas como si fuese a comprender algo.

—¿Alguna novedad? —El pelo de Kirsten olía al champú brisa marina que había comprado para la ducha de su camarote. Le apoyó la mano en el hombro con suavidad, intentando no hacerle daño con el guantelete y que Palamo no lo viera.

—La doctora Lichtenberg quería hablar contigo —dijo Kirsten sin volverse.

—Llámala —ordenó mientras se recogía el pelo en una coleta corta a la altura de la nuca.

Kirsten toqueteó una de las pantallas, que se iluminó con un aviso de llamada saliente. Hizo un movimiento brusco y la ventana se agrandó por encima de su cabeza, a la altura de Kerr. Parpadeó antes de que apareciese su madre frente a un panel retroiluminado sobre el que se que recortaba su figura en amarillo. Casi todo rastro de tinte negro había desaparecido de su pelo, largo hasta por debajo de las orejas y de un tono gris blanquecino. Sus arrugas, acentuadas por las sombras, la hacían parecer mayor que nunca. Sin embargo, en sus ojos brillaba una energía contagiosa que causaba el efecto contrario.

—¡Rea! Esperaba poder hablar contigo antes de iniciar el asalto —saludó en tono alegre—. Sé que no la necesitas, pero mucha suerte.

—Gracias. —Levantó la barbilla, orgullosa—. ¿Todo bien por ahí?

—Sí, sí. El capitán Farei de la *Talossian* me ha enviado un mensaje hace una hora. Te alegrará saber que todo sigue según lo previsto y que tomarán tierra dentro de poco.

No pudo contener una sonrisa de satisfacción.

—Claro que me alegra. Gracias por mantenerme informada.

Había pedido ayuda a su madre para poner a salvo a Ariadne y Charlotte, que viajaban a bordo de una nave civil rae'loc bajo identidades falsas. Su madre le había explicado que así habían logrado que decenas de agentes desertores de Primus Filius desaparecieran a lo largo de los años. Los aliados le darían un refugio en una de las colonias exteriores y comenzarían juntas una nueva vida tan pronto Kerr volviera de su misión.

—No te distraigo más —siguió su madre—. Braei y los demás esperan vuestra señal. Yo me quedaré aquí arriba hasta que hayáis tomado el laboratorio. Nos veremos cuando todo esté tranquilo.

Kerr asintió.

—Lo antes posible.

—Dales duro, hija. Nos lo deben.

—Lo haré. Te lo prometo.

La comunicación se cortó. Kerr sostuvo su casco con la mano izquierda mientras con la otra activaba la retransmisión por radio.

—Horizonte Rojo, os quiero a todos preparados para el aterrizaje. Iniciamos el asalto en diez minutos.

A través del auricular le llegaron las respuestas afirmativas del resto del equipo. Palamo se despidió en persona y salió de la cabina para reunirse con el resto; Kerr esperó hasta que lo escuchó alejarse para inclinarse sobre Kirsten y besarla. La ingeniera suspiró. En sus ojos se leía la inquietud; Kerr pensó que era por la mención indirecta a Ariadne, pero Kirsten despejó sus dudas de inmediato.

—¿Crees que voy a poder? —preguntó en un murmullo.

—Claro que sí. Eres la mejor hacker que conozco, probablemente la única que puede colarse en el sistema de Primus Filius y anular sus defensas. —Le acarició la barbilla con el guantelete áspero—. Palamo será tu enlace en tierra. Tienes tus drones, tienes la nave. Aquí dentro estás completamente a salvo, te lo prometo.

Kirsten tragó saliva y asintió, despacio. Kerr volvió a besarla.

—Te veo en un rato. Si necesitas cualquier cosa, háblame por un canal privado.

—Ten cuidado ahí abajo. —Sus dedos se cerraron sobre los suyos—. Te quiero.

—Y yo a ti. —Posó los labios en su pelo y salió deprisa hacia la compuerta principal.

El resto del equipo la esperaba allí, listos y bien pertrechados. Habían tomado asiento en las sillas desplegables y se habían sujetado a ellas con los arneses de seguridad, cascos puestos y armas preparadas. Kerr esbozó una sonrisa de orgullo. Tomó asiento en una de las sillas vacías y se ató los cinturones antes de colocarse el casco, que se cerró con un silbido de presurización. Activó de nuevo la radio.

—Cinco minutos para el descenso —anunció Kirsten por el canal general.

—Bien. —Kerr tensó los labios y paseó la mirada por sus compañeros, cuyas caras empalidecían por la iluminación interna de los cascos—. Ahora es cuando os suelto un discurso inspirador o algo así, ¿no? —Palamo rio entre dientes—. Hablar se me da de culo, creo que ya lo sabéis, pero quería daros las gracias por acompañarme en esto. La participación era opcional y no habéis dudado en apuntaros. Gracias. —Apoyó las manos en las rodillas y apretó los dientes—. Cada uno tendréis la motivación que sea para bajar ahí abajo, pero no importa. Vamos a machacar a esos cabrones, ¿de acuerdo? ¡Por la *Reborn* y por la humanidad!

Sus compañeros respondieron con gritos de entusiasmo y golpes en el suelo. Hasta Nutty vitoreó, aunque la observaba más bien con poca fe. Se obligó a centrarse en la expresión de Rurik, llena de orgullo y confianza, y se sintió mejor.

—Sé que no vais a fallarme. Nos hemos enfrentado a lo peor y hemos sobrevivido. Somos el mejor puto equipo de la galaxia y vamos a demostrarlo de nuevo.

Palamo volvió a gritar y patalear, quizá con más alegría de la que sentía en realidad. Sabía que se había acostumbrado a no arriesgar el pellejo y, al principio, cuando le dijo que Kirsten tomaría su puesto a los mandos de la nave, había temido que el despecho lo motivara a abandonar la misión. Cuando le explicó que la ingeniera había posibilitado el rescate del equipo del patrullero svadik con sus trucos de hacker, Palamo había dejado de protestar para interesarse por ella y sus métodos. Vaswani había hecho el resto con una mezcla de provocaciones y promesas de protección... esperaba que para bien.

—Preparaos para las maniobras —anunció Kirsten.

Kerr apretó los dientes mientras la *Athena* vibraba y rugía a medida que se internaba en la atmósfera y se equilibraba para soportar la gravedad planetaria. Percibió el cambio cuando Kirsten desactivó la gravedad artificial y Admos le dio un tirón de 1,1 G, según los datos en la pantalla. No implicaba una gran diferencia respecto a cualquier estación en la que hubiese estado antes: ni su esqueleto ni su oído percibirían nada nuevo. Pero se sentía distinta, levemente eufórica, como si volviera al hogar.

Al tomar tierra, Kerr ya hacía un rato que se había levantado del asiento, harta de no poder dejar de mover las piernas. Kirsten informó de que el exterior era seguro; la compuerta se abrió y se extendió una rampa que desembocaba en un paisaje montañoso bajo un día plomizo, donde el blanco y el gris se intercalaban con apenas unas motas de verde en la vegetación doblada bajo el peso de la nieve. Como habían planeado, Kirsten había hecho aterrizar la *Athena* a los pies de la colina rocosa en la que se erigía el edificio, accesible a pie desde allí a través de un camino de tierra.

Un trueno retumbó sobre sus cabezas. El transporte lanzado desde la *Penstagann* maniobró sobre la cara oeste de la colina, la que correspondía a la entrada principal. En su interior, un puñado de rae'loc y otros alienígenas capitaneados por Braei servirían como distracción mientras Horizonte Rojo se ocupaba del trabajo sucio.

—Ya están aquí. ¡Moveos, deprisa! —ordenó Kerr echando a andar rampa abajo.

Uno de los drones automatizados se adelantó y, volando a ras de suelo, dibujó un caminito acuoso sobre la tierra húmeda a medida que su onda calorífica fundía la nieve a gran velocidad. Otro dron se alzó sobre la colina para obtener imágenes a tiempo real que flotaron sobre la muñeca de Kerr. Como esperaba, las defensas ya habían empezado a reaccionar ante la proximidad del transporte rae'loc. El dron captaba cómo varios droides recién activados formaban para repeler el ataque. Cinco o seis drones sobrevolaban la entrada, algunos aliados y otros enemigos. Los primeros disparos fueron suyos, pero el campo de batalla no tardó en llenarse de proyectiles y explosiones de luz y calor.

La entrada lateral, la que utilizarían ellos, parecía despejada. No convenía confiarse; la llegada de la *Athena* no había sido discreta y su madre les había insistido en que Primus Filius no habría escatimado en gastos para mantener bien protegido uno de sus laboratorios principales.

El equipo inició la ascensión por los desniveles de roca que rodeaban la colina. El dron no solo facilitaba el avance por la nieve, sino que detectaba el terreno impracticable y lo eludía. El sonido de la batalla en la puerta principal rebotaba contra las montañas. En las imágenes que retransmitían los drones, los rae'loc se parapetaban tras escudos fijos y devolvían el fuego sin intentar avanzar. No sabía cuánto tiempo podrían soportar la artillería constante de torretas y droides; su supervivencia dependía de lo rápido que su equipo penetrase en el laboratorio y desmantelase las defensas sintéticas.

Kerr aceleró.

Llegaron a la base del laboratorio, un edificio de aspecto tosco construido en metal y hormigón. El bloque principal tenía tres alturas y en sus extremos este y oeste se elevaban dos torres que alcanzaban el sexto piso, ambas cuajadas de antenas e instrumentos varios de medición. Entre ellas se erigía un puente de metal, ahora vacío, y una serie de pasarelas conectaban las entradas y salidas con módulos independientes que, según los informes de reconocimiento, eran almacenes, garajes e invernaderos. La entrada lateral conectaba con el puente a través de una escalera de acero. Entre la puerta y el camino por el que habían llegado había muretes de hormigón y acero que delimitaban la zona transitable del laboratorio, y un pequeño garaje cerrado que albergaba vehículos diversos.

—Nutty, adelántate y toma posición —ordenó desde un saliente de roca—. Vaswani, Rurik, conmigo en línea. Palamo, vigila a los drones. Fríelos a la mínima.

El camuflaje óptico del francotirador emborronó el aire cuando subió la pendiente a la carrera; su único rastro eran las huellas sobre la nieve sucia. Sobre las detonaciones y disparos del equipo de Braei resonó un tiro y un droide cayó por encima del puente que unía las dos torres. Lo seguían otros cuatro, que dispararon de inmediato contra ellos. Kerr corrió hasta el muro y pegó la espalda a la cobertura. A su izquierda y su derecha, Vaswani y Rurik hicieron lo mismo.

—Os vienen varios sintéticos por la izquierda —anunció Kirsten con voz monocorde.

Kerr no tuvo tiempo de confirmar: un droide con una metralleta pesada montada en el torso dobló la esquina y disparó una ráfaga interminable contra el muro, lo que arrancó una nube de polvo y esquirlas que le picotearon el visor del casco. Buscó a Palamo. Había retrocedido hacia el saliente de roca para protegerse, pero estaba bien. El dron de reconocimiento mostró cómo otros dos sintéticos se les acercaban por la izquierda.

—Nutty, nos flanquean —dijo sin perder un momento—. ¿Puedes apoyarnos?

—Tengo a uno —respondió el francotirador desde algún lugar próximo.

El estruendo de su fusil acompañó a la imagen de uno de los droides trastabillando en las escaleras con la unidad central reventada. El otro droide pasó a su lado sin inmutarse, cada vez más cerca. Vaswani disparó una ráfaga y consiguió hacerle recular, pero con la metralleta a toda marcha seguían atascados allí abajo. No tuvo que dar ninguna orden: Rurik hincó una rodilla en el suelo, tomó una de las granadas de impulsos que pendían de su cinturón, la activó hundiendo el detonador con el pulgar y la lanzó por encima del muro.

—¡Vamos, vamos, vamos! ¡Palamo, arriba!

La explosión detuvo el rugido de la metralleta. Kerr se puso en pie y adelantó a Vaswani, disparando hacia el droide que los flanqueaba. Este trató de defenderse con una ráfaga corta que su escudo desvió sin problemas. Para entonces ya era tarde y Kerr descargó tres tiros rápidos de escopeta a quemarropa; los perdigones hicieron trizas lo que en un humano correspondería a la cabeza. Sin los periféricos de visión, el droide se tambaleó como confuso. Kerr lo derribó de una patada y descargó los últimos cartuchos del cargador sobre su unidad central.

Rurik y Vaswani habían concentrado su fuego en el droide de la metralleta, cuyo sistema se había colapsado por la sobrecarga electromagnética de la granada. Aunque su carcasa soportaba bien las balas, el castigo continuo terminó desguazando los periféricos y la unidad central, de modo que su metralleta quedó inhabilitada.

—Se están descolgando por las paredes —anunció Nutty—. Os vienen cinco más.

—Oído.

Mientras recargaba, Kerr echó un vistazo a Palamo, que corría escaleras arriba; la nieve de las barandillas y el borde de los escalones se derramaba por el temblor de sus pasos. Observó las imágenes que transmitía el dron de reconocimiento: los droides que les habían disparado desde el puente central se habían dividido y pretendían rodearlos de izquierda a derecha.

—El frente rae'loc empieza a recular —advirtió Kirsten.

—Que aguanten un poco más —dijo Kerr. Su escudo vibró al desviar una bala. Volvió a cubrirse con la cabeza llena de pitidos electrónicos y aquel murmullo insistente que no la abandonaba—. Si no pinchamos el nodo, lo tenemos crudo.

Si los sintéticos pudieran sentir emociones humanas, Kerr habría dicho que se enfrentaron a ellos con furia. El tiroteo tomó un cariz intenso en el que ni ellos ni los droides lograban avanzar a pesar de que utilizaban tácticas similares. Cualquier intento de moverse era castigado con fuego de cobertura, cualquier treta de flanqueo identificada e inutilizada. Los escudos de Palamo se habían agotado y a Vaswani se le acababa la munición.

—¡Kerr! —La voz de Braei irrumpió a través de un canal urgente—. Se está desplegando una unidad de humanos por nuestro flanco derecho y tengo dos bajas. ¡Necesito ayuda!

Kerr apretó los dientes. Por el rabillo del ojo distinguió como un dron enemigo captaba sus movimientos. Desenfundó la pistola y le metió dos tiros en el rotor principal; el dron perdió el control y se fue al suelo como una hoja caída de un árbol. Volvió a apoyar el casco contra el muro.

—Nutty, ve a apoyar a Braei.

—Entendido.

—Te envío a mi francotirador —dijo al capitán rae'loc—. Hasta que no nos quitemos a estos sintéticos de encima, no puedo mandarte a nadie más.

Sin la vigilancia continua de Nutty, la situación se les había puesto un poco más difícil. Necesitaban ponerse creativos. Creativos y un poco bestias.

—Rurik, ¿qué tal si los hacemos saltar por los aires? —preguntó por encima del hombro.

—Estoy listo cuando lo estés tú.

—Abre camino a la derecha. Flanquearemos por ahí. Vaswani, ¿cómo va esa munición?

—Tengo dos clips.

—Úsalos en fuego de cobertura. Palamo, tú también. —Señaló a los droides con el pulgar—. Necesitamos mantenerlos abajo para que Rurik dispare el lanzacohetes.

—¡Entendido!

A su orden, los tres dedicaron su fuego a obligar a los droides a mantener la cabeza gacha. Rurik, que ya había preparado el lanzacohetes que cargaba a la espalda, se movió a un muro lateral, desde el que podría acertar a la mitad de los droides. Uno de ellos percibió la maniobra y disparó desde su cobertura. Las balas se ondearon al rozar el escudo de Rurik mientras este, con la frialdad de la veteranía, se mantuvo inmóvil con una rodilla en el suelo y el lanzacohetes en el hombro derecho. El retroceso apenas lo afectó. En un parpadeo, el cohete había cruzado el espacio que lo separaba de la cobertura de los droides y los había hecho estallar en mil pedazos. Trozos de hormigón, silicio y plástico volaron por los aires en una columna de humo y polvo tan densa que Kerr no pudo saber si los había abatido a los tres.

—¡Vamos, vamos, vamos!

Rurik volvió a echarse el lanzacohetes a la espalda. Activó el escudo auxiliar que llevaba en su muñeca para materializar una barrera rectangular que podía cubrirlo casi por completo. Vaswani se aupó desde la cobertura y se colocó a su espalda. Juntos, tras la barrera enorme que Rurik portaba como un guerrero de la antigüedad, avanzaron a toda prisa hacia el espacio que los droides habían ocupado hasta entonces.

Kerr corrió por su flanco, cubierta por Palamo y Vaswani. Saltó sobre los escalones e hincó una rodilla en una de las esquinas que dibujaba el muro de hormigón. La puerta lateral del complejo estaba allí, al alcance de la mano, y lo único que los detenía eran los droides que aún permanecían activos. Escuchó gritos de socorro a través de la radio, pero no les prestó atención. Al otro lado, Vaswani abatía a uno de los sintéticos a los que la explosión había destruido a medias. Junto a Kerr, los dos droides que quedaban se planteaban la retirada. Ella les cortó el paso. Al primero le descerrajó dos tiros en uno de los brazos, de manera que no pudo sostener el fusil; el segundo se volvió con un rechinar de maquinaria y, antes de que alzase el arma, Vaswani ya lo había volado a trozos.

Kerr terminó con el suyo de un escopetazo a quemarropa. Echó un vistazo ansioso a las imágenes del dron. Parecía que su zona estaba limpia, pero Braei seguía teniendo problemas.

—Palamo, abre la puerta —ordenó, y el ingeniero se apresuró a trastear en el cerrojo electrónico con los artilugios que había traído para ello. Vaswani y Rurik, jadeantes pero enteros, aguardaban instrucciones. Consideró cuál de los dos sería el más apropiado para apoyar a Braei. Vaswani era más joven y estaba en mejor forma, pero Rurik había participado en muchas más batallas. Por otro lado, prefería que fuese él quien la acompañase al interior del complejo—. Rurik, ¿cómo vas de munición?

—Ocho clips.

—Dale seis a Vaswani, y el lanzacohetes. Sabes usarlo, ¿verdad?

La mercenaria asintió con energía.

—Sí, capitana.

—Estamos muy cerca: lo único que necesitamos es llevar a Palamo al nodo para que desconecte a los sintéticos. Ve con Braei y cárgate a tantos cabrones robóticos como puedas. ¿Podrás hacerlo?

En el rostro de Vaswani apareció una enorme sonrisa.

—¡Sí, señora!

—Bien. Andando.

Tan pronto como se colocó la mochila con los cohetes y recibió la munición de manos de Rurik, Vaswani salió corriendo hacia el otro lado del complejo.

—Braei, te envío apoyo de armas pesadas —dijo Kerr—. Estamos muy cerca; solo tenéis que aguantar un poco más, ¿vale?

—¡Gracias y entendido!

La puerta blindada se abrió. Rurik levantó el escudo y emprendió la marcha. El ingeniero se colocó a su espalda; Kerr, detrás, los cubría.

El dron que los acompañaba tomó la delantera a ras de techo y procedió a escanear la zona en busca de humanos o sintéticos. Los pasillos del complejo estaban bien iluminados y la decoración, aunque parca e impersonal, le recordó a cualquier oficina en la que hubiese estado antes... una en mitad de un simulacro de incendio. Pasaron por delante de despachos vacíos y máquinas de café en las que reposaban vasos de plástico llenos a rebosar sin que nadie los retirara.

—Palamo, ¿hacia dónde? —preguntó Rurik, que daba pasos cortos y seguros detrás del escudo.

—Sigue por aquí. Si todo está como debe, sube las primeras escaleras que encuentres y gira a la izquierda. No falta nada.

El murmullo se había vuelto aún más insistente y los dedos que asían la escopeta le picaban. Era más que adrenalina, concentración o sospecha. Ni siquiera sabía si la sensación era positiva o negativa. Lo único que tenía claro es que algo se les escapaba, que debían tener cuidado.

Atravesaron un largo corredor sin ventanas y subieron las escaleras de las que hablaba Palamo. Las manos le sudaban dentro de los guanteletes y la tensión de la espalda comenzaba a hacerse patente. Se esforzó por mantenerse atenta a pesar de que su mente insistiera en divagar sobre lo que habría más allá de aquellos pasillos. Ya se ocuparía de eso más tarde, cuando hubiera tiempo.

Escuchó un disparo que venía de arriba y, desde la radio, el gemido asustado de Kirsten. El corazón se le aceleró y se detuvo en el descansillo.

—Kirsten, ¿qué pasa? ¿Estás bien?

—Sí, sí —dijo ella con voz ahogada—. Arriba hay droides. Han colocado escudos... y han derribado mi dron.

La angustia se le instaló en el pecho al imaginarse lo alterada que estaría después de recibir otro disparo en primera persona. Habían hablado ya de la posibilidad y Kirsten le había asegurado que las simulaciones apenas la afectaban, pero suponía que había exagerado. No obstante, desde allí y en ese momento, poco podía hacer por ella.

Se obligó a pensar con frialdad. La misión aún no había terminado.

—Rurik, ¿te quedan granadas de impulsos?

—Sí, pero no sé si debería utilizarlas en un corredor tan pequeño —dijo el mercenario—. Quizá los impulsos nos acabasen afectando también a nosotros, o al nodo.

—Entendido. Habrá que hacerlo a la vieja usanza. —Kerr comprobó la munición de su escopeta y su nivel de escudos. Tendría que servir—. Palamo, no tienes escudos. Pégate a Rurik todo lo posible, pero necesitamos que nos des fuego de apoyo.

—Vale.

—¿Listos? ¡Adelante!

Subieron los últimos escalones y giraron a la izquierda. Los enemigos también los habían detectado y estaban listos para defender el nodo central del laboratorio: un dron, posado en el techo como una torreta, abrió fuego continuado mientras dos droides avanzaban en su dirección y otros dos se parapetaban tras los escudos fijos. Rurik avanzó con el escudo en alto, su superficie parpadeante por la andanada de balas a la que les sometía el dron. A Kerr le preocupaban más los droides, que avanzaban sin pausa para flanquearlos. Asomó la cabeza para disparar al de la izquierda y el sintético disparó una ráfaga que su escudo dispersó con un zumbido. Apretó el gatillo una vez, sin atreverse a intentarlo de nuevo; la carcasa frontal del sintético se rompió y trozos de metal y plástico cayeron al suelo. El droide de la derecha tomó la iniciativa y cargó contra Palamo. Rurik se volvió y le vació medio cargador de pistola en el costado mientras el ingeniero hacía lo propio con su fusil.

Una mano de metal agarró la escopeta de Kerr y la empujó hacia el techo; el disparo hizo saltar uno de los plafones del corredor. El sintético alzó su arma para dispararle a quemarropa y ella dio un paso lateral para alejarse del cañón. Tanto los humanos que se cubrían tras los escudos como el dron-torreta aprovecharon que se había expuesto al salir del escudo de Rurik y la atacaron de inmediato. Kerr forcejeó con el droide para esconderse detrás de su cuerpo mecanizado. Las balas silbaban por todas partes, levantando chispas y esquirlas metálicas. Su propio escudo ondeaba, casi agotado, mientras el sistema de su armadura advertía de la escasa energía restante. El droide le asestó un puñetazo en la cabeza; su casco y su cuello crujieron al tiempo. Las válvulas de su hombro silbaron mientras se preparaba para darle otro. No le apeteció comprobar si aquel modelo tendría la fuerza suficiente para romperle la armadura y el cráneo: posó el guantelete en su pecho y lo activó.

El sintético salió despedido, su escopeta en mano, y se rompió en pedazos al golpear contra uno de los escudos fijos del frente. Kerr volvió detrás de Palamo tan rápido que pisó uno de los trozos del droide y estuvo a punto de resbalarse. La batería de su escudo casi se había agotado del todo. Desenfundó la pistola y respiró hondo. Seguían avanzando a pasos cortos, pero ya no les quedaban casi recursos con los que abrirse camino hacia el nodo.

Disparó al dron-torreta hasta abatirlo y escuchó un chasquido a su espalda.

—¡Kerr, por detrás!

Dos humanos protegidos con armaduras ligeras acababan de doblar la esquina y se acercaban con lanzas eléctricas. Kerr esquivó el roce de la primera y la punta electrificada no tocó a Palamo por muy poco. Con un grito asustado, el ingeniero disparó en fuego automático hasta que se le acabaron las balas, demasiado nervioso para acertar más allá del escudo de los dos lanceros. A su espalda, los droides saltaron por encima de los parapetos y avanzaron en su dirección con fuego continuo. Por primera vez desde que habían entrado en el corredor, Rurik se detuvo.

—¡Hostias, capitana! —gritó Palamo.

El lancero volvió a asestar un golpe. La punta de la lanza se le acercó tanto al pectoral de la armadura que la energía se filtró a través de las capas de protección y le rozó la piel. La mente de Kerr se quedó en blanco. Apartó la lanza con la mano sin pensar que así aseguraría el contacto; fue un movimiento rápido, instintivo, tan inesperado para el lancero como para ella. Pero no hubo electrocución ni aturdimiento: el humano trastabilló como si le hubiera dado un fuerte empujón y casi le arrebatase la lanza de las manos. Sin perder un momento, Kerr alzó la pistola y le descerrajó tres tiros a la cabeza. El primero rompió los escudos ya debilitados por Palamo; los dos últimos penetraron a través de la máscara y la pintaron de rojo.

Pero la otra lanza sí que la acertó en la axila.

Su cuerpo se sacudió y perdió la vista. Las rodillas le fallaron. Se encontró en el suelo, caída de lado, con la mano agarrotada en torno a la pistola. Los sistemas internos de la armadura se habían reiniciado y pitaban. A su alrededor había trozos de droide y balas. Clavó la rodilla en el suelo y miró a su alrededor. Palamo forcejeaba con el lancero vivo mientras Rurik trataba de cubrirle las espaldas y devolverle el fuego a los sintéticos. La boca le sabía a sangre. Se obligó a mover los dedos de las dos manos y se irguió con un gruñido salvaje.

—¡REA! —El grito de Rurik llegó a su oído en cuanto el sistema de radio superó la sobrecarga—. ¿ME OYES?

No se molestó en responder.

—¡PALAMO, LOS DROIDES!

Aprovechó el impulso y una inercia desconocida para placar al lancero por detrás. Se fue con él al suelo y confió en que Palamo cubriera a Rurik mientras ella los libraba de aquel tipo. Le golpeó en la parte trasera del casco con la culata de la pistola, a horcajadas sobre su espalda, y le hundió la rodilla en el codo con la esperanza de rompérselo. El humano gritaba. Se apoyó en su cabeza y echó un vistazo rápido a sus compañeros. El escudo de Rurik se esfumó. Palamo retrocedía sin dejar de disparar al droide que se le echaba encima. Rurik forcejeaba con el otro sintético. Le oyó gritar cuando la primera ráfaga le acertó en el cuerpo, pero no perdió ni el equilibrio ni la calma. Pegó la pistola a la unidad central del sintético y disparó hasta que aquel trozo de silicio cayó desmadejado, igual que el que había atacado a Palamo, y solo entonces se dejó caer.

Kerr se percató de que llevaba un rato mordiéndose el interior de la mejilla.

—Rurik, ¿estás bien?

El mercenario se tocó una de las placas abdominales con la boca fruncida y levantó un pulgar.

—¿Palamo?

El ingeniero había retrocedido tanto que se sostenía contra la pared, el sintético inerte a sus pies.

—Sí, sí. Lo mismo me he cagado, pero estoy entero.

Kerr se levantó y recogió una de las lanzas. Comprobó que estaban en modo de aturdimiento antes de hundirla en la espalda del humano vivo y se acercó a Rurik para mirarlo de cerca. Al menos tres balas habían penetrado la capa exterior de la armadura; como el color de la pintura era rojo, no podía decir si sangraba.

—¿Estás herido?

—He notado cómo entraban. Creo que las tengo en la espalda. —Rurik sonrió mientras sacaba una jeringuilla de espuma médica de uno de los compartimentos de su armadura—. No te preocupes; no es la primera vez que me pasa. —Introdujo la cánula en el agujero de la placa con gesto concentrado y pulsó el émbolo. Gruñó entre dientes a medida que la espuma crecía hasta brotar por fuera—. Entrad al nodo y desactivad las defensas. Ya me curarán cuando hayamos terminado.

Kerr apretó la mandíbula y asintió. Parpadeó para evitar las lágrimas y señaló la puerta, tras los escudos fijos, para indicarle a Palamo que la abriera. Antes de acompañarlo al nodo principal, se arrodilló junto a Rurik y le acarició la cara por encima del casco.

3

Después de que Palamo se conectase al nodo principal, Kirsten penetró en el sistema de defensa y desactivó todos los droides, drones y torretas que protegían el laboratorio. A través del *holo* comprobó que el equipo de Braei festejaba su victoria desde la puerta. Aún tenían que ocuparse de los prisioneros humanos que habían hecho y de evacuar a sus heridos de vuelta a la *Penstagann*, pero por el momento todo estaba bien. Más tranquila, palmeó el hombro de Palamo y le felicitó por el buen trabajo antes de volver sobre sus pasos para hacerle compañía a Rurik mientras esperaban a Nutty y Vaswani.

—¿Sigues conmigo? —preguntó al arrodillarse a su lado.

—Siempre —dijo él, sonriente—. Necesitan más que esto para matarme.

Además de la cánula de espuma, junto a Rurik había una jeringuilla usada de xenocaína. Las apartó de una patada para sentarse a su lado con la escopeta entre las piernas. Se quitó el casco. Ahora que la acción había terminado, el cansancio le entumecía los músculos. Inspiró hondo y apoyó la cabeza en la hombrera fría de Rurik. Él tomó su mano entre las suyas.

—Lo has conseguido. Enhorabuena.

—No del todo —respondió Kerr con un suspiro—. Kirsten dice que el sistema está dividido en dos partes y aún nos queda bajar a los sótanos. El personal está abajo, en una habitación del pánico. Aún no sabemos si han enviado algún mensaje de socorro. Mi madre nos lo advirtió.

—Sí, pero has conseguido llegar hasta aquí y todos seguimos con vida. Deberías sentirte orgullosa.

Kerr trató de contener la sonrisa y terminó poniendo una mueca tonta. El calor que se le extendió en el pecho le provocó sudores.

—Todavía queda mucho por hacer. —Fingió que comprobaba la escopeta, demasiado alterada como para mirar a Rurik a los ojos—. Los droides son militares y estos tíos seguro que son del ejército terrestre. Si esto sale a la luz, lloverá mierda. Enviarán a alguien para retomar el laboratorio o para borrarlo del mapa; hay que documentarlo todo lo antes posible.

Rurik la miró de reojo.

—Si necesitas ayuda...

—Si necesito ayuda, se la pediré a los demás o a los rae'loc. —Kerr golpeó su placa pectoral con el dedo para remarcar sus palabras—. A ti te van a operar y vas a guardar reposo hasta que yo te diga, ¿me oyes? No creas que porque bromees y sonrías me voy a olvidar de que te han metido un par de tiros en la tripa.

Eso sin hablar de lo otro. Llevaba bien varias semanas, ¿pero cuánto duraría? Rurik había dicho que le quedaban varios años todavía, pero sus brotes ocurrían cada vez más a menudo y con más virulencia. El tiempo pasaba demasiado deprisa y todo habría terminado antes de que se diera cuenta, y para colmo ni siquiera estaba segura de cómo iba a ser su vida dentro de una semana.

Había decidido ayudar a su madre en el asalto al laboratorio de Admos con todas las consecuencias: no era ninguna heroína, pero no podía cruzarse de brazos mientras Primus Filius hacía y deshacía a su antojo. Después de la *Reborn*, se sentía incapaz de ignorar más tiempo aquella amenaza. Además, conocía su propia complicidad con la organización y quería purgarla de alguna manera.

Dejar atrás la Sígel no le importaba demasiado; salvo en los últimos meses, su vida allí había sido una pausa obligatoria entre misiones. Siempre había deseado una vida como nómada del espacio y aquella era una razón estupenda para planteárselo de verdad. Quienes le preocupaban eran Ariadne y Charlotte. Su madre le había asegurado que estarían bien, pero la propia Kerr había cazado y matado a agentes desertores de Primus Filius por orden de la organización.

Jamás terminaría de compensar al universo por toda esa mierda, pero no le importaba el esfuerzo. Se lo había ganado por ser una pedazo de cabrona.

Nutty y Vaswani llegaron poco después junto a un par de rae'loc, cansados pero enteros. Los alienígenas se llevaron al prisionero para ocuparse de él más tarde. Ellos desplegaron una parihuela aerodeslizada en el suelo y entre los cuatro ayudaron a cargar a Rurik en ella. A pesar de tener un tamaño considerable, la tabla no conseguía albergar del todo su corpachón y los pies le colgaban por un extremo. Kerr los acompañó un trecho ayudando a empujar la tabla hasta que Kirsten le indicó que su madre había embarcado en un transporte para descender al laboratorio.

—Voy a reunirme con Braei y los demás —anunció—. Avisadme si pasa cualquier cosa. Si le sube la fiebre, aunque sea una décima, quiero saberlo.

—No es más que un disparo —dijo Rurik entre dientes—. Podría sacarme las balas y cerrarme yo mismo.

—No le dejéis hacerlo por mucho que insista. —Sospechaba que Rurik sería capaz de operarse a sí mismo, si es que no lo había hecho alguna vez en las últimas décadas, pero prefería dejarlo en manos del robot cirujano. Mientras tuviera provisión de tejido artificial y no se atascara, aquel cacharro podía arreglar casi cualquier cosa—. Buena suerte.

Se despidió de Rurik con una palmada en el casco y giró sobre sus talones para reunirse con el otro equipo, volviéndose cada poco para confirmar que la parihuela continuaba su descenso hacia la nave.

—Has cambiado bastante —dijo Kirsten desde un canal privado.

Kerr sonrió mientras caminaba sobre la nieve entre restos de sintéticos.

—¿Eso es bueno o malo?

—Es raro no escucharte ladrar órdenes como si estuvieras enfadada todo el tiempo. —Sonaba rara, entre admirada y molesta—. Nos tratabas fatal a todos, incluso a mí.

—Lo siento.

Kirsten bufó.

—Me alegra ver que te has calmado... aunque me siento un poco celosa.

—¿Celosa? ¿Por qué?

La oyó suspirar y la imaginó sentada en la cabina del piloto frente a media decena de pantallas, sola y disgustada.

—Antes de que nos liáramos, tenía la esperanza de ayudarte. Quería ser tu amiga y hacer que te sintieras mejor. Sabía que sufrías, pero no por qué, y aunque odiaba cuando te ponías idiota conmigo, siempre me dio la impresión de que merecías la pena. Y de repente eres distinta, mejor, pero no gracias a mí. —Suspiró—. Joder, suena bastante egoísta, ¿no? Supongo que estoy siendo irracional...

—¿Crees que todo esto ha salido de la nada? —Al girar la esquina, se topó con el campo de batalla en el que los rae'loc se habían enfrentado a los droides. Los chasis de los sintéticos se habían desperdigado sobre la nieve, salpicada de sangre, balas y marcas de explosivos. El transporte había aterrizado un poco más allá, al pie de la loma, frente a unos árboles salpicados de nieve que le recordaban a pinos terrestres—. Si no hubiera sido por ti, es probable que a estas alturas estuviera muerta. Muerta o en el proceso de matarme lentamente, quiero decir.

—Sí, pero... —Kirsten volvió a suspirar hondo—. Déjalo. Es una estupidez. Estoy cansada y me duele la cabeza de estar frente a una pantalla.

Kerr levantó la mano para saludar a los alienígenas que se movían por la zona. Lo último que necesitaba era que la frieran a tiros.

—¿Qué te parece si te tumbas un rato? Ve a mi camarote y échate una siesta. Le diré a Palamo que te sustituya. Cuando vuelva puedo darte un masaje y muchos besos para que se te pase.

La risa de Kirsten le inoculó una sensación cálida y amable en las venas.

—Suena bien.

—Claro que suena bien. —Kerr sonrió—. Ah, por ahí llega el transporte de mi madre. Descansa. Hablamos luego.

Esperó a que la nave tomase tierra para quitarse el casco y dejar que el aire frío le rozase la cara. Percibió un aroma penetrante por debajo del olor de los explosivos y el metal, algo que estaba segura de haber olido antes.

Entornó los ojos y volvió la vista hacia el laboratorio, a la mole gris recortada sobre el cielo nuboso, y frunció el ceño ante la sensación de familiaridad. El murmullo en su cabeza no se había callado del todo. Había pensado que se debía a la concentración y la adrenalina, pero incluso ahora seguía allí, en el fondo de su cerebro, crepitando como un hormiguero. Si no se le pasaba cuando abandonaran el planeta, se haría un escáner en la enfermería de la *Athena* por si se trataba del preludio de un aneurisma o algo parecido.

Dos rae'loc armados descendieron por la pasarela del transporte junto a su madre, cubierta del cuello a los pies con ropa térmica y botas de nieve. Se inclinó para abrazarla y dejar que le besara la mejilla con los labios calientes.

—Sabía que todo saldría bien. ¡Estoy tan orgullosa de ti...!

El estómago le hormigueó agradablemente.

—Gracias. Quiero decir... —Tragó saliva y confió en que su sonrojo se confundiera con los efectos del frío—. Era tu plan. Solo hemos hecho lo que mejor sabemos.

Echaron a andar hacia la entrada. La nieve crujía bajo sus pies y las volutas de aliento se perdían en la distancia.

—¿Has estado ya dentro? —preguntó su madre con una sonrisa.

—Hemos entrado para penetrar en el sistema.

—Pero no has visto la entrada principal, ¿verdad?

Kerr arqueó las cejas y su madre volvió a sonreír.

—¿No te suena este sitio? —Se detuvo y se volvió hacia el valle con los brazos abiertos—. Vivimos aquí hace más de veinticinco años.

Perpleja, Kerr se recordó a sí misma correteando por aquella pendiente detrás de un dron de recreo. El cielo había estado despejado y sobre su cabeza flotaban dos lunas en fases diferentes, visibles a plena luz del día. Había sido en otra estación: en el suelo no había nieve, sino una hierba parda y seca que arañaba la piel si no se tenía cuidado al tocarla.

—Es verdad. Sabía que me recordaba a algo, pero no a qué. —Sus labios se curvaron en una sonrisa—. Nunca pensé que volvería aquí.

—Y yo nunca pensé que te traería. Quería esperar a ver si te acordabas, pero supongo que eras demasiado pequeña.

Kerr tragó saliva y observó las montañas. De niña le habían parecido insuperables, enormes moles de roca como nada que hubiera visto hasta entonces.

—Se me han olvidado muchas cosas.

—Podemos crear recuerdos nuevos. —Su madre la tomó del brazo y lamentó no poder sentir la presión de sus dedos en torno a él—. A partir de hoy todo va a cambiar, hija mía. Se acabó tenerles miedo: de ahora en adelante, nos lo tendrán ellos. Con lo que encuentre en los servidores podré continuar con mi trabajo y pagar mis deudas. —Sonrió de nuevo, radiante, con un brillo intenso en esos ojos que eran también los suyos—. Y también las que tengo contigo. —Estrujó su brazo entre los suyos, emocionada—. Tenía que ser aquí, lo sabía. Es donde empezó todo y donde comenzará el final.

En la entrada las esperaba el capitán Braei, a solas.

—Buen trabajo, Kerr.

Braei, como la mayoría de rae'loc, carecía de género. Era una criatura esbelta y humanoide enfundada en una armadura de combate parecida a la suya. En lo que en un humano habría sido una ceja tenía una cicatriz gris sobre la piel negra, cuarteada y moteada por la edad. Más alto que un svadik, pero un poco más bajo que ella, Braei se movía como un soldado, ágil a pesar del rifle colgado de su espalda. Kerr disimulaba la inquietud que le inspiraba, como lo hacía desde que salía con Ariadne y debía coincidir de vez en cuando con Imbarr. Sabía que muchas de las cosas que había creído hasta hacía no mucho eran mentira, pero le resultaba imposible bajar la guardia cuando se encontraba cerca de alienígenas... por mucho que hubiera que ser cordial con los aliados.

—Lo mismo digo. —Se cruzó de brazos—. ¿Cómo está tu gente?

—Uno de nosotros ha muerto, pero los otros tres sobrevivirán. Los están operando ahora mismo en la *Penstagann* y el pronóstico es bueno. He oído que también habéis sufrido una baja.

—Sí, pero ya lo están tratando. No parecía grave.

Su madre se adelantó y abrazó a Braei con una familiaridad que no supo si sería real o fruto de la euforia por la victoria.

—Me han dicho que Grilai ha muerto. Lo siento mucho.

—Sabía que su muerte merecería la pena. A partir de ahora, todo será diferente.

—Lo espero de corazón. ¿Entramos ya?

Braei asintió y se hizo a un lado para permitirles el paso a través de la puerta principal.

El suelo de la recepción estaba sucio de nieve, tierra y pisadas de botas de tamaño rae'loc. Aunque la luz era más tenue de lo que recordaba, la mente de Kerr la devolvió a su infancia, a alguna de las ocasiones en las que había atravesado ese lugar para salir a dar un paseo con su madre o a jugar con alguno de los otros niños. Si al entrar dejaban alguna huella sucia, un robot de limpieza brotaba de un zócalo en la pared y se apresuraba a limpiarla. Una vez se había entretenido manchando el suelo para ver hasta dónde podía llevar al robot y un hombre, quizá uno de los miembros del equipo de mantenimiento, había salido de una de las habitaciones para reprenderla. No solo le había echado la bronca: también había amenazado con decirle a sus padres que andaba ensuciando por diversión. Kerr se había asustado mucho. Recordaba haber pasado el día entero con un nudo en la garganta, temerosa de la llegada del bedel. Cuando se lo había contado a su madre, muerta de vergüenza, ella le había asegurado que no pasaba nada, pero que no lo hiciera más.

Quiso compartir aquel recuerdo, pero Braei y su madre hablaban de cosas serias y urgentes y su comentario habría estado fuera de lugar.

—El circuito de vigilancia está desconectado, igual que el sistema de comunicaciones y los enlaces entre las torres —decía Braei mientras atravesaban un pasillo con oficinas de paredes acristaladas a izquierda y derecha—. Hemos revisado los niveles superiores con escáneres orgánicos y sabemos con seguridad que no queda nadie. El personal que aún vive se encerró en la habitación del pánico del primer sótano; todavía no hemos podido acceder a los subterráneos, pero mis técnicos se pondrán enseguida con ello, cuando acaben de penetrar en el servidor.

Kerr apenas había pisado aquella parte del complejo. Las viviendas del personal se encontraban arriba, si mal no recordaba. Se parecían a habitaciones de hotel, cada una con uno o dos dormitorios, una salita de estar y un baño. El comedor era comunal y servían la comida en bandejas de plástico blancas. Había una mujer que se encargaba de cuidar a los niños del complejo y que les regañaba si no se acababan toda su comida. Solía repetirles lo mucho que costaba producirla o traerla, y cuánto necesitaban los nutrientes que contenía. ¿Qué edad había tenido entonces? ¿Cinco, seis años? Aquello había sido antes de mudarse a otro lugar diferente, al cielo púrpura y a las tormentas, donde su madre cocinaba comida para las dos y comían juntas y a solas en una habitación azul.

—¿Estás bien, cariño? —preguntó su madre mientras observaban trabajar a dos de los ingenieros rae'loc en una oficina cercana a la sala del servidor. Braei las había dejado para atender una llamada.

—Sí, sí. —Kerr sonrió y sacudió la cabeza—. Es solo que estoy acordándome de cosas, de cuando vivíamos juntas aquí y todo eso.

—Eras bastante pequeña —dijo, apoyándose en la pared de cristal—. Yo trabajaba mucho y tu padre se pasaba varias semanas al mes fuera. Nunca me gustó tenerte aquí, aunque hubiese cuidadores y actividades para vosotros. Siempre creí que había algo raro en el ambiente. —Suspiró—. Con el tiempo me di cuenta de que lo que me escamaban eran los experimentos que llevábamos a cabo abajo, en las celdas de contención. No se puede criar a un niño encima de... eso.

Kerr no dijo nada, aunque se preguntó si era verdad que no se podía. ¿Acaso no pasaba continuamente? ¿No había crecido ella aceptando con naturalidad que cada una de las personas a las que admiraba mataba gente para ganarse la vida?

Bueno, ¿y acaso no la había convertido eso en otra asesina?

—Los prisioneros son soldados terranos —dijo Braei, reapareciendo en el pasillo—. Y la mitad de la plantilla científica también pertenece o ha pertenecido al ejército. Uno de los prisioneros acaba de confirmarlo en el interrogatorio.

—¿Saben algo acerca de los proyectos? —preguntó su madre con las cejas enarcadas.

—Seguiremos preguntando.

—Bien, aunque lo dudo. —Ladeó la cabeza y miró de nuevo a los rae'loc mientras se humedecía los labios con la lengua—. Aquí encontraremos pruebas administrativas, pero los proyectos son lo más importante. Son lo único que puede arreglar el daño que ha causado Primus Filius.

Se lo había explicado antes de trazar el plan. A poco tiempo de las elecciones y con la opinión pública convencida de que los svadik habían atacado a humanos, su única aliada verdadera era la Confederación. Solo demostrando lo peligrosos que eran y el alcance de su influencia podían forzar al Consejo a realizar acciones directas contra Primus Filius; de otro modo, la investigación y el castigo habrían quedado en manos de un gobierno cuyos lazos con la organización se estrechaban. Su madre había estado en lo cierto al señalar al ejército como el benefactor de su enemigo: en el sector más tradicional era donde encontraban sus apoyos más importantes. La propia Natalya Chen había sido militar durante treinta años antes de entrar en política y no le faltaban amigos y admiradores.

Al desvelar la existencia y naturaleza de aquel laboratorio, la Confederación no tendría más remedio que enviar agentes independientes a echar un vistazo. Si eran listos, lo primero que harían sería cortarles el grifo del dinero; lo segundo, auspiciar una investigación exhaustiva en el ejército y el gobierno para eliminar a sus peces gordos. Aquello no gustaría lo más mínimo, pero su madre le había asegurado que solo revelando los horrores que encontrarían en aquel laboratorio podrían asombrar tanto a la opinión pública que nadie se pusiera del lado equivocado.

Cuando los técnicos lograron acceder por fin al servidor y su madre se sentó en uno de los ordenadores para revisar la documentación y comenzar el volcado, Vaswani le informó de que la operación de Rurik había terminado y había sido un éxito.

—Lo hemos dejado descansando en su camarote con un chute de analgésicos, ¡y casi ni se ha quejado!

Kerr se sonrió. Aunque hubiese estado convencida de que todo saldría bien, el alivio de saber que Rurik no se encontraba en peligro estuvo a punto de marearla.

—Descansad hasta nuevo aviso. Volveré a la nave dentro de un rato, en cuanto tenga novedades.

Braei se le acercó al tiempo que Vaswani se marchaba. Traía una expresión seria.

—Mis técnicos van a tardar demasiado en abrir las puertas de los sótanos; dicen que el sistema de seguridad es muy complejo. Necesito que nos mandes a tu ingeniera principal, la que se ha cargado las defensas desde el nodo. Parece que el sistema es el mismo.

Kerr carraspeó.

—Iré a hablar con ella.

★ 4 ★

Volvió a la *Athena* y comprobó que todo estaba en su sitio. Prefirió no molestar a Rurik, que aún descansaba en su habitación, porque suponía que tan pronto le dijera que había un pequeño retraso trataría de ayudarla de alguna manera. Saludó a Palamo y Vaswani, que almorzaban en la sala común, y se encaminó a su camarote vigilando que Nutty no anduviera por los alrededores. Oficialmente, Kirsten dormía en un cuartillo en la bodega y utilizaba su cuarto de baño. Aunque no llevaban la farsa hasta el ridículo, por el momento nadie ponía caras ni había risitas. Y si Rurik aún no había dicho nada, es que ni siquiera él sospechaba.

Kirsten dio un respingo cuando abrió la puerta. Kerr sonrió. Se había tumbado en su cama, tal y como le había dicho, y sus pies descalzos asomaban por la manta. Se quitó un guantelete para hacerle cosquillas y la ingeniera los encogió.

—¿Qué haces aquí? ¿Ha terminado todo ya? —preguntó, abrazada a la almohada.

Kerr se quitó el otro guantelete y dejó ambos sobre la mesa.

—Todavía no. —Se desajustó los módulos de los brazos y las piernas y se desembarazó de la coraza—. He venido a comer algo, recargar escudos, munición… —Estiró los brazos sobre la cabeza hasta que su espalda crujió—. Y ver cómo estás, claro.

Kirsten se levantó y le rodeó la cintura con los brazos.

—Ahora estoy bien.

Kerr se rio y le besó la frente.

—¿Me echabas de menos? —Kirsten asintió—. ¿Por qué no te preparas y vienes conmigo? Necesitan que abras la compuerta que da a los sótanos. De paso podrías piratear el nodo inferior y acelerar las cosas, ¿mmm?

Lo dijo como si fuera un asunto banal, algo sin peligro y que apenas le llevaría tiempo, pero Kirsten se tensó contra su cuerpo.

—¿Kirs?

La ingeniera dio un paso atrás.

—No. Ni lo sueñes.

Las cejas arqueadas de Kirsten temblaban. Su mirada, brillante por el miedo y la rabia, divagaba por su rostro como si no la reconociera.

—Estaré contigo todo el tiempo. —Kerr alargó la mano para acariciarle el brazo—. La zona es segura, pero te prometo que me dedicaré personalmente a...

—¡He dicho que no! No voy a hacer nada que implique salir fuera de esta nave, ¿entiendes? —Kirsten respiraba deprisa, su voz deformada por la proximidad del llanto.

Kerr se frotó la boca con ambas manos.

—Está bien —suspiró contra las palmas—. Se lo diré a Palamo. Puedes darle asistencia remota, como en...

—Me prometiste que no estaría en peligro, que podría quedarme en la *Athena*, que tú te ocuparías de todo... —Entre las cejas de Kirsten apareció una arruga profunda y su boca se torció en una mueca de asco—. Joder, Rea, ¿por qué?

Ella apartó la vista, incapaz de sostenerle la mirada.

—Perdona, es algo urgente y no me había parado a pensar...

—¡Claro que no te habías parado a pensar! Eres una egoísta.

Se mordió el labio. Le habría gustado poder arrancárselo de cuajo.

—Sí, pero...

El dedo de Kirsten se clavó en su esternón con más fuerza de la que habría esperado.

—No puedes pedirme esas cosas. No tienes ni idea de lo difícil que es para mí estar aquí. ¡Estoy acojonada!

El dolor del pecho latió como un aguijonazo. Kerr endureció el gesto.

—Pues yo no te presioné para que vinieras, precisamente. Fue idea tuya.

Kirsten enrojeció.

—¡Porque quería estar contigo!

—Me dijiste que querías venir, pero que no te atrevías. —Se inclinó hacia delante—. Me pediste que te convenciera.

—¡Y tú me prometiste que no me pondrías en peligro!

—¿Crees que estoy intentando que te ocurra algo? ¿Crees que te pediría algo así si no supiera que todo está bien ahí fuera? —gritó Kerr, con el brazo extendido hacia la puerta—. No soy un puto monstruo, ¿eh? ¡Me preocupo por ti!

—Tendrías que habérselo dicho a Palamo —respondió Kirsten casi al mismo volumen—. Si me lo has pedido es porque tenías la esperanza de que dijera que sí, aunque sabías perfectamente que no puedo. ¿Por qué coño haces esto?

—¡No lo sé! —Le temblaban las manos por la furia y la vergüenza—. No lo sé, ¿vale?

Pensó que Kirsten diría algo más. Podría haber añadido algo: seguro que después de todas las cosas que había hecho mal con ella, tenía un repertorio de insultos abundante. Pero no lo hizo. Se quedó quieta, como paralizada. Su cara se congestionó en una mueca de dolor y de su boca brotó un gañido. Kerr la sujetó antes de que cayera al suelo. Los dedos de Kirsten se clavaron en su hombro y su espalda. Cargó con ella hasta la cama y la sostuvo en brazos, con la espalda apoyada en la almohada, mientras Kirsten se retorcía entre espasmos y gemidos secos.

No era la primera vez que ocurría, pero aún no se había acostumbrado. En aquella ocasión, en el hospital, se había asustado tanto que había salido a pedir ayuda al pasillo. La siguiente había sido una de las noches que había pasado en su casa después de que le dieran el alta. Aunque había intentado ayudarla, su dolor le había recordado demasiado a la tortura a la que la había sometido la teniente Veneriv; Kirsten había acabado calmándola a ella tras un ataque de pánico. Habían hablado, habían llorado juntas y habían planeado lo que hacer cuando volviera a ocurrir, de modo que no volviera a tomarlas por sorpresa.

Los médicos le habían advertido a Kirsten que no había manera de predecir o evitar aquellos ataques de dolor fantasma: la medicación solo serviría para espaciarlos y hacerlos más cortos. Se convertirían en parte de su vida, igual que el implante neuronal que asomaba por su nuca. Kerr quería estar con ella, así que no quedaba otra que acostumbrarse y ayudarla, aunque un nudo le atenazase la garganta cuando ocurría, como en esta ocasión.

En su body, allá donde Kirsten había apretado la boca, ahora había un cerco húmedo y caliente. Le besó el pelo y le acarició el hombro sin atreverse a hacer otra cosa.

—Lo siento... —musitó Kirsten.

—No digas tonterías. No tienes la culpa de que te pase esto.

—No, no. No me refiero a eso. —Alzó la mirada. Tenía los ojos enrojecidos y llenos de lágrimas—. Tú no me has obligado a venir. Me obligué yo, porque te quiero. Porque sé que no tenemos mucho tiempo y que...

—¿Cómo que no tenemos mucho tiempo?

Kirsten tensó la boca con tristeza.

—Ya lo sabes. En algún momento te darás cuenta de que esto no tiene futuro y te irás con Ariadne, y cortaremos para siempre.

Su corazón dio un vuelco.

—Eso no es verdad. Tú dijiste que... Podemos...

—Podemos, quizá. Pero no sé si debemos, Rea. —Se detuvo, mirando a la nada—. No; sé que no debemos. Lo he sabido desde el principio, pero no puedo parar...

Kerr la estrujó.

—Kirs...

—No quiero parar —siguió. Tenía los ojos llenos de lágrimas—. Todo está mal. Yo... A mí no me han criado así, las cosas tienen que hacerse mejor, pero... —Se atragantó con su saliva—. Todo era más fácil cuando estaba con Dektor. Él estaba lejos y había tantísimas cosas que no teníamos que plantearnos que... —Alzó la barbilla y posó los dedos sobre la mandíbula crispada de Kerr—. Ojalá no me sintiera así, pero soy incapaz de dejar de quererte.

No quiso admitir en voz alta que pensaba lo mismo. Se rebeló contra la evidencia y sostuvo la mano de Kirsten contra su boca para besarle la palma ferozmente.

—No digas chorradas —dijo entre dientes—. Esto no puede estar mal. Ya he pasado por algo así, ¿recuerdas?

Y esto no se parece en nada a lo de Bahuer. En nada. —
Hundió los dedos en el pelo rubio—. Si estoy contigo es
porque te quiero, no porque quiero que me hagas daño.
Cuando estamos juntas me haces sentir bien. ¿Yo te hago
sentir bien?

—Sí...

—Pues ya está.

No dijeron nada durante un rato, enredadas en un
abrazo desesperado y cálido. Su cercanía la alivió. Quizá
no estuvieran haciendo las cosas bien y no fuese justo
para Ariadne, pero a su lado se sentía tan llena, tan contenta, que le resultaba imposible imaginar que aquello
fuese tan malo como decía Kirsten. Debía de ser por la
tensión de estar allí, por la discusión que habían tenido.
No podía decirlo en serio.

—A veces me imagino que todo cambia y Ariadne y
yo nos conocemos —musitó Kirsten—. Me imagino que
se lo explicamos todo desde el principio y le parece bien,
y hasta podemos ser amigas. A veces voy un poco más
allá y me imagino que nos gustamos. Que nos enamora-
mos y que vivimos las tres juntas, felices, sin problemas
ni celos. Cuidamos de Charlotte como una familia de verdad y yo encuentro mi sitio. Se parecería a la casa en la
que crecí con mis padres, antes de que se fuera Lawrence,
solo que esta vez duraría para siempre y ninguna de las
tres tendría que irse nunca. —Sonreía, triste—. Sé que no
pasará, pero no puedo quitármelo de la cabeza. Sería tan
perfecto...

La fantasía de Kirsten se reproducía en su cabeza
como una película familiar, el relato hogareño que veían
algunas personas para sentirse mejor con sus realidades
de mierda. Podía imaginarse con precisión el momento
en que las dos se sentaban a hablar con Ariadne como
personas civilizadas, sin reproches ni acusaciones, y

cómo Ariadne sonreía y les daba su bendición. Luego se imaginó a Ariadne en brazos de Kirsten, buscándole un beso como hacía con ella, y los celos le corroyeron el estómago como el ardor de una resaca. No, aquello no ocurriría nunca. Las cosas eran muy distintas.

—Sé que es imposible —siguió Kirsten, como si le leyera la mente—, pero es bonito, ¿no? Es tan bonito que no puedo dejar de pensar en ello.

—No lo hagas —murmuró Kerr—. Darle vueltas solo te va a hacer daño.

—Ya. Me he vuelto una experta en eso, ¿sabes?

De pronto tenía frío. La estrechó aún más contra su cuerpo para reclamar su calor.

—Perdóname por haberte pedido que bajaras —dijo contra su pelo—. No tendría que haberlo hecho.

—No importa.

—No, de verdad. No te preocupes por eso. Palamo puede con ello y tú puedes darle instrucciones desde aquí.

Kirsten se separó de ella para buscar su mirada.

—Rea, ¿estás llorando?

—No. —Parpadeó, por si sus ojos fueran a rebelarse—. ¿Puedo besarte?

—Sí... —Kirsten encontró su boca a medio camino y apretó los labios contra los suyos. Hundió una rodilla en el colchón, entre sus piernas, y tomó su cara entre las manos—. No dejes de besarme nunca.

Por el ejercicio y la armadura tenía el cuerpo y el mono húmedos de sudor. El pelo apelmazado se le pegaba en la nuca y la frente; probablemente le apestara el aliento. A Kirsten nada de eso parecía importarle. Aunque percibía un temblor remanente en sus brazos y piernas, la ingeniera la besaba como si la distancia fuese a matarlas. Le peinó los mechones húmedos con los dedos y, mientras le mordía el labio inferior, buscó la cremallera del body y la bajó.

Kerr tragó saliva. Su madre y Braei las esperaban. Antes o después alguien enviaría refuerzos. En el equipo rae'loc había habido bajas, una de ellas mortal. Rurik estaba herido. No se atrevía a asegurar que fueran a sobrevivir a otro enfrentamiento a gran escala y cada hora que pasaban en la superficie del planeta aumentaba el riesgo de que se topasen con refuerzos de Primus Filius.

Pero Kirsten no pensaba en nada de eso. Kirsten la necesitaba y, al hacerlo, abrió el grifo de la adrenalina. Kerr se inclinó hacia delante y le clavó los dientes en la garganta. Con un gruñido de satisfacción, Kirsten se pegó a ella y siguió tirando de la cremallera hasta llegar a la cintura. Metió los dedos bajo los bordes de la cremallera y tiró del mono para sacarle los brazos. Luego se arrodilló entre las piernas de Kerr y se arqueó hacia atrás mientras se levantaba la camiseta. Debajo, y como siempre sin sujetador, encontró su torso blanco y pecoso. Sus pechos eran tan pequeños que Kerr abarcó uno entero con la boca, gruñendo satisfecha al cerrar los dientes. Kirsten dio un respingo y se arqueó aún más. Las rodillas le temblaban, pero Kerr la tenía sujeta con firmeza por la cadera. Cambió de un pecho a otro y succionó; Kirsten dejó escapar un murmullo y le apretó la nuca. El vientre le dio un tirón.

—¿Quieres marcas? —gruñó contra su piel.

Kirsten asintió con energía y se dejó caer sobre el colchón, relajando el cuerpo por fin. Kerr la siguió. Apoyó las manos a ambos lados de sus hombros y pasó los labios por su cuello como si buscase un lugar apropiado en el que dar el primer mordisco. Kerr le había pedido que no le dejase marcas de besos ni arañazos por lo evidente, pero Kirsten no tenía reparos. Al contrario: quizá también por lo evidente, le pedía de vez en cuando que le dejase una o dos en sitios discretos. Kerr ya no era una adolescente, pero lo hacía con satisfacción; no estaba segura de que eso importase a estas alturas. A veces dudaba de su propia edad, como si hubiera pasado al menos diez años en estasis, demasiado entumecida por el alcohol y la rabia como para sentir tan fuerte como sentía ahora.

Cerró los labios en la base del cuello y succionó. Kirsten soltó un gruñido, levantando las caderas bajo su cuerpo, y Kerr bajó las uñas por su costado para hacerla estremecer mientras le marcaba la piel.

El timbre de la puerta sonó dos veces.

—¿Quién es? —jadeó Kirsten, con la cara y el pecho sonrojados.

—Vístete —respondió ella limpiándose la saliva de la barbilla.

—¿Qué hago? —preguntó la ingeniera mientras se sacudía el pelo aplastado—. ¿Me meto en el baño o...?

Kerr saltó de la cama y se subió la cremallera con dificultad. El timbre volvió a sonar.

—¡No lo sé! ¡Voy! —dijo, aunque sabía que no podrían oírla a través de las paredes insonorizadas, y tropezó con su armadura de camino a la puerta. Gruñó de dolor y abrió frotándose el tobillo con violencia—. ¿Qué?

Rurik la esperaba al otro lado. Había recuperado el color, pero le habían aparecido cercos oscuros en torno a los ojos y bajo la camiseta se le abultaba el vendaje del vientre.

—Vaswani me ha avisado de que habías vuelto y quería saber qué tal ha ido todo. —La voz de Rurik bajó hasta el murmullo. Sus ojos se paseaban por su cara, entornados. ¿Tendría los labios rojos e hinchados por los besos de Kirsten, o el simple rubor la delataba?—. ¿Te molesto?

—¡Au!

Se giró al escuchar el grito. Kirsten soltó sus zapatillas y se agachó para apretarse el pie. Había chutado uno de los módulos de la pierna tan lejos que había rebotado contra la puerta del baño. Junto a ella, la colcha de la cama y la almohada estaban tan arrugadas y fuera de sitio que era difícil no pensar lo que era. Volvió a mirar a Rurik, cuya boca se había cerrado en una línea dura, y pensó en alguna excusa que explicase aquello y que no sonase a comedia de enredo. Decidió que no había ninguna, así que cambió de tema:

—Se supone que no deberías ponerte de pie hasta dentro de doce horas. ¿Por qué no estás descansando?

—Me toca volver a los mandos —murmuró Kirsten, que abrazaba sus zapatillas mientras se abría paso hacia el pasillo cojeando—. Gracias por dejarme usar el baño.

—Puedes usarlo cuando quieras —respondió ella, y se apoyó en el marco de la puerta para volver a encarar a Rurik con indiferencia fingida—. Había venido para consultar una cosa, pero ya me marcho. ¿Necesitas algo?

Rurik entornó los ojos, muy serio. Si aquello hubiese ocurrido meses antes, Kerr habría estado segura de que no diría nada. Decir cosas no era su estilo. Sin embargo, ahora la observaba tan fijamente que sabía que no había escapatoria. Ninguna pantomima podría ocultar su expresión culpable ante alguien que la conocía tanto.

Lo atrajo al interior del camarote.

—Vamos a hablar un momento, ¿vale?

—Rea, ¿qué estás haciendo?

—Espera un poco, por favor.

Cerró la puerta y se mordió el labio. Temió ver en él a su padre, la cara congestionada por la ira y los ojos llenos de decepción, así que retrasó lo inevitable tanto como pudo fingiendo que recogía su armadura del suelo. Al final, se atrevió a mirarlo de reojo casi sin aliento. Tenía la frente arrugada y su mandíbula se había crispado, pero aunque su expresión indicase enfado, en ella también había un tinte de amor y preocupación.

—No puedes perder el tiempo así —dijo, y ella dejó en paz la armadura y se levantó—. Ahora todo ha cambiado. No puedes seguir comportándote como lo hacías. Demuéstrame que eres la capitana que quieres ser. Por favor.

Bajó la cabeza y asintió levemente, avergonzada.

—Lo sé, lo sé. No he planeado esto, había venido para otra cosa, pero…

Rurik se sentó en la cama y se estiró con un mohín dolorido.

—Quisiste seguir a tu madre con todas las consecuencias y yo lo he hecho contigo. No quiero dudar ni replanteármelo. Confío en ti…

—¡No dejes de hacerlo, por favor! —Kerr tragó saliva—. Esto ha sido un error y lo siento. Te juro que no va a volver a pasar.

Rurik había dejado de apretar los dientes, pero seguía disgustado.

—¿Qué ha pasado con Ariadne? Pensaba que estabais bien.

Ella apartó la mirada, tensa.

—Estamos bien. Esto es… es complicado.

—Me dijiste que Kirsten se uniría a la tripulación para este trabajo en calidad de piloto e ingeniera. Me aseguraste que ya no había nada entre vosotras.

Tragó saliva.

—Perdona. No sabía si… —Resopló—. No quería arriesgarme a que te opusieras a que viniera.

Rurik arrugó la barbilla y Kerr se sintió empequeñecer. Sospechaba desde hacía un tiempo que a Rurik no le gustaba Kirsten, no sabía por qué. La había acompañado en algunas de sus visitas al hospital y le había preguntado por ella de vez en cuando, pero su alegría al saber de

Ariadne había sido evidente. A Rurik le caía bien: habían cenado juntos en una ocasión y habían tenido una charla agradable, y después él le había comentado lo simpática y sensata que la encontraba. Nunca la había presionado para que continuase su relación con ella, pero era obvio lo mucho que le satisfacía que Ariadne fuese una constante en su vida.

—¿Podrías...? —Se interrumpió—. Sé que no lo vas a hacer, pero me gustaría asegurarme de que no vas a hablarle de esto a nadie.

—Rea, "esto" te va a explotar en la cara.

Contuvo el deseo de empezar a gritar que él no entendía nada y que no iba a pasar nada de eso. Respiró hondo y trató de explicarse:

—Hago lo que puedo, ¿vale? No estoy confusa... —Se atragantó con su propia saliva—. Las necesito a las dos. No puedo escoger a una, es... es... —Se le retorció el estómago—. Es como si me pidieras que me cortara un brazo o una pierna. Todo es muy complicado y si hubiera una manera de... —Dejó caer los hombros y lo miró con súplica—. Creo que no he estado tan segura de nada en mi vida. Estoy enamorada. De la cabeza a los pies, como una imbécil. Es... es amor, amor de verdad.

Rurik alzó las cejas y suspiró con resignación.

—¿Qué quieres que te diga?

Kerr frunció el ceño.

—¿Me estás vacilando? Estoy hablándote de mis sentimientos en lugar de callarme, como el loquero me dijo que hiciera, ¿y me preguntas qué quiero que me digas? ¡Joder, Rurik! —Gesticuló con las manos sobre el pecho—. Tiene que contar para algo, ¿no?

El mercenario cerró los puños sobre las rodillas.

—Te agradezco que te sinceres conmigo, de verdad, pero después de haberte pillado en una mentira no tiene el mismo efecto.

—Ya te he dicho que lo siento y por qué lo he hecho.

—Eso no cambia las cosas. —Rurik se recostó mientras se sujetaba el abdomen con la mano. Su mirada había cambiado y ahora reflejaba tristeza—. Debemos dejar de ocultarnos cosas el uno al otro. Ya sé que no soy un ejemplo de transparencia; cambiar también me cuesta.

Kerr sacudió la cabeza. Si Rurik reconocía un fallo, nadie era perfecto o infalible. En lugar de consolarla, la idea la angustió.

—No tienes por qué...

—Los dos somos adultos. No voy a decirte lo que debes hacer, y menos aún en tu vida privada...

—Rurik, tú eres parte de mi vida privada.

Rurik sonrió, complacido, pero volvió a tornarse serio para seguir hablando.

—Lo que intento es darte un consejo. Sabes que no tengo experiencia en el terreno romántico porque no es algo que me interese, pero en estos últimos meses he aprendido una cosa: no importa el amor que sientas por alguien si no lo demuestras. No importa cuánto la necesites o cómo de feliz te haga que esté en tu vida. Tienes que ser responsable y justa. Tienes que cuidar de ella. —Torció el gesto con un esbozo de sonrisa desganado—. Tienes que ser sincera. El amor viene sin querer. Amar es lo fácil; lo difícil es estar a la altura.

Kerr tensó los labios y bajó la mirada.

—Nunca podré compensarte por el tiempo en que fui incapaz de estar a la altura para ti —siguió él en un susurro—. A veces me pregunto cuánto habría cambiado las cosas que te dijera que te quiero y cuánto significas para mí. Haber actuado para protegerte activamente en lugar de esperar a recoger los pedazos de ti que dejase tu padre... Eso son remordimientos con los que tendré que lidiar el resto de mi vida. —Ladeó la cabeza—. No quiero que también los sufras tú.

La asaltó un dolor físico, el mismo que cuando se planteaba la posibilidad de cortar con Kirsten o Ariadne para continuar solo con una. La presión se extendía por su caja torácica como si intentase separarle las costillas del esternón y sus músculos protestaran al unísono.

—Lo... lo siento... —Tragar saliva le costó una barbaridad—. No sé qué decir. Sé que está mal, pero es como si...

—Kerr, necesitamos abrir esta puerta —dijo Braei a través de la radio—. ¿Sigues ahí? ¿Hay algún problema?

El aire se le escapó por la boca. Se giró un poco y activó el canal de radio.

—Sigo aquí. Enseguida voy para allá.

—Recibido. No tardes.

Se humedeció los labios y miró a Rurik con la cabeza ladeada. El mercenario esperaba con una mano sobre el abdomen operado y la espalda tensa, más preocupado que enfadado. Deseó poder abrirse a él y explicarle todo lo que sentía, hasta lo que no era capaz de expresar con palabras o lo que le daba demasiada vergüenza decir en alto... Pero no había tiempo ni para hacerlo ni para enfrentarse a lo que vendría después. Tendría que aguantar al menos hasta que hubiesen terminado.

—Tengo que marcharme.

Rurik se levantó con una mueca de dolor.

—Hablaremos en otro momento. —Se le acercó y le dejó un beso en la frente antes de irse—. Ten cuidado.

Con un suspiro, Kerr se agachó a recoger las piezas de armadura que había desperdigadas por el suelo.

Incluso con las instrucciones de Kirsten, sentado en el suelo bajo el panel electrónico abierto, con una pizarra holográfica en las rodillas y tres cables enredados en torno a los hombros, Palamo tardó veinte minutos en abrir la puerta. Como hablaba con ella a través de un canal de radio privado, Kerr solo escuchaba la mitad de una conversación llena de tecnicismos y términos informáticos que a ella le sonaban a chino. Era tan aburrido que ni su madre ni Braei se habían quedado a esperar a que abriera, así que la mercenaria se había sentado unos metros más allá para darle vueltas y vueltas a la cabeza.

Después de la conversación con Rurik, la culpa había aumentado. Durante el día solía ser capaz de esconderla bajo una capa de felicidad estúpida y lujuria; la sensación solo volvía para aguijonearla cuando caía la noche y tenía tiempo para pensar en lo complicadas que eran las piruetas emocionales en las que se habían metido de lleno. ¿Y qué podía hacer? Dejar de beber (mayormente) le había costado más que ninguna otra cosa que hubiera hecho hasta entonces, pero ni de lejos la asustaba tanto como la perspectiva de decir adiós a Kirsten. Y a Ariadne, ya que estaba. ¿Pero no sería eso lo más justo? ¿Acaso no había quedado claro lo mucho que dejaba que desear como pareja?

Kerr se quedó sin respiración. Contemplar la posibilidad era como asomarse a un abismo infinito. Vivir sin una de las dos le resultaría doloroso. Vivir sin ninguna después de haber disfrutado de su apoyo y compañía...

Mierda, ahora le apetecía beber y se había prometido que no habría más deslices. Alarmada, desplegó el *holo* y compuso un mensaje rápido para Ariadne antes de recordar que habían capado las comunicaciones extraplanetarias desde el laboratorio.

La puerta soltó un chasquido metálico y Kerr pegó un brinco.

—¡Eh! —exclamó Palamo con una sonrisa de oreja a oreja—. ¡Lo hemos conseguido!

Kerr se izó con ayuda de la pared y le tendió una mano a Palamo mientras anunciaba el desbloqueo por radio.

—Buen trabajo —le dijo al ingeniero cuando se hubo levantado—. Quédate por aquí por si hay algún otro apaño que hacer.

Echó un vistazo al sótano desde el exterior. Su apariencia era aún más impersonal que la de las oficinas superiores. El suelo, la pared y las luces eran de un blanco cegador; a Kerr le dolieron los ojos hasta que se le acostumbraron a tanta iluminación. En el aire flotaba el aroma aséptico de los desinfectantes.

—Vale, aunque creo que voy a acercarme a una de las máquinas de café de arriba —dijo Palamo—. He visto que dan chocolate con naranja y no dejo de pensar en ello. ¿Tú quieres algo?

Kerr negó con la cabeza sin dejar de mirar hacia el interior del sótano. Algo volvía a crepitarle en la mente, como un ruido blanco en el que hubiese reparado por un súbito aumento del volumen. Tragó saliva y desenfundó la escopeta.

—Voy a echar un vistazo —anunció.

—¿Seguro? —Palamo enarcó las cejas—. Igual suelto primero un dron de reconocimiento, ¿no?

—No, no hace falta. Solo voy a dar una vuelta.

Pasó al interior empujando levemente las hojas de metal blindado y no se preocupó de lo que opinase Palamo hasta que estuvo bien dentro del sótano.

¿De dónde venía aquella sensación tan rara? ¿Sería alguna interferencia de los altavoces del complejo con sus auriculares? ¿Habría un dispositivo de modificación de conducta por infrasonidos en alguna parte? Primus Filius tenía pinta de usar esos cacharros para experimentar con sus propios empleados. Pero ¿por qué solo ella parecía notarlo? Con lo pejiguero que era Palamo, estaba segura de que habría mencionado algo. ¿Y si se lo estaba imaginando? Quizá fuera cosa del estrés. Quizá parase si se tragaba un puñado de pastillas y durmiera doce horas seguidas.

Continuó a través del pasillo con la escopeta en alto. Había tenido la precaución de colocarse el casco, pero poco más. Pasó frente a lo que los carteles señalizaban como habitación blindada sin hacer ademán de interactuar con ella; no, lo que importaba en aquel laboratorio no estaba allí. Lo que fuera que necesitaba encontrar se hallaba más abajo, en un lugar frío y oscuro al otro lado de un panel de cristal.

Ahora podía verlo mientras caminaba. El pasillo del primer sótano desembocó en unas escaleras de iluminación algo más tenue. Los carteles indicaban la importancia de mantener una correcta higiene y un entorno estéril en los niveles inferiores. Kerr echó un vistazo a través de las paredes de cristal y se encontró con parafernalia científica, microscopios y cámaras frigoríficas, pantallas holográficas y pizarras digitales en hibernación, pero no lo que estaba buscando. Aquello lo encontraría en el piso inferior.

Para entrar al tercer sótano, había que pasar por un «pasillo limpio». Activó el protocolo a través de una pantalla táctil en la pared y esperó a que terminase el proceso de descontaminación de la superficie de su armadura. Una luz verde se iluminó junto a la segunda puerta y Kerr la desbloqueó con el dedo. Después, extrañamente tranquila, se encaminó hacia las celdas.

Sabía, porque lo había visto, que tenía que pasar frente a las puertas cerradas y buscar la celda marcada con una H. Le recordaban en parte a los calabozos del patrullero svadik; por un momento temió acercarse a una de las puertas y encontrarse a sí misma al otro lado, encadenada a la silla y llena de electrodos. La luz era tenue, como en un acuario, y su sombra se hacía borrosa en los contornos al caer sobre el suelo de metal oscuro. Guardó la escopeta y tragó saliva. Giró sobre sí misma con la esperanza de encontrar a su madre a su espalda, algún rostro conocido que le brindara apoyo... Pero había llegado hasta allí sola. O... no.

—¿Por qué estoy aquí? —preguntó en voz alta.

«Te he llamado yo», dijo una voz en su cabeza. «Gracias por escucharme».

Kerr dio un respingo. Giró de nuevo en busca de... lo que fuera, pero se encontró con su reflejo tenue en el cristal negro que separaba el pasillo del interior de la celda.

—¿Y tú quién eres?

«Me llaman H».

—Pues me sienta de culo que me manipulen, H. —Miró la letra marcada en la puerta como si fuese una cara—. ¿Puedes leerme el pensamiento?

«Puedo percibir tu mente y los impulsos de tu sistema nervioso, pero no puedo escuchar tus pensamientos.

Sí puedo desentrañar lo que dices a través de las señales del traductor simultáneo que llevas en el oído».

Kerr se quitó el casco y gruñó entre dientes una respuesta afirmativa.

—Vale, pues aquí estoy.

«¿Cómo te llamas?».

—Rea. —Se acercó despacio al cristal y dudó sobre si debía tocarlo. Si era una sala de contención, dudaba que lo que hubiera al otro lado pudiera romperlo, pero imaginarse poniendo la mano ahí le erizaba el pelo de las sienes—. ¿Eres humano?

«Mi ADN es humano».

Kerr ladeó la cabeza.

—¿Entonces qué eres, un cruce?

«Puedes verme si cambias la opacidad del cristal».

Suspiró. ¿Quería verlo? No estaba segura del todo.

—Suenas humano.

«He nacido aquí. He aprendido a articular mis pensamientos con palabras gracias a mis monitores. Por supuesto que sueno humano».

Le temblaban las manos. Que sonase humano sin serlo del todo le daba más miedo que encontrarse con una bestia carnívora desprovista de razón. ¿Qué estaban haciendo allí abajo? ¿Por qué la había traído H hasta él o ella? ¿Y qué pretendía que hiciera ahora?

«Creo que estás asustada».

—No me das miedo, pero eres inquietante de cojones. —Kerr se mordió el labio—. Mira, voy a marcharme. Le diré a mi... Les diré a los demás que estás aquí.

«No, espera. No te vayas, por favor. Necesito tu ayuda».

La embargó una sensación de calma, a todas luces artificial, pero que no rechazó. Era tan agradable como un abrazo, solo que sin complicaciones emocionales. Sabía que H la estaba manipulando desde que había pisado el laboratorio o quizá desde antes, cuando lo sobrevolaba, pero no le parecía peligroso. Solo espeluznante.

—¿Por qué yo?

«Tu presencia es intensa. Tu mente es afín a la mía».

Aquello le hizo gracia. Nunca nadie le había dicho que su mente fuese afín a nada. Sabía que Kirsten era extraordinariamente inteligente, pero ni siquiera se sentía a la altura de Ariadne o de Rurik. Cuando se enfadaba consigo misma era capaz de ver su propia estupidez en profundidad. Era tosca y bruta, más parecida a matones como Bahuer que a las personas que le habría gustado ser.

Pero, al ver su propia sonrisa en el espejo, pensó en su madre y frunció el ceño.

—¿Eres un niño Prometeo?

«No soy un niño. Pero sí, mi creación fue parte del proyecto, igual que la de los demás».

Miró a las demás celdas, todas opacas, negras y brillantes, como la obsidiana.

—¿Hay más? ¿Nos están oyendo?

«Algunos. Otros carecen de la capacidad. No todos somos conscientes y no todos pueden articular sus pensamientos, y solo yo puedo comunicarme mediante palabras. Los demás lo hacen mediante sensaciones».

La azotó un escalofrío. Empezaba a odiar ese sitio.

—¿Qué es lo que quieres?

«Queremos que nos mates».

La sensación de malestar le brotó de las corvas y la recorrió hasta la nuca, como una uña afilada que no terminara de cortar la carne. Si H seguía tratando de inspirarle calma, ya no hacía efecto. Dejó escapar el aire. Había matado a muchísimas personas, quizá cientos, pero no recordaba que nadie le hubiera pedido que lo hiciera. La mujer de ojos desorbitados que se reflejaba en el cristal la contempló como si se hubiese topado con su fantasma. Tardó un segundo en reconocerse, no supo si por culpa de H o de su propia cabeza, y apretó el casco entre las manos.

—¿Por qué? —preguntó, muy bajito.

No hacía falta que le respondiera, porque ya lo sabía. Aún no había pasado un año desde la última vez que había coqueteado con la idea de lanzarse al vacío.

«Demasiado dolor».

Se acercó despacio al cristal y una pequeña consola holográfica apareció en gris claro. Había parámetros que ni entendía ni le interesaban, pero el control de la opacidad era similar al de las ventanas de su apartamento. Eligió el modo transparente y la consola desapareció. La oscuridad del cristal dio paso a la luz blanca, y con ella la visión de lo que era H.

Quizá hubiera tenido un cuerpo al uso hacía tiempo. Si se entornaban los ojos, se podía diferenciar algo similar a un esqueleto humano, con tiras de carne y tendón donde las habría tenido una persona normal. Había unas oquedades que recordaban a ojos, quizá a una fosa nasal a la que se le hubiera caído el cartílago. No había boca. Tampoco había brazos o piernas. La piel y la carne habían crecido más allá de su marco natural, extendiéndose por el suelo y la pared como una mancha de moho en la esquina de un ático húmedo. Había ramilletes blancos al aire, como filamentos, que se sacudían con espasmos irregulares. En el centro de aquel ser, subía y bajaba lo que podría haber sido un diafragma. A través de unas venas finísimas, la sangre recorría cada una de las partes que componían su estructura, bombeando los nutrientes que quizá se le introducían a través de los tubos que entraban por uno de sus... extremos.

Tendría que haber apartado la mirada. Tendría que haber sentido náuseas, golpear el cristal, taparse la boca. Tendría que haber hecho *algo*.

Pero lo único que podía hacer era mirar aquella cosa y preguntarse cómo era posible que *pensara*.

—¿Qué eres? —musitó.

«Una colonia neuronal. Nervios y cerebro, y un sistema circulatorio y excretor básico para mantenerme con vida».

—Esto es una locura...

«No parezco humano y algunos dudan que lo sea. Tengo pensamientos y conciencia, eso sí; algunos me consideran una inteligencia natural».

—¿Pero...? —Kerr apartó la vista por fin, pero en sus retinas seguía grabado el movimiento suave de los ramilletes—. ¿Por qué cojones hacen esto?

«Para perfeccionar la raza humana».

Golpeó el cristal con el puño.

—No. Una mierda. —Se dio en el pectoral con los nudillos—. Se suponía que yo iba a ser perfecta, mi madre me lo dijo. El proyecto Prometeo sería algo como yo, ¡así no!

«Para hallar la fórmula correcta es necesaria la prueba y error. En ocasiones, esas pruebas descubren cosas interesantes que no se sabía que fueran posibles. Son útiles para otros avances, o eso me dijeron».

Kerr jadeó.

—¿Cuántos años tienes? ¿Cuánto tiempo llevas así?

«Décadas».

Trató de recordar lo que su madre le había contado sobre su paso por aquel laboratorio y deseó con todas sus fuerzas que no hubiese participado en esa monstruosidad. No, ella le había dicho que había trabajado con especímenes alienígenas. Pero ¿cambiaba eso algo? ¿Cómo sabía que en alguna de aquellas celdas no había una de esas *colonias* compuesta de células rae'loc o de cualquier otra especie? H tenía pensamientos y conciencia. ¿Y si hubo en algún momento otro como él, otro que su madre hubiese ayudado a crear?

Se imaginó a sí misma en el interior de aquella celda, sola. Se imaginó atrapada en uno de los tanques amnióticos de los svadik, olvidada para el mundo. Se imaginó de vuelta en la silla y el nivel cinco bajo la mirada impasible de la teniente Veneriv.

Ahora sí, náuseas.

«Soy el único con capacidad telepática comprensible para ti, pero todos sentimos lo mismo. Queremos dejar de existir. Queremos dejar de sentir. Estamos agotados».

—Joder —jadeó mientras una lágrima le resbalaba hasta la punta de la nariz. Le fallaban las rodillas—. No puedo...

«Por favor».

—Necesito respirar...

Se deslizó sobre el cristal. El mundo daba vueltas y sus botas rechinaban contra el suelo. Cerró los ojos para no mirar a H, temblando, y trató de dominar su respiración. El loquero le había dicho que pensara en un lugar especial y que se imaginase allí cuando se sintiera abrumada por la ansiedad, pero cuando trató de evocar el rostro de Ariadne, se le vino encima otra catarata de pensamientos horribles. Sintió una punzada en el pecho. Se le iba a parar el corazón y eso sería todo. Se moriría allí abajo, a solas con H, y en cierto modo sería apropiado.

—¿Es esa de ahí? —escuchó una voz.

—¡Kerr!

Oyó pasos en su dirección, voces preocupadas de rae'loc. Manos negras la sostuvieron por las axilas y ojos anaranjados buscaron los suyos.

—¿Qué es eso de ahí?

—Theresa, la hemos encontrado. Está en el tercer sótano.

Era demasiado. Kerr cerró los ojos y se dejó caer.

El desmayo fue muy breve; de hecho, ni siquiera pudo asegurar que se hubiera desvanecido del todo. Pero al volver en sí y sentarse en los escalones que conectaban los sótanos dos y tres, se sintió agotada, con los músculos acalambrados y ganas de tumbarse y dejar de pensar. Su madre había bajado enseguida tras la llamada de los rae'loc: había sido ella quien le había sugerido que descansase un rato. Había entrado en el sótano, probablemente para ver a H con sus propios ojos, y después había vuelto para sentarse a su lado con la mirada huidiza y la expresión tensa.

—¿Estás mejor? —preguntó entre dientes.

Kerr asintió, avergonzada. No tenía ni idea de qué creían los rae'loc que le había pasado, pero odiaba haberse mostrado tan vulnerable delante de ellos. A saber si no andarían cuchicheando sobre cómo se había desmayado como una mujer victoriana al ver un amasijo de órganos cualquiera.

—Siento que los hayas encontrado así —suspiró su madre—. Tendrías que haberme esperado.

Se abrazó las rodillas y apoyó la barbilla en las placas de los brazos.

—Entonces ese es el proyecto Prometeo... Eso es lo que podría haber sido yo.

Su madre dio un respingo.

—Oh, no, no. Tú eres completamente diferente. De haber seguido adelante con el plan, tú habrías sido una versión depurada del proyecto. Todas las pruebas y los experimentos anteriores sirvieron para codificar una serie de configuraciones genéticas que darían lugar a un ser humano especial y mejorado. Estos son... descartes. Proyectos paralelos. —Alzó las cejas y la miró con compasión y miedo—. Jamás habría dejado que te trajeran a un sitio como este, cariño. Te protegí para que nunca ocurriera.

—Entiendo.

Aún tenía el cuerpo agarrotado y la ansiedad le crepitaba bajo la piel. Inspiró hondo. Si lograba mantener el control ahora, quizá podría evitar que la situación la sobrepasara de nuevo. Necesitaba averiguar cosas y debía mantenerse entera para ello. Carraspeó.

—Hace tiempo me dijiste que lo último que hiciste fue trabajar con sujetos vivos. ¿Fue así? —Miró a su madre de reojo—. ¿Haciendo esto?

—Antes, en otra ala de este sótano, se retenía a prisioneros vivos. Yo me dedicaba a monitorizarlos y a documentar el progreso de los experimentos cacogenéticos. Algunas de las fórmulas que se empleaban eran mías. —Se frotó la cara con las manos—. El genocidio activo nos habría puesto en el punto de mira de la Confederación, así que buscábamos debilitar al resto de especies de manera discreta. Uno de los proyectos era el diseño de un virus que alterase los gametos de los infectados de modo que sus vástagos nacieran con problemas congénitos. Mientras yo estuve aquí, se introdujeron tres cepas distintas del virus Kappa en colonias rae'loc. Se registró solo un contagio del tres por ciento, algo que se consideró un fracaso. Desde el principio habían apuntado a un porcentaje mucho mayor. —Se miró las manos, carnosas y arrugadas, surcadas de venas—. Pedí una excedencia cuando aún no lo habían conseguido, pero me consta que nunca lo lograron. Lo sé porque antes de escapar me aseguré de llevarme conmigo todo lo que pude y destruir el resto.

Kerr escuchaba en silencio. ¿Podría H oír la conversación desde donde estaba?

—Pero fue demasiado tarde —dijo su madre, triste—. Aunque la infección no fuera tan a gran escala como Primus Filius habría deseado, aún había víctimas. Durante los siguientes años, me empleé a fondo en conocerlas. Las vi, las escuché, las atendí. No son muchas, no si las comparamos con la totalidad de la especie rae'loc a una escala galáctica, pero... —Suspiró—. Tal vez no haya hecho algo como lo que hay ahí dentro, pero se le parece. Dolor y dolor, Rea. Ese es mi legado en este mundo. Haré lo que esté en mi mano para cambiar aunque sea una mínima parte.

¿Qué legado dejaría ella? Nada bueno. Había matado a personas inocentes, causado daños irreparables y complicado más vidas de las que era capaz de recordar. Ni siquiera cuando había actuado para proteger a otros había sido capaz de dejar de joder a los demás. Lo único que podía considerar bueno era lo que habían venido a hacer allí: detener a Primus Filius y pararles los pies antes de que fuera demasiado tarde. Y ahora que conocía la existencia de H y el resto de sujetos, acabar con su dolor de una vez.

—Aún hay tiempo —dijo con voz ronca—. Si nos esforzamos a fondo, se pueden pagar todas las deudas, como decías.

—Sí. Y vamos a hacerlo, desde luego que sí. —Su madre sonrió sin enseñar los dientes—. Los técnicos de Braei ya están ocupándose del servidor del sótano.

—Bien.

—Mientras, tendremos que subir los sujetos al transporte y llevarlos a la *Penstagann.* Va a llevar su tiempo:

entre los tanques y el soporte vital, cada uno ocupa cuatro plazas, por lo menos.

Kerr frunció el ceño.

—¿Cómo que al transporte? ¿Os los vais a llevar?

Habló con más vehemencia de la que pensaba. Su madre la observó, entre inquisitiva y confusa.

—Son lo más importante. En los informes y análisis encontraré muchísima información, pero necesito continuar con las pruebas.

Una gota fría resbaló por su columna vertebral.

—Vas a seguir experimentando con ellos.

—Voy a estudiarlos.

Kerr se levantó con ayuda de la pared.

—He hablado con uno de ellos. Con H. La... eh... colonia neurológica.

Su madre alzó las cejas.

—¿Cómo?

—Es TP. —Tragó saliva—. Me ha pedido que los mate a todos.

—¿Qué?

Kerr señaló a la puerta del sótano con una mano. Las palabras se le agolpaban en la garganta.

—Están sufriendo. Llevan décadas aquí, mamá, ¡décadas! —Estaba levantando la voz sin darse cuenta—. Puede que H tenga mi edad. ¿Sabes qué? Igual es hasta mi hermano, mi clon o... ¡Da igual! Son personas, mamá. No puedes llevártelas.

Su madre se puso de pie y cruzó los brazos sobre el pecho.

—Hija, entiendo lo que quieres decir y te aseguro que les compadezco. Lo que han hecho con ellos es horrible. —Le temblaba la papada—. Pero... hay muchísima gente que depende de mí. No puedo fallarles ahora.

—A quienes no puedes fallar es a ellos. ¿No son una deuda? —Kerr apretó los dientes. Tenía que recordar que hablaba con su madre y que poseía el control de sus emociones... hasta cierto punto—. Mátalos y estúdialos luego. Hazles mil autopsias si te apetece, pero...

—No funciona así, hija.

Kerr endureció el gesto.

—No me jodas. No puedes...

Su madre se irguió.

—No hay otro modo. Y si lo hubiera, sería absurdo buscarlo cuando tenemos esto al alcance de la mano.

Kerr quiso protestar, quizá gritar, pero la expresión de su madre se dulcificó tanto que rompió sus defensas. Dejó que se le acercara y le posara las manos sobre los hombros; hasta sintió satisfacción por ser su centro de atención, como cuando era pequeña.

—Rea, te prometo que seré cuidadosa. —Hablaba con ternura; era imposible no querer creerla—. Estoy de acuerdo en que esa pobre gente ya ha sufrido demasiado; me gustaría poder hacerlo de otra manera, pero en ocasiones es necesario escoger el mal menor. —Le apretó los hombros—. Acepto toda la responsabilidad. No te preocupes, ¿vale? No es cosa tuya.

Ella se tensó y ladeó la cabeza. Las palabras de su madre sonaban compasivas, pero lo que implicaban seguía revolviéndole el estómago.

—No puedo dejarlo así. Tú no le has oído...

Su madre le acarició la cara. Aunque afuera hiciese mucho frío, tenía las manos calientes.

—He oído cosas similares. Entiendo tu dolor, cariño, de verdad. Eres buena persona.

Soltó un bufido.

—No, no lo soy, pero la cuestión no es...

—Rea, ¿me recibes?

Era Rurik, a través de la radio. Se separó de su madre y se alejó para atender la llamada.

—Sí. ¿Qué pasa?

—Ven a la nave. Hay algo que debes escuchar.

—¿Es urgente?

—Sí.

Suspiró, observando a su madre de soslayo.

—Voy enseguida.

Cerró la comunicación con Rurik y volvió con su madre.

—Tengo que volver a la *Athena*, pero me gustaría seguir hablando de esto más tarde.

Su madre le tendió el casco después de recogerlo de los escalones.

—Deberías descansar, Rea. Estás agotada.

—Ya descansaré cuando me muera.

No se volvió para observar el efecto de sus palabras en su madre. Se colocó el casco mientras subía las escaleras y salió del laboratorio tan rápido como se lo permitían las piernas.

La nieve crujió bajo sus pies mientras rodeaba el laboratorio para bajar por el camino de piedra que conducía a la *Athena*.

—Palamo, ¿puedes bloquear las puertas del sótano 3? —preguntó por radio a través de un canal privado.

—Puedo —respondió el piloto al instante.

—Hazlo. No las abras a menos que yo te lo diga.

—¿Qué has encontrado ahí dentro? ¿Ha pasado algo?

—Nada que tengas que saber ahora. Si Braei o la doctora Lichtenberg te piden que abras, diles que hablen primero conmigo.

—Mmm... Vale.

Kerr ya estaba cerca de la nave cuando Palamo volvió a hablar.

—Capitana, ¿vamos a acabar a tiros con esta gente?

—¿Qué?

—Lo pregunto por saber, eh. Por prepararme.

—No vamos a acabar a tiros con nadie, solo quiero asegurarme de que no hacen nada sin mi permiso.

—Entendido...

Por el tono, Palamo no parecía demasiado convencido. ¿De veras pensaba que pretendía traicionar a su madre? Pues sí que tenía mala opinión de ella. Lo único que quería era acabar la conversación que habían iniciado ahí abajo sin encontrarse que se habían llevado a H y los demás mientras ella estaba ocupada. Lograría hacerla entrar en razón antes o después. Tenía que haber otra manera de ayudar a los rae'loc, una que no implicase seguir torturando a aquella gente.

8

Cuando entró en el camarote de Rurik, él la obligó a sentarse en la cama. Desde arriba, la tomó de la cara para inspeccionarla mientras le acariciaba la mejilla con el pulgar.

—¿Qué? —preguntó ella con sequedad, aunque sin apartarse.

—Palamo me ha dicho que te has mareado. Estás helada.

—Pues claro que estoy helada. Ahí fuera es invierno y hay nieve, ¿sabes? —Tiró de sus muñecas con suavidad y sacudió la cabeza—. No me hace ni puta gracia que te cuchichee cosas que no le importan. Luego pienso darle cuatro gritos.

—Llevaba un buen rato llamándote por radio y no contestabas —respondió él, sosteniéndose el vientre herido mientras se sentaba a su lado—. Había muchas interferencias, así que le he preguntado a él y me ha dicho que te habías mareado en los sótanos. No me ha cuchicheado nada.

Kerr resopló. Los rae'loc habían corrido a contárselo a todo el mundo, entonces. Tragó saliva y consideró la posibilidad de despreciar el desmayo como algo relacionado con el cansancio, pero Rurik se habría puesto pesado con que delegase y todo aquello. La verdad sonaba más fácil... y más justa.

—Ahí abajo hay experimentos humanos. Son gente. He hablado con uno. —Se mordió el labio inferior, que a estas horas notaba en carne viva de tanto clavarse los dientes—. Me he acordado de toda la mierda de los svadik y... —Encogió un hombro—. Ha sido la ansiedad, pero ya se me ha pasado.

—¿Seguro?

Ella asintió con energía.

—Estoy bien y hay mucho por hacer.

Rurik tomó una de sus manos entre las suyas como si pudiera sentirlo a través de los guanteletes.

—Te creo, pero prométeme que cuando esto termine vas a buscar ayuda para eso.

Kerr sonrió de medio lado.

—Cuando esto termine, dudo que el seguro me siga cubriendo el psiquiatra. Pero sí, te lo prometo. —Le golpeó el hombro con los nudillos—. Espero que no me hayas llamado para esto, porque podría haberte respondido por radio.

La expresión del mercenario se tornó sombría.

—No. Es por algo más. —Le soltó la mano y desplegó su *holo*—. Me ha llegado esto hace una hora.

Seleccionó uno de los archivos recientes y abrió el reproductor de vídeo. Su padre apareció sentado en un sofá de cuero que desconocía, con el pelo gris iluminado al trasluz del día artificial de la estación Sígel. Llevaba semanas sin verlo, desde que le había advertido que si continuaba apoyando a su madre ya no podría protegerla; y aunque parecía que hubiese envejecido varios años desde entonces, lo que más la agitó fue su mirada. Cuando se posaba sobre sus ojos, solía expresar indiferencia, furia o ese tipo de preocupación que Kerr sospechaba que tenía más que ver con la responsabilidad que con el amor verdadero. Esta vez, su padre la miraba con ansiedad, casi desesperación. Buscó por instinto el cañón de un arma en una de las esquinas superiores de la pantalla, pero lo único que halló fue el marco de un cuadro digital.

—Hola. Espero que puedas ver este mensaje a tiempo. Por si acaso, seré breve. —Su padre tragó saliva. La frente le brillaba por la película de sudor que la cubría. Era tan raro verlo así, tan inimaginable, que Kerr estuvo a punto de pedirle a Rurik que parase el vid—. La última vez que nos vimos no acabamos en buenos términos y no voy a olvidarme de tu traición tan fácilmente, pero si te conozco al menos un poco, entonces eres el único en el que puedo confiar para esto.

Su padre sonaba hasta dolido. Kerr frunció el ceño. Rurik le había dicho que había abandonado el servicio a su padre indefinidamente, pero no le había contado detalles y ella no había querido escucharlos. ¿Habrían acabado tan mal?

—Rea ha escapado de mi control desde que su madre ha aparecido, pero creo que tú aún puedes hacerla entrar en razón. Ella siempre te ha tenido en alta estima y sé que tú le has cogido cariño. Si te importa de verdad, te pido... —Se interrumpió y tragó saliva—. Te suplico que pares lo que sea que estéis haciendo en Admos.

Kerr se descubrió estrujando la colcha tan fuerte que los guanteletes habían perforado el tejido. ¿Suplicar? Sacudió la cabeza. No, su padre jamás suplicaba.

—Tiene que ser un truco —murmuró—. Está mintiendo, es una manipulación, es...

—He hablado con Carlo Lucani hace media hora. Han recibido una señal de socorro y acaban de enviar refuerzos, pero supongo que Theresa y Rea cuentan con ello. No es lo que me preocupa. —Su mandíbula se crispó—. Si lo que hay allí llega a oídos de la Confederación, pasarán cosas muy malas. Tienen los medios y las ganas para imponerse sobre cualquier resolución que tome el Consejo y llevan años esperando una excusa. Tú eres de la Tierra, como yo, y sé lo mucho que la has añorado en estos años de exilio. No la condenes a una guerra. Detén a mi hija. Ella no se ha criado en la Tierra, pero es una humana orgullosa. —Los ojos de su padre brillaron—. Convéncela. Y si no puedes convencerla, toma medidas. Nadie debe saber lo que hay en Admos. Por favor, Amadi.

La imagen se congeló. Rurik apartó la ventana y se volvió hacia Rea, que negaba en silencio desde la mitad del vídeo.

—Con esto no intento convencerte de nada —dijo Rurik en voz baja—, pero pensé que debías verlo.

—Mi padre no enviaría este vídeo —murmuró ella—. No lo haría ni de coña.

—Me parece que sí. El vídeo es real.

Incapaz de seguir sentada, se levantó de un salto.

—Lucani le ha pedido que haga ese vídeo para que no salga nada a la luz. —Kerr señaló el *holo* de Rurik con un dedo tembloroso—. No podemos creernos ni una palabra de lo que ha dicho.

—No tienes por qué creerle o escucharle.

Kerr comenzó a dar vueltas por la habitación.

—No lo voy a hacer. Dije que a partir de ahora decidiría yo. ¡Estoy harta de que me manipule como le da la gana!

—Bien. —Rurik se levantó con un gesto de dolor y trató de detenerla con suavidad—. Seguiremos adelante.

Ella soltó un gruñido de rabia y sacudió la cabeza.

—Joder, ¿por qué ha tenido que suplicar? —gritó. Respiró hondo. No quería pagarlo con Rurik; él no había hecho nada, solo ser transparente y sincero, como se suponía que serían a partir de ahora—. No le he visto suplicar en la vida. ¿Le has visto tú?

—No, nunca.

Se apretó la cabeza y las protecciones de los guanteletes le lastimaron el cuero cabelludo. Estuvo así un rato, pensando sin pensar, dejando que el vídeo se reprodujera una y otra vez en su mente mientras asimilaba la vulnerabilidad de su padre. Estaba tan desesperado que había ignorado su propio orgullo y había enviado un mensaje de súplica a alguien que lo había traicionado. ¡Era demencial! Era lo opuesto a todo lo que conocía... pero había ocurrido. Todo por el miedo a que le pasara algo a la Tierra.

—¿Y si le llamo? —preguntó con un hilo de voz.

Rurik le posó un brazo en el hombro.

—¿Crees que deberías?

—No lo sé, joder, ¿por qué iba a preguntarte si no? —Tragó saliva—. Perdón. Estoy...

—Nerviosa.

—Estoy enfadada. —Kerr sacudió la cabeza otra vez y se separó de él—. Voy a llamar a mi padre. ¿Puedes... quedarte conmigo y hacerme compañía? No tienes por qué hablar, solo estar delante.

—Claro —dijo él.

Se sentaron otra vez en la cama. Kerr desplegó su *holo* y buscó el contacto de su padre. Había esperado no volver a llamarle nunca; después de aquello, tenía la intención de dejarle atrás a él y a todo lo que representaba. Dejar de buscar su aprobación y su atención en todo y ser feliz por su cuenta. Madurar por fin, si es que era eso.

Y allí estaba, esperando a que aceptase su videollamada.

No tardó demasiado: tras diez o veinte segundos de incertidumbre, la cara de su padre volvió a flotar frente a la suya, aunque en un escenario distinto. Este lo reconocía: estaba sentado en el escritorio de su oficina, de espaldas a la ventana por la que se observaban los aeromóviles yendo y viniendo a toda velocidad.

—Hola, Rea. —Iba bien arreglado, mejor que en el vídeo de hacía un rato, pero en sus ojos aún se notaba la misma inquietud—. Entiendo que has hablado con Rurik.

—Me ha enseñado el vídeo —farfulló ella—. Eso es lo que querías, ¿no?

Movió la cabeza como en un tic por la tensión.

—Quería que hablase contigo, o que te animara a hablar conmigo. Me alegra que lo haya hecho.

—No creas que has ganado. —Kerr recordó los consejos de Ariadne y respiró hondo, pensando bien cada palabra antes de pronunciarla—. Dime lo que quieras decirme, pero dímelo ya, sin trucos ni mierdas.

Su padre se cruzó de brazos.

—Primus Filius tiene un pie en el parlamento, pero hace tiempo que trabajan en secreto con el ejército. Cuando desveléis lo que habéis encontrado ahí, pasarán dos cosas: Natalya Chen perderá las elecciones y la Confederación pedirá cuentas al gobierno de la Tierra. Pero Primus Filius no está dispuesto a desaparecer sin más. —Su frente se arrugó—. Lucani me ha asegurado que si no obtienen el poder por las buenas, lo harán por las malas. Se alzarán en armas y habrá una guerra, Rea. Una mucho peor que cualquiera que haya habido hasta ahora.

—La Confederación no se quedará de brazos cruzados si eso pasa —dijo Kerr—. Intervendrán, igual que el resto de miembros.

—Sí, ¿y crees que eso es lo óptimo para nosotros? ¿Convertir la Tierra en un campo de batalla para los intereses alienígenas? Hace tiempo que la cúpula interna de Primus Filius busca externalizar el conflicto. Pretende que la propia Confederación se implique en la guerra mediante alianzas con el resto de especies descontentas. —Su padre endureció el gesto, pero fue un espejismo. La debilidad tiñó su expresión—. Hija, no me importa si me odias o si estás intentando vengarte de mí, pero estoy convencido de que amas a la humanidad tanto como yo. ¿Sabes hasta qué punto pueden perjudicarnos? Será volver a los tiempos en los que los svadik... No, será aún peor.

Kerr tenía los dientes tan apretados que le dolía la mandíbula. Se concentró en relajarla y se cruzó de brazos.

—No... No lo creo.

Él se frotó la frente con gesto dolorido.

—¿Sabes por qué dejé Primus Filius? —Levantó la vista y torció la boca en un esbozo de sonrisa cínica—. Algunos abandonan por la ética. Otros desertan porque les lavan el cerebro, como tu madre. Yo abandoné porque me di cuenta de que jamás conseguiríamos lo que buscábamos. No importaba cuánto investigásemos, cuánto nos preparásemos para esa guerra que antes o después llegaría, cuánto soñáramos con liderar nuestro propio viaje... Nunca lo lograríamos. —Se inclinó hacia delante con ademán pesaroso y la miró de cerca—. Me conoces bien, Rea, tan bien como puede conocerme alguien. No soy pacifista, solo práctico. Nunca iniciaría una guerra en la que no puedo vencer de alguna manera. Y empezar esta es el peor servicio que podría hacerle a la humanidad, hija. Por eso te suplico que me ayudes a detenerla.

Kerr cerró los ojos mientras trataba de clavarse los dedos en los costados, pero las placas de la armadura impedían que sintiera nada.

—¿Y qué pasa con la gente de la *Reborn*, papá? ¿Qué pasa con lo que han estado haciendo aquí dentro? Para salvar la Tierra, ¿vas a permitir que Chen gane y que Primus Filius llegue al poder, así sin más?

—Es el mal menor.

—El mal menor para ti.

—El mal menor para mí, para ti y para todos, Rea. Para la humanidad.

Se quedó en silencio y volvió sin querer a la *Reborn,* entre los cadáveres silenciosos que giraban a su alrededor mientras un patrullero svadik se acercaba a toda velocidad para matarlos a todos.

—No quiero hacer esto —dijo, casi sin voz—. Joder, apenas puedo decidir sobre mi propio futuro, ¿cómo voy a decidir sobre el futuro de la Tierra?

—No tienes que decidir nada, Rea, porque no hay más solución que la que te doy ahora: destruye el laboratorio, destruye las pruebas y márchate de ahí antes de que lleguen los refuerzos.

Kerr tragó saliva.

—¿Qué?

—No voy a mentirte: Lucani me ha llamado para pedirme que intercediera entre él y tú. Pese a todo, es un hombre razonable. Me ha dado las claves manuales para volar el laboratorio. —Desplegó una ventana nueva en su *holo* e hizo varios movimientos de dedos fuera de cámara—. Acabo de enviártelas. Introdúcelas en el nodo principal, el del sótano, y el laboratorio se autodestruirá en cuestión de minutos. Tendrás que asegurarte de que cualquier copia que tu madre haya hecho de los datos también sea destruida. Si aún tienes contacto con el hacker que te salvó de los svadik, es momento de que le pidas otro favor.

—Papá, espera...

—Confío en ti, Rea. Si lo hubiera hecho antes, quizá no estaríamos donde estamos ahora, pero no tiene sentido que nos lamentemos por eso. —En su cara volvió a aparecer esa expresión de vulnerabilidad que parecía tan fuera de lugar en él que le producía rechazo físico—. Por favor, hija. Si amas a la humanidad aunque sea un poco, harás lo que te digo. Es mi plan, no el tuyo. Tú solo cumples con tu deber, ¿me oyes?

Kerr temblaba. Aún no había terminado de procesar todo lo que su padre le estaba diciendo y no estaba segura de que pudiera. No quería hacer nada de lo que decía, pero tampoco quería no hacerlo. Habría dado cualquier cosa por ser cualquier otra persona, cualquier cosa, cualquier microbio insignificante, desaparecer y dejar de existir para siempre. Lo que fuera con tal de no seguir allí y no ser responsable de nada.

—Rea, necesito tu ayuda —insistió él—. No te quedes congelada, no tienes mucho...

—La guerra es inevitable —dijo Rurik.

Había estado tan callado que incluso Kerr, absorbida por la conversación con su padre, había olvidado que estaba allí. Su voz la sobresaltó. El vértigo estuvo a punto de derribarla, pero Rurik repitió lo que había dicho como si tratase de devolverla a la realidad.

—No importa lo que haga Rea ahora, la guerra es inevitable.

Su padre, en la pantalla, se recostó en la silla. Kerr se recolocó de modo que Rurik también apareciese en la retransmisión a su padre.

—Amadi. Has estado presente durante toda la conversación, supongo —preguntó, súbitamente altivo.

—Sí. —Rurik entornó los ojos—. Hacía mucho que no me llamabas por mi nombre. Más de veinte años, por lo menos... Ahora lo usas. Ya veo.

Kerr no supo si intervenir. No había estado presente en la última conversación que habían tenido ellos dos, pero sabía que no había terminado bien. Y, pese a todo, había pasado tantos años escuchando el respeto reverencial con el que Rurik hablaba a su padre que apenas podía creer que ya no se lo tuviera. Su padre tampoco parecía creerlo. Se había quedado callado y los labios apenas se le veían bajo el bigote gris.

—Incluso si destruyera el laboratorio y los planes de Primus Filius siguieran adelante, dudo que Chen fuese una gobernante tranquila. —Rurik le hablaba a Kerr, no a su antiguo jefe. No era a él a quien trataba de convencer—. Pretenden abandonar la Confederación. Ya tienen al ejército de su parte y parece que han hecho planes al respecto. —El mercenario posó una mano en su nuca—. Rea no puede cambiar nada. Si sé algo de cómo funciona esto, es que al final habrá una guerra. Cuando las cosas se llevan al límite, siempre hay una. Y tú lo sabes, Desmond.

Kerr suspiró. No podía expresar hasta qué punto la habían aliviado esas palabras y estaba segura de que aquello la convertía en una persona horrible, pero al menos había dejado de temblar como un perro mojado.

Su padre gruñó entre dientes. Sus cejas se enarcaban, su mandíbula se crispaba.

—De Rea me esperaba algo así, pero de ti no. Veo que los esfuerzos de Theresa han dado sus frutos.

—Theresa no tiene nada que ver —dijo Rurik, seco pero tranquilo—. Te lo dije la última vez que hablamos: pienso cuidar de Rea hasta que me muera, y eso incluye protegerla de ti. No vas a volver a hacerle daño.

Kerr sintió que se le derramaba en el estómago una sensación cálida, intensa sin llegar a ser desagradable. Observó a Rurik de reojo como si fuera la primera vez que lo veía y reprimió las ganas de echársele al cuello y llenarle la cara de besos. Aún no habían llegado a ese punto y quizá no lo hicieran nunca, pero hasta ese momento jamás habría creído que le oiría decir esas palabras y menos a la cara de su padre. Este se había enfadado tanto que era incapaz de hablar, igual que cuando ella le había exigido el control de Horizonte Rojo. Kerr le ahorró el bochorno y desconectó la llamada. Luego bloqueó su contacto.

Rurik le posó la mano en el muslo enfundado en plástico y metal.

—Lo que he dicho lo pienso de verdad.

A Kerr se le escapó la risa.

—¿El qué?

—Todo.

Ella volvió a reírse, demasiado nerviosa para mantener la entereza, y Rurik sonrió. No duró mucho, solo lo que les llevó acostumbrarse al cambio en la atmósfera de la habitación, pero Kerr tuvo tiempo para suspirar hondo, quitarse los guanteletes y aclararse las ideas.

—No quiero hacer lo que dice mi padre. Estoy segura. —Se humedeció los labios y buscó la mano de Rurik—. Si tiene consecuencias, que las tenga, pero alguien debe intentarlo.

—¿Crees que vas a poder dormir con ello? —preguntó él.

Kerr se encogió de hombros.

—Me siento culpable casi todo el tiempo. No sería distinto. —Sonrió con resignación. Si le costaba dormir después de aquello, buscaría maneras de hacerlo—. Creo que me sentiría peor si les hiciera caso a él y a Lucani. Ya les he ayudado demasiado.

Encontró comprensión en los ojos de Rurik. Él también debía de haber tomado una decisión parecida no hacía mucho. Volvió a sentir el deseo de abrazarlo muy fuerte, casi hasta que dejase de respirar, y recuperar en un momento lo que habían perdido en los últimos diez años. Sin embargo un crepitar en el oído le quitó la idea de la cabeza de inmediato:

—Capitana, Braei se ha rebotado mucho cuando le he dicho que no voy a abrir la puerta —dijo Palamo a través de la radio—. La doctora también se ha enfadado. Pasan de hablar por radio: van de camino a la *Athena*.

Rurik ladeó la cabeza, confuso. Kerr puso los ojos en blanco.

—Me cago en la leche —dijo—. Ven conmigo.

9

Cuando fue a buscar a Kirsten a la cabina del piloto junto a Rurik, esta se encogió como si temiera una intervención familiar o algo peor. Kerr cerró la puerta tras de sí y, mientras Rurik tomaba asiento con gesto cansado y Kirsten intercambiaba el peso de un pie a otro, les explicó a toda prisa lo que había visto en el sótano del laboratorio y la charla posterior con su madre. Kerr pasó de puntillas sobre su breve desmayo, a sabiendas de que Kirsten se preocuparía de más si se lo contaba, y se centró en la necesidad de cumplir los deseos de H. La expresión de él se endureció, ella empalideció.

—Rea, ¿estás segura de lo que estás haciendo? —preguntó Rurik.

Kerr saltó como si le hubiera picado un bicho.

—¡Joder, sí! ¿Por qué crees que lo hago? —Miró a Kirsten, cuya fe en ella tampoco parecía espectacular en esos momentos—. ¿Qué? ¿Tú tampoco confías en mí?

—No es eso —dijo la ingeniera—. Es solo que…

—Son tus aliados —dijo Rurik—. Y es tu madre.

—¿Es que mi madre no puede estar equivocada? —preguntó Kerr entre dientes.

—Claro que puede, pero ahora mismo estamos en terreno enemigo y a la espera de que lleguen refuerzos. No es momento de puñaladas por la espalda.

—¡Yo no he apuñalado a nadie por la espalda!

—¿Cómo crees que habrán visto los rae'loc que cierres la puerta sin dar explicaciones?

—¿Y qué voy a hacer ahora?

—Rea, esos seres eran TP, ¿no? —murmuró Kirsten—. Ese tal H te atrajo hasta el sótano mediante sugestiones mentales. ¿Has pensado que...?

Kerr dio un manotazo al respaldo de la silla del piloto y Kirsten se sobresaltó.

—¡De puta madre! Intento hacer algo bueno y tú piensas que me han lavado el cerebro. ¿Esa es la imagen que tienes de mí?

Kirsten le devolvió una mirada herida y frunció los labios. Kerr se volvió hacia Rurik, que no parecía convencido ni con sus argumentos ni con sus formas.

—Sé lo que hago y sé por qué —dijo, con un dedo en alto—. No estoy ni borracha ni loca. Dadme un puto voto de confianza por una vez, ¿vale?

Rurik y Kirsten se miraron entre sí y luego echaron un vistazo hacia la puerta como si dudasen sobre si debían quedarse. Kerr se cruzó de brazos. Si tanto querían marcharse, ella no pensaba retenerlos a su lado. Y, sin embargo, ninguno de ellos movió un músculo.

Su radio crepitó con la voz de su madre:

—Tenemos que hablar —dijo. Sonaba enfadada—. Danos permiso para embarcar.

—Kirsten, abre la compuerta. Vaswani, acompaña a la doctora y a Braei a la cabina del piloto. Vamos a hablar aquí.

La cabina no era el mejor sitio para tener una conversación de ese tipo. Era demasiado pequeña para que lo ocupasen varias personas a la vez y el ambiente se caldeaba rápido, pero quizá vendría bien para acortar discursos. No quería que se alargase más de lo necesario; su padre y Rurik ya habían señalado que se acercaban refuerzos de Primus Filius.

Vaswani abrió la puerta desde el exterior y los observó descolocada. A su lado, su madre, Braei y un rae'loc armado se apelotonaban en el pasillo.

—¿Qué estás haciendo, Kerr? —preguntó Braei, visiblemente alterado—. ¿Se puede saber por qué has ordenado a tu ingeniero que cierre la puerta?

Su madre levantó una mano y el rae'loc relajó su postura. Aunque no fuera más que una científica y dejara la guerra en manos de otros, tenía esa aura de liderazgo tranquilo que Kerr tanto había ansiado. Era una lástima que no la hubiera programado así; a pesar de llevar también los genes de su padre, parecía evidente que las dotes de mando se habían saltado una generación.

—Esto es grave, Rea —dijo su madre, muy seria, sin dar un solo paso para cruzar el umbral.

—Sí que es grave —dijo ella—. Pasad y hablemos.

—Me gustaría que fuese una conversación privada.

—Braei y tú sois un equipo, ¿no? Rurik, Kirsten y yo también. —Kerr se cruzó de brazos—. Pueden escuchar todo lo que vayáis a decir. Ya les he puesto al corriente.

El mentón de su madre se arrugó. Observó a Braei de reojo, cuya espalda había vuelto a tensarse, y suspiró. Después asintió de modo casi imperceptible. Aunque a regañadientes, los dos cruzaron el umbral y dejaron fuera al otro rae'loc y a Vaswani, que torció el gesto con una mueca de preocupación. Antes de que la puerta se cerrase de nuevo, Kerr trató de transmitirle tranquilidad con la mirada. Lo más probable era que no hubiera servido para nada; ella misma estaba cualquier cosa menos tranquila. Suerte que con la armadura no se notase tanto que temblaba desde que había escuchado que su madre venía hacia allí.

—Devuélvenos el acceso al sótano —dijo Braei de inmediato.

—Braei... —murmuró su madre.

El alienígena sacudió la cabeza.

—No. Esto es un acto desleal y a mala fe, y lo sabes. —Señaló a Kerr con un dedo acusador y clavó en ella aquellos ojos tan naranjas—. Dijiste que esto no iba a ocurrir, Theresa.

—Y no está ocurriendo —dijo su madre—. Rea solo necesita que le recordemos qué es lo importante.

—Lo importante es acabar con Primus Filius —respondió Kerr—. Y créeme, Braei, tengo tantas ganas como tú de que eso ocurra.

—Lo dudo mucho —siseó el alienígena.

—Ella ya no trabaja para Primus Filius, Braei —espetó su madre—. Y yo tampoco. En este grupo damos segundas oportunidades, ¿recuerdas? Necesitamos tantos aliados como podamos reunir.

Braei barrió el aire con la mano, furioso.

—Entonces dile a tu cría que lo demuestre y que deje de sabotear nuestro trabajo.

Kerr bajó la barbilla y contuvo el deseo de callarle la boca de un puñetazo. Pensó en lo que haría Ariadne en su lugar, y también en lo que podría ocurrirle a Kirsten si perdía los papeles durante esa conversación, y procuró calmarse. Se aclaró la garganta.

—No estoy saboteando nada. El nodo del sótano queda por encima del nivel tres. Ahí tenéis todas las pruebas que necesitáis.

—Todas no —dijo Braei—. ¿Qué hay de lo de las celdas?

—Sobre eso, Theresa y yo aún tenemos que hablar.

—Rea, ya te he dicho que no hay más discusión —respondió su madre—. Seguiremos con el plan, como habíamos previsto.

Los ojos de su madre eran iguales que los suyos, pero ahora la contemplaban con una severidad que solo había visto en los de su padre cuando le daba una orden que parecía otra cosa. Kerr apretó el puño.

—No.

Su madre tragó saliva.

—Necesito esos sujetos.

—Pues te los llevas muertos —dijo Kerr.

—Sabes que no basta.

—No es mi problema.

Una arruga nueva apareció en el ceño de su madre. Se llenó los pulmones y abrió la boca como si fuera a soltar un argumento incontestable, pero Braei sacudió la cabeza, hastiado.

—¡Suficiente! Si no nos abres la puerta, la abriremos a la fuerza. —Atravesó el espacio neutral y miró a Kirsten con intención—. Esta sabe hacerlo, ¿no?

Señaló a Kirsten con la barbilla y esta se encogió con un respingo. Kerr se interpuso entre los dos y empujó a Braei con el pecho.

—¿Qué quieres decir, eh? —Le salía el tono gallito que había mantenido a raya hasta el momento; la rabia se había desatado y había mandado a tomar por culo la prudencia—. ¿Le vas a hacer algo?

—Rea, por favor —suplicaron Kirsten y su madre a la vez.

—¿Qué vas a hacer tú, humana? —inquirió Braei, que aunque fuese mucho más esbelto que Kerr, no mostraba ni un ápice de miedo en la expresión o en el tono con el que hablaba—. Si lo que quieres es pelea, deja de andarte con rodeos. No nos sobra el tiempo.

Rurik tiró del hombro de Kerr, pero ella se zafó para volver a empujar a Braei. Las dos armaduras rechinaron.

—Si vuelves a insinuar que vas a hacerle algo a Kirsten, bi...

—Rea, para —gruñó Rurik.

Braei le enseñó los dientes, ligeramente más puntiagudos que los humanos.

—Mi gente ha muerto hoy por esto, ¿entiendes? Y sin esos sujetos, seguirá muriendo mañana.

—Pues lo siento —dijo ella en un tono de voz que demostraba más bien poca lástima—, pero no es culpa mía que seáis unos inútiles.

—¡Rea, basta! —Su madre se hizo un hueco entre Braei y ella y los separó de un empellón—. Braei, por favor. —Los miró alternativamente con los brazos extendidos para mantenerlos tan alejados como le fuera posible—. Hemos dicho que íbamos a hablar.

—¿Y qué pasa si hablar no sirve de nada? —preguntó el capitán rae'loc—. Has dicho que para curarnos necesitabas a esos monstruos que hay ahí abajo. Si no nos los podemos llevar por culpa de esta *lermuz,* te juro que vuestros lazos me van a importar muy poco.

—Sigue amenazándome, bicho de mierda, que te vas a quedar sin cara —dijo Kerr. Ya que habían empezado con los insultos especistas, ella no se iba a quedar atrás.

—¡REA! —Su madre temblaba. De nervios, de ira, de miedo, no lo sabía. No le gustó ver esa expresión en ella, sobre todo si era por su culpa, pero sus propios senti-mientos no se encontraban en una gama mucho más po-sitiva—. Basta ya. Braei, tú también.

—No pienso quedarme en esta nave ni un minuto más —dijo el rae'loc, y giró sobre sus talones para apo-rrear el botón de la puerta y salir de allí a toda prisa.

—Creo que será mejor que lo acompañe —dijo Rurik en tono sombrío.

Kerr no trató de detenerlo. Cuando la puerta se cerró tras de sí, respiró un poco más tranquila. Quizá la idea de tener aquella conversación tan importante en un sitio tan pequeño no había sido del todo buena. El aire se ha-bía viciado. Observó a Kirsten, de pie y apretada contra la consola de mandos, y dulcificó la expresión para trans-mitirle algo de la calma que le faltaba a ella. La ingeniera fingió que no la veía. Aquello dolió.

—Perdona, mamá —dijo al volverse—. No quería que esto acabase así.

—¿Y cómo querías que acabase? —preguntó la mu-jer sentándose en una de las sillas auxiliares—. ¿En qué estabas pensando cuando has dado la orden de cerrar la puerta?

—Sabes muy bien en qué estaba pensando.

Su madre se apoyaba en el borde del asiento, como si aquella conversación no fuera a durar mucho más que la que habían tenido en las escaleras que llevaban al tercer sótano del laboratorio. Miró brevemente a Kirsten y lue-go a Kerr.

—Deberíamos hablar en privado, hija.

—Ella es de confianza —contestó apoyándose en el panel—. Ya te lo he dicho.

—Te llamabas Kirsten, ¿verdad? —La madre se dirigió a ella con un amago de sonrisa—. La hacker increíble que ha penetrado a través de uno de los sistemas de defensa más preparados de toda la galaxia.

Kirsten se aferró a los reposabrazos, insegura.

—Sí.

—No he tenido oportunidad de agradecerte tu trabajo. Si estamos aquí hoy es únicamente porque Rea me ha asegurado que podías con cualquier cosa. Y tan joven... ¿Cuántos años tienes?

—Mamá, ¿qué estás haciendo? —preguntó Kerr.

Su madre levantó la mano y la acalló, como había hecho con Braei poco antes.

—Tengo veintisiete —dijo Kirsten con voz temblorosa.

—Cuando yo tenía veintisiete, acababa de doctorarme y buscaba un centro de investigación en el que trabajar. Mis notas eran tan altas y mis recomendaciones tan buenas que habría podido entrar en cualquiera, pero por influencia de mi madre terminé aceptando una plaza en el proyecto de uno de los principales ideólogos de Primus Filius. —Se frotó unos dedos con otros, como buscando un tacto en concreto—. A menudo pienso en lo mucho que me gustaría poder viajar atrás en el tiempo para explicarme lo que pasaría después. Los horrores de los que sería responsable si continuaba trabajando para esa gente. Pero no se puede. —Se encogió de hombros—. Las decisiones que tomas son las que tomas, al final. Y aunque cuando eres joven no te parecen tan relevantes, cuando llegas a mi edad te das cuenta de lo mal que lo hiciste.

—Para ya —dijo Kerr, y se interpuso entre Kirsten y su madre de una zancada—. No estás hablando con ella, estás hablando conmigo. Y ya sabes lo que te voy a decir.

—Lo que acabo de explicarle a ella es válido también para ti.

—Estoy muy segura de la decisión que he tomado, mamá. No te los vas a llevar vivos.

Su madre se hundió las uñas en las rodillas.

—Esto es algún tipo de rebelión adolescente de última hora, ¿verdad?

—Llegas quince años tarde para eso.

—¿Estás intentando castigarme porque te abandoné? —La voz de su madre se tornó ronca—. ¿Es eso?

Kerr se tensó.

—No puedo dejar que sigan sufriendo. Aunque no lo parezca, son humanos, mamá.

—¡Ya sé que son humanos! ¿Y a cuántos humanos has hecho sufrir hasta ahora? ¿A cuántos has matado personalmente? —Se encogió para buscarle la mirada—. No puedes decirme un número, ¿verdad? Si eso te importase algo, a estas alturas no serías mercenaria, porque yo dejé mi trabajo cuando empezó a importarme.

Kerr gruñó, rabiosa.

—Eso me ha quedado muy claro. Estás tan obsesionada con tu propia redención que te importa una mierda traspasar según qué líneas. —Resopló—. Estás enamoradísima de los rae'loc, pero si no lo son...

Su madre rio con dureza, como lo había hecho ella.

—¿Y si los sujetos no fueran humanos, Rea? ¿Te importaría tu sufrimiento tanto como los de estos?

Se encogió momentáneamente, pero sacudió la cabeza y gritó:

—¡Pues igual sí!

—Permíteme que lo dude.

Kerr jadeó con hostilidad.

—No tienes ni idea. No me conoces.

—A ti no, pero conozco a tu padre de sobra y sé el tipo de niña que criaría. Alguien sin un ápice de empatía, una asesina, una mercenaria...

Kerr sintió deseos de abofetear a su madre. Deseos auténticos, tan fuertes que tuvo que concentrarse en mantener las manos por debajo de la cintura y no agarrarla del cuello. Fingió que se recolocaba sobre el panel de mando y que frotaba la pantalla táctil para limpiar una mancha ficticia para no mirarla. Le picaban los ojos y la nariz, pero no estaba dispuesta a admitirlo. Kirsten, desde el asiento del piloto, alargó la mano para llamar su atención. Fingió que no la veía y empezó a hablar:

—Me torturaron —murmuró mientras seguía toqueteando el panel—. Los svadik, ¿sabes? No te lo conté. No quería angustiarte y me daba vergüenza. Pero me torturaron. —Se cruzó de brazos y trató de hablar sin pensar, sin evocar nada que pudiera atraer las lágrimas—. Duró poco, no más de dos o tres horas, pero jamás voy a poder olvidarme de esa sensación. Nunca voy a olvidar lo que es que alguien tenga ese dominio sobre ti, sobre lo que sientes y casi hasta lo que piensas. —Miró a su madre, al fin. La contemplaba con expresión vacilante, con los labios y las cejas temblorosas—. Y esa gente que está ahí abajo se ha pasado así toda su puta existencia. A merced de gente como tú, que escogía qué hacer con sus cuerpos y cómo a cada momento. Podría haber sido yo, mamá. Digas lo que digas, podría haber sido yo, y la idea me pone enferma. Joder, ¿te parece eso tener poca empatía?

—Rea... —Su madre hablaba como si la garganta se le hubiera cerrado casi del todo.

—Y ya sé que soy una persona horrible —dijo, y su voz se rompió—. Y sí, es verdad. He matado a muchísima gente. He hecho que torturasen a unos cuantos y he mirado, y me ha dado asco, pero lo he hecho porque era lo que había que hacer en ese momento. No soy una puta heroína ni una puta santa, y no lo voy a ser en la vida. Y si tú quieres intentar serlo, me parece muy bien, pero en esto no. En esto no, porque no lo voy a permitir, y me la suda que seas mi madre y tengas una responsabilidad. La mía es esta.

Kirsten se levantó del asiento y le rozó el pectoral con una mano, dubitativa. Ella no se zafó, pero no hizo aprecio del gesto. Estaba demasiado concentrada en mantener el tipo.

Su madre parecía a punto de llorar.

—Mi pobre niña... —Sorbió por la nariz, igual que hacía ella cuando quería fingir que todo iba bien—. Habría asumido con gusto ese dolor para ahorrártelo, te lo aseguro. Yo te envié ahí. Lo siento muchísimo.

—Si lo sientes, entonces sabes por qué no quiero que te los lleves vivos de aquí —dijo Kerr.

Su madre se frotó los ojos con el dorso de la mano. Los tenía enrojecidos y las pestañas se le habían humedecido, pero parecía que el llanto estaba controlado. Tomó una bocanada profunda y se levantó:

—Lo siento, y te quiero. Pero es hora de que dejemos de tomar decisiones en base a las emociones y comenzar a hacerlo en base a la lógica. —Levantó la barbilla, fría. Ya no le temblaba la voz—. Y la lógica dice que debo hacer cualquier cosa por un bien mayor, incluso si te duele.

Kerr torció la boca con asco.

—Antes era por el mal menor, ahora es por un bien mayor. Los dos sois igual de cerdos, al final.

—¿De qué estás hablando? —preguntó su madre.

Ella sacudió la cabeza.

—He hablado con mi padre. Primus Filius viene hacia aquí. Llegarán en unas horas, como mucho. No hay más que hablar: coge los datos que hayas encontrado y márchate.

—Tu padre. —Su madre entornó los ojos. La mandíbula le sobresalía en una mueca de asco—. Sigues en contacto con él.

—No sigo en contacto con él. Me ha llamado porque...

—Nos has traicionado.

—¡No os he traicionado!

—Confiaba en ti, Rea. Confiaba en que te hubieras redimido, pero es mentira...

Kerr señaló a la puerta.

—¡Lárgate, joder! ¡Métete tu redención por el culo, no me interesa!

Pese a la dureza del lenguaje, su madre se levantó con dignidad y se marchó sin responder. A pesar de que tenía muchísimo que hacer ahora y más contra lo que prepararse, Kerr descubrió que no podía moverse. Acababa de quemar aquel puente para siempre. Toda su vida había deseado recuperar el trato con su madre del modo que fuera, y ahora que al fin lo conseguía, acababa... así.

—Rea... —Kirsten la tomó de la cara y ella se dejó hacer—. Lo siento.

Kerr arrugó la boca y el ceño, cerró los ojos y se tragó los sollozos. Era increíble la rapidez con la que los ojos se le llenaban de lágrimas y los mocos le atascaban la nariz, pero aún más su capacidad para aguantárselo todo. Pensó en la mueca estupidísima que debía de estar viendo Kirsten y se apartó, pero ella la retuvo y le rodeó el cuello con los brazos. El pecho le iba a estallar, igual que la garganta. La tenía tan atascada que no podía ni tragar saliva.

—No puedo seguir haciendo esto... —musitó, no supo ni por qué.

—No es culpa tuya —dijo Kirsten, y tampoco supo a qué se refería.

—Todo es culpa mía. Siempre es culpa mía. —La apartó con suavidad y se limpió la cara con la palma de la mano.

El aire se enrareció aún más, como si sobre sus cabezas flotase esa culpa que había invocado. Volvieron las cabezas para no mirarse.

—¿Qué vamos a hacer? —preguntó Kirsten—. Deberíamos irnos mientras podamos, antes de que Braei...

Kerr negó con la cabeza. Ese rae'loc no le daba ningún miedo.

—Lo que vamos a hacer es volar por los aires ese laboratorio. Y sé cómo hacerlo.

10

—No puedes hablar en serio.

Aunque dar esa zancada le había provocado un gruñido de dolor, el mercenario se mantuvo firme y negó enérgicamente con la cabeza mientras bloqueaba la entrada a la armería. A su espalda, Kirsten la sostuvo por el hombro y tiró de ella.

—¿Ves? Rurik también sabe que es una locura —dijo la ingeniera—. Por favor, Rea, escúchale.

Kerr se sacudió los dedos de Kirsten de la hombrera y trató de apartar a Rurik. Como no quería hacerle daño, posó la mano sobre su pecho para forzarle a dar un paso atrás, pero él se quedó inmóvil.

—Si sales ahí fuera, Braei te va a matar —dijo Rurik, tan serio como podía estarlo—. Al salir de la nave estaba furioso, y dudo que nada de lo que le he dicho haya servido para calmarlo.

—Mi madre no lo permitirá.

Apretó un poco más y consiguió moverlo un par de centímetros. Él la tomó de la muñeca.

—Tu madre se ha pasado más tiempo sin ti que contigo, Rea. Lo que más le importa es su investigación, tú ya lo sabes. No va a permitir que la pongas en riesgo. —Rurik la tomó de la nuca—. Por favor, no lo hagas. No puedo bajar a combatir contigo y no quiero quedarme aquí para escuchar cómo te matan.

—Yo tampoco —dijo Kirsten, acercándose un poco más—. Y lo último que necesita Ariadne cuando llegue a su destino es enterarte de que no vas a volver con ella.

Kerr se sacudió con la mención a Ariadne. Imaginó la cara que pondría al recibir la noticia, cómo se lo tomaría Charlotte... El labio inferior de Kirsten temblaba y en sus ojos brillaba el miedo y la lástima. Kerr sintió una bocanada de rabia similar a una náusea y la taladró con la mirada.

—¡No hables de ella! No tienes ni idea, así que cierra la boca.

Kirsten apartó la mirada. Kerr se arrepintió de inmediato de lo que había dicho, pero no había manera de borrarlo, así que siguió adelante. Empujó a Rurik, esta vez con toda su fuerza, y se abrió paso al interior de la armería para buscar granadas y munición penetrante. Les dio la espalda mientras se armaba.

—¿No crees que tu madre tiene algo de razón? —siguió la ingeniera—. Mírate, por Dios. Te estás preparando para ir allí y matar a los que hasta ahora eran tus aliados. ¿Te extraña que piensen que les has traicionado?

—No voy a hacerles nada a menos que se interpongan —aseguró Kerr.

—¡Pero se van a interponer! ¿Y toda esa gente que está en la habitación sellada? ¿Vas a matarlos a todos así, de un plumazo?

La miró por encima del hombro.

—Si trabajan aquí, se lo merecen. Además, hasta ahora no te ha preocupado lo más mínimo a quién me cargara. No vayas de santa.

No esperó a comprobar hasta qué punto afectaban a Kirsten sus palabras, pero escuchó sus pasos mientras se marchaba. Oyó que Rurik tomaba aire para decir algo, pero quien habló fue Vaswani, desde el pasillo.

—Nada. Taito no contesta.

Kerr terminó de guardarse los clips de munición y miró a Rurik con las cejas alzadas.

—¿Y eso, qué? ¿También tengo que dejarlo pasar? —Le hizo un gesto a Vaswani con la escopeta—. ¿Estás preparada? —La mercenaria asintió—. ¿Y Nutty?

—Lleva un rato en la compuerta.

—Pues nos vamos.

Se apretó la coleta, se puso el casco y pasó por delante de Rurik sin despedirse. No tenía intención alguna de darle pie a más intentos de convencerla para que se quedara allí. Además, tampoco pensaba morirse. Iba a traer a Palamo de vuelta y volar el laboratorio antes de que los rae'loc tuvieran oportunidad de responder. Ya se preocuparía después por las consecuencias.

Vaswani y Nutty estaban listos y bien armados. Al abrir la compuerta los recibió un golpe de viento que había atraído nubes plomizas sobre la colina. Entornó los ojos en busca de siluetas significativas en torno al laboratorio, pero no halló ninguna. La visibilidad empeoraba por momentos.

—Vamos —dijo—. Vaswani, tú conmigo. Nutty, ya sabes lo que tienes que hacer.

El francotirador activó su camuflaje óptico y desapareció. Sus huellas conducían a la parte trasera del laboratorio, mientras que ellas rodearían la colina y entrarían por la puerta principal.

—Rea, ¿y si tu madre tiene razón? —preguntó Kirsten a través de la radio.

—Mi madre no tiene razón.

—¿Te has parado a pensar que quizá merezca la pena hacer lo que dice, aunque te duela?

La ignoró y siguió caminando. Kirsten soltó un resoplido.

—Yo la entiendo en parte, ¿sabes? Es horrible levantarse cada mañana con la sensación de que todo va mal por tu culpa.

Kerr contuvo un gruñido sarcástico. Kirsten siguió con su diatriba:

—Si hay rae'loc enfermos que podrían curarse gracias a su investigación... No estamos hablando de un puñado, estamos hablando de cientos, quizá miles. —Su voz se alteraba conforme Kerr ascendía por la colina, sin responderle—. Y... Rea, escúchame, por favor. Tal vez ayude a otra gente, no solo a esos rae'loc. Quizá pueda encontrar claves para otras enfermedades genéticas humanas. El Wong-Kruger, por ejemplo. —Kerr se detuvo en seco—. Podría salvar a Rurik, ¿no? Podría...

—¡Vete a la mierda! —gritó, con tanta rabia que se mareó. A su alrededor no había más que roca, nieve y árboles, y un cielo cada vez más oscuro, pero gesticuló como si tuviese a Kirsten delante de ella.

—Rea...

—¿Primero usas a Ariadne para manipularme y ahora a Rurik? ¿Pero de qué coño vas? ¿A qué juegas?

—Perdona, pero es que...

—¡Que te jodan, Kirsten! ¡QUE TE JO-DAN!

Aunque la ingeniera se desconectó mientras gritaba, Kerr siguió temblando de ira varios minutos más ante la mirada confusa de Vaswani. Evitó enfrentarse a ella por temor a encontrarse con otro reproche. Necesitaba disculparse. Si... si al final había un enfrentamiento y le pasaba algo, no podía soportar la idea de que Kirsten la odiara. Se apartó unos pasos y la llamó varias veces, aunque no hubo respuesta. Debía de estar muy dolida, y con razón.

¿Cómo habían llegado a ese punto? Quiso enterrar la cara entre las manos y lamentarse, pero no quedaba tiempo. El aire se había llenado de copos de nieve que se deshacían contra el visor de su casco.

—Rurik, ¿estás ahí? —preguntó a través de otro canal privado.

—¿Vas a dar la vuelta? —respondió él.

Kerr suspiró e ignoró su pregunta.

—Ve a buscar a Kirsten y... —¿Qué? ¿"Pídele disculpas de mi parte"?—. No sé. Asegúrate de que está bien, o algo.

Un dron voló sobre sus cabezas. Kerr levantó la escopeta por si de pronto les llovían balas, pero no era más que un cacharro de reconocimiento. Sabían que se acercaban, algo que ya suponía.

—¿Rurik? —preguntó, pero tampoco respondió—. Joder, esto es una mierda.

—Capitana, ¿qué hacemos? —murmuró Vaswani—. ¿Seguimos adelante o...?

—Seguimos adelante. Te he dicho que recuperaríamos a Palamo y eso es lo que vamos a hacer. Nutty, ¿estás ahí?

—En posición —dijo el francotirador.

El viento les arrojaba volutas de nieve con violencia variable. Con el casco puesto, Kerr no notaba el frío, pero la baja visibilidad no le gustaba nada. Aunque sus armas y su armadura tenían sistemas de mejora de puntería, quería saber dónde estaba y quién la rodeaba en todo momento, sobre todo cuando estaba a punto de entrar en la boca del lobo.

Pero habían escapado de un patrullero svadik luchando con uñas y dientes. En comparación, esto sería un paseo.

—Vienen por ahí —dijo Vaswani.

Del laboratorio salieron tres rae'loc, uno de ellos Braei, a juzgar por los distintivos de su armadura. No distinguía muy bien su cara, pero estaba segura de que seguiría igual de cabreado que en la nave.

—¿Dónde está mi ingeniero? —preguntó ella, sin rodeos.

—Retenido, pero a salvo. Nos ha abierto la puerta y es mi garantía de que no habrá más sorpresas mientras terminamos de preparar la extracción.

Notó la tensión de Vaswani a su lado y quiso decirle que no se preocupara, que no tenía ninguna intención de dejarlo en sus manos.

—Habéis hecho lo que teníais que hacer y ya no os necesitamos. —Braei señaló hacia el fondo del valle—. Subid a la nave. Os devolveremos a vuestro ingeniero cuando estemos listos para marcharnos. Te lo prometo.

Kerr se imaginó retorciendo aquella mano hasta hacer papilla la articulación. Suspiró y agitó la cabeza hasta que la imagen desapareció.

—Odio a Primus Filius, ¿sabes? —dijo—. Han matado humanos cuando les ha reportado beneficio y me han utilizado a mí y a la gente a la que quiero para sus fines. Los odio tanto como tú.

—Dudo mucho que los odies tanto como yo. —El rae'loc se tensó—. El Kappa me infectó y no me di cuenta hasta que mis dos hijos empezaron a desarrollar problemas. Illar solo tiene quince años y va camino de perder la movilidad en las piernas. Uedai tiene un poco más de suerte, pero para que su cuerpo no se envenene poco a poco, necesita una transfusión de sangre a la semana. Tiene doce. —Sus labios se entreabrieron en una mueca más despectiva que hostil—. Hay otros como ellos. Muchos. Miles. Si quieres enterarte, solo tienes que echar un vistazo en Extranet.

—Lo siento mucho —respondió sinceramente—. Ojalá no fuera así.

—Theresa me ha jurado que hará todo lo que esté en su mano para revertirlo —siguió Braei—. Ni ella ni yo vamos a permitir que reduzcas las posibilidades de encontrar una cura, aunque sea por muy poco. Por eso vamos a llevarnos a esos sujetos y se hará con ellos lo que se tenga que hacer. Y dado que no pareces dispuesta a aceptarlo, te ordeno que tires tus armas y nos acompañes. Te retendremos junto a tu ingeniero mientras evacuamos a los sujetos.

Kerr dudó. Lo hizo de verdad, por primera vez desde que todo había empezado. No podía decir que las palabras de Braei la hubiesen conmovido, pero hubo un pequeño lapso de tiempo en el que se planteó hasta qué punto era correcto imponer los deseos de H y los demás sobre el bienestar de tantos rae'loc inocentes. Habían soportado aquello durante décadas, ¿podrían hacerlo un poco más, si con ello ayudaban a salvar tantísimas vidas? Pero lo que de verdad le importaba era otra cosa: ¿podría soportarlo ella?

Y la respuesta fue no.

—Nutty, dispara a Braei.

Un segundo después, un estallido morado dio en el blanco y el rae'loc trastabilló. De inmediato, Kerr tumbó de un escopetazo al alienígena más próximo y ayudó a Vaswani a hacer lo mismo con el otro. Después corrieron hacia el interior del laboratorio. No se detuvieron a rematarlos porque ese no era el objetivo: lo único que necesitaban era un poco de tiempo para forzar la autodestrucción y largarse de allí.

—¡Busca a Palamo! —ordenó señalando las escaleras.

—¡Entendido!

Kerr atravesó los pasillos de las oficinas y localizó la puerta que conducía a los sótanos y que Palamo había abierto con ayuda de Kirsten. Estaba cerrada. Con un gruñido de desesperación, intentó activarla mediante la consola abierta, de la que salían varios cables de colores, pero no tenía ni idea de cómo hacerlo.

—¡Taito está aquí! —escuchó decir a Vaswani—. Lo tienen en una habitación cerrada, si consigo...

—Tráelo al piso inferior —ordenó—. Necesito que me abra la puerta a los sótanos.

La voz de Rurik interrumpió la comunicación.

—Rea, Kirsten no está en la nave.

—¿Qué? —Se apoyó en la pared—. ¿Estás seguro?

—No me responde por radio y no la encuentro en ningún camarote. Se ha marchado.

Golpeó tan fuerte la puerta que se hizo daño en la mano.

—¡JODER!

—Voy a vestirme y a salir.

—No, ¡no! —Giró sobre sí misma mientras sacudía la cabeza—. Ni se te ocurra.

—Necesitáis apoyo, y Kirsten...

—Yo me ocupo de eso. No te muevas de la *Athena*, ¿me oyes? Si te pasa algo por mi culpa, te juro que...

No esperó a terminar la frase ni a que Rurik contestase. Abrió un canal directo con Nutty y ladró las órdenes:

—Busca a Kirsten. Ha salido de la nave y no sé dónde puede estar.

—¿Estás segura? —preguntó el francotirador—. Te dejaría sin apoyo.

Apretó los dientes.

—Si te lo digo, hazlo.

No esperaba que Nutty dijera nada más, pero aun así lo hizo.

—No merece la pena. Aunque folle bien, quiero decir.

Se sorprendió demasiado para enfadarse. Frunció el ceño mientras su cerebro procesaba lo que acababa de oír y buscaba las palabras para responderle (como desacato, traición o gilipollas), pero el sonido de unos pasos desde el pasillo principal la obligaron a pegarse a la pared y echar un vistazo desde la esquina. Pensó en si serían Braei y los otros rae'loc y en lo rápido que se habían recompuesto, y acarició una de sus granadas mientras consideraba si serían la mejor opción para acabar con el problema del todo.

Pero no era Braei.

Era su madre. Su madre y Kirsten, a quien apuntaba a la cabeza con una pistola.

Estuvo a punto de no creérselo. Debía de ser una visión de H, una ida de olla, una alucinación por el síndrome de abstinencia tardío. Entonces Kirsten sollozó y no le quedó ninguna duda de que fuera real.

—Rea, deja las armas en el suelo —dijo su madre en tono calmado.

—Kirsten —murmuró ella con un hilo de voz.

La ingeniera temblaba. Tenía el pelo lleno de nieve, igual que su madre, solo que ella no vestía ropa adecuada para el frío y estaba empapada. Había empalidecido tanto que se le marcaban los cercos oscuros en torno a los ojos y la cicatriz de la mejilla derecha parecía grabada en cera.

—Haz lo que dice, por favor —suplicó Kirsten.

—¿Por qué has salido de la nave? —preguntó, sacudiendo la cabeza—. ¿Por qué no te has quedado quieta?

—Rea, el arma —insistió su madre. Apretó el cañón contra la coronilla de Kirsten y esta se mordió el labio—. No quiero hacerle daño.

Kerr bajó la escopeta, que de pronto le pesaba muchísimo. Un disparo le explotó cerca del oído. Su mejilla izquierda ardió cuando la bala pasó muy cerca de ella de camino al cerebro de Kirsten. Su corazón se había parado varias veces camino del hospital y otra mientras la operaban, perohabía logrado sobrevivir a todas. Y... ¿para qué? ¿Para que ella la pusiera otra vez en peligro?

—Te prometí que no tendrías que bajar aquí —musitó. Los ojos de Kirsten estaban llenos de terror; los suyos, de lágrimas—. Mamá, deja de apuntarle con eso, ¿quieres? Ya está. Kirs, ya está, ¿ves? —Dejó la escopeta en el suelo y la pateó lejos. Hizo lo mismo con el soporte para granadas y levantó los brazos—. Suéltala, por favor.

Llegaron dos rae'loc más y la encañonaron. La puerta del sótano se abrió a su espalda, pero Kerr no se volvió por temor a parecer hostil. El cañón de la pistola seguía en la cabeza de Kirsten.

—Lo siento, hija —dijo su madre.

Algo se le clavó en la espalda. Escuchó un chisporroteo y todos sus músculos se contrajeron a la vez. Los sistemas de su armadura se reiniciaron con pitidos estridentes, pero ella ya estaba en el suelo, camino de la inconsciencia.

 **11**

«Rea».

Un latido. Otro latido. La luz se filtró entre sus pestañas.

«Estás despertándote».

Le dolía la cabeza y tenía la mejilla helada. Giró sobre sí misma con dificultad. Notaba los músculos resentidos y agotados; cualquier movimiento le costaba tanto que era como si su armadura se hubiera convertido en piedra. Soltó un jadeo y volvió a parpadear. El suelo y la pared eran blancos y fríos. La luz le hacía daño a los ojos.

—¿Dónde estoy?

Se respondió a sí misma al volver la cabeza y encontrarse con su propio reflejo. Arriba, demasiado lejos para alcanzarla con la mano incluso de un salto, había una cámara. En uno de los extremos del habitáculo, un par de tubos salían de un agujero en la pared. La única puerta, cerrada y de metal blindado, carecía de manilla o visor.

Jadeó.

—No. No, no, no...

Se levantó con torpeza y se apoyó en la pared. La cabeza le daba vueltas; se veía cayendo de bruces de un momento a otro, con su propio reflejo como fiel testigo de su propia ridiculez.

—¡Mamá! —gritó—. ¡Rurik! —Manipuló la muñequera que hacía conexión con su *holo*, pero no funcionaba bien. La radio estaba muerta—. ¡Mamá!

Gruñó y cojeó hacia la puerta. La golpeó con el puño y el pie y trató de derribarla con el hombro.

—¡SÁCAME DE AQUÍ!

Embistió otra vez y el aire se le escapó de la boca en un gemido.

«No gastes fuerzas».

—¡H! —Volvió la cabeza hacia el lugar del que provenía su voz y se topó con su propio reflejo. Le habían quitado las armas y el casco, estaba despeinada y pálida, pero entera. Sin embargo, verse allí metida le resultaba insoportable. Prefirió mirar al suelo—. ¿Qué está pasando?

«He sentido que te traían inconsciente hace un rato. Hay gente yendo y viniendo; se han llevado a D y a G y están preparando a B».

—¡Mierda! —aulló antes de darle otra patada a la puerta.

«Todavía no saben cómo van a transportarme a mí debido a mi inusual extensión».

—Yo no quería esto. Intenté hacer lo que me pediste, pero...

«Lo sé».

Se giró en busca de la cámara y levantó los brazos.

—¡Eh! ¿Dónde está mi tripulación? ¿Dónde está Kirsten?

«Siento dos mentes nuevas en los alrededores», dijo H. «No son como la tuya, pero creo que ocupan las celdas de los que ya no están».

—Palamo y Vaswani —dijo.

Eso significaba que Rurik y Nutty aún podían seguir por ahí, igual que Kirsten. Eso en el caso de que fueran ellos, claro; quizá Braei los había hecho ejecutar para quitárselos de en medio. Después de todo, la única con la que Theresa tenía lazos era con ella. El resto serían herramientas o rehenes incómodos hasta que todo hubiese acabado. O hasta que los ejecutaran.

Gruñó, rabiosa. Se quitó uno de los guanteletes y lo arrojó contra la cámara, pero este golpeó contra la esquina de la celda y cayó al suelo sin hacer ningún daño. Lo recogió y volvió a lanzarlo hasta que logró que impactase en la superficie de plástico pulido. Escuchó un *plaf* similar al que hacía al golpear la pared. Tras cazarlo al vuelo, inspeccionó con la esperanza de hallar una grieta.

«¿Qué haces?».

Kerr no supo qué contestarle, porque no lo tenía claro. Tiró otra vez el guantelete, pero en esta ocasión rebotó en el techo y le cayó en la cabeza. El dolor se extendió por su frente y el ojo se le llenó de lágrimas. Se dejó caer en el suelo y volvió a colocarse el guantelete.

—Solo quiero saber que Kirsten está bien —dijo en un suspiro.

«Alguien ha despertado».

El corazón de Kerr se aceleró.

—¿Puedes hablar con esa persona? ¿Puedes preguntarle quién es?

«Lo puedo intentar».

Esperó de rodillas, eludiendo conscientemente su propio reflejo. La voz de H volvió enseguida.

«Se llama Radha Vaswani. Está asustada».

—Oh, joder, gracias. —Kerr se dejó caer contra la pared—. Dile que estoy despierta. Pregúntale por los demás. Pregúntale si sabe cómo salir, si está sola, si...

«Dame un momento».

Se frotó los labios con la palma áspera del guantelete y contuvo la respiración.

«Está sola. Se alegra de saber que estás bien. Dice que Palamo estaba vivo la última vez que lo vio. Me pregunta...». Se quedó callado. «Acabo de explicarle cómo puedo comunicarme con vosotras. Me ha dicho que cree que Kirsten está viva».

No supo que estaba conteniendo el aliento hasta que volvió a respirar. Se pasó la mano por el pelo y se arrancó la goma con la que se sujetaba la coleta maltrecha.

—Bien. Bien. Dile que vamos a salir de aquí en cuanto... en cuanto sepa cómo.

12

El tiempo se arrastraba despacio en el interior de una celda vacía. Su *holo* estaba averiado, como la mayoría de los sistemas de su armadura, y en lugar de la hora mostraba cuatro letras y un número que parpadeaban sin parar. Se paseó por la celda mientras hacía estiramientos para recuperarse de la electrocución; necesitaba estar preparada para salir corriendo en cuanto supiera cómo escapar de allí. También dedicó un rato a inspeccionar los tubos que salían de la pared y a tirar de ellos por si lograba arrancarlos para usarlos como arma. Se cansó deprisa, así que los dejó de lado y se sentó en una esquina a esperar mientras le daba la espalda a su reflejo.

«Rea. Viene alguien».

Se levantó con ayuda de la pared y esperó. El espejo que cubría una de las paredes se volvió transparente y al otro lado del cristal, con el dedo apoyado en la consola holográfica, apareció su madre.

—Hija, ¿estás bien? —preguntó, y su voz le llegó a través de unos altavoces ocultos en el techo.

—Sácame de aquí —contestó mientras se acercaba.

Los ojos de su madre perdieron calidez.

—Sabes que no puedo. Has atacado a Braei y has intentado desbaratar la misión.

Echó un vistazo rápido hacia las celdas de enfrente, ocultas por la superficie oscura que ya conocía. Una de las más alejadas tenía la puerta (G) abierta.

—Lo que estás haciendo es un error —dijo Kerr.

—No lo es. En cualquier caso, he venido a explicarte que te retendremos solo hasta que hayamos terminado; podemos programar las celdas para que se abran poco después de que nos hayamos ido, de modo que puedas volver a casa. —Su madre bajó la barbilla—. No sabes cuánto me ha costado convencer a Braei de que lo dejásemos en esto. Él quiere llevarte a la *Penstagann* para juzgarte.

Kerr forzó una sonrisa.

—Sí, ya, en un consejo de guerra. Buena suerte intentándolo. —Apoyó un dedo en el cristal y enarcó las cejas—. Más vale que Kirsten esté bien, ¿me oyes? Si se te ocurre hacerle daño o permitir que alguno de esos bichos le ponga un dedo encima...

En la frente de su madre apareció una arruga y su expresión se enrareció.

—¿Dónde la tienes? —Golpeó el cristal y su madre dio un respingo—. ¡Contesta!

—Kirsten está bien —aseguró entre dientes—. Tengo que irme. Volveré más tarde.

Kerr dio otro puñetazo al cristal y los ojos de su madre se convirtieron en los suyos al volverse opaco de nuevo. Jadeando, apoyó la frente sobre la de su gemela y cerró los ojos.

Volvió a recorrer los escasos metros de la celda con actividad frenética. Insistió un poco más con los tubos y trató de reiniciar su *holo* con la esperanza de que alguien que no fuera H contestara a su llamada. Trató de transmitirles a Palamo y Vaswani unos ánimos que no sentía y gruñó, furiosa, porque nadie la escuchaba. Se dejó caer de rodillas y pensó en lo caliente que estaba su cama en la *Athena* cuando la compartía con Kirsten. Antes o después, si su madre no mentía, los dejarían salir y podría volver a ella. La trataría como a una reina, sin importar lo tonto de sus caprichos, y le pediría perdón por todas las veces que le había gritado durante aquella misión.

—¿Rea? ¿Estás aquí?

Levantó la mirada de inmediato.

—¿Kirsten? —Gateó y se puso en pie con torpeza—. ¿Eres tú?

La transparencia del cristal aumentó y Kirsten apareció al otro lado como entre la neblina. Kerr se acercó de una zancada y pegó la nariz al cristal. Estaba bien, entera. La nieve de su pelo se había fundido y ya no temblaba; se había puesto un mono invernal de apariencia aséptica que Kerr creía haber visto en alguna de las oficinas.

—Joder, Kirsten, perdóname —dijo mientras ladeaba la cabeza—. No quería que te pasara nada, te juro que...

Kirsten contrajo la barbilla en una mueca de dolor. Kerr deseó alcanzarla a través del cristal, rodearla con los brazos y calmarla con besos.

—Abre —pidió en un murmullo. Había prisa—. Tiene que haber un botón o una llave, o...

Ella negó con la cabeza lentamente y tomó una bocanada de aire que terminó en un hipido. Kerr abrió la boca y se pegó más al cristal, a punto de insistir sobre que alguien no tardaría en volver y que debían salir de allí antes de que fuera demasiado tarde. Pero había algo en los ojos de Kirsten que la sacudió como si le hubieran vuelto a hundir la lanza eléctrica en la espalda.

—Lo siento —gimió Kirsten—. Tenía... Había que pensar con lógica.

Kerr sacudió la cabeza y cerró los puños sobre el cristal.

No tenía sentido: se oponía a cuanto sabía de Kirsten hasta ese momento. La idea de salir al exterior la aterrorizaba. No hacía muchas horas de su última discusión al respecto; se había molestado tanto por su sugerencia que había logrado que se sintiera una miserable. La Kirsten que conocía nunca habría abandonado la seguridad de la *Athena* para convertirse en un blanco móvil en mitad de un conflicto violento y con Primus Filius al caer.

Pero Kirsten había llegado al laboratorio. La había visto con sus propios ojos, asustada y temblorosa. Había cruzado el valle bajo la nieve y había llegado hasta su madre, aunque sabía que en aquella dirección solo encontraría gente armada con ganas de desquitarse. No era lógico. No era Kirsten.

Había que pensar con lógica, aunque doliera. Dejar de tomar decisiones en base a las emociones. Eran palabras de su madre.

Kerr dejó caer los hombros.

—Me acabas de matar.

Kirsten volvió a gemir.

—Estabas fuera de ti. Pensabas volar el laboratorio, como quería tu padre. No podía... —Cuando Kerr la miró a los ojos, Kirsten se retorció como si la hubiera pellizcado—. Era lo único que se me ocurría. Rea, no podemos seguir así. ¡Yo no puedo ser así! —Negó con la cabeza y cerró los ojos. Las lágrimas le rodaron por las mejillas; al rozar la cicatriz, la de la derecha se desvió y dejó una mancha húmeda sobre el labio—. Me haces sentir bien, pero también muy mal. Y hay algo dentro de mí que me empuja a seguirte pase lo que pase, sin importar cuánto me duela o me odie, y no lo puedo controlar. Por Dios, no me mires así. Me estás rompiendo el corazón.

—¿*Yo* te estoy rompiendo el corazón? —preguntó con un hilo de voz.

En otro momento se habría sentido estúpida por pensar siquiera en la posibilidad de que "tener el corazón roto" fuese algo más que una metáfora muy manida, pero ahora notaba un dolor concreto que se extendía por su pecho y le atenazaba los pulmones. Algo se le había averiado. La sensación se parecía a otras que había experimentado, cuando había temido perderla en varios sentidos, aunque decididamente distinto.

Ella era la mentirosa y la traidora, en la que no se podía confiar, la que fingía que Kirsten no la esperaba en su deprimente habitación de hospital mientras reunía valor para enfrentarse a lo que le había causado. Ella era la que destrozaba las confianzas ajenas, no al revés.

—¿Te das cuenta de lo que me has hecho? —murmuró Kerr.

—Era lo único que se me ocurría. Nada de lo que yo te dijera iba a funcionar, así que tenía que apelar a tu... deseo de protegerme.

—O a mi culpa.

—¿Qué más da? Te he traicionado, eso es lo que debería importarte. —Se secó la nariz con el dorso de la mano—. Yo me iré con Theresa. Creo que quiero trabajar con ella y los rae'loc. No me odies, por favor. O... —Las lágrimas seguían cayendo—. Ódiame. Sí, ódiame, olvídate de mí. Sé feliz con Ariadne.

Sus miradas volvieron a cruzarse y Kirsten se retorció de nuevo.

—No puedo seguir aquí —dijo, y se separó de la consola.

—Kirsten...

La ingeniera negó con la cabeza y se marchó más allá de donde Kerr podía mirar. Ni siquiera había devuelto la opacidad al cristal.

Kerr huyó al otro lado de la celda con una arcada a medio formar. Le fallaron las rodillas. Se dobló sobre sí misma con un gruñido animal y se cubrió la cabeza con las manos como si tratase de protegerse de una granada. Se golpeó la frente contra el suelo, como hacía Kirsten al rezar antes de que le disparasen por la culpa y perdiese el valor y la fe. El gruñido aumentó en volumen y se transformó en un aullido. Y, herida, aulló hasta que la garganta le falló y no pudo hacer otra cosa que ovillarse en una esquina de la habitación y esconder la cara entre las manos.

No supo cuánto tiempo pasó después de eso. H trató de calmarla en la distancia, pero Kerr respondió apáticamente, con los ojos y la garganta en llamas. El agotamiento había vuelto a adueñarse de ella. A pesar de todo, se lo merecía, vaya que sí. Se lo merecía, pero estaba tan triste y aturdida que a ratos le parecía verse desde el cristal de afuera, como una visitante más al zoo humano del Proyecto Prometeo.

—Rea —dijo una voz.

Miró por encima del hombro. Era su madre, otra vez. No se molestó en responder.

—Ariadne y su hija han llegado a su destino. Como estaba previsto, se les ha dado refugio y nombres nuevos. Y, como estaba previsto, te enviaré sus coordenadas cuando todo haya terminado.

Le dedicó una mirada de resentimiento profundo. Su madre continuó:

—Hay dos miembros de tu tripulación que no responden a nuestras llamadas. Debes saber que Braei ha dado la orden de dispararles a primera vista.

Lo más probable era que ellos también disparasen a primera vista. No podía decir que le extrañara.

—Kirsten y yo vamos a subir a bordo del transporte ya. —Los hombros de su madre subieron y bajaron con un gran suspiro—. A pesar de todo lo sucedido, soy tu madre y te querré siempre. Es probable que no volvamos a vernos, pero quería que lo supieras.

Kerr le dio la espalda.

—Vete con tus rae'loc —dijo con un hilo de voz.

Su madre resopló.

—Adiós, Rea.

Se arrepintió a los dos segundos y se dio la vuelta, pero el cristal volvía a ser un espejo. Demasiado tarde.

«Creo que vendrán a por mí cuando vuelvan», dijo H.

—Lo siento de veras —respondió. Hablar dolía—. Si pudiera salir de aquí, te juro que...

«Lo sé. Te creo».

—Menuda mierda.

«Sí. Ha sido agradable saber que había alguien intentando ayudarme, de todos modos. Trataré de recordarlo».

Kerr suspiró. Luego se puso de pie y se acercó a su reflejo. Tocó el cristal y lo aporreó con el puño sin dejar ni una marca. Se quitó el módulo de la pantorrilla izquierda: era una placa de plástico y metal bastante dura y resistente. La tomó con las dos manos y la utilizó como si fuera un bate. El golpe reverberó en toda la celda, pero el espejo seguía intacto. Probó tres veces más asiéndolo de diferentes maneras, sin resultado.

Se lo colocó de nuevo y se acercó a los tubos. No había logrado hacer nada con ellos por el momento, pero, como le sobraba el tiempo, tomó uno con las dos manos.

Tenía un puño de diámetro y estaba hueco. Parecía que lo hubiesen desconectado de algo. En la celda de H, los tubos entraban y salían de su "cuerpo" para alimentarlo y eliminar desechos. Quizá este hubiera servido para lo mismo en otro momento. Tiró de él con todas sus fuerzas, pero no hubo ningún cambio. Apoyó un pie en la pared, tiró un poco más. Nada. Apoyó el segundo pie y dejó caer el peso hacia atrás, como si escalara por una cuerda. Gruñó y trepó, estiró las piernas, contuvo la respiración, temblando, y algo se aflojó en el interior de la pared. El tubo cedió. Kerr abrió los ojos con sobresalto y se encogió a la espera del golpe contra el suelo.

En lugar de eso, su espalda lo rozó lentamente, como si alguien la hubiese depositado en él con amor. Kerr giró sobre sí misma y se arrodilló, asustada. El tubo había descendido varios centímetros. Quizá pudiera arrancarlo del todo, aunque no sabía lo que encontraría al otro lado y si le sería útil. Pero...

—H, H, ¿sigues ahí?

«Sí».

Alargó la mano hacia el tubo sin llegar a tocarlo y trató de hacer... algo. Charlotte no sabía explicarle cómo lo conseguía. Le había dicho que, cuando una veía un balón y trataba de patearlo, no tenía que darle órdenes a sus pies y rodillas para que se doblaran y estiraran. Tampoco había que decirles a las manos que parasen una caída: el cuerpo actuaba solo, como un droide programado. Utilizar los poderes telequinéticos era igual que eso, decía Charlotte.

El tubo no se movió un ápice. Lo único que tembló fueron sus manos, cansadas por el esfuerzo.

—Cuando nos hemos encontrado por primera vez me has dicho que teníamos mentes afines —dijo Kerr—. ¿A qué te referías?

«No sé explicarlo, pero me resulta fácil conectar contigo y enviarte sensaciones».

Kerr se puso de pie, nerviosa.

—Sí, ¿pero por qué? Quiero decir... Tú eres TP, ¿no? Tienes esa capacidad por las cosas que han cambiado en tu cuerpo y en tu ADN.

«La explicación de los monitores sería mucho más técnica».

—Sí, pero... —Tragó saliva. Se estaba excitando tanto que volvía a entrar en el terreno de la irrealidad—. Digamos que a mí también me han cambiado, aunque no tanto como a ti. Mi madre me dijo que me había mejorado. No mucho, no hasta el punto de ser perfecta, pero sí... distinta.

«No eres TP, si eso es lo que preguntas».

—No, TP no. ¿Pero y si...?

Los svadik habían torturado usando una técnica que afectaba directamente a sus nervios y a su mente. Desconocía el proceso exacto por el que se despertaban los poderes latentes en humanos, pero...

Durante la huida del patrullero, se había catapultado hacia la cápsula de escape, lejos del agarre de Veneriv. Vaswani le había preguntado cómo lo había hecho, porque había sido raro de verdad. Kerr no le había dado más vueltas, pero...

Pero.

—Puedes sentir cosas en las mentes, ¿no? Cuando están asustadas, dormidas o despiertas. ¿Y si...?

—¡Kerr!

El cristal volvió a ser transparente. Junto a la puerta, en la consola, estaba Vaswani. Kerr dejó su conversación y corrió a acercarse a la puerta. Detrás de ella, Nutty se ocupaba de abrir la celda de Palamo.

—¡Abrid esta mierda!

Esperó saltando de una pierna a otra, como un perro aburrido al que acababan de anunciar un paseo. Vaswani manipulaba la consola con el ceño fruncido. Tenía un moratón considerable en el pómulo, pero por lo demás parecía sana y salva. Aunque aquel fuera uno de los peores días de su vida, Kerr se esforzó por dedicarle una sonrisa.

La puerta se abrió con un chasquido y Vaswani la empujó para dejarla salir. Nutty acababa de liberar a Palamo; el ingeniero soltó un aullido de alegría y corrió a saludar a su amiga. Kerr apretó el hombro de Vaswani y se volvió hacia Nutty aliviada, pero insegura. Su último diálogo aún resonaba en su mente y, ahora que las cosas habían cambiado, el recuerdo la hacía sentir muy estúpida.

—Gracias por sacarnos de aquí —dijo Kerr—. ¿Dónde está Rurik?

—Afuera hay una tormenta de nieve —respondió Nutty—. Sigue en la *Athena*. Llevo una hora escondido, esperando a que los técnicos se marcharan a subir otro espécimen.

—Bien. Acompaña a Palamo y a Vaswani a la nave mientras yo termino lo que tengo que hacer aquí —ordenó, y se volvió para buscar la celda de H—. No sé cómo voy a hacerlo, pero lo haré.

—Te esperaremos —dijo Vaswani.

Kerr negó con la cabeza.

—Ya os he metido en un lío tremendo. Además, ya que Kirsten no está, Palamo vuelve a ser el piloto. Alguien tiene que sacarnos de aquí en medio de esta ventisca.

—Como sea. —Nutty señaló la puerta que daba al pasillo vacío—. Vuestro equipo está en el segundo sótano. Pegaos a mí.

Desaparecieron antes de que Kerr abriera la consola de la celda de H y cambiara la configuración de la opacidad para verlo de nuevo. Seguía siendo esa cosa alienígena, casi vegetal, que tanto la impresionaba.

—¿Cómo hago esto, H? ¿Sabes si hay...?

«¿Acabarás también con los demás? ¿Me lo prometes?».

—Con todos los que pueda. Te lo prometo.

Sintió lo más parecido a una caricia mental que hubiera sentido nunca.

«Debería haber una función en la consola. Búscala».

Con los dedos temblorosos, Kerr revisó las opciones una a una, volviendo la vista cada pocos segundos hacia el fondo del pasillo. Encontró una opción de "limpieza de celda", pero al pulsarla le pedía un código de autorización que no conocía.

—Creo que no puedo. No hay nada de eso —dijo con un hilo de voz.

«Entonces hazlo tú misma. Entra».

El vello de la nuca se le erizó. Parpadeó y miró de nuevo hacia la entrada. Se hizo una coleta rápida con la goma que se había puesto en la muñeca, tomó aire y abrió la puerta mediante la consola.

Después entró.

 **13**

H apestaba a sangre, a agua destilada y a carne cruda. Su irrupción en la celda provocó el movimiento alterado de los ramilletes blancos, como dedos que palpasen el aire y buscasen su olor. Se preguntó cómo funcionarían la mente y los sentidos de H, si sería capaz de discernir formas a través de ultrasonidos, o algo así. Los veel lo hacían de esa manera, o eso tenía entendido. ¿Sabría cómo de alta era, cuántas piernas tenía, o el color de su pelo? ¿O no sería más que una asesina sin forma, una voz de la que despedirse antes de que lo pusiera a dormir para siempre? Tampoco importaba. Todo acabaría enseguida.

—¿Qué hago? —dijo, sin atreverse a acercarse por miedo a pisar algo que no debiera.

«Los tubos. Desconéctalos».

Kerr rodeó a H y se acuclilló en el borde de sus tejidos. El hedor le resultaba tan penetrante que el estómago se le revolvía otra vez.

—¿Cuánto tardará? ¿Lo sabes?

«No. Pero no será mucho. Para cuando vuelvan, ya habrá pasado».

Se estiró y sujetó uno de los tubos con una mano. Posó la otra en la carne y tiró para sacarlo tan cuidadosamente como pudo. Los filamentos se sacudieron. El tubo cedió y del agujero salió un chorretón de sangre y de un fluido que Kerr no quiso discernir. Corrió al otro lado de la celda y repitió la operación con el otro tubo. Los filamentos se mecieron como movidos por una brisa invisible.

«Gracias», dijo H, por toda respuesta.

—Te lo debía —murmuró Kerr, aún acuclillada junto a la montaña de células que se marchitaban—. De Prometeo a Prometeo.

«Mata a los que quedan, por favor. Lo necesitan».

—Lo haré.

Cerró la celda a su espalda y echó un último vistazo a través del cristal para asegurarse de que H siguiera... muriéndose, probablemente. Después abrió la siguiente celda.

Ninguno de los otros sujetos se parecía a H; la mayoría aún conservaba algo semejante a un cuerpo o una cabeza. Eran seres deformes, humanoides, casi como fetos enormes en diferentes etapas del embarazo. El primero la observó con ojos extracraneales, negros y brillantes como alubias. El tercero se revolvió en el tanque de contención, flotando en un líquido turbio que apenas dejaba entrever sus extremidades. Kerr intentó no fijarse en ellos por respeto y por asco, pero desconectó cada uno de los tubos, tanques y sistemas vitales que encontró en las celdas. Fue tan rápida y metódica como pudo y, al salir de la última, buscó a H con la mirada.

—¿Sigues ahí? —preguntó.

Nadie respondió.

Kerr soltó una bocanada de aire y se encaminó a la superficie.

Agudizó el oído en la entrada del segundo sótano para asegurarse de que no había nadie en los alrededores y buscó su equipo en los laboratorios, siempre con la cabeza gacha por si alguien irrumpía sin avisar. Se colocó el casco, recuperó tres granadas y su escopeta y trasteó con su radio un poco más para ver si podía localizar a alguien. Nada. Muerta del todo.

Iba a salir para continuar la huida cuando escuchó voces y pasos que llegaban del sótano superior. Los vio aparecer poco después: tres rae'loc armados, dos de ellos heridos. Estaba bastante segura de haberle pegado un tiro al de la derecha, así que prefería dilatar el encuentro todo lo posible. Se escondió detrás de un mostrador a la espera de que se alejaran y tragó saliva. La garganta todavía le ardía. En cuanto echasen un vistazo a las celdas, sabrían lo que había pasado. Debía volver a la *Athena* lo antes posible.

Iba a echar a andar hacia las escaleras cuando Nutty se materializó junto a una de las cámaras frigoríficas.

—Acabo de encontrarla —dijo el francotirador para la radio—. Volvemos ahora.

—¿Qué haces aquí? —murmuró Kerr.

—Palamo y Vaswani van camino de la nave. He vuelto para buscarte.

Soltó la mezcla de un bufido y una carcajada.

—¿Te caigo bien, o algo así?

Nutty la miró sin demasiada emoción y decidió que debía de ser "algo así", lo que la hacía sentir... protegida. Puede que fuera un cabrón peligroso con tendencias sádicas y un gusto artístico más que cuestionable, pero debía admitir que con el paso de los años le había cogido cariño. Que fuera mutuo resultaba inesperado, pero lo agradecía. Después de la huida del patrullero svadik, era difícil no hacerlo. A falta de algo mejor, le golpeó el hombro con los nudillos mientras él la observaba ceñudo. Fue un intercambio breve y unidireccional; Nutty se apresuró a abrir la marcha y ella le cubrió la espalda.

No habían pisado el primer escalón cuando les llegó un rumor de pasos acelerados desde el sótano inferior.

—Se acaban de encontrar a H —dijo Kerr—. ¡Corre, corre, vamos!

Al imaginarse cómo activar la autodestrucción del laboratorio, Kerr había considerado que atravesarlo a toda velocidad derribando a antiguos aliados y nuevos enemigos era un plan factible. Hacerlo al contrario mientras las balas silbaban sobre sus cabezas se le parecía un poco, pero habían perdido la ventaja de la traición por sorpresa.

Siguió a Nutty sin preocuparse de devolver los disparos, confiando en la entereza de los escudos y la armadura. El francotirador solo derribó a un rae'loc que les salió al paso de un corte rápido con su espada nueva. Kerr le miró retorcerse mientras se alejaban a través de los pasillos por los que habían entrado en el primer asalto. La puerta trasera, si no le fallaba la memoria, se encontraba a unos cuantos metros. Un poco de senderismo extremo en mitad de una tormenta de nieve, una carrera más y estarían en la *Athena*. Estaba chupado.

Nutty se detuvo en seco mientras atravesaban el largo pasillo que unía la parte frontal y la trasera.

—Hay problemas —dijo, tocándose el oído por encima del casco.

—¿Qué problemas?

Un estruendo terrible hizo temblar el suelo y las paredes del laboratorio. Kerr localizó una ventana y echó un vistazo a través de la nieve y el viento.

—Primus Filius.

Entre las volutas blancas, recortada sobre el cielo gris oscuro, una nave de combate militar abrió fuego. Hubo otra explosión y el laboratorio volvió a temblar; la estructura gimió y el corazón de Kerr dio un vuelco. No se desplomó sobre ellos, pero acababa de dar el primer aviso. Por bien defendido que estuviera, era un laboratorio, no una fortaleza.

—Mierda, mierda, mierda.

—Tenemos que irnos ya —dijo Nutty, y la tomó de la muñeca—. Corre.

Salieron por la entrada trasera y atravesaron las pasarelas y los muretes de hormigón sin aliento, mientras la nave sobrevolaba el laboratorio y soltaba droides que caían a la nieve armados y listos para la batalla como semillas diseminadas en un campo. La nieve reciente ralentizaba el movimiento. El descenso por el camino de roca sería complicado. Kerr se asomó por la cornisa para calcular el camino a tomar y se topó con que allí detrás también habían soltado droides. No tuvo tiempo de alertar a Nutty: los sintéticos percibieron su presencia al mismo tiempo que ella y abrieron fuego sin perder un momento. El escudo de Nutty se deformó, como el suyo, cuando les rozaron las primeras balas. El francotirador la empujó contra uno de los muros y se dejó caer a su lado.

—Por aquí no podemos —dijo—. Hay que dar la vuelta.

—¿Allí? —preguntó Kerr, señalando la entrada principal, donde se escuchaban disparos y explosiones—. ¡Tampoco es buena idea!

—¿Y bajar por una pendiente de roca mientras te disparan es una idea mejor?

—¡Al menos aquí no hay rae'loc! Además, tengo granadas.

Nutty frunció el ceño.

—¿Cuántas?

—Tres —respondió, y se encogió de hombros.

El mercenario envainó la espada y tomó el subfusil que llevaba en la cadera.

—Vamos.

Desde la cornisa, Kerr distinguió tres droides que subían por el camino de roca, clavando las patas metálicas en la nieve virgen. Se cubrió antes de que descargasen una ráfaga y se desenganchó una de las granadas del cinturón. Hundió el pulgar en el detonador y la lanzó sobre ellos. La explosión se demoró un par de segundos. Reventó uno de los droides y provocó una pequeña avalancha que despejó parte del camino.

Kerr tomó la delantera. Lanzó otra granada a los droides más alejados y bajó mientras abría fuego sobre el que quedaba en pie en el camino. Entre sus escopetazos y las ráfagas de Nutty, la unidad central del sintético quedó desguazada y dejó de dispararles. Kerr le rodeó para continuar y se resbaló. Rodó por la pendiente mientras su armadura y su casco traqueteaban. De no llevarlo puesto, estaba segura de que se habría roto la cabeza. Cuando paró, al pie de la cuesta, buscó la escopeta a su alrededor, pero no encontró ni rastro.

Nutty llegó corriendo poco después y la ayudó a levantarse. Por la izquierda se les acercaban más droides.

—¿Pero de dónde salen? —farfulló Kerr.

La *Athena* estaba allí, a la vista, cubierta de un manto blanco que recordaba a las películas antiguas de Navidad. Dio un paso hacia ella y la pierna se le hundió hasta la mitad de la pantorrilla. Desde la izquierda le llegaron chirridos metálicos y un par de disparos. Otro grupo de droides rodeaba la colina en su dirección.

—¡Joder! —gritó, saltando hacia atrás.

—Necesitamos refuerzos —dijo Nutty a través de la radio—. Estamos atascados al pie de la colina, en la pendiente de roca.

Un cohete estalló sobre sus cabezas y se les vino encima una lluvia de roca y nieve. Nutty gritó. Murmuró algo más que no logró entender y salió de entre los escombros con dificultad. Kerr se asomó otra vez. Uno de los droides los apuntaba con el lanzacohetes. Ella cogió la última granada, pulsó el detonador y la lanzó contra él. El droide disparó un cohete al mismo tiempo.

Lo último que vio Kerr antes de saltar por los aires fue un destello naranja furioso entre los remolinos de nieve.

★ 14 ★

Descubrió que le habían caído encima más rocas y más nieve, pero no tantas como para sepultarla del todo. El viento frío la azotaba en la cara. El visor se le había roto y por el agujero le entraban copos que le quemaban los labios. Se mareaba. Apartó los escombros como pudo y reptó para incorporarse sobre los codos y buscar a Nutty, los droides y lo que estuviera por caerle encima. Había algo rojo a su lado, también medio escondido por los cascotes de roca. Lo golpeó con el puño y le llamó por su nombre, pero el viento se llevaba las palabras.

Un dolor dormido despertó. El mareo o el shock se lo habían ocultado, pero ahora lo notaba claro, frío y afiladísimo. Giró sobre sí misma y se inspeccionó. A través de las grietas de su visor roto confirmó de un vistazo que, como sospechaba, su pierna izquierda había desaparecido a partir de la rodilla. Y sangraba. Sangraba mucho.

Sollozó sin lágrimas y se dejó caer sobre la nieve. Trató de recordar lo que se hacía en esos casos, pero su mente se había vaciado por completo de cualquier cosa que no fuera la imagen de su muñón sangrante. Tenía que parar la hemorragia o moriría y, aunque la detuviera, tampoco serviría para nada, porque los droides no tardarían en llegar para rematarla.

Golpeó otra vez el bulto rojo. Quizá Nutty pudiera hacer algo. Nutty siempre sabía qué hacer, porque nunca perdía los nervios. Lo empujó y lo golpeó. Le apartó de encima los cascotes y reptó con los codos por lo que parecía su espalda. Escarbó en torno a su casco y descubrió que la nieve se había vuelto rosa.

Le habría gustado gritar de desesperación, pero no le quedaban ni fuerzas ni voz para eso.

Su pierna latía. Trató de encogerse para taponar la herida con lo que fuera: la mano, nieve, un cascote... Se le escapó un jadeo agotado y todo lo que consiguió fue hacerse daño. Se tendió otra vez. La nieve le caía sobre la nariz y se le pegaba a las pestañas.

El rechinar hidráulico de los droides volvió a despejarla. Se acercaban, se acercaban cada vez más. Buscó el brazo de Nutty y palpó en busca del subfusil. Lo sacó de entre la nieve y lo levantó. La mano le temblaba. Se sentó con un rugido de esfuerzo y sujetó el arma. Se miró la rodilla izquierda de reojo. Apenas sangraba, lo que significaba que se iba a morir dentro de nada. Todo se había ido a la mierda y a ella no le salían ni las lágrimas, pero al menos se iría luchando hasta la última gota.

El droide apareció entre las ráfagas de viento y nieve y Kerr apretó el gatillo. Las balas impactaron en su chasis y su cabeza mientras el sintético devolvía el fuego. El escudo de Kerr, aún activo, desvió los proyectiles. Desde donde estaba no podía alcanzar su unidad central. Tenía que clavar una rodilla en el suelo. Lo hizo sin dejar de disparar, sin pensar, como siempre que peleaba. Lo único que importaba era derribar al droide. Se incorporó, temblorosa, y posó el pie en el suelo. Gritó sin decir nada. Apretó otra vez el gatillo. La unidad central reventó y el droide se quedó inmóvil, muerto.

Kerr volvió a respirar. El arma se le resbaló de entre los dedos. Estaba de pie, ¿no? Bajó la mirada. Su pie derecho se posaba en el suelo, firme. Donde debería haber estado el izquierdo caían unas gotas de sangre que se congelaban poco después de tocar la nieve. Hacía un momento, su muñón había sangrado a chorros. Ahora, una mano invisible lo apretaba bien fuerte para detener la hemorragia.

Jadeó, demasiado aturdida para sorprenderse. No sabía si podría llegar a la *Athena*, pero estaba allí. Solo quedaba intentarlo. Solo quedaba atravesar el espacio que la separaba de su nave, de su tripulación. Dio el primer paso. Su pie derecho se hundió en la nieve. Dio el segundo. Se apoyó en el droide para adelantarlo. Dio el tercero.

El viento silbó a través del visor roto. La nave de combate rugió sobre su cabeza y la *Athena* explotó.

Las manos invisibles dejaron de sostenerla y Kerr se hundió en la nieve hasta la cintura. Una llamarada roja engullía el costado de su amada nave; otra explosión la partió en dos.

Era demasiado. Kerr prefería no verlo. Se dobló por la cintura y se tendió como una muñeca para esperar a la muerte.

Nunca estuvo segura de si estaba dormida o despierta, porque cada vez que abría los ojos se encontraba en un sitio distinto y ninguno tenía sentido.

La primera vez fue cuando alguien la cargaba en brazos. Su visor roto se astillaba contra una placa de armadura roja. Había disparos y alguien gritaba. La segunda vez fue en lo que creyó que era una nave. Se encontró abrazada a Palamo, lo que le resultó especialmente raro. Ya no llevaba casco y el aire olía a metal y a sudor. Alguien dijo: «¿está despierta?» antes de que volviera a dormirse. La tercera fue en mitad de una luz, tanta que los ojos le dolieron y se vio obligada a cerrarlos.

Hubo otras imágenes, mucho más confusas. En todas estaba tendida en la penumbra y había un pitido rítmico en la distancia. Cuando abría los ojos, alguien decía su nombre y una cara aparecía frente a la suya. Vio a Palamo, a su padre, a Kirsten, a Ariadne, a Rurik, a su madre y a Nutty, y también a varios alienígenas a los que no reconocía. Sabía que debía asustarse, pero no le quedaban energías para hacerlo. Durmió y no soñó, y cuando al fin se despertó durante más de unos pocos segundos, se encontró sola.

Estaba en una enfermería o un hospital. Las luces brillaban tenues, algo que agradeció de inmediato. A su lado había un monitor con sus constantes y un par de goteros cuyos tubos conducían a su brazo derecho a través de una vía. Sentía una vaga sensación narcótica que no le resultaba molesta en absoluto, pero que le enturbiaba la mente como si acabase de despertarse de resaca. Se rozó el pecho. Seguía viva. No tenía ni idea de cómo, pero seguía viva.

Se incorporó para echar un vistazo más allá de la cintura, cubierta por una sábana. Como esperaba, a su pierna izquierda le faltaba la mitad inferior. Maravilloso.

La puerta se abrió con un chirrido metálico y Rurik apareció en el umbral. Cuando sus miradas se encontraron, el corazón de Kerr se aceleró. La imagen de la *Athena* en llamas volvió a su mente, igual que el cuerpo de Nutty tendido en la nieve entre cascotes, la pistola de su madre contra la cabeza de Kirsten o aquel ser deforme que le devolvía la mirada con ojos negros. Empezó a sollozar antes de que Rurik llegase a ella y, cuando él la rodeó con los brazos, no pudo ni quiso parar.

—¿Eres tú de verdad? —musitó contra su cuello.

—Sí, soy yo.

Dejó que llorase sobre su hombro hasta que se le acabaron las lágrimas y no le molestó que se lo llenase de mocos y saliva. Le trajo pañuelos y agua, y atrajo una silla hacia la camilla para contemplarla mientras se sonaba la nariz y bebía, y hacía esas cosas que se hacen cuando una está viva.

—¿Quiénes han muerto? —preguntó después de dar un sorbo largo de agua y devolverle el vaso.

—Solo Nutty —dijo Rurik en tono quedo—. Te encontramos gracias a su baliza; se activó después de que su pulso cayera. La tuya no funcionaba. —Kerr se imaginaba que habría quedado inutilizada, como el resto de sistemas—. Recuperamos su cuerpo; estábamos esperando a que te despertaras para celebrar el funeral. Según su voluntad, lo lanzaremos al espacio sin mucha ceremonia. No tiene contactos familiares en su perfil, pero creo que tú conoces a alguien cercano, ¿no?

Asintió débilmente. Alguien tendría que decirle a Imbarr lo que había pasado. Alguien no: ella. Lo de ser capitana era fantástico en todos los sentidos.

—¿Y los demás?

—Nutty pidió refuerzos, así que bajamos todos poco antes de que la nave estallara. Palamo está bien. Vaswani sufrió quemaduras graves por un misil, pero está viva. Unos cuantos injertos de piel más y quedará como nueva.

Nutty había vuelto a por ella y le había salvado la vida. No solo eso: sin saberlo, había salvado también a los demás. Se llevó la mano al hombro, presa de un dolor intenso y repentino en el pecho. Rurik se inclinó sobre ella.

—¿Estás bien?

—Sí, sí. —Kerr miró de reojo su pierna y torció la boca—. ¿La encontrasteis?

—Era un amasijo de carne y hueso. No habrían podido pegártela ni en sueños.

—Vaya. Le tenía cariño.

Rurik la miró con los ojos entornados y rio entre dientes, como si hubiera decidido que era una broma de la que pudiera reírse. Kerr buscó su mano y la apretó mientras se tendía sobre la almohada.

—Cuéntame todo lo que ha pasado. Necesito saberlo.

Y Rurik lo hizo.

Mientras ella volaba por los aires, las tropas de refuerzo de Primus Filius trataron de aplastar a las tropas de Braei con droides y artillería y perdieron por muy poco. Aunque Rurik, Palamo y Vaswani colaboraron en la batalla, dos tercios de la gente de Braei, este incluido, cayeron defendiéndose de la avanzadilla principal. La

Penstagann envió refuerzos y transportes para evacuar a tantos supervivientes de la batalla como fuera posible, incluida la tripulación de Horizonte Rojo. Y mientras a ella la operaban y le enchufaban todos los litros de sangre perdidos, Rurik y Palamo tuvieron que dar cuenta de sus acciones ante el nuevo capitán de la nave.

—Estoy seguro de que, si Braei hubiese sobrevivido, nos habrían arrojado a todos por una escotilla —murmuró Rurik, sombrío—. Irrai, el nuevo capitán, está algo desorientado y se ha dejado aconsejar al respecto por tu madre. Mientras sigamos en la *Penstagann* estaremos más o menos bajo arresto, pero diría que nos soltarán tan pronto como lleguemos a la primera colonia.

Kerr se mordió el labio.

—¿Y... Kirsten?

—Creo que está a bordo. No ha salido de su camarote desde que llegamos.

Kerr sintió el deseo de pedirle que preguntase si estaba bien y si quería acercarse a verla, pero lo reprimió deprisa. No podía soportar la idea, no solo por ella, sino por el dolor de Kirsten. Saberse culpable de sus heridas y secuelas permanentes había estado a punto de destrozarla. Y aunque una parte de ella quisiera llamarla para esperar con regocijo el momento en que sus ojos se encontrasen con su muñón, su instinto le decía que era mejor no sumar imágenes dolorosas a los remordimientos.

Sí, era la tía más imbécil de toda la galaxia. Menuda novedad.

—¿Has hablado con Ariadne?

—No, pero tu madre sí. Te esperan en Balgerr y se encuentran bien.

Los ojos se le empañaron de nuevo. Rurik le tendió otro pañuelo, pero Kerr sacudió la cabeza e inspiró hasta que estuvo segura de que no habría más lágrimas.

—¿Debería ir con ellas?

—¿Estás segura de que es lo que quieres?

Kerr apartó la mirada. Ahora que estaba despejada, su muñón latía con el dolor ausente de la carne que faltaba. Lo acarició sobre la sábana y asintió.

 EPÍLOGO

La prótesis encajó en el zócalo de la rodilla con un cosquilleo desagradable en los nervios parecido al de un mal golpe en el codo. Se apoyó en el borde de la cama y movió la articulación hasta que la sintió suya. Siempre tardaba unos segundos en acostumbrarse a tenerla puesta, pero el entumecimiento no volvía a menos que la usase más de diez o doce horas seguidas. Las prótesis más caras podían llevarse de manera permanente, pero aún no se atrevía a hacer números al respecto. Hasta que volviera a trabajar, debían ser prudentes.

Olfateó la camiseta que había usado el día anterior antes de ponérsela y salió de la habitación mientras se rascaba el cuello y bostezaba.

—¡Buenos días, Rea! —saludó Charlotte desde el salón.

—Buenos días —respondió camino del baño—. Será mejor que no estés viendo las noticias.

—¡No! Estoy viendo a Britarr.

Por la ventana esmerilada entraba tanta luz naranja que le escocían los ojos. Todavía no se había acostumbrado a ese sol tan brillante. Se lavó la cara y se enjuagó la boca para quitarse el mal sabor; después fue a la escueta cocina en busca de algo para desayunar. Entró en el salón sorbiendo un batido con sabor a galleta y acarició la cabeza de Charlotte, que se abrazaba a un cojín mientras veía los dibujos en la pantalla. Observó de reojo su expresión y trató de averiguar si había vuelto a saltarse el control parental para poner los canales que Ariadne le había prohibido. Parecía bastante tranquila, así que se sentó a su lado y permitió que le pusiera las piernas sobre los muslos.

—¿Llevas mucho rato despierta? —preguntó, mirando sin ver los rae'loc animados.

—Un rato.

—¿Has desayunado?

—Sí, cereales. ¿Has visto?

Charlotte se inclinó hacia ella y abrió la boca. Uno de sus incisivos inferiores se movió adelante y atrás cuando lo empujó con la lengua.

—Lo tienes a punto.

—¡*Hi*! —respondió sin dejar de exhibir el diente bailón—. Casi le puedo dar vueltas, mira.

—No lo hagas. Te vas a hacer daño en la encía.

—Pero si no me duele...

—Tú no lo hagas. Ya se te caerá solo cuando toque.

Dejó el batido sobre la mesita de la izquierda y desplegó el *holo*. Paseó el dedo sobre las ofertas de trabajo que ya conocía y resopló.

—¿Te vas a marchar? —preguntó Charlotte, que estaba más pendiente de ella que de la televisión.

—Todavía no —dijo Kerr.

Echó un vistazo rápido a las últimas noticias de la política terrestre. Desde que las actividades de Primus Filius se habían vuelto públicas, cada día se revelaban nuevas dimisiones, amenazas y rumores mientras el Consejo Confederado anunciaba nuevas comisiones de investigación. Había tantas novedades que ya no eran noticia, pero todavía no había estallado esa guerra que tanto parecía acercarse. Aunque en Ciudad 3 las cosas estuvieran bastante tranquilas, Kerr ya había notado alguna mirada de reproche cuando salía a llevar al colegio a Charlotte. En la pequeña comunidad humana de la colonia se mencionaban quejas parecidas. Con toda la mierda que aparecía en Extranet sobre lo que los humanos habían estado haciendo a espaldas del resto de especies, le extrañaba que no hubieran empezado a recibir insultos. Ariadne decía que los rae'loc solían ser demasiado corteses para ello. Preferían las humillaciones veladas.

Escribió a Rurik.

Kerr: Oye, todavía no dicen nada?
Kerr: Ya hace un mes que puedo ponerme de pie y hasta bailar
Kerr: Quiero currar!!!
Kerr: Hay que probar hasta dónde me lleva este cacharro!

Charlotte la distrajo con una risita. Apartó la mirada de la pantalla holográfica al percibir movimiento por el rabillo del ojo. Su batido flotaba sobre la mesa, girando como en un expositor. Cuando se volvió para mirarla con reproche, la niña volvió a reírse.

—Sabes que no debes hacer eso.

—¡Es que no me haces caso y me aburro!

Plegó el *holo* y suspiró. Charlotte movió el batido hasta el alcance de su mano, como ofreciéndoselo. Kerr lo aceptó y dio un trago; después se apartó y el envase flotó unos instantes en el aire, hasta que Kerr se concentró y lo empujó de vuelta a la mesa. Colocarlo sin que se derramara la hizo sentir realizada, algo que no ocurría con nada más últimamente.

—¡Muy bien! —dijo la niña—. Estás mejorando un montón...

—Pero todavía me gana una cría de ocho años —rezongó ella.

Charlotte se arrodilló en el sofá y le dedicó una mirada zalamera.

—Podríamos practicar un poco antes de que vuelva mamá...

—¿Podríamos?

La niña resopló.

—¡Es que no es justo! A ti te dejan hacer lo que quieras con tus poderes y a mí no.

Kerr se echó a reír.

—Porque yo soy mayor.

—Cuando yo sea mayor, voy a usarlos todo el tiempo —dijo Charlotte, aún enfurruñada. Bufó y estrujó el cojín contra su pecho—. Si no me dejas enseñarte, no vas a saber utilizarlos. Te voy a ganar siempre.

Kerr entornó los ojos, entre ofendida por su intento de manipularla y maravillada por que hubiera logrado picarla. Iba a responder cuando oyó abrirse la puerta de la calle. Señaló hacia el pasillo con el pulgar y Charlotte puso los ojos en blanco.

Ariadne entró en el salón con la cara seria. Saludó, se quitó el abrigo y se inclinó para besarlas a las dos casi sin decir nada. Se sentó en el hueco que le hicieron entre ambas y soltó un hondo suspiro.

—Deberías irte a la cama —dijo Kerr.

—Luego, cuando os vayáis al colegio —murmuró ella. Las atrajo a las dos hacia ella y las estrechó sin fuerzas—.

Ahora necesito estar un rato con vosotras para saber que merece la pena, ¿vale?

Ariadne sonrió. Se le cerraban los párpados y bajo los ojos le habían salido dos manchas que no se desvanecían por mucho que durmiera, pero a Kerr le pareció una sonrisa preciosa. Era tan bonita que un pinchazo de culpabilidad se le clavó en el costado. Posó la cabeza en el hombro de Ariadne, tomó su mano entre las suyas y la acarició suavemente con el pulgar.

Con ella era fácil ser feliz. Algún día conseguiría merecérselo.

★ AGRADECIMIENTOS ★

Si escribir un libro es difícil, no te quiero contar escribir una serie de *novelettes*. Y si escribir una serie de *novelettes* es complicado, inspirar, ayudar y aguantar a una escritora en mitad del proceso tiene que ser un castigo divino.

La parte buena de hacerlo es que consigues aparecer en los créditos finales, que en este caso tenéis que imaginar bordeados por cenefas de flores y ribetes dorados.

GRACIAS a ti. No solo has leído el primer volumen, sino que te ha gustado tanto que has venido a por más y eso a mí ya me parece flipante.

GRACIAS a Coral (Lulu), amantísima madre adoptiva, líder #LCHorizonter y piropeadora mayor, a Nerea, Gerardo, Manu, Logan, Rafa, Dalila y Victoria por su apoyo, consejos y lectura enfervorecida, a Enerio y Pili (Dik) por ser tan diligentes y atender mis crisis literarias cuando me atascaba en algún punto, a Cristina por soportar esas sesiones de *soundogboarding* llenas de incoherencias y seguir siendo el mejor dog que existe, y a la tripulación de la Nave Invisible, las mejores amigas y compañeras que una podría desear en cualquier galerna.

GRACIAS TAMBIÉN a los mecenas de mi Patreon, a Felicidad Martínez por echarme un cable a la hora de mejorar la estructura de la segunda mitad de este arco, a Fernando Roque por su sabiduría médica, a Ximi y Víctor Martín-Pozuelo por aguantarme un rollazo en el momento en que lo necesitaba y a Ana Katzen y a su artículo sobre cómo escribir acerca de la depresión. A Diana Gutiérrez y Ricardo Cebrián por la paciencia y energía para continuar Horizonte Rojo, que sin ellos no habría llegado a vosotros.

Y GRACIAS, GRACIAS a S, que no solo creó a Kerr y me ayudó a imaginar sus aventuras, sino que también dibuja unas portadas y fanarts fenomenales, me aguanta rants a todas luces insoportables sobre por qué no funciona la trama y friega los platos cuando yo estoy metida en un tiroteo en otro planeta. La verdadera ciencia ficción es tenerte conmigo.

OTROS TÍTULOS DE LA EDITORIAL

Horizonte Rojo (Vol. 1)	*Diabolus in musica (Vol. 1)*
Rocío Vega	**Kendall Frost**
Rea Kerr no es buena persona. Después de que una de sus misiones se le complique y deba enfrentarse a uno de sus compañeros, lo que parecía un encargo fácil acaba convirtiéndose en un infierno. Este volumen recopila los números 1-3 de la serie.	En este volumen se recopilan los tres primeros números de la serie Diabolus in musica (*Da capo, Dissonante* y *Decrescendo*), una divertida mezcla de fantasía y erotismo yaoi con incursiones en el BDSM.

 ÍNDICE

Horizonte Rojo (n.º 4): Reencuentros

Horizonte Rojo (n.º 5): Cicatrices

Horizonte Rojo (n.º 6): Al límite

Horizonte Rojo (n.º 7): Proyecto Prometeo

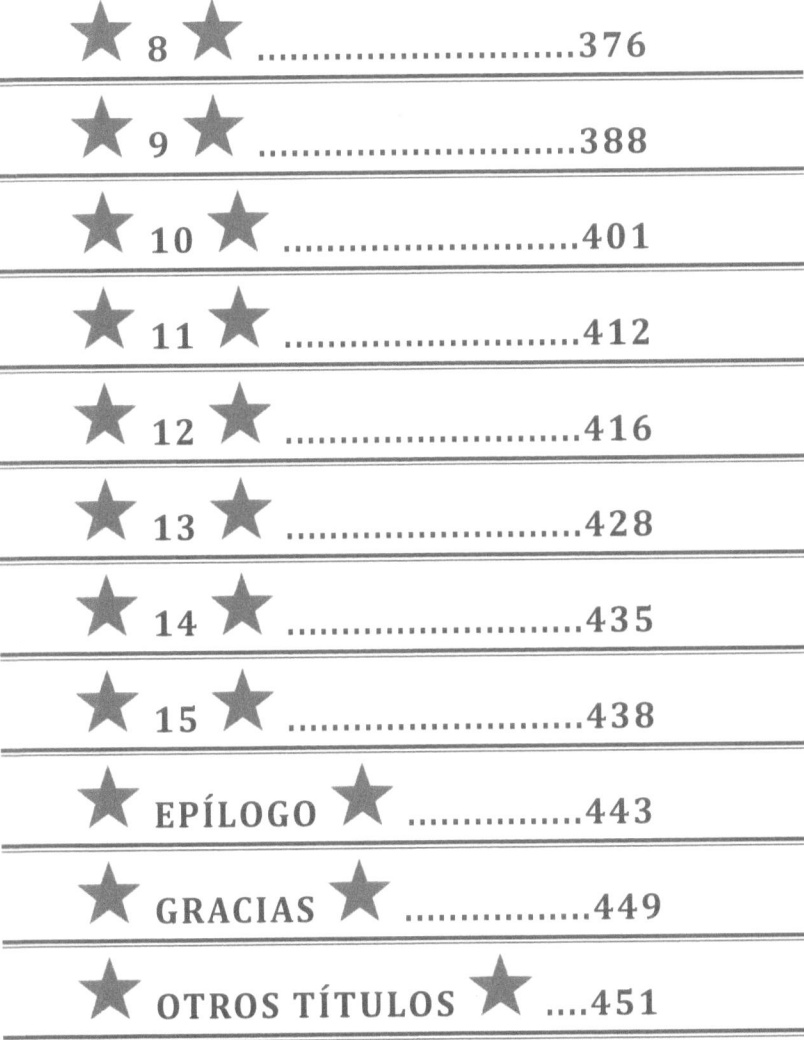

www.ingramcontent.com/pod-product-compliance
Lightning Source LLC
Chambersburg PA
CBHW021330070726
47496CB00016B/132